Mit fast fünfundzwanzig internationalen Bestsellern gehört Victoria Holt zu den populärsten und beliebtesten Romanautorinnen der Welt. Schon ihr Vater, ein englischer Kaufmann, fühlte sich zu Büchern stärker hingezogen als zu seinen Geschäften. In ihrem Domizil hoch über den Dächern von London schrieb sie die spannenden, geheimnisumwitterten Geschichten aus vergangenen Zeiten, in denen sich der milde Glanz der Nostalgie, interessante Charaktere und aufregende Vorgänge aufs glücklichste ergänzen. Victoria Holt starb 1993.

Dieses Buch wurde auf chlor- und säurefreiem Papier gedruckt.

Vollständige Taschenbuchausgabe Dezember 1994
Droemersche Verlagsanstalt Th. Knaur Nachf., München
© 1993 für die deutschsprachige Ausgabe
Droemersche Verlagsanstalt Th. Knaur Nachf., München
Das Werk einschließlich aller seiner Teile ist urheberrechtlich
geschützt. Jede Verwertung außerhalb der engen Grenzen des
Urheberrechtsgesetzes ist ohne Zustimmung des Verlages
unzulässig und strafbar. Das gilt insbesondere für Vervielfältigungen,
Übersetzungen, Mikroverfilmungen und die Einspeicherung und
Verarbeitung in elektronischen Systemen.
© 1991 Victoria Holt
Titel der Originalausgabe »Daughter of Deceit«
Umschlaggestaltung Agentur Zero, München
Umschlagfoto Bavaria/FPG, Gauting
Druck und Bindung Elsnerdruck, Berlin
Printed in Germany
ISBN 3-426-60316-0

2 4 5 3 1

Victoria Holt
Tochter der Täuschung

Roman

Aus dem Englischen von
Margarete Längsfeld

Von Victoria Holt sind außerdem erschienen:

Die Lady und der Dämon (Band 1455)
Die Gefangene des Paschas (Band 60090)
Der Teufel zu Pferde (Band 60181)
Der Schloßherr (Band 60182)
Meine Feindin, die Königin (Band 60183)
Die Ashington-Perlen (Band 60184)
Tanz der Masken (Band 60185)
Verlorene Spur (Band 60186)
Unter dem Herbstmond (Band 60187)
Das Vermächtnis der Landauers (Band 60188)
Die Insel Eden (Band 60189)
Geheimnis einer Nachtigall (Band 60190)
Fluch der Seide (Band 60191)
Der indische Fächer (Band 60192)
Die Schlangengrube (Band 60212)

INHALT

London

Desirée 7
Der Unfall 39
Die zweite Besetzung 65

Kent

Leverson Manor 101
Feuer und Regen 135
Drohende Gefahr 159
Eine erschütternde Eröffnung 184

Paris

La Maison Grise 191
Das Porträt 226
Marianne 259

Cornwall

Die tanzenden Jungfern 287

Kent

Rückkehr nach Leverson Manor 325
Das Urteil 363
Geständnis 375

LONDON

Désirée

Oft frage ich mich, wie es mir ergangen sein würde, wenn Lisa Fennell nicht auf so dramatische Weise in mein Leben getreten wäre, und ich stelle verwundert fest, wenn die Beteiligten nicht in demselben Augenblick an einem bestimmten Ort gewesen wären und somit nichts voneinander gewußt hätten, wäre unser aller Dasein ganz anders verlaufen.

Ich kann mir nicht vorstellen, daß es in ganz London – ja in ganz England – einen zweiten Haushalt wie den unseren gab. Ich weiß nur, daß es ein Glück für mich war, dazuzugehören, denn dieses Hauswesen wurde von der leichtlebigen, ganz und gar unkonventionellen, unnachahmlichen und bewunderungswürdigen Désirée beherrscht.

Zu jener Zeit, als der gesellschaftliche Status in allen Schichten eine gewichtige Rolle spielte, wurde das Protokoll in den Dienstbotenquartieren um nichts weniger strikt beachtet als in höheren Kreisen. Nicht so bei Désirée. Dem Hausmädchen Carrie wurde dieselbe Behandlung zuteil wie der Haushälterin Mrs. Crimp. Was nicht immer Mrs. Crimps Beifall fand. Aber das kümmerte Désirée nicht.

»Na, Carrie, wie geht's uns denn heute, Liebes?« fragte sie wohl, wenn ihr Carrie im Haus über den Weg lief. Bei Désirée hießen alle »Liebes« oder »Schätzchen«. Dann strahlte Carrie vor Freude.

»Mir geht's prima, Miß Daisy Ray«, antwortete sie. »Und Ihnen?«

»Es läßt sich aushalten«, erwiderte Désirée mit einem Lächeln, und falls sie Mrs. Crimps mißbilligenden Blick bemerkte, sah sie darüber hinweg.

Désirée wurde von allen im Hause geliebt, abgesehen von den zwei Gouvernanten, die gekommen waren, als ich fünf Jahre alt war, um mir die Grundlagen der Bildung beizubringen. Die eine ging nach wenigen Monaten, weil bei uns zu Hause bis spät in die Nacht ein ständiges Kommen und Gehen herrschte und sie ihre Ruhe brauchte; die andere verließ uns, um die Tochter eines Adligen zu unterrichten, was mehr ihren Erwartungen entsprach.

Die meisten Menschen aber erlagen Désirées Charme, hatten sie sich erst damit abgefunden, daß dies ein Haushalt wie kein anderer war: Martha Gee war ihr mit aufgebrachter Anhänglichkeit ergeben und pflegte mit zuckenden Lippen zu murmeln: »Wie soll das bloß weitergehen?«; Jenny, das Stubenmädchen, diente ihr mit Feuereifer, da sie davon träumte, eine zweite Désirée zu werden; Thomas, der Kutscher, war Désirée treu ergeben und vertrat den Standpunkt, daß jemand, der so berühmt war wie sie, sich getrost ein wenig seltsam aufführen dürfe, wenn ihr der Sinn danach stünde.

Und für mich war sie der Mittelpunkt meines Lebens.

Ich erinnere mich an einen Vorfall, als ich ungefähr vier Jahre alt war. Des Nachts drang Gelächter von unten herauf, und davon war ich aufgewacht. Ich setzte mich auf und lauschte. Die Verbindungstür zwischen meinem Zimmer und dem des Kindermädchens stand immer offen. Ich schlich hinüber, und als ich sah, daß Nanny fest schlief, zog ich Morgenrock und Pantoffeln an und ging die Treppe hinunter. Das Gelächter kam aus dem Salon. Ich blieb stehen und horchte an der Tür. Dann drehte ich den Türknauf und spähte hinein.

Désirée saß in einem langen, fließenden Gewand aus lavendelblauer Seide auf der Chaiselongue; die goldblonden Haare hatte sie hochgesteckt und mit einem schwarzen Samtband umwunden, das mit glitzernden Steinen besetzt war. Jedesmal, wenn ich sie sah, war ich von ihrer Schönheit überwältigt. Sie glich den Heldinnen in meinen geliebten Märchen; aber ich sah sie vor allem als Aschenputtel, die auf den Ball gegangen war und ihren Prinzen gefunden hatte – nur daß Désirée deren etliche fand.

Sie saß zwischen zwei Herren, ein dritter stand lachend über sie gebeugt. Ihre schwarzen Röcke und weißen Hemdbrüste bildeten einen hübschen Kontrast zu der lavendelblauen Seide. Als ich eintrat, verstummten alle und sahen mich an. Es war wie auf einem Gemälde.

»Feiert ihr ein Fest?« fragte ich und gab damit zu verstehen, wenn dem so sei, wolle ich mitfeiern. Désirée breitete die Arme aus, ich lief zu ihr und ließ mich in einer süßduftenden Liebkosung umfangen.

Sie stellte mich der Gesellschaft vor. Außer ihr und den drei Herren waren nämlich noch andere Leute anwesend.

Sie sagte: »Das ist mein Schatz. Sie heißt Noelle, weil sie Weihnachten geboren wurde – mein schönstes Weihnachtsgeschenk aller Zeiten.«

Das wußte ich schon. Sie hatte es mir erzählt: »Du bist am Weihnachtstag auf die Welt gekommen, deshalb wurdest du Noelle getauft, das heißt Geburtstag ... Weihnachtsgeburtstag.« Und sie fügte hinzu, dies sei eine besondere Ehre für mich, weil ich am selben Tag Geburtstag habe wie Jesus.

Doch im Augenblick interessierte mich nur, daß hier ein Fest gefeiert wurde und ich dabei war.

Ich durfte auf Désirées Schoß sitzen, während sie mich mit gespieltem Ernst den einzelnen Leuten vorstellte.

»Das ist Charlie Claverham, das ist Monsieur Robert Bouchère... und das ist Dolly.«

Das waren die drei, die sie umringt hatten, als ich ins Zimmer trat. Ich musterte sie – insbesondere Dolly, weil ich den Namen für einen Mann so eigenartig fand. Er war von gedrungener Statur, hatte einen rotblonden Backenbart und verströmte einen eigenartigen Geruch, den ich später, als ich in solchen Dingen mehr Erfahrung hatte, als eine Mischung aus kostspieligen Zigarren und Whisky definierte. Ich erfuhr zudem, daß er der Schauspieleragent Donald Dollington war, in Theaterkreisen despektierlich Dolly genannt.

Alle machten ein großes Getue um mich, stellten mir Fragen und schienen an meinen Antworten Gefallen zu finden, was mir das Fest um so wunderbarer erscheinen ließ. Dann aber schlief ich ein und merkte kaum, daß Désirée mich in mein Bett trug. Ich weiß noch, wie enttäuscht ich war, als ich am nächsten Morgen aufwachte und feststellte, daß alles vorüber war.

Das Haus lag in der Nähe von Drury Lane. Das Theater war bequem zu erreichen, und das war wichtig. Als ich klein war, empfand ich das Haus als riesig – ein aufregender Ort mit einer Stiege, die in den Keller führte, und einem Treppenhaus vom Erdgeschoß bis in die vierte Etage. Vom Kinderzimmerfenster aus, vor dem Désirée ein Gitter hatte anbringen lassen, damit ich nicht hinausfallen konnte, gab es stets interessante Dinge zu sehen.

Da waren Leute, die auf Schubkarren oder Bauchläden ihre Waren feilboten – heiße Pasteten, Lavendel, Obst, Blumen, Nadeln und Bänder; Kutschen und Mietdroschken brachten die Leute zum Theater und holten sie wieder ab. Ich liebte es, sie zu beobachten.

Als ich sechs Jahre alt war, kam Mathilda Grey ins Haus, um mich zu unterrichten. Miß Grey muß anfangs leicht verwirrt gewesen sein, und sie wäre wohl den Weg der beiden anderen Gouvernanten gegangen, hätte sie nicht Schauspielerin werden wollen. »Nicht so eine wie deine Mutter«, erklärte sie, »die bloß in Lustspielen singt und tanzt, sondern eine richtige Schauspielerin.«

Ich musterte Mathilda Grey. Für eine Tänzerin hatte sie kaum die richtige Figur. Meine Mutter war recht groß und besaß eine Wespentaille. Miß Grey war klein und plump und brachte nichts weiter hervor als ein kleines unmelodisches Trällern. Aber von Lady Macbeth und Portia wurde schließlich nicht verlangt, daß sie singen und tanzen konnten. Miß Greys Bestrebungen, so aussichtslos sie sein mochten, veranlaßten sie nun, in einer Stellung auszuharren, die sie etwas näher an die Welt des Theaters heranführte, als sie es sich sonst hätte erhoffen können.

Nach einer Weile aber fand sie sich mit unserem Hauswesen ab, und ich glaube, sie genoß es sogar, dazuzugehören.

Die wichtigste Person im Haushalt war Martha Gee. Sie war die Garderobiere meiner Mutter – und noch mehr; sie nahm nicht nur meine Mutter, sondern uns alle unter ihre Fittiche. Martha war eine großgewachsene Frau mit scharfen, dunklen Augen, denen fast nichts entging, und braunem, zu einem strengen Knoten geschlungenem Haar; sie ging stets schwarz gekleidet. Sie erinnerte uns gern daran, daß sie, in Hörweite von Bow Bells geboren, eine waschechte Cockney sei. Sie war scharfzüngig, gewitzt, ließ sich, wie sie sich ausdrückte, »von niemand nix« gefallen und vergalt stets »Auge um Auge ... und noch 'n bißchen mehr«.

Miß Gee lernte meine Mutter kennen, als sie noch zur Tanztruppe gehörte, und wenn Martha Gee ein Talent nicht auf Anhieb zu erkennen vermochte, dann konnte es keiner. Sie beschloß, meine Mutter in ihre Obhut zu nehmen und auf den Weg zu führen, für den sie geschaffen war. Martha war um die Vierzig. Sie war mit allen Wassern gewaschen und hatte einiges vom Leben gesehen. Sie gehöre zum Theater, sagte sie oft zu uns, und kenne alle Tricks, deren man sich dort bediene; sie wisse, vor welchen Angeboten man sich hüten und bei welchen man mit beiden Händen zugreifen müsse. Sie drangsalierte meine Mutter ebenso wie uns übrige, gab uns jedoch das Gefühl, es sei zu unserem Nutzen, und Martha wisse es am besten. Sie behandelte meine Mutter wie ein widerspenstiges Kind. Mutter ließ es sich gefallen und sagte immer: »Was würde ich nur ohne Martha anfangen?«

Die zweite Person, ohne die sie nichts anfangen konnte, war Dolly. Er kam häufig zu uns ins Haus.

In meiner überaus ungewöhnlichen Kindheit war nichts normal. Immer tat sich etwas Aufregendes, und ich wurde nie davon ausgeschlossen. Wenn ich andere Kinder mit ihren Kindermädchen brav im Park spazierengehen sah, dauerten sie mich. Ihr Leben war ganz anders als meins. Sie waren die sprichwörtlichen Kinder, die man nur sehen und nicht hören durfte. Ich dagegen gehörte der aufregendsten Familie an, die es je gab. Meine Mutter war die berühmte Désirée. Wenn wir zusammen ausgingen, wurde sie von den Leuten bestaunt, und manche traten auf sie zu und sagten ihr, wie gut sie ihnen in diesem oder jenem Stück gefallen habe, und hielten ihr Programmhefte hin, um sich ein Autogramm geben zu lassen. Sie lächelte stets und plauderte mit ihnen, und sie waren ganz überwältigt, während ich stolz lächelnd dabeistand und mich in Désirées Ruhm sonnte.

Ich blieb abends immer wach, um sie heimkommen zu hören. Waren sie und Martha allein, ging ich zu ihnen hinunter. Sie setzten sich in die Küche und aßen belegte Brote, tranken Bier oder heiße Milch, je nach Lust und Laune. Sie lachten über ein Mißgeschick auf der Bühne oder über den alten Herrn im Publikum, der, wie Martha sich ausdrückte: »'n Narren an der Gnädigen gefressen hat!«

Mathilda Grey hieß es nicht gut, daß ich mich zu ihnen gesellte, ließ es jedoch achselzuckend geschehen: Es war ein Meilenstein auf dem Weg zu dem Ziel, Lady Macbeth zu werden.

Manchmal kam meine Mutter sehr spät nach Hause, und ich wußte, daß Warten zwecklos war. Sie soupierte vielleicht mit Charlie Claverham oder Monsieur Robert Bouchère oder einem anderen Verehrer. Ich war dann jedesmal enttäuscht, bedeutete es doch, daß sie am nächsten Morgen lange schlafen und nur ganz wenig Zeit für unser Zusammensein bleiben würde, bevor sie ins Theater ging.

Dolly kam, wie gesagt, häufig zu uns ins Haus. Er und meine Mutter führten lange Unterredungen; sie stritten sich oft, was mich anfangs erschreckte, bis ich dahinterkam, daß die Plänkeleien nicht ernst gemeint waren.

Daß sie sich Schimpfnamen an den Kopf warfen, hätte beängstigend sein können, wenn ich das alles nicht schon öfter gehört hätte. Zuweilen marschierte Dolly aus dem Salon, knallte die Tür zu und verließ das Haus.

Wir andern saßen dann in der Küche und lauschten. Das ließ sich kaum vermeiden, selbst wenn wir es nicht gewollt hätten – was freilich nicht der Fall war.

»Hört sich diesmal schlimm an«, pflegte Mrs. Crimp dann wohl zu bemerken. »Aber er kommt zurück, dafür leg' ich meine Hand ins Feuer.«

Und sie behielt jedesmal recht. Er kam zurück. Es folgte eine Versöhnung, und dann hörten wir die kräftige, reine Stimme meiner Mutter ein Lied aus dem neuen Stück probieren, das er für sie ausfindig gemacht hatte. Es folgten häufige Besuche, weitere Lieder wurden probiert, es gab nebenher vielleicht ein paar kleine Streitereien, aber nichts von Belang. Dann kamen die Proben, verbunden mit neuerlichen Wortgefechten, schließlich die Generalprobe und dann die Premiere.

Mrs. Crimp war in ihrem Element. Sie hatte eine Menge auszusetzen, aber es gehörte nun mal zu ihren größten Vergnügungen, alles zu kritisieren, was nicht nach ihrem Geschmack war. Der Name meiner Mutter zum Beispiel. »Désirée«, erklärte sie verächtlich. »Was für 'n Name, um sich damit ins Bett zu legen!« Was Jenny zu der Bemerkung veranlaßte, sie schätze, es gebe mehr als einen, der nichts dagegen hätte, sich mit so einem Namen ins Bett zu legen.

»Ich verbitte mir solche Reden in meiner Küche«, erklärte Mrs. Crimp streng. »Vor allem …« Und es folgte ein vielsagendes Nicken in meine Richtung.

Ich wußte natürlich, worauf sie anspielten. Es machte mir nichts aus. Alles, was meine Mutter tat, war in meinen Augen vollkommen. Sie konnte nichts dafür, daß sich so viele Männer in sie verliebten.

Mrs. Crimp hatte ihre eigene Art, mit Namen umzugehen. Sie sprach sie so aus, wie sie nach ihrer Meinung ausgesprochen gehörten. Meine Mutter war »Daisy Ray«, und Robert Bouchère, der elegante Franzose, der so häufig bei uns zu Gast war, war »Missjöh Räuber«.

Auch ich war ein wenig verwundert über den Namen meiner Mutter, bis ich sie eines Tages danach fragte.

»Désirée ist mein Künstlername«, erklärte sie mir. »Ich bin nicht so getauft. Ich habe ihn mir selbst gegeben. Die Menschen haben ein Recht auf einen Namen ihrer Wahl, und wenn ihnen der nicht gefällt, den sie bekommen, warum sollen sie ihn nicht verändern? Findest du das nicht auch, Herzchen?«

Ich nickte eilfertig. Ich stimmte stets allem zu, was sie sagte.

»Eines Tages mußt du es sowieso erfahren, da dies alles auch dich betrifft... also hör zu, Liebes, ich erzähle dir, wie alles gekommen ist.«

Wir lagen auf ihrem Bett. Sie trug ein hellblaues Negligé. Ich war vollkommen angezogen, denn es war halb elf Uhr morgens. Ich war seit mehreren Stunden auf; sie hatte sich noch nicht erhoben. Um diese Tageszeit war sie immer besonders mitteilsam.

»Wie ist dein richtiger Name?« fragte ich.

»Kannst du ein Geheimnis für dich behalten?«

»O ja«, versicherte ich entzückt. »Ich liebe Geheimnisse.«

»Mein richtiger Name ist Daisy. Insofern hat Mrs. Crimp den Nagel auf den Kopf getroffen. Ich fand, der Name paßte nicht zu mir. Sehe ich etwa aus wie eine Daisy, ein Gänseblümchen?«

»Warum nicht? Das ist doch eine hübsche Blume.«

Sie rümpfte die Nase. »Daisy Tremaston.«

»Ich finde, das hört sich nett an, und wenn die Leute wüßten, daß es dein Name ist, würde es sich noch besser anhören.«

Sie küßte mich auf die Nasenspitze. »Das hast du hübsch gesagt, Liebes. Und das Hübscheste daran ist, daß du es ehrlich meinst. Nein, ich dachte, für die Bühne brauchte ich einen besonderen Namen... einen, den man sich gut einprägen kann. Das ist wichtig. Auf die Verpackung kommt es an. Daran mußt du immer denken. Du könntest ein wahres Genie auf der Bühne sein, einfach umwerfend – aber wenn die Verpackung nicht stimmt, hast du es viel schwerer. Ich kann dir sagen, Liebes, um es in meinem Metier zu etwas zu bringen, brauchst du alles, was du bekommen kannst, Talent, Ausdauer, hie und da zur richtigen Zeit einen Schubs in die richtige Richtung von den richtigen Leuten.«

»Und die Verpackung?« erinnerte ich sie.

»Ganz recht.« Sie lachte anerkennend. Auch das gehörte zu ihren Gaben: den Menschen das Gefühl zu geben, daß ihre allergewöhnlichsten Bemerkungen ungemein klug seien.

»Désirée. Das hat etwas, nicht wahr, Liebes? Es bedeutet ›erwünscht‹. Das ist ein Wink an alle, die es hören. Diese Dame ist etwas Besonderes. Sag ihnen, daß du erwünscht bist, und mit ein bißchen Talent und etwas Glück hast du's bald geschafft. Somit wurde ich Désirée für die Bühne, und dann habe ich den Namen ganz übernommen. Alles oder nichts. Sonst gibt's bloß Kuddelmuddel!«

»Und du heißt nicht mehr Daisy.«

»Das ist verschlossen im Reich des Gestern. So hieß eines meiner ersten Lieder. Klingt gut, nicht?« Sie begann zu singen. Ich hörte sie für mein Leben gern singen.

Als das Lied von den Erinnerungen, die verschlossen waren im Reich des Gestern, zu Ende war, lenkte ich das Gespräch dorthin, wo ich es haben wollte. »Hat Dolly dir geholfen, den Namen ›Désirée‹ auszusuchen?«

»Dolly? Wo denkst du hin! Er wäre dagegen gewesen. Er findet, das sei nicht allererste Klasse. Typisch Dolly. Ich bin nicht immer mit ihm einverstanden, obwohl ich zugeben muß, daß er einen guten Riecher für erfolgversprechende Stücke hat. Nein, das war vor Dollys Zeiten, in den Tagen, als ich schwer zu kämpfen hatte. Ich könnte dir da ein paar Geschichten erzählen…«

Ich kuschelte mich zurecht, um zuzuhören, aber es kam keine Geschichte. Es war bloß eine Redensart. Wenn sie von der Vergangenheit sprach, ging etwas mit ihr vor. Ich spürte, wie in ihrem Innern eine Jalousie heruntergelassen wurde. Einmal eröffnete sie mir, sie habe in einem Dorf in Cornwall das Licht der Welt erblickt.

»Erzähl mir von Cornwall«, bat ich sie. Ich wartete atemlos, denn meistens wechselte sie das Thema, wenn ich Näheres wissen wollte.

»Ach«, sagte sie mit verträumter Stimme, »das war nichts für mich. Schon als kleines Mädchen habe ich von London geträumt. Ich liebte es, wenn Fremde in das Dorfwirtshaus kamen. Es lag ein wenig abseits, doch hin und wieder fand sich jemand aus einer großen Stadt dort ein. Ein Herr aus London zum Beispiel. Der erzählte vom Theater. Da wußte ich, daß ich eines Tages nach London gehen würde. Ich wollte zum Theater.«

Sie schwieg, und ich fürchtete schon, sie würde das Thema wechseln.

»Es war dort so abgeschieden«, sagte sie. »Ich fühlte mich regelrecht eingesperrt. Alles war so verschlafen, wenn du weißt, was ich meine.«

»Ja, ja, ich weiß.«

»Zu viele alte Klatschweiber... und -männer. Es gab nichts anderes zu tun, als auf die Sünden anderer zu achten. Das war ihre einzige aufregende Beschäftigung. Du würdest nicht glauben, wie viele Sünden sie in dem kleinen alten Heidedörfchen aufgespürt haben.«

»Die Heide muß wunderschön gewesen.«

»Rauh und öde war sie. Du hättest hören sollen, wie der Wind darüberbrauste. Die Gegend war einsam, fast menschenleer. Mit sechs Jahren hatte ich es satt. Und sobald ich wußte, was ich wollte, war ich nicht mehr zu halten. Ich habe das kleine Haus gehaßt. Beengt und finster war es. Morgens, mittags und abends Gebete, und sonntags zweimal in die Kirche. Der Gesang freilich gefiel mir. Vor allem die Weihnachtslieder. *In einer Krippe, Hört die Verkündungsengel singen.* Ich entdeckte, daß ich eine Stimme hatte. Großpa ermahnte mich, ich müsse mich vorsehen. Ich sei hochmütig. Ich müsse bedenken, daß alle Gaben von Gott kommen. Sie verführten zur Eitelkeit – und wehe dir, wenn der Tag des Jüngsten Gerichts kommt, und du hast dich der Eitelkeit anheimgegeben. Das würde dir nicht zur Ehre gereichen.«

Es war das erste Mal, daß ich von »Großpa« hörte, und ich wollte mehr erfahren.

»Hat er bei dir gewohnt?«

»Er würde sagen, ich habe bei ihm gewohnt. Sie haben sich meiner angenommen, als meine Mutter starb.«

Recht zaghaft fragte ich: »Und dein Vater auch?«

Ich wartete beklommen. Ich spürte, daß ich das Thema Väter behutsam angehen mußte. Es war mir nie gelungen, etwas über den meinen zu erfahren, außer daß er ein guter Mensch war, ein Vater, auf den ich stolz sein könne.

»Oh, er war nie da«, sagte sie wegwerfend. »Du hättest die Hütte sehen sollen: Fenster, durch die kaum Licht kam, Wellermauern – das ist eine Art Lehm. Die Hütten waren alle gleich. Zwei Kammern oben, zwei unten. Es ist ein Glück für dich, Noelle, in diesem Haus mitten in London zu leben. Was hätte ich nicht dafür gegeben, als ich so alt war wie du!«

»Aber später hast du es bekommen.«

»O ja, nicht wahr? Und dich, mein Engel, ich habe dich.«

»Dies Haus ist schöner als Großpas alte Hütte. Warum hast du ihn Großpa genannt?«

»So sagt man dort eben. Er hieß immer Großpa, wie alle Großväter. Die Sprechweise jener Gegend taugte nicht für die Londoner Bühne. Ich kann dir sagen, ich mußte einfach fort, Liebes. Wärst du dort gewesen, dann hättest du verstanden, warum.« Es war, als rechtfertige sie sich vor sich selbst.

»Ich bin oft in die Heide gegangen. Dort waren viele alte Steine – prähistorisch, sagten die Leute. Ich bin um sie herumgetanzt und habe aus vollem Hals gesungen. Es klang herrlich, und ich hatte ein himmlisches Gefühl von Freiheit. In der Schule habe ich Gesang geliebt. Nichts als Hymnen und Choräle. Aber ich habe auch andere Lieder aufgeschnappt. *Auf zum Jahrmarkt, Eines frühen Morgens* und *Barbara Allen.* Wenn ich ein neues Lied hörte, mußte ich es einfach singen. Und wie ich das Tanzen geliebt habe! Singen, sofern es Psalmen und Choräle waren, war gestattet, aber Tanzen galt als liederlich, ausgenommen ländliche Tänze. Wenn der Pelzreigen getanzt wurde – das ist ein alter Cornwall-Tanz, ein Brauchtum, so daß sie nicht sagen konnten, es sei sündig –, dann war ich den ganzen Tag im Städtchen beim Tanz. Aber ich liebte es, in der Heide zu tanzen. Vor allem rund um die Steine. Bei bestimmtem Licht sahen sie aus wie junge Mädchen. Der Sage nach waren sie in Stein verwandelt worden. Das war bestimmt jemandem wie meinem Großpa zu verdanken. Wegen Tanz am Sonntag wahrscheinlich. Damals waren die Sonntage heilig. Ja, ich habe immer getanzt. Die Leute sagten, ich sei koboldswirr.«

»Was ist das?«

»Kobolde sind kleine Wesen, die dort in der Gegend alle möglichen Streiche spielen. Sie sind so etwas Ähnliches wie Elfen... aber nicht gerade gutartig. Sie machen die Menschen wahnsinnig und stiften sie zu den merkwürdigsten Dingen an. Und das nennt man dann koboldswirr. Einmal bin ich zu der alten Hexe im Wald gegangen. Die Leute dort sind sehr abergläubisch. Sie glauben Dinge, von denen man in London nie etwas hört. Immer haben sie nach weißen Hasen Ausschau gehalten, die natürlich Unglück bedeuten, und nach Wichten in den Gruben, die Übles anrichteten, um jene, von denen sie beleidigt worden waren, zu warnen, daß es noch schlimmer kommen werde.«

»Es muß dort spannend zugegangen sein. Ich würde es gern einmal sehen.«

»Es gibt Orte, von denen sich spannend erzählen läßt, die aber unbehaglich sind, wenn man dort ist. Für mich gab es nur eines: Ich mußte fort.«

»Erzähl mir von der Hexe im Wald.«

»Sie kam aus einer Pillarfamilie. Angehörige von Pillarfamilien besitzen bestimmte Gaben, weil einer ihrer Vorfahren einmal einer gestrandeten Meerjungfrau ins Meer zurückgeholfen hat, und seither besitzen die Mitglieder dieser Familie die Gabe, in die Zukunft zu blicken. Es gibt dort auch jede Menge andere weise Leute. Die siebten Söhne von siebten Söhnen. Sie können sehen, was kommen wird. Dann gibt es noch die Fußlinge, das sind die, die mit den Füßen voran geboren wurden. Und allen diesen Menschen sagt man nach, daß sie die Gaben, die ihnen verliehen wurden, in der Familie weitervererben. Somit herrscht kein Mangel an diesen Neunmalklugen.«

»Das klingt wirklich aufregend.«

Sie ging achselzuckend darüber hinweg. »Meine Pillar sagte mir, ich könnte eine glänzende Zukunft haben. Es liege an mir. Es gebe zwei Wege. Wie gut ich mich erinnere! Ich höre sie noch heute. ›Zwei Wege stehn dir offen, liebes Kind. Nimmst du den einen, führt er dich zu Ruhm und Reichtum. Nimmst du den andern, hast du ein schönes, stilles Leben... aber dann wirst du nie Frieden haben. Du wirst dir immer sagen, ach, *hätte* ich doch...‹«

»Und du hast die Straße zu Ruhm und Reichtum genommen. Ist das nicht phantastisch? Und wie klug von der Pillar!«

»Ach, weißt du, Liebes, so tiefsinnig war das gar nicht. Schließlich habe ich unentwegt gesungen und getanzt. Dort in der Gegend wissen alle, was alle andern tun. Man kann keine Geheimnisse bewahren. Ich muß wohl geredet haben. ›Ich geh' nach London. Ich werd' auf der Bühne singen und tanzen.‹ So etwas spricht sich herum. Aber sie hatte es gesagt, und da wußte ich, es mußte sein.«

»Was hat Großpa gesagt, als du fortgingst?«

»Ich war ja nicht mehr da, um es zu hören.« Sie lachte. »Ich kann es mir nur denken. Ich schätze, er ist zum Teufel gegangen und hat ihn gebeten, das Feuer zu schüren, damit es bei meiner Ankunft in der Hölle besonders heiß sei.«

»Du hast doch keine Angst, oder?«

Sie brach in Lachen aus. »Was, ich? Bestimmt nicht! Ich meine, wir sind auf der Welt, um uns zu amüsieren. Wir sind es nämlich, die in den Himmel kommen, nicht diejenigen, die den Menschen das Leben zur Hölle machen.«

»Wie bist du nach London gekommen?«

»Ich habe mich mitnehmen lassen, hier ein Stück, dort ein Stück. Unterwegs habe ich gearbeitet, meistens in Wirtshäusern. Ich habe ein bißchen Geld zusammengespart, und dann ging's auf die nächste Etappe der Reise. Einmal arbeitete ich in einem Café nicht weit von hier. Dort verkehrten Leute vom Theater. Ein Mann – ein Stammkunde – zeigte Interesse für mich. Ich sagte ihm, ich wolle zur Bühne. Er versprach, zu sehen, was er tun könne. In meiner Freizeit ging ich zu den Theatern. Ich sah die Namen dort angeschlagen und sagte mir: Eines Tages, werde ich dort stehen.«

»Und du hast es geschafft.«

»O ja. Es hat allerdings eine Weile gedauert. Dieser Mann hat mich einem Agenten vorgestellt, der bei meinem Anblick nicht gerade aus dem Häuschen geriet. Er tat nur einem Freund einen Gefallen. Dann sang ich ihm vor, und obwohl er vorgab, nicht beeindruckt zu sein, merkte ich, daß eine Veränderung in ihm vorging. Er sah auf meine Beine, und ich führte ein paar Tänze vor. Er sagte, er würde mir Bescheid geben. Darauf bekam ich einen Platz in der letzten Reihe der Tanzgruppe. Es war ein gräßliches Stück, aber immerhin ein Anfang. Man riet mir, Tanzunterricht zu nehmen. Das habe ich getan. Viel war es nicht, aber der Anfang war gemacht.«

»Und dabei hast du Martha kennengelernt.«

»Das war ein Glückstag. Sie sagte: ›Du kannst mehr als das.‹ Als ob ich das nicht gewußt hätte! Mein Name gefiel ihnen nicht. Der reine Zungenbrecher, Daisy Tremaston. Der Agent schlug Daisy Ray vor. Ich muß jedesmal lachen, wenn Mrs. Crimp und die Mädchen mich so nennen. Daisy Ray, das geht einem leicht von der Zunge. Aber ist es ein Name, den die Leute sich einprägen? Dann kam es mir blitzartig. Daisy Ray… Désirée. Ganz einfach. In diesem Metier kann man sich so etwas erlauben. So wurde ich Désirée.«

»Und du warst auf der Straße zu Ruhm und Reichtum.«

»Ach du liebe Güte! Was tust du, läßt mich reden und reden! Höchste Zeit, aufzustehen. Dolly wird jeden Moment hiersein.«

Ich bedauerte, daß das Gespräch zu Ende war. Aber mit jedem Mal erfuhr ich etwas mehr; allerdings mußte ich damit rechnen, daß ein Vorhang sich herabsenken konnte, wenn ich zu neugierig wurde. Am meisten aber wünschte ich mir, etwas über meinen Vater zu erfahren.

Ich war sechzehn und recht reif für mein Alter. Ich wußte eine Menge über das Theaterleben und ein wenig von der Welt. Im Haus herrschte ein stetes Kommen und Gehen von Leuten, die unaufhörlich redeten. War ich zugegen, hörte ich zu. Charlie Claverham und Robert Bouchère waren ständig bei uns zu Gast. Jeder von ihnen besaß ein Domizil in der Stadt, und Charlie hatte ein Heim in Kent, Robert eines in Frankreich. Sie hatten geschäftlich in London zu tun und waren meiner Mutter treu ergeben. Andere Verehrer kamen und gingen, diese aber blieben.

Eines Tages kam Dolly in dieser besonderen Stimmung zu uns, die bedeutete, daß er ein exzellentes »Transportmittel« für Désirée gefunden hatte, wie er sich auszudrücken beliebte. Oft war das, was er für exzellent hielt, ihrer Meinung nach schlichtweg Humbug, und dann machten wir uns auf Ärger gefaßt.

Und den gab es denn auch. Ich setzte mich auf die Treppenstufen neben dem Salon und lauschte. Dazu mußte ich mich nicht etwa anstrengen. Ihre lauten Stimmen waren im ganzen Haus zu hören.

»Die Texte sind entsetzlich.« Das war meine Mutter. »Ich würde mich schämen, sie zu singen.«

»Sie sind entzückend und werden deinem Publikum gefallen.«

»Dann mußt du eine erbärmliche Meinung von meinem Publikum haben.«

»Ich kenne dein Publikum ganz genau.«

»Und deiner Ansicht nach ist es lediglich einen Mist wert.«

»Du mußt dir diese Idee aus deinem Köpfchen schlagen.«

»Wenn du eine so geringe Meinung von mir hast, dann finde ich, daß unsere Wege sich jetzt trennen sollten.«

»Meine Meinung von dir ist, daß du eine gute Singspiel-Darstellerin bist. Viele von deiner Sorte haben sich geschadet, weil sie sich einbildeten, zu gut für ihr Publikum zu sein.«

»Dolly, ich hasse dich.«

»Désirée, ich liebe dich, aber du bist ein Dummkopf, laß dir das von mir gesagt sein. Ohne mich wärst du noch immer in der letzten Reihe vom Ballett. Komm, sei ein braves Mädchen und sieh dir *Maud* noch einmal an.«

»Ich hasse *Maud*, und die Texte sind mir peinlich.«

»Du und peinlich! Dir ist in deinem Leben noch nie etwas peinlich gewesen! Glaub mir, im Vergleich zu *Immer der Nase nach* ist *Maud* eine große Oper!«

»So ein Unsinn!«

»Und der Titel ist gut. *Komteß Maud*. Das wird ihnen gefallen. Alle werden die Komteß sehen wollen.«

»Ich hasse es. Ich hasse es. Ich hasse es.«

»Tja, dann bleibt mir nichts anderes übrig, als Lottie Langdon für die Rolle zu engagieren. Du wirst grün vor Neid, wenn du siehst, was sie daraus macht.«

»Lottie Langdon!«

»Warum nicht? Die Rolle würde gut zu ihr passen.«

»Ihre hohen Töne sind zittrig.«

»Das finden manche Leute besonders reizvoll. Sie werden die Handlung lieben. Das Ladenmädchen, das in Wirklichkeit die Tochter des Earls von Soundso ist. Das ist genau nach ihrem Geschmack. So, ich muß los... zu Lottie.«

Eine Weile war es still.

»Na gut«, sagte Dolly schließlich. »Ich geb' dir Zeit bis morgen früh. Dann wünsche ich eine klare Antwort. Ja oder nein.«

Er kam aus dem Salon. Als er fort war, ging ich nach oben in mein Zimmer. Ich wußte genau, daß meine Mutter sich bald in die Proben für *Komteß Maud* stürzen würde.

Ich behielt recht. Dolly kam häufig ins Haus. George Garland, der Klavierspieler, der meine Mutter immer begleitete, stand ständig parat, und das ganze Haus summte die Melodien aus *Komteß Maud*.

Dolly erschien jeden Tag mit neuen Ideen, die durchgefochten werden mußten. Martha flitzte herum, suchte und fand Schnittmuster und kaufte das Nötige ein. Dies war das Stadium, das uns allen vertraut war. Welche Erleichterung, wenn die Ängste, die während dieser Zeitspanne aufloderten, vorüber sein, die bösen Vorahnungen vor der Premiere sich als grundlos erweisen und wir uns auf eine lange Laufzeit einrichten würden.

Die Premiere rückte näher, und meine Mutter war in einem Zustand nervöser Spannung. Sie habe bei *Komteß Maud* von vornherein ein unbehagliches Gefühl gehabt, erklärte sie; sie sei sich bei den Texten nicht sicher, und sie finde, sie sollte in der Eröffnungsszene Blau tragen, nicht Rosa. Ihr Kleid werde sich bestimmt mit den Kostümen des Balletts beißen; sie merke, daß sie ein wenig heiser werde. Was, wenn sie am Premierenabend eine Halsentzündung hätte?«

Ich sagte zu ihr: »Du malst dir sämtliche Katastrophen aus, die dir zustoßen könnten. Das machst du immer, und es ist nie eingetreten. Die Zuschauer werden dich lieben, und *Komteß Maud* wird einer deiner größten Erfolge.«

»Danke, Herzchen. Du bist mir ein Trost. Da fällt mir etwas ein: Ich kann heute abend unmöglich mit Charlie essen.«

»Ist er in London?«

»Er kommt heute an. Ich habe heute nachmittag Probe, und ich bin mit der Tanznummer mit Sir Garnett in der letzten Szene nicht zufrieden, wenn er singt, *Ich würde dich lieben, und wärst du noch ein Ladenmädchen.*«

»Was paßt dir nicht?«

»Ich finde, er müßte von der anderen Seite kommen… und ich muß aufpassen, daß ich bei der schnellen Drehung am Schluß meine Federboa nicht verliere. Aber ich muß Charlie Bescheid geben. Magst du ihm ein Briefchen von mir überbringen, Liebling?«

»Natürlich. Wo wohnt er?«

Es kam mir plötzlich komisch vor, daß ich Charlies Londoner Adresse nicht kannte, obwohl wir so gut mit ihm befreundet waren. Wenn er in London war, war er ständig bei uns. Tatsächlich schien es zuweilen, als wohne er bei uns. Meine Mutter mochte ihn besucht haben, aber ich war nie dortgewesen. Mit Robert Bouchère war es dasselbe … allerdings hatte er sein richtiges Heim in Frankreich.

Es war entschieden etwas Geheimnisvolles um diese zwei Männer. Sie kamen und gingen. Ich fragte mich oft, was sie wohl taten, wenn sie nicht bei uns waren.

Daher begrüßte ich nun die Gelegenheit, zu sehen, wo Charlie sein Londoner Domizil hatte.

Ich fand das Haus. Es war nahe beim Hyde Park, ein kleines Gebäude, typisch achtzehntes Jahrhundert, mit einer klassizistischen Tür und einem fächerförmigen Oberlicht.

Ich läutete. Ein adrettes Stubenmädchen öffnete. Ich fragte, ob Mr. Claverham zu sprechen sei.

»Soll es Mr. Charles Claverham sein, Miß, oder Mr. Roderick?«

»Oh, Mr. Charles, bitte.«

Sie führte mich in einen Salon, dessen Einrichtung zum Stil des Hauses paßte. Die schweren Samtvorhänge an den Fenstern harmonierten mit dem zarten Grün des Teppichs, und ich konnte nicht umhin, die schlichte Eleganz mit unserem eher gediegenen modernen Stil zu vergleichen.

Das Stubenmädchen kam nicht zurück. Statt ihrer trat ein junger Mann ins Zimmer. Er war groß und schlank, mit dunklen Haaren und freundlichen braunen Augen. »Sie wollten meinen Vater sprechen?« sagte er. »Leider ist er nicht zu Hause. Er wird erst am Nachmittag wieder hier sein. Kann ich Ihnen vielleicht dienen?«

»Ich habe einen Brief für ihn. Darf ich ihn Ihnen übergeben?«

»Aber natürlich.«

»Er ist von meiner Mutter, Désirée, wissen Sie.«

»Désirée? Ist das nicht die Schauspielerin?«

Konnte es sein, daß Charlie, einer der besten Freunde meiner Mutter, sie gegenüber seinem Sohn nicht erwähnt hatte?

»Ja«, sagte ich und gab ihm den Brief.

»Er wird ihn bekommen, sobald er zurück ist. Möchten Sie nicht Platz nehmen?«

Ich bin von jeher neugierig gewesen, und da es um meine eigene Herkunft etwas Geheimnisvolles gab, mutmaßte ich, daß es sich bei anderen ebenso verhalten könnte. Ich hatte immer so viel wie möglich erfahren wollen über die Menschen, denen ich begegnete, und heute war mein Interesse besonders groß. Daher nahm ich die Aufforderung nur zu gern an.

Ich sagte: »Seltsam, daß wir uns nicht schon früher begegnet sind. Meine Mutter und Ihr Vater sind gute Freunde. Ich kannte Ihren Vater schon, als ich ganz klein war.«

»Ach, wissen Sie, ich bin nicht oft in London. Ich habe soeben mein Studium beendet und werde mich wohl sehr viel auf dem Land aufhalten.«

»Ich habe von dem Landhaus gehört – in Kent, nicht wahr?«

»Ja. Kennen Sie Kent?«

»Ich weiß nur, daß es am unteren Zipfel der Landkarte ist.« Er lachte. »Das heißt wahrlich nicht Kent kennen. Es ist mehr als ein brauner Klecks auf der Landkarte.«

»Nun gut, ich kenne Kent nicht.«

»Sollten Sie aber. Die Grafschaft ist interessant. Aber das läßt sich wohl von jeder Gegend sagen, wenn man erst anfängt, sie zu erkunden.«

»Bei den Menschen ist es dasselbe.«

Er lächelte mich an. Ich hatte das Gefühl, daß er mich ebenso gern aufhalten wollte, wie ich zu bleiben wünschte, und er sich daher überlegte, welches Thema mich fesseln würde.

Ich sagte: »Der Beruf meiner Mutter erfordert es, daß wir die ganze Zeit in London sind. Entweder bereitet sie sich auf ein Stück vor, oder sie spielt in einem. Sie hat eine Menge Proben und dergleichen. Und dazwischen hat sie ihre Ruhezeiten. So nennen sie das, wenn sie warten, daß sich etwas tut.«

»Das muß hochinteressant sein.«

»Es ist spannend. Das Haus ist stets voller Menschen. Sie hat so viele Freunde.«

»Das kann ich mir denken.«

»Bald ist wieder eine Premiere. Im Moment sind wir in dem Stadium, wo sie gespannt ist, wie es laufen wird.«

»Das muß sehr aufregend sein.«

»O ja. Heute nachmittag hat sie etwas zu erledigen, und sie weiß nicht, wann sie fertig wird. Deshalb muß sie die Verabredung mit…«

Er nickte. »Es war mir jedenfalls ein Vergnügen, Sie kennenzulernen.«

»Ihr Vater hat Ihnen bestimmt viel von ihr erzählt. Die Stücke interessieren ihn immer sehr. Er ist bei jeder Premiere zugegen.«

Er machte ein leicht abwesendes Gesicht, und ich fuhr fort: »Sie werden sich also auf dem Land aufhalten, wenn Sie London verlassen?«

»O ja. Ich helfe auf dem Gutshof.«

»Auf dem Gutshof?«

»Es ist ein großer Landsitz... mit Pächtern und so weiter. Wir müssen das alles verwalten. Das tut unsere Familie seit Jahrhunderten. Familientradition, Sie wissen schon.«

»Oh, ich verstehe.«

»Mein Großvater hat es getan, mein Vater hat es getan, und ich werde es auch tun.«

»Haben Sie Geschwister?«

»Nein, ich bin der einzige Sohn. Deshalb fällt es auf mich.«

»Ich nehme an, Sie tun es gern.«

»Natürlich. Ich liebe das Gut. Es ist mein Zuhause, und jetzt diese Entdeckung... das ist sehr aufregend.«

»Eine Entdeckung?«

»Hat mein Vater es nicht erwähnt?«

»Ich erinnere mich nicht, daß er jemals von dem Gut gesprochen hätte. Vielleicht spricht er mit meiner Mutter darüber.«

»Bestimmt hat er ihr erzählt, was man dort gefunden hat.«

»Ich habe nichts gehört. Ist es ein Geheimnis? Dann werde ich nicht danach fragen.«

»Es ist kein Geheimnis. Die Zeitungen haben darüber berichtet. Es ist sehr aufregend. Es kam beim Umpflügen eines Feldes in Flußnähe ans Licht. Vor tausend Jahren reichte das Meer bis an unsere Ländereien heran. Im Laufe der Jahrhunderte ist das Wasser nach und nach zurückgegangen, und jetzt sind wir zweieinhalb Kilometer vom Meer entfernt. Das Aufregende aber ist, daß die Römer dort eine Art Hafen hatten, wo sie Vorräte anlandeten, und ringsum befand sich natürlich eine Siedlung. Wir haben eine ihrer Villen ausgegraben. Eine phantastische Entdeckung.«

»›Rom allein bleibt bestehen‹«, sagte ich.

»Ja, allerdings. Wir befinden uns auf dem Land der Römer. Schließlich sind sie zuerst in Kent gelandet, nicht? Ich kenne die Stelle in Deal, nur ein paar Kilometer von uns entfernt. Dort gibt es eine Gedenktafel mit der Aufschrift HIER LANDETE JULIUS CAESAR 55 A. D.«

»Wie aufregend!«

»Wenn man dort steht, kann man sich vorstellen, wie die Römer an Land gingen, zum Erstaunen der am ganzen Körper blau angemalten Bretonen. Die Armen! Aber letzten Endes wurde alles gut. Sie haben soviel für Britannien getan. Sie können sich vorstellen, wie aufgeregt wir waren, als wir Beweise fanden, daß sie auf unserem Grund gewesen sind!«

»Sie waren wohl ganz aus dem Häuschen, nicht?«

»Und ob. Zumal ich ein wenig Archäologie studiert habe. Eigentlich nur aus Liebhaberei. Eine Zeitlang hätte ich es wohl gern zu meinem Beruf gemacht, aber ich wußte, was ich zu tun hatte. *Noblesse oblige*, Sie wissen schon.«

»Aber Sie wären lieber Archäologe geworden?«

»Eine Weile, ja. Aber dann besann ich mich, daß dieser Beruf mit Enttäuschungen befrachtet ist. Man träumt davon, wundersame Entdeckungen zu machen... aber das meiste ist Graben und Hoffen. Auf einen Triumph kommen tausend Enttäuschungen. Wir haben nichts gefunden als ein paar Tonscherben und hofften, daß sie Jahrhunderte alt seien und aus einem römischen oder angelsächsischen Haus stammten, doch dann stellte sich heraus, daß irgendeine Hausfrau sie vor ein paar Monaten fortgeworfen hatte!«

Ich lachte. »So ist das Leben.«

»Ganz recht. Aber ich rede die ganze Zeit von mir. Ich glaube, das zeugt von einem erschreckenden Mangel an Anstand.«

»Nicht, wenn der Angesprochene interessiert ist, und das bin ich ungemein. Erzählen Sie mir von Ihrem Landhaus.«

»Es ist uralt.«

»Das habe ich schon mitbekommen... Generationen von Clavenhams, die auf dem Gut ihre Pflicht erfüllt haben.«

»Manchmal glaube ich, daß Häuser Familien beherrschen können.«

»Indem sie solchen Familienmitgliedern Pflichten auferlegen, die nicht sicher sind, ob sie nicht lieber die Vergangenheit ausgraben würden?«

»Ich werde mich vorsehen müssen, was ich Ihnen erzähle. Sie haben ein zu gutes Gedächtnis.«

Ich war sehr erfreut, glaubte ich doch die Andeutung herauszuhören, unsere Begegnung werde nicht die letzte sein.

»Einige Trakte des Hauses sind wirklich sehr alt – zum Teil angelsächsisch, aber vieles ist natürlich bei den Restaurierungen verlorengegangen, die im Laufe der Jahre notwendig wurden.«

»Spukt es dort?«

»Nun ja, mit Häusern, die so lange bestehen, sind immer Legenden verknüpft. Da haben sich natürlich nach und nach ein paar Gespenster eingefunden.«

»Ich würde das Haus gern einmal sehen.«

»Das müssen Sie unbedingt. Ich möchte Ihnen die römischen Funde zeigen.«

»Wir machen nie Besuche«, erklärte ich.

»Wie merkwürdig. Wir haben sehr oft Hausgäste. Meine Mutter ist eine passionierte Gastgeberin.«

Ich war überrascht. Ich hätte nicht gedacht, daß es eine Mrs. Claverham gab. »Mrs. Claverham ist wohl nicht oft in London, nehme ich an?«

»Eigentlich nennt man sie Lady Constance. Ihr Vater war ein Earl, und sie führt den Titel weiter.«

»Lady Constance Claverham«, murmelte ich.

»So ist es. Sie macht sich nicht viel aus London. Sie kommt nur gelegentlich hierher, um Kleider und dergleichen einzukaufen.«

»Ich glaube nicht, daß sie schon bei uns war. Das müßte ich wissen. Ich bin immer zu Hause.«

Ich merkte, daß er die Situation ziemlich merkwürdig, wenn nicht gar mysteriös fand.

»Bei uns zu Hause gehen so viele Leute ein und aus«, fuhr ich fort. »Besonders in Zeiten wie jetzt, wenn ein neues Stück vorbereitet wird.«

»Es muß aufregend sein, eine berühmte Mutter zu haben.«

»Ja, sehr. Sie ist der wunderbarste Mensch, den ich kenne. Alle lieben sie.«

Ich schilderte ihm, wie es zuging, wenn ein Stück herauskam. Ich erzählte ihm von dem Lärm, wenn gesungen und geprobt wurde; denn es gab immer Szenen, die meine Mutter mit bestimmten Leuten durchgehen wollte, und sie bestellte sie dafür gern ins Haus.

»Wenn sie eine Rolle spielt, wird sie gewissermaßen diese Person, und daran müssen wir uns alle gewöhnen. Im Augenblick ist sie Komteß Maud.«

»Und wer ist diese Komteß Maud?«

»Sie ist eine Verkäuferin, die in Wirklichkeit eine Komteß ist, und sie kann nicht die geringste Bemerkung machen, ohne in Gesang zu verfallen.«

Er lachte. »Dann ist es wohl eine Art Singspiel?«

»Das ist die Stärke meiner Mutter. Sie macht kaum etwas anderes. Es ist genau das Richtige für sie. Tanzen und Singen beherrscht sie perfekt. Ich bin froh, wenn *Maud* anläuft. Sie ist vorher immer so schrecklich nervös, obwohl sie und wir alle wissen, daß sie am Premierenabend wundervoll sein wird. Danach spielt es sich ein, und nach einer gewissen Zeit langweilt es sie ein bißchen. Dann wird das Stück abgesetzt, und alles beginnt von vorn. Ich mag die Ruhezeiten. Dann sind wir öfter zusammen und haben viel Spaß miteinander, bis sie unruhig wird und Dolly mit einem neuen Stück aufkreuzt.«

»Dolly?«

»Donald Dollington. Sie haben bestimmt von ihm gehört.«

»Der Schauspieler?«

»Ja, Schauspieler-Agent. Ich glaube, er produziert jetzt mehr und steht nicht mehr so oft auf der Bühne.«

Auf dem Kaminsims schlug eine Uhr.

Ich sagte: »Ich bin schon fast eine Stunde hier. Dabei war ich nur gekommen, um einen Brief abzugeben.«

»Es war eine sehr angenehme Stunde.«

»Zu Hause werden sie sich fragen, wo ich bleibe. Ich muß gehen.«

Er nahm meine Hand und hielt sie ein paar Sekunden fest. »Es war mir ein Vergnügen, Sie kennenzulernen«, sagte er. »Ich bin froh, daß Sie kamen, um den Brief abzugeben.«

»Ich nehme an, da Sie nun in London sind, wird Ihr Vater Sie einmal mit zu uns bringen.«

»Das würde mich freuen.«

»Sie müssen zur Premiere von *Komteß Maud* kommen.«

»Ich werde dasein.«

»Also bis dann.«

»Ich begleite Sie nach Hause.«

»Oh, es ist nicht weit.«

»Ich bestehe darauf.«

Da ich seine Gesellschaft genoß, machte ich keine weiteren Einwendungen. Als wir zu Hause ankamen, bat ich ihn herein.

»Ich freue mich darauf, Ihre Mutter kennenzulernen«, sagte er. »Sie scheint bezaubernd zu sein.«

»Das ist sie«, versicherte ich ihm.

Als wir in die Diele traten, hörte ich Stimmen im Salon. »Sie ist zu Hause«, sagte ich. »Sie hat Besuch. Aber kommen Sie.«

Meine Mutter hatte mich gehört. Sie rief: »Bist du's, Liebling? Komm, sieh, wer hier ist.«

»Soll ich…?« murmelte Roderick Claverham.

»Aber sicher. Bei uns sind immer Leute im Haus.«

Ich öffnete die Tür.

»Dein Botengang wäre gar nicht nötig gewesen«, erklärte meine Mutter.

Neben ihr auf dem Sofa saß Charlie. Er starrte meinen Begleiter an und wurde schrecklich verlegen.

»Ich habe Charlie soeben erzählt, daß ich ihm einen Brief geschrieben habe und daß du fortgegangen bist, um ihn abzugeben«, erklärte meine Mutter.

Sie lächelte Roderick zu und wartete, daß er ihr vorgestellt würde.

»Désirée, das ist mein Sohn Roderick«, sagte Charlie.

Sie erhob sich, ergriff seine Hand, lächelte ihn an und sagte ihm, sie sei entzückt, ihn kennenzulernen.

Aber es entging mir nicht, daß es eine peinliche Situation war. Und ich war schuld daran, weil ich die Begegnung zwischen Charlie und seinem Sohn in unserem Haus herbeigeführt hatte.

Meine Mutter verstand sich sehr gut darauf, peinliche Situationen zu überbrücken. Ich hatte das Gefühl, in einer Szene eines Theaterstücks mitzuwirken. Die Unterhaltung war recht gestelzt, und eine Weile schien Charlie außerstande, zu sprechen.

Meine Mutter hatte gerade gesagt: »Wie nett, Sie kennenzulernen. Bleiben Sie länger in London? Das Wetter ist zur Zeit recht angenehm. Ich liebe den Frühling, Sie nicht?«

Ich merkte ihr an, daß sie die Situation genoß. Sie schlüpfte mühelos in die Rolle, die das Stück von ihr verlangte.

Ich sagte zu Charlie: »Ich habe von den wunderbaren Entdeckungen auf Ihrem Gut gehört.«

»O ja, ja«, sagte Charlie. »Sehr, sehr interessant.«

Meine Mutter wollte unbedingt mehr darüber hören. Sie meinte, das sei ja phantastisch, und sie seien gewiß sehr stolz, und was für eine wundervolle Vorstellung es sei, etwas zu finden, das die ganze Zeit dort war.

Dann fragte sie Roderick, ob er ein Glas Sherry oder sonst etwas möge. Er lehnte ab und meinte, er müsse wirklich gehen, und es sei ihm ein Vergnügen gewesen, uns kennenzulernen.

»Es ist zum Lachen«, sagte meine Mutter. »Da schicke ich Ihrem Vater einen Brief, dabei war er auf dem Weg hierher.«

Kurz danach verabschiedeten sich Charlie und sein Sohn.

Als sie fort waren, streckte Mutter sich auf dem Sofa aus und schnitt mir eine Grimasse.

»Ach du lieber Himmel«, sagte sie, »was haben wir da bloß angerichtet?«

»Wieso?« fragte ich.

»Laß uns beten, daß es der gestrengen Lady Constance nicht zu Ohren kommt.«

»Ich habe heute morgen erfahren, daß sie Charlies Frau ist. Ich hätte nie gedacht, daß Charlie eine Ehefrau hat.«

»Die meisten Männer haben eine... sie steckt irgendwo.«

»Und Lady Constance steckt in dieser wunderbaren alten Residenz mit den römischen Ruinen.«

»Ich könnte mir vorstellen, daß sie selber wie eine alte römische Matrone ist.«

»Und wie sind die?«

»Oh – sie gehören zu den Frauen, die alles wissen, alles können, nie etwas falsch machen, sämtliche Regeln beachten und dasselbe von allen andern erwarten... und höchstwahrscheinlich gewöhnlichen Sterblichen das Leben schwermachen.«

»Charlie hat dir bestimmt von ihr erzählt.«

»Ich wußte, daß es eine Lady Constance gab, das ist alles. Der junge Mann ist nett. Er ist nach Charlie geraten, schätze ich.«

»Charlie ist einer deiner besten Freunde, und er hat dir nie Näheres über seine Frau erzählt!«

Sie sah mich an und lachte. »Nun ja, es ist ein bißchen vertrackt. Lady Constance würde eine Freundschaft ihres Gatten mit einer flatterhaften Schauspielerin niemals dulden, nicht wahr? Deshalb hat sie nie von mir gehört, und deshalb reden wir nicht von ihr!«

»Aber wenn Charlie so oft nach London kommt...«

»Geschäftlich, mein Liebling. Viele Männer werden durch ihre Geschäfte von daheim ferngehalten. Nun, und ich bin eben ein Teil von Charlies Geschäften.«

»Du meinst, sie hätte etwas dagegen, daß er hierherkommt, wenn sie es wüßte?«

»Darauf kannst du wetten.«

»Und jetzt weiß es ihr Sohn.«

»Ich hätte dich nicht bitten sollen, den Brief zu überbringen. Das wurde mir klar, kaum daß du fort warst. Ich hatte gedacht, du würdest ihn einfach nur abgeben.«

»Das wollte ich ja, aber das Hausmädchen hat mich in den Salon geführt. Ich erwartete, daß Charlie dasein würde, aber dann kam Roderick. Tut mir leid, es war meine Schuld.«

»Aber nein, natürlich nicht. Wenn jemand Schuld hatte, dann ich, weil ich dich geschickt habe. Komm. Grämen wir uns nicht deswegen. Charlie ist kein Kind. Und dieser Roderick auch nicht. Er wird es verstehen.«

»Was verstehen?«

»Oh... er wird diskret sein, der junge Mann. Er wird die Situation erfassen. Ich fand ihn sehr nett.«

»Ich fand ihn auch nett«, sagte ich.

»Charlies Sohn muß einfach nett sein. Schließlich ist Charlie ein netter Mensch. Schade, daß er ausgerechnet mit der gestrengen Lady Constance verheiratet sein muß. Das ist vielleicht der Grund, weswegen er...«

»Weswegen was?«

»Weswegen er hierherkommt, Liebes. Aber es ist nur ein Sturm im Wasserglas. Keine Sorge, Liebes. Roderick wird den Mund halten, und Charlie wird den Schrecken darüber verwinden, daß seine zwei Leben sich für ein paar Minuten berührt haben. Und dann wird alles sein wie vorher.«

Allmählich begriff ich, und ich fragte mich, ob es wirklich sein würde wie vorher.

Roderick Claverhams Besuch in unserem Hause und Charlies Reaktion waren bald vergessen, denn die Premiere von *Komteß Maud* stand vor der Tür. Das ganze Haus befand sich im Chaos: Fieberhafte Befürchtungen, spontane letzte Entschlüsse, dies und jenes zu ändern, grimmige Weigerungen seitens Désirée, leidenschaftliche Appelle von Dolly, lautstarke Vorwürfe von Martha. Nun gut, das war alles schon dagewesen.

Und dann der Abend selbst. Der Tag, der ihm vorausging, war von besonders großer Spannung beherrscht; mal mußte meine Mutter unbedingt allein sein, dann verlangte sie plötzlich nach uns. Sie war beunruhigt. Sollte sie die kleine Szene am Ende des ersten Aktes ändern? Konnte sie in diesen Kulissen etwas anderes probieren? Freilich war es zu spät. Oh, wie dumm von ihr, nicht früher daran gedacht zu haben. War das Kleid, das sie im ersten Akt trug, zu eng, zu weit, zu offenherzig oder schlicht langweilig? Dieses Stück werde ihr Ende bedeuten. Wer würde sie nach diesem Fiasko noch sehen wollen? Es war ein lächerliches Stück. Wer hatte je davon gehört, daß eine Komteß hinter der Theke einer Stoffhandlung bediente!

»Eben deshalb wurde ein Stück daraus«, rief Martha. »Es ist ein gefälliges Stück, und durch dich wird es großartig – das heißt, wenn du endlich mit deinen Anfällen aufhörst.«

Dolly schlich umher und nahm dramatische Posen ein, er faßte sich an den Kopf und flehte Gott an, es ihm zu ersparen, jemals wieder mit dieser Frau zu arbeiten.

»Allmächtiger Gott«, rief er. »Warum hast du mich nicht Lottie Langdon nehmen lassen?«

»Ja, lieber Gott, warum nicht?« sagte meine Mutter. »Diese alberne Komteß Maud hätte gut zu ihr gepaßt.«

Dann nahm Dolly eine Garrick-Pose ein und rief mit der Resignation eines Pontius Pilatus: »Ich wasche meine Hände in Unschuld.« Und mit einer entsprechenden Gebärde wandte er sich zur Tür.

Er meinte es natürlich nicht ernst, aber von der dramatischen Szene mitgerissen, flehte meine Mutter: »Geh nicht fort. Ich will alles spielen ... alles, was du von mir verlangst ... sogar die Maud.«

Und so ging es weiter. Früher hatte ich wohl geglaubt, es würde in einer Katastrophe enden, aber jetzt wußte ich, sie waren alle viel zu routiniert, um es so weit kommen zu lassen. Sie meinten nicht, was sie sagten. Es diente dazu, das Schicksal versöhnlich zu stimmen. Theaterleute waren die abergläubischsten Menschen auf Erden: Sie sagten nicht im vorhinein: »Dies wird ein großer Erfolg«, weil sonst das Schicksal, dieses perverse Geschöpf, dafür sorgen würde, daß der Erfolg ausblieb. Es wäre arrogant zu denken, daß es von einem selbst abhing. Wenn man aber sagte, es würde ein Mißerfolg, so höhnte das Schicksal: »Von wegen – es wird ein Erfolg.«

Endlich saß ich mit Charlie und Robert Bouchére in einer Loge im Theater und sah auf die Bühne hinunter. Der Vorhang ging vor der Stoffhandlung auf. Es wurde gesungen und getanzt, und plötzlich teilte sich die Reihe der Mädchen, und hinter der Theke stand Désirée, entzückend anzusehen in dem Kleid, das weder zu eng noch zu weit, weder zu offenherzig noch schlicht langweilig war.

Die Zuschauer brachen in den heftigen Applaus aus, der sie stets begrüßte, wenn sie auftrat, und bald sang sie *Womit kann ich dienen, Madam?*, bevor sie hinter der Theke hervorkam und auf ihre unnachahmliche Art über die Bühne tanzte.

Dolly kam in der Pause in die Loge. Er meinte, dem Publikum scheine es zu gefallen, und mit Désirée könne es nicht mißlingen. Sie habe die Zuschauer vom Augenblick ihres Auftretens an in ihren Bann gezogen.

»Dann tut es Ihnen am Ende doch nicht leid, daß Sie Lottie Langdon nicht genommen haben.« Ich konnte mir die Bemerkung nicht verkneifen.

Er warf mir diesen spöttischen Blick zu, der besagte: Du solltest unterdessen wissen, wie das alles gemeint war.

Er verließ uns, und wir setzten uns zurecht, um den letzten Akt zu genießen.

Bevor das Licht ausging, sah ich, daß unten im Parkett jemand versuchte, meine Aufmerksamkeit auf sich zu ziehen. Ich mußte innerlich lachen. Es war Roderick Claverham. Ich hob meine Hand und lächelte zum Zeichen, daß ich ihn bemerkt hatte. Er erwiderte das Lächeln. Charlie unterhielt sich mit Robert Bouchère über das Stück und hatte seinen Sohn offensichtlich nicht gesehen. Ich machte ihn nicht darauf aufmerksam, daß Roderick im Theater war. Ich hatte eine Lektion gelernt. Und ich fragte mich, ob Roderick begriffen hatte.

Der Vorhang ging auf, und wir sahen Désirée in der letzten Szene, in der der aristokratische Bräutigam erklärt: *Ich würde dich lieben, und wärst du noch ein Ladenmädchen.*« Und Désirée antwortete mit ihren gelungensten hohen Tönen.

Es war vorüber. Das Publikum war begeistert. Désirée kam auf die Bühne, geführt von dem Mann, der sie lieben würde, und wäre sie noch ein Ladenmädchen. Er küßte ihre Hand und dann, zum Entzücken des Publikums, ihre Wange. Blumen wurden überreicht, und Désirée richtete ein paar Worte an die Zuschauer.

»Ihr lieben, *lieben* Leute... Sie sind zu gütig. Das habe ich nicht verdient!«

»Doch, doch«, kam es aus dem Zuschauerraum.

Sie hielt in gespielter Bescheidenheit die Hand in die Höhe und versicherte den Zuschauern, sie kenne keine größere Freude, als für sie zu spielen. »Ich wußte, daß Sie *Maud* lieben würden. Ich liebte sie vom ersten Augenblick an, als ich sie kennenlernte.«

Ich hörte im stillen ein Echo: »Dieses blödsinnige Geschöpf, warum muß ich so ein Dummchen spielen?« Es gehörte alles zu der Schauspielerei, die ihr Leben war.

Die Leute strebten den Ausgängen zu. Noch einmal fing ich im Gedränge einen Blick von Roderick auf, der mir zulächelte. Ich sah zu Charlie hinüber. Er hatte seinen Sohn noch immer nicht gesehen.

Danach ging ich mit Charlie und Robert Bouchère in Désirées Garderobe. Martha half ihr, sich rasch umzuziehen. Man trank Champagner.

Désirée gab Dolly einen Kuß und sagte: »Ich hab's geschafft.«

Dolly sagte: »Du warst fabelhaft, Liebling. Hab' ich's dir nicht gleich gesagt.«

»Ich habe gespürt, wie sehr es den Zuschauern gefallen hat.«

»*Du* hast ihnen gefallen.«

»So ein reizendes Publikum!«

»Du bist aber auch wirklich großartig.«

»Danke, Süßer. Sag's noch einmal. Ich höre es zu gern. Und da ist ja meine Noelle. Wie fandest du deine Mutter, Herzchen?«

»Du warst einfach phantastisch.«

»Du bist so lieb, Süßes.«

Robert sagte mit seinem amüsanten französischen Akzent: »Ist sie – Noelle – schon alt genug, um Champagner zu trinken, ah?«

36

»Heute abend ausnahmsweise«, sagte meine Mutter. »Kommt, ihr Lieben. Trinken wir auf eine gute Laufzeit – nicht zu lang. Ich glaube nicht, daß ich Maud sehr lange ertragen kann. Nur gerade genug, um sie zum Erfolg zu führen und bis zum Schluß ein volles Haus zu haben. Und möge sie wissen, wann die rechte Zeit ist, uns zu verlassen.«

Wir tranken auf *Maud*. Ungefähr eine halbe Stunde später fuhr Thomas uns nach Hause. Er hatte mit der Kutsche auf uns gewartet. Bevor wir uns trennten, gab es noch etliche weitere Küsse und Glückwünsche; in der Kutsche waren dann nur noch Martha, Mutter und ich. Auf den Straßen war nicht viel Betrieb, denn die Menge zerstreute sich rasch.

»Du bist gewiß völlig erschöpft«, sagte ich zu meiner Mutter.

»O ja, mein Liebes, und ob. Ich werde bis morgen nachmittag durchschlafen.«

»Beruhigt, weil *Maud* ein großer Erfolg war«, meinte ich.

»Natürlich, und ich hab's von Anfang an gewußt, Liebling«, sagte meine Mutter.

Martha sah mich mit hochgezogenen Augenbrauen an.

»Oh, kurz vorher ist man immer nervös«, verteidigte sich meine Mutter. »Das muß so sein. Wäre man das nicht, könnte man auf der Bühne glatt scheitern. So ist nun mal das Leben, Liebling.«

Als wir vor unserem Haus vorfuhren, bemerkte ich ein Mädchen. Sie stand bei einem Laternenpfahl, aber ich konnte ihr Gesicht sehen. Sie wirkte ziemlich bedrückt, und ich fragte mich, warum sie um diese nächtliche Stunde dort stand.

Meine Mutter sagte gerade: »Oh, ich bin vollkommen ermattet, und *Womit kann ich dienen, Madam* geht mir dauernd im Kopf herum.«

Thomas war vom Kutschbock gesprungen und hielt den Wagenschlag auf. Meine Mutter stieg aus. Ich sah das Mädchen einen Schritt vorwärts tun. Ihr Gesicht war angespannt. Bevor ich aus der Kutsche steigen konnte, lief sie hastig davon.

»Hast du das Mädchen gesehen?« fragte ich.

»Welches Mädchen?«

»Das da drüben stand. Es sah aus, als würde sie dich beobachten.«

»Um einen Blick auf die Komteß Maud zu werfen, schätze ich«, sagte Martha.

»Vielleicht. Aber sie kam mir irgendwie merkwürdig vor.«

»Wohl eine von diesen Theaterbesessenen«, meinte Martha.

»Hält sich für eine zweite Désirée. So sind sie alle.«

»Kommt jetzt«, sagte meine Mutter. »Sonst bin ich halb eingeschlafen, bevor wir im Haus sind.«

Ich wußte, daß uns das Einschlafen schwerfallen würde, wie immer nach einer Premiere. Aber in dieser Nacht war es anders als sonst. Das lag an zweierlei: an Rodericks Anwesenheit im Theater, die mich abermals veranlaßte, über Charlie, Lady Constance und Charlies Beziehung zu meiner Mutter nachzudenken, und an dem Mädchen auf der Straße. Warum beschäftigte sie mich so? Es standen oft Leute herum, um einen Blick auf meine Mutter zu erhaschen; sie warteten vor dem Theater und gelegentlich vor unserem Haus, denn die Presse hatte verraten, wo Désirée wohnte. Wie Martha gesagt hatte, das Mädchen mußte theaterbesessen gewesen sein: Sie hatte Désirée aus nächste Nähe sehen wollen.

Ich hätte beruhigt sein sollen. Die Premiere war vorüber. Eine lange Laufzeit würde folgen, und meine Mutter würde mehr Zeit für mich haben.

Der Unfall

Komteß Maud hatte sich eingespielt – ein weiterer Erfolg für Désirée.

Es war etwa drei Wochen nach der Premiere, an einem Donnerstag. Meine Mutter war zu einer Nachmittagsvorstellung ins Theater gefahren. Ich wollte ein paar Einkäufe erledigen und nach der Vorstellung ins Theater kommen, dann könnte Thomas uns zusammen nach Hause fahren. So hielten wir es öfter. Es verschaffte uns ein wenig Zeit miteinander, bevor meine Mutter zur Abendvorstellung enteilte.

Als ich das Haus verließ, kam Roderick Claverham die Straße entlang.

»Guten Morgen«, sagte er. Wir standen uns ein paar Sekunden gegenüber und lächelten uns an.

Ich fand als erste die Sprache wieder. »Sie sind also noch in London?«

»Ich war unterdessen zu Hause, und jetzt bin ich wieder hier.«

»Was machen die Ausgrabungen?«

»Keine weiteren Entdeckungen. Das würde mich auch wundern. Ich hatte gehofft, Sie zu sehen. Ich bin in dieser Absicht schon ein-, zweimal hergekommen. Diesmal habe ich Glück.«

Er hatte also nach mir Ausschau gehalten. Das stimmte mich froh.

»Wollten Sie uns besuchen?« fragte ich.

»Ich dachte, unter den gegebenen Umständen sei es vielleicht nicht erwünscht, habe ich recht?«

»Vielleicht.«

»Wohingegen eine zufällige Begegnung...«

»...freilich etwas anderes wäre.«

»Wollten Sie ausgehen?«

»Nur Einkäufe machen.«

»Darf ich Sie begleiten?«

»Es würde Sie langweilen.«

»Das glaube ich nicht.«

»Es sind keine notwendigen Besorgungen. Anschließend wollte ich zum Theater und mit meiner Mutter nach Hause fahren.«

»Vielleicht kann ich Sie zum Theater begleiten?«

»Die Vorstellung ist erst in zwei Stunden zu Ende.«

»Dann lassen Sie uns ein wenig spazierengehen. Sie könnten mir diese Gegend von London zeigen. Vielleicht trinken wir irgendwo eine Tasse Tee? Oder finden Sie das langweilig?«

»Ganz im Gegenteil.«

»Schön, wo fangen wir an?«

»Sie sind natürlich an der Vergangenheit interessiert«, sagte ich, als wir uns auf den Weg machten. »Ich glaube nicht, daß wir hier etwas so Altes haben wie Ihre römischen Ruinen. Meine Gouvernante kennt sich in dieser Gegend sehr gut aus. Sie interessiert sich für alles, was irgendwie mit dem Theater zu tun hat.«

»Vielleicht, weil sie in einem Theaterhaushalt tätig ist.«

»Ehrlich gesagt, Matty hat für die Leistungen meiner Mutter nicht viel übrig. Das ist immer so, wenn man auf jemanden trifft, der die Spitze eines niedrigeren Niveaus, als man es selbst anstrebt, erreicht hat – vor allem, wenn man selbst noch nicht einmal den ersten Schritt zu seinem Ziel getan hat. Matty sieht sich im Geist als große Schauspielerin und glaubt, daß sie mit Unterrichten nur Zeit verschwendet.«

»Ich hätte gedacht, sie wäre sehr stolz auf ihre Schülerin.«

»Wir kommen ganz gut miteinander aus. Aber eigentlich interessiert sie sich nur fürs Theaterspielen. Ich glaube, im Grunde ihres Herzens weiß sie, daß es für sie unerreichbar ist. Aber sind Sie nicht auch der Meinung, daß die Menschen sich an Tagträumen ergötzen?«

»Allerdings.«

»Es ist eine einfache Methode. Matty kann in ihren Träumen leben – in diesen Augenblicken, wenn sie auf der Bühne als Lady

Macbeth glänzt, den Beifall des Publikums und die Blumensträuße entgegennimmt und am nächsten Morgen in der Zeitung ihr Talent gerühmt sieht. Sie muß nicht unter den nervenaufreibenden Spannungen leiden, den entsetzlichen Zweifeln, den Alpträumen der Premiere, wie meine Mutter sie jedesmal durchmacht.«

»Ich hätte gedacht, Ihre Mutter sei sich ihres Erfolges absolut sicher.«

»Eben weil sie es nicht ist, ist sie erfolgreich..., falls Sie verstehen, was ich meine. Sie sagt, wenn man nicht unter Anspannung steht, gibt man nicht sein Bestes. Jedenfalls kann ich Ihnen sagen, es ist nicht leicht, Schauspielerin zu sein, und ich denke allmählich, Mattys Träume sind erquicklicher als die Wirklichkeit. Sie gerät über diese Gegend ins Schwärmen, sie liebt die Nähe des Theaters. Unsere Spaziergänge in der Nachbarschaft sind ihr ein Genuß.«

»So wie mir.«

»Wir sprechen viel von den alten Zeiten. Es muß aufregend gewesen sein, als die Theater wieder geöffnet wurden. Matty verbreitet sich gern ausführlich über die Puritaner unter Cromwell, die die Theater geschlossen haben. Sie hielten sie für sündig. Matty schimpft über sie.«

»Ich stimme ihr zu. Ich habe eine Abneigung gegen die Scheinheiligen, die den Menschen unter dem Vorwand, es sei gut für sie, ihre Vergnügungen rauben, während sie selbst die ganze Zeit dem Vergnügen frönen, sich an ihrer eigenen Tugend zu ergötzen.«

»Ich empfinde es genauso. Aber es war wundervoll, als es wieder Theater gab! So wundervoll, daß es die Entbehrung beinahe lohnte! Matty interessiert sich sehr für die Stückeschreiber der Restauration. Sie studiert sie mit mir. Sie meint, es sei gut für mich. Ich bin froh darüber.«

»Ich bin sicher, sie unterrichtet sich selbst ebenso wie Sie.«

»Ganz gewiß. Wir sind in die Bibliotheken gegangen und haben alles mögliche Wissenswerte ausgegraben. *Sie* werden verstehen, wie aufregend das war. Sie haben Ihre römischen Ruinen.«

»O ja, ich verstehe. Und wenn Sie durch diese Straßen spazieren, sehen Sie sie im Geist so vor sich, wie sie vor Jahren gewesen sind.«

»Ja... die Männer mit ihren prachtvollen Perücken und Federhüten. Und Nell Gwynn hat natürlich in der Drury Lane Apfelsinen verkauft, und dann wurde sie Schauspielerin und hat König Karl begeistert. Das ist alles so romantisch.«

»Und Sie wollen nicht zur Bühne und mit Ihrer Mutter im Rampenlicht stehen?«

»Ich habe zuviel Hochachtung vor ihrem Talent, um mir einzubilden, es ihr gleichtun zu können. Ich kann nicht singen, meine Mutter dagegen hat eine herrliche Stimme. Und sie ist eine großartige Tänzerin.«

»Und anders als Matty schmachtet sie nicht nach den klassischen Rollen.«

»*Komteß Maud* und ihresgleichen genügen ihr.«

»Und das macht sie sehr gut.«

»Ich habe Sie im Theater gesehen.«

»Ja, ich Sie auch.«

»Sie sind hinterher nicht geblieben. Sind Sie gleich enteilt?«

»Ich wußte nicht recht, was tun. Am besten unternimmt man gar nichts, wenn man sich nicht schlüssig ist, was das Richtige wäre.«

»Da mögen Sie recht haben. Übrigens, dies ist die Vere Street. Wir haben eine interessante Geschichte über ein Theater entdeckt, das es hier einmal gegeben hat. Es wurde von Killigrew und Davenant gegründet, zwei wohlbekannten Theaterleuten. Sie waren dermaßen auf die Wiedereröffnung der Theater erpicht, daß sie nur wenige Monate nach der Restauration hier eines aufmachten. Matty sagt, ihr Enthusiasmus muß sagenhaft gewesen sein. Sie haben es durchgesetzt, daß Frauen auf der Bühne spielen durften. Bis dahin wurden Frauenrollen von Knaben verkörpert. Können Sie sich das vorstellen! Die Frauen wurden zu allen Zeiten benachteiligt. Ich meine, es ist an der Zeit, daß wir etwas dagegen unternehmen. Finden Sie nicht auch?«

»Ich fürchte, wenn ich Ihnen nicht beipflichte, werde ich jegliche Achtung verlieren, die Sie für mich übrig haben, und deshalb stimme ich Ihnen bedenkenlos zu.«

Ich lachte. »Ich möchte nicht, daß Sie mir allein aus diesem Grund zustimmen.«

»Vergessen Sie, was ich gesagt habe. Es war eine alberne Bemerkung in einem ernsthaften Gespräch. Ja, ich stimme Ihnen zu, und ich bin überzeugt, daß sich die Situation mit Hilfe von Leuten wie Ihnen bald bessern wird.«

»Die Geschichte, die ich Ihnen erzählen wollte, handelt von einer Frau, der man Unrecht getan hatte. Sie war eine der ersten, die auf der Bühne standen. Sie spielte an dem Theater in der Vere Street die Roxana in *Die Belagerung von Rhodos*. Der Earl of Oxford, Aubrey de Vere, sah das Stück und entbrannte in Leidenschaft für sie. De Vere konnte keine Schauspielerin ehelichen, aber sie wollte sich ihm nicht ohne Heirat hingeben. Darauf bediente sich der Schurke eines falschen Priesters, der eine Scheintrauung vollzog, und sie erfuhr erst von der List, als es zu spät war.«

»Sie war gewiß nicht die erste, die auf diese Weise hintergangen wurde.«

»Es macht Matty Freude, Geschichten über diese Leute zu sammeln. Sie weiß von der Arroganz Colly Cibbers und der Tugend Anne Bracegirdles zu erzählen.«

»Erzählen Sie mir von der tugendhaften Anne.«

»Sie war eine Schauspielerin, die Mitte des achtzehnten Jahrhunderts starb. Zu jener Zeit müssen eine Menge interessanter Leute gelebt haben. Anne hatte sehr strenge moralische Grundsätze, was bei einer Schauspielerin selten war. Sie half den Armen. Sie erinnert mich an meine Mutter, die Hunderte von Bettelbriefen bekommt. Vor dem Theater warten immer Menschen mit einer mitleiderregenden Geschichte.«

»Ihre Mutter hat ein liebenswertes Gesicht. Sie hat so etwas Sanftes, Gütiges. Sicher, sie ist schön, aber sie besitzt auch eine innere Schönheit. Ich glaube, Menschen mit solchen Gesichtern sind wirklich gut.«

»Das haben Sie lieb gesagt. Ich möchte es ihr erzählen. Es dürfte sie amüsieren. Sie hält sich keineswegs für gut, sie denkt vielmehr, sie sei eine Sünderin. Aber Sie haben recht. Sie *ist* gut. Ich denke oft, welch ein Glück es für mich ist, ihre Tochter zu sein.«

Er drückte meinen Arm. Wir schwiegen einen Augenblick, dann fragte er: »Was geschah mit Roxana?«

»Wir haben entdeckt, daß es ein Kind namens Aubrey de Vere gab, und daß er sich als Earl of Oxford bezeichnete. Er war der Sohn einer Schauspielerin, und es hieß, der Earl sei mit seiner Mutter eine Scheinehe eingegangen.«

»Das muß derjenige gewesen sein, es sei denn, es war eine Gewohnheit von ihm, Scheinehen einzugehen.«

»Das könnte ich mir gut vorstellen. Das ist es ja, was einen bei diesen Geschichten zum Wahnsinn treibt. Man weiß oft nicht, wie es ausgegangen ist.«

»Man muß es sich ausdenken. Ich hoffe, daß Roxana eine große Schauspielerin geworden ist und daß den Earl of Oxford die strafende Gerechtigkeit ereilte.«

»Matty hat entdeckt, daß er für seine Unmoral berüchtigt, aber bei Hofe geistreich und beliebt war. Daher nehme ich an, daß er nicht für seine Missetaten büßte.«

»Eine Schande! Ah, hier ist eine Teestube. Möchten Sie sich ein Weilchen hinsetzen, und anschließend gehen wir rechtzeitig zum Schluß der Vorstellung zum Theater?«

»Mit Vergnügen.«

Die Teestube war klein und gemütlich. Wir fanden einen Tisch für zwei Personen in einer Ecke.

Als ich den Tee einschenkte, sprach er über seinen bevorstehenden Urlaub in Ägypten.

»Der Traum eines Archäologen«, sagte er. »Das Tal der Könige! Die Pyramiden! So viele Relikte aus dem Altertum. Das müssen Sie sich einmal vorstellen.«

»Ich versuche es gerade. Es muß ein ungeheuer aufregendes Erlebnis sein, in eines der Königsgräber zu gelangen… aber auch ein bißchen schauerlich.«

»O ja. Ich finde, die Grabräuber hatten eine Menge Courage. Wenn man an die vielen Mythen und Legenden denkt, wird einem klar, was für erstaunliche Dinge die Menschen um des Profits willen tun.«

»Oh, wird das aufregend für Sie!«

»Ihnen würde es auch gefallen.«

»Bestimmt.«

Er sah mich eindringlich an und rührte dann langsam, wie in Gedanken vertieft, seinen Tee um. »Mein Vater und Ihre Mutter sind seit Jahren richtig gute Freunde, nicht wahr?« fragte er dann.

»O ja. Meine Mutter hat oft gesagt, daß auf ihn mehr Verlaß ist als auf jeden anderen. Robert Bouchère ist ebenfalls ein langjähriger Freund von ihr. Aber ich glaube, Ihr Vater kommt bei ihr an erster Stelle.«

Er nickte nachdenklich.

»Erzählen Sie mir von Ihrem Zuhause«, bat ich.

»Das Anwesen heißt Leverson Manor. Leverson war ein Vorfahre, aber der Name ging irgendwann verloren, als eine Tochter das Gut erbte und einen Claverham heiratete.«

»Und Ihre Mutter?«

»Sie ist natürlich nur durch Heirat eine Claverham. Ihre Familie hat Besitztümer im Norden. Es ist eine sehr alte Familie, deren Stammbaum sich mehrere Jahrhunderte zurückverfolgen läßt. Sie sehen sich gleichrangig mit den Nevilles und Percys, die den Norden gegen die Schotten absicherten. Sie besitzen Porträts von Kriegern, die in den Rosenkriegen kämpften, und von solchen, die noch früher die Pikten und Schotten bekämpften. Mein Vater ist, wie Sie wissen, ein gütiger, sanfter Mensch. Er ist auf dem Gut sehr beliebt. Vor meiner Mutter haben alle großen Respekt, und ihr ist es recht so. Sie vermittelt den Eindruck, daß ihr bewußt ist, unter ihrem Stand geheiratet zu haben, und ich vermute, daß es rein gesellschaftlich gesehen sogar stimmt. Dennoch hängt sie sehr an meinem Vater und natürlich an mir, ihrem einzigen Sohn.«

»Ich kann sie mir sehr gut vorstellen. Eine recht gestrenge Dame.«

»Sie will nur unser Bestes. Das Dumme ist, daß wir uns nicht immer einig sind, was das Beste ist, und da beginnen die Konflikte. Wenn sie sich doch nur von dem Glauben lösen könnte, daß ihr Blut ein bißchen blauer ist als das meines Vaters, wenn sie nur verstünde, daß manche von uns tun müssen, was wir wollen, und nicht, was nach ihrem Beschluß das Beste für uns ist... dann wäre sie ein wunderbarer Mensch.«

»Ich sehe, daß Sie an ihr hängen, und Sie haben natürlich ein Quantum von dem blaueren Blut, um es mit der minderwertigen Sorte zu vermischen.«

»Ich verstehe sie ja. Sie ist wirklich ein großartiger Mensch, und oft hat sie ja auch recht.«

Ich gewann ein gutes Bild von Lady Constance und dem Leben auf Leverson Manor.

Wie gern hätte ich es einmal gesehen! Aber das kam wohl nicht in Frage. Eines stand für mich fest: Lady Constance würde die Freundschaft ihres Gatten mit einer Schauspielerin, und sei es auch eine berühmte, niemals billigen. Daher durfte ich nicht erwarten, daß aus meiner Begegnung mit Roderick etwas werden könnte, das über eine flüchtige Bekanntschaft hinausging.

Wir konnten nicht bis in alle Ewigkeit am Teetisch sitzen bleiben, wenngleich Roderick den Eindruck machte, daß ihm ebendies sehr lieb wäre.

Ich sah auf meine Uhr und sagte: »Die Vorstellung dürfte bald zu Ende sein.«

Wir verließen die Teestube und gingen das kurze Stück zum Theater. Bevor wir uns am Eingang verabschiedeten, nahm Roderick meine Hand und sah mich ernst an.

»Das müssen wir wiederholen«, sagte er. »Ich habe es ungemein genossen. Ich möchte noch mehr von der Geschichte der Welt des Theaters erfahren.«

»Und ich möchte mehr über die römischen Ausgrabungen hören.«

»Wollen wir es verabreden?«

»Ja.«

»Wann ist die nächste Nachmittagsvorstellung?«

»Sonnabend.«

»Also bis dann?«

»Gern.«

Heiteren Sinnes ging ich in die Garderobe.

Martha war dort. »Kein so gutes Publikum«, sagte sie. »Ich hab'
nie was von Nachmittagsvorstellungen gehalten. Und wir waren
nicht ausverkauft. Das dürfte ihr nicht passen. Sie haßt es, vor
halbleeren Häusern zu spielen.«

»War es halbleer?«

»Nein, aber eben nicht ganz voll. Das muß sie gemerkt haben.
Sie hat ein Auge dafür. Sie ist publikumsbewußter als die meisten
anderen.«

Wider Marthas Erwarten war meine Mutter guter Laune.

»Jeffry ist ausgerutscht, als er bei *Ich würde dich lieben, und
wärst du noch ein Ladenmädchen* den Arm um mich legte. Er
hat mich gepackt und mir hinten an meinem Kleid einen Knopf
abgerissen, Martha.«

»Ein ungeschickter Tropf ist er, dieser Jeffry«, sagte Martha.
»Schätze, er hat ziemlich dumm dagestanden.«

»Aber nein. Die Zuschauer lieben ihn ... die goldblonden Haare
und den kecken Schnauzbart. Das halbe Publikum ist in ihn ver-
narrt. Was ist schon ein kleiner Ausrutscher? Das macht ihn nur
menschlich. Die Leute kommen ebensosehr, um ihn zu sehen,
wie mich.«

»Unsinn. Du bist der strahlende Stern der Vorstellung, daß du
das ja nicht vergißt. Ich hab' mir nicht die Finger wundgearbei
tet, damit du an zweiter Stelle hinter Jeffry Collins kommst.«

»Er denkt, er ist derjenige, der die Leute anzieht.«

»Soll er doch. Er ist der einzige, der das denkt. Sehen wir uns mal
den Knopf an. Oh, der ist schnell wieder angenäht, heute abend
ist alles wieder in Ordnung.«

»Ach ja, heute abend. Dann fängt alles noch mal von vorn an. Ich mag die Nachmittagsvorstellungen nicht.«

»Ah, Noelle ist da, um mit uns nach Hause zu fahren.«

»Wie nett, Liebling. Hattest du einen schönen Nachmittag?«

»O ja... sehr schön.«

»Jetzt sollten wir aber los«, sagte Martha. »Vergiß nicht, daß du heute abend Vorstellung hast.«

»Erinnere mich nicht daran«, seufzte meine Mutter.

Am Bühneneingang warteten etliche Leute, um einen Blick auf Désirée zu erhaschen. Sie lächelte übers ganze Gesicht und wechselte ein paar Worte mit ihren Bewunderern.

Thomas half ihr in die Kutsche, Martha und ich kletterten neben sie. Sie winkte der kleinen Menge fröhlich zu, und sobald wir sie hinter uns ließen, lehnte sie sich mit halbgeschlossenen Augen zurück.

»Hast du was Hübsches gekauft?« fragte sie mich.

»Nein, überhaupt nichts.«

Ich wollte ihr schon von der Begegnung mit Roderick Claverham erzählen, sah aber dann davon ab. Ich war mir nicht ganz sicher, wie sie dazu stand, daß ich ihn ins Haus gebracht hatte. Sie hatte es lachend abgetan, aber ich glaubte bemerkt zu haben, daß die Situation ihr peinlich gewesen war.

Sie hatte stets frei von Konventionen gelebt, und sie hatte anderen so viel gegeben. Sie lebte, wie es ihr gefiel. Ich hatte sie sagen hören, wenn man niemandem weh tut, welchen Schaden kann man dann anrichten?

Solange Lady Constance nichts von der tiefen Freundschaft zwischen ihrem Gatten und der berühmten Schauspielerin wußte, was spielte es da für eine Rolle? Für Moralisten ja, aber zu denen gehörte Désirée nicht. »Leben und leben lassen«, pflegte sie zu sagen. »Das ist meine Devise.« Aber wenn das heimliche und das konventionelle Leben von Charlie sich berührten, dann wurde es vielleicht Zeit, innezuhalten und nachzudenken.

Ich war unsicher, deshalb sagte ich ihr nichts von der Begegnung mit Roderick.

Ich bat sie, von der Nachmittagsvorstellung zu erzählen, wozu sie stets gern bereit war. Schließlich bogen wir in unsere Straße ein. Der Hengst spitzte die Ohren, wie er es zu unserer Belustigung immer tat, und er wäre an dieser Straßenkreuzung in Galopp verfallen, wenn Thomas ihn nicht gezügelt hätte.

Mutter sagte: »Der Gute, er weiß, daß er zu Hause ist. Ist das nicht süß?«

Wir wollten gerade vor dem Haus halten, als es passierte. Das Mädchen muß direkt vor das Pferd gelaufen sein. Ich war mir nicht sicher, wie es genau geschah. Ich glaube, Thomas scherte aus, um ihr auszuweichen, aber schon lag sie ausgestreckt auf der Straße.

Thomas war ruckartig stehengeblieben und abgesprungen. Ich stieg mit meiner Mutter und Martha aus.

»Grundgütiger Himmel«, rief Mutter, »sie ist verletzt!«

»Sie ist Ranger direkt vor die Füße gestürzt«, sagte Thomas. Er hob sie auf.

»Ist sie schwer verletzt?« fragte meine Mutter besorgt.

»Weiß ich nicht, Madam. Ich glaub' aber nicht.«

»Bring sie lieber hinein«, sagte meine Mutter. »Dann holen wir den Arzt.«

Thomas trug das junge Mädchen in eines der zwei Gästezimmer und legte sie aufs Bett.

Mrs. Crimp und Carrie kamen herbeigelaufen. »Was ist los?« schnaufte Mrs. Crimp. »Ein Unfall? Ach du liebe Zeit! Wie konnte das passieren?«

»Mrs. Crimp, wir brauchen einen Arzt«, sagte Mutter. »Thomas, du fährst am besten mit dem Wagen und holst Dr. Green. Das arme Mädchen. Sie sieht so blaß aus.«

»Wie die aussieht, könnte man sie glatt mit 'ner Feder umhauen, geschweige denn mit Pferd und Wagen«, bemerkte Mrs. Crimp.

»Das arme Mädchen«, wiederholte meine Mutter. Sie legte dem Mädchen ihre Hand auf die Stirn und strich ihr die Haare aus dem Gesicht.

»Wie jung sie ist«, setzte sie hinzu.

»Ich glaube, etwas Heißes zu trinken würde ihr guttun«, meinte ich. »Mit viel Zucker.«

Das Mädchen schlug die Augen auf und schaute Désirée an. Diesen Ausdruck hatte ich schon so oft gesehen, und ich war stolz, daß sie selbst in einem solchen Augenblick von meiner Mutter beeindruckt war.

Dann erkannte ich sie. Sie war das Mädchen, das ich nach der Premiere vor dem Hause hatte stehen sehen.

Sie war also wirklich gekommen, um Désirée zu sehen. Höchstwahrscheinlich war sie eines von diesen theaterbesessenen Mädchen, die für die berühmte Schauspielerin schwärmten und davon träumten, zu werden wie sie.

Ich sagte zu Désirée: »Ich glaube, sie ist eine Verehrerin von dir. Ich habe sie schon einmal gesehen... sie hat draußen vorm Haus gewartet, um einen Blick auf dich werfen zu können.«

Sogar in solch einem Augenblick konnte meine Mutter sich über öffentliche Anerkennung freuen.

Heißer Tee wurde gebracht, und meine Mutter führte dem Mädchen die Tasse zum Mund. »So«, sagte sie, »so ist es gut. Der Arzt wird bald hier sein. Er wird feststellen, ob Sie verletzt sind.«

Das Mädchen richtete sich halb auf, und meine Mutter sagte beschwichtigend: »Bleiben Sie liegen. Sie werden sich hier ausruhen, bis Sie wieder auf dem Damm sind.«

»Ich... mir fehlt nichts«, sagte das Mädchen.

»Aber Sie haben einen Schock erlitten, Sie können jetzt nicht fort. Sie bleiben hier, bis wir Ihnen sagen, daß Sie gehen können. Möchten Sie irgendwen verständigen... gibt es jemanden, der sich Sorgen um Sie macht?«

Sie schüttelte den Kopf und sagte mit ausdrucksloser Stimme: »Nein, niemand.«

Ihre Lippen zitterten, und ich sah das tiefe Mitgefühl in den Augen meiner Mutter.

»Wie heißen Sie?« fragte sie.

»Lisa Fennell.«

»Schön, Lisa Fennell, Sie werden mindestens diese Nacht hierbleiben«, bestimmte meine Mutter. »Aber zuerst müssen wir auf den Arzt warten.«

»Ich glaube nicht, daß sie schwer verletzt ist«, erklärte Martha. »Sie hat nur einen Schock, weiter nichts. Und du hast heute abend Vorstellung. Diese Tage mit den Nachmittagsvorstellungen sind ohnehin schon hektisch genug. Nachmittagsvorstellungen sollten abgeschafft werden, wenn du mich fragst.«

»Dich fragt aber keiner, Martha, und du weißt, wir müssen jeden Pfennig aus dem Publikum herausquetschen, wenn wir weiter bestehen wollen.«

»Ich schätze, wir könnten es auch ohne Nachmittagsvorstellungen schaffen«, beharrte Martha.

»Denk an all die Menschen, die sich nur einen halben Tag in der Woche freinehmen können.«

»Ich denk an *uns*, Schatz.«

»Es ist unsere Pflicht, an andere zu denken... insbesondere im Theater.«

»Der Gedanke ist mir noch nie gekommen.«

Das Mädchen auf dem Bett hörte aufmerksam zu. Sie schien mir wirklich nicht schlimm verletzt zu sein.

Der Arzt kam, und er bestätigte meine Vermutung. »Es sind nur ein paar Prellungen«, erklärte er uns nach der Untersuchung. »Und sie hat natürlich einen Schock erlitten. In ein, zwei Tagen ist sie wieder wohlauf.«

»Ich schlage vor, daß wir sie über Nacht hierbehalten«, sagte meine Mutter.

»Eine gute Idee. Was ist mit ihren Angehörigen?«

»Sie hat anscheinend keine.«

»In diesem Fall ist es bestimmt das Beste für sie, wenn sie hierbleibt. Ich lasse ihr ein mildes Beruhigungsmittel da, damit sie die Nacht durchschläft. Geben Sie es ihr zur Schlafenszeit. Bis dahin lassen Sie sie einfach ruhen.«

»Und jetzt«, sagte Martha, »müssen wir los, sonst enttäuschen wir unsere Zuschauer. Sie kommen, um Madame Désirée zu sehen, nicht die zweite Besetzung Janet Dare.«

»Arme Janet«, sagte meine Mutter. »Sie würde sich freuen, wenn sie Gelegenheit bekäme, zu zeigen, was sie kann.«

»Wir wissen alle, was sie kann, und es wäre nicht gut genug.«

Als meine Mutter zum Theater gefahren war, ging ich zu unserem Gast und stellte mich an ihr Bett.

Sie sagte: »Sie waren so gut zu mir.«

»Es war das mindeste, was wir tun konnten. Wie ist es passiert?«

»Es war meine Schuld. Ich war unvorsichtig. In meinem Eifer habe ich nicht bemerkt, daß die Kutsche noch fuhr. Ich habe Désirée so bewundert. *Komteß Maud* habe ich dreimal gesehen... natürlich oben auf der Galerie. Mehr konnte ich mir nicht leisten. Wenn man Pech hat, sitzt ein großer, breiter Mensch vor einem. Das ist zum Wahnsinnigwerden. Désirée ist wundervoll. Sie ist ganz oben, nicht wahr? Und Sie sind ihre Tochter. Wie wunderbar für Sie.«

»Erzählen Sie mir von sich. Was machen Sie?«

»Im Augenblick nichts.«

»Sie möchten Schauspielerin werden?« mutmaßte ich.

»Sie haben es erraten.«

»Ach, das wollen so viele. Wissen Sie, eine Menge Leute sehen meine Mutter auf der Bühne und denken, das sei ein wunderbares Leben. In Wirklichkeit ist es schrecklich harte Arbeit. Es ist bestimmt nicht leicht.«

»Das weiß ich. Ich bin anders als diese Leute. Ich wollte schon immer zum Theater.«

Ich sah sie traurig an.

»Ich kann spielen, ich kann singen, ich kann tanzen«, sagte sie ernst. »Wirklich, ich kann's.«

»Was haben Sie auf diesem Gebiet vorzuweisen?«

»Ich habe schon auf einer Bühne gesungen und getanzt.«

»Wo?«

»An einem Laientheater. Ich war die Hauptdarstellerin in unserer Truppe.«

»Das ist nicht dasselbe«, sagte ich freundlich. »Bei Berufsschauspielern zählt das nicht viel. Wie alt sind Sie? Verzeihung. Das hätte ich nicht fragen sollen. Ich benehme mich wie ein Theateragent.«

»Es ist mir sehr recht, wenn Sie sich wie ein Agent benehmen. Wie ich sehe, verstehen Sie dank Ihrer Mutter sehr viel vom Theater. Ich bin gerade siebzehn geworden. Ich konnte einfach nicht länger warten.«

»Wie lange sind Sie schon in London?«

»Drei Monate.«

»Und was haben Sie gemacht?«

»Ich habe versucht, einen Agenten zu finden.«

»Und kein Glück gehabt?«

»Sie waren nicht interessiert. Es hieß jedesmal, keine Erfahrung. Sie wollten mich nicht einmal zeigen lassen, was ich kann.«

»Woher kommen Sie?«

»Aus einem kleinen Dorf namens Waddington. Niemand hat je davon gehört, außer denen, die dort leben. Es ist nicht weit von Hereford. Dort hatte ich natürlich keine Chance. Ich konnte höchstens im Kirchenchor singen, und bei Konzerten war ich die Attraktion.«

»Ich verstehe.«

»Und als ich Ihre Mutter in *Komteß Maud* sah, wollte ich genauso werden wie sie. Sie ist wunderbar. Man spürt, daß sie das Publikum die ganze Zeit fesselt.«

»Und Sie sind aus dieser Ortschaft nahe Hereford fortgegangen. Was hat Ihre Familie gesagt?«

»Ich habe keine Familie mehr... und auch kein Zuhause. Mein Vater hatte einen kleinen Hof gepachtet, und wir haben recht auskömmlich gelebt, bis er starb. Meine Mutter ist gestorben, als ich fünf Jahre alt war; ich erinnere mich kaum an sie. Ich habe den Haushalt besorgt und ein bißchen auf dem Hof mitgeholfen.«

»Ich verstehe, und die ganze Zeit wollten Sie Schauspielerin werden. Wußte Ihr Vater davon?«

»O ja, aber er meinte, es sei nur ein Traum. Er war sehr stolz auf mich, wenn ich in den Konzerten sang. Dann saß er in der ersten Reihe und ließ mich nicht aus den Augen. Er verstand mich, aber er gehörte zu den Menschen, die sagen, es kann nicht sein, und resignieren. Ich bin nicht so. Ich muß versuchen, es wahrzumachen.«

»Natürlich, das ist die einzige Möglichkeit. Meine Mutter hat hart kämpfen müssen.«

»Das kann ich mir denken. Diese Vollkommenheit war gewiß nicht mühelos zu erreichen. Als mein Vater starb, beschloß ich, mein Glück zu versuchen. Ich würde es mir nie verzeihen, wenn ich es nicht getan hätte. Mein Vater hatte einen Schlaganfall. Ich pflegte ihn sechs Monate, bevor er starb. Dann habe ich alles verkauft, was ich besaß, und bin nach London gekommen.«

»Und nun sind Sie drei Monate hier und stehen noch genauso da wie bei Ihrer Ankunft.«

»Nur daß ich noch viel ärmer bin.«

»Leider ist Ihre Geschichte nicht ungewöhnlich. So viele Menschen sind ehrgeizig, und so wenige haben Erfolg.«

»Ich weiß. Aber ich werde mich bemühen. Wie hat Ihre Mutter es geschafft? Sie hat gekämpft. Ich werde ebenfalls kämpfen.«

Ich sagte: »Ich kann mir vorstellen, wie Ihnen zumute ist, aber im Augenblick sollten Sie einfach nur ausruhen. Nehmen Sie das Beruhigungsmittel, das der Arzt dagelassen hat, und schlafen Sie. Aber vorher müssen Sie etwas essen. Danach werden Sie vielleicht müde.«

»Sie sind so gut zu mir.«

Ich ging in die Küche hinunter. Dort wollten sie unbedingt alles erfahren, was geschehen war.

»Miß Daisy Ray ist so gütig«, sagte Mrs. Crimp. »Und sie hat sich selber ziemlich miserabel gefühlt. Schließlich war es ihre Kutsche, die das arme Mädchen angefahren hat.«

»Sie können sich darauf verlassen, daß sie alles tun wird, um dem Mädchen zu helfen«, sagte ich. »Können Sie ihr etwas zu essen hinaufschicken?«

»Ein Hühnerbein oder dergleichen? Vielleicht etwas Suppe?«
»Das dürfte genau das Richtige sein, Mrs. Crimp.«
»Ich mach' das schon.«
Jane sagte: »Ich bringe es ihr hinauf.«
Ich ging wieder zu Lisa Fennell und sagte ihr, daß sie gleich etwas
zu essen bekäme. Jane brachte es ihr. Neugierig musterte sie den
Gast. Sie hätte gern ein wenig geplaudert. Sie hatten etwas gemeinsam: Beide strebten nach Ruhm, wie er Désirée beschieden
war.
»Alle sind so gütig hier«, sagte Lisa Fennell.
»Das ist typisch Miß Daisy Ray«, erwiderte Jane. »So ist sie im-
mer.«
Jane ging, und Lisa ließ sich die Mahlzeit schmecken. Ich fragte
mich, ob sie wohl immer genug zu essen hatte. Ich stellte mir vor,
wie sie versuchte, mit ihrem Geld auszukommen; denn viel war
es sicher nicht. Bestimmt fragte sie sich die ganze Zeit, wie lange
es reichen würde – abwechselnd hoffnungsvoll und verzweifelt.
Die Ärmste!
Ich gab ihr das Beruhigungsmittel. »Davon werden Sie schön
müde«, sagte ich. »Morgen geht es Ihnen besser.«
Ich blieb noch ein Weilchen bei ihr sitzen, bis ich merkte, daß sie
schläfrig wurde. Kurz darauf war sie eingeschlafen. Ich schlich
aus dem Zimmer.
Ich blieb auf, um auf die Rückkehr meiner Mutter aus dem
Theater zu warten; denn ich wußte, daß sie hören wollte, wie es
Lisa Fennell ging.
Sie setzte sich nach der Abendvorstellung gern für ein halbes
Stündchen in den Salon, um wieder zu sich zu kommen, wie sie
sagte. Martha ging oft in die Küche, um ihr etwas zu trinken zu
holen, ein Glas heiße Milch oder ein Glas Ale – je nachdem, wonach ihr der Sinn stand. Es helfe ihr, sich zu entspannen, sagte
sie.
An ihrer Stimmung konnte ich immer erkennen, wie die Vorstellung gelaufen war. Ich merkte ihr an, daß es heute abend gutgegangen war.

»Wie geht's diesem Mädchen?« fragte sie. »Wie heißt sie doch gleich?«

»Lisa Fennell. Sie schläft jetzt. Sie hat gut zu Abend gegessen, dann habe ich ihr das Beruhigungsmittel gegeben. Bald danach ist sie eingeschlafen. Ich habe vor etwa einer Stunde nach ihr gesehen. Sie hat mich nicht bemerkt. Bald wird sie wieder wohlauf sein.«

»Hoffentlich ist sie nicht schlimm verletzt.«

»Natürlich nicht«, sagte Martha.

»Man kann nie wissen. So etwas macht sich nicht immer gleich bemerkbar. Es kann sich später herausstellen. Und es war unsere Kutsche.«

»Sie ist vor das Pferd gelaufen«, entgegnete Martha.

»Gottlob sind wir nicht schnell gefahren.«

»Ich habe mit ihr gesprochen«, sagte ich. »Sie möchte Schauspielerin werden.«

Martha schnalzte mit der Zunge und hob die Augen zur Decke.

»Das arme Mädchen«, sagte meine Mutter. »Hat sie irgendwelche Erfahrungen?«

»Laientheater«, sagte ich.

»Gott behüte!« murmelte Martha. »Und deswegen hält sie sich für eine zweite Désirée.«

»Nicht ganz... sie findet Désirée wunderbar. Sie möchte nur eine Chance bekommen, etwas Ähnliches zu machen.«

Ich berichtete ihnen, was sie mir erzählt hatte.

»Das Beste für sie ist«, sagte Martha, »sie packt ihre Koffer, fährt nach Hause, sucht sich einen Bauern, der sie heiratet, und melkt Kühe.«

»Woher willst du das wissen?« entgegnete meine Mutter. »Vielleicht hat sie ja Talent. Jedenfalls war sie entschlossen, nach London zu kommen.«

»Entschlossenheit ist nicht Talent, das solltest du wissen.«

»Sie ist ein unentbehrlicher Bestandteil des Erfolgs.«

»Es ist wie Brotteig ohne Hefe. Er steigt nie nach oben.«

»Seit wann verstehst du dich auf die Kochkunst?«

»Ich bin lange genug beim Theater, ich weiß Bescheid. Und auf jeden, der an die Spitze gelangt, kommen zehntausend, die es versuchen.«

»Manche von uns schaffen es. Warum nicht dieses Mädchen? Ich finde, sie sollte wenigstens eine Chance bekommen. Sie hat ja in ihrem Dorf schon Erfahrungen gesammelt.«

»Ein Dorfpublikum ist kein Londoner Publikum.«

»Natürlich nicht. Aber man sollte das Mädchen nicht als untauglich abtun, bevor sie eine Chance hatte, zu zeigen, was sie kann.«

»Du willst ihr also zu einer Chance verhelfen, was? Wie den andern, denen du beizustehen versucht hast. Und was war der Dank dafür, ha? Einige hatten die Unverschämtheit, dir die Schuld zu geben, weil sie glaubten, du würdest ihnen den Erfolg auf einem Tablett präsentieren, und als er sich nicht einstellte, dachten sie, du hättest es verhindert. Sie sagten, du wärst eifersüchtig. Der Herr bewahre uns künftig vor solchem Unfug.«

»Ich finde, jedem sollte eine Chance vergönnt sein«, beharrte meine Mutter.

»Immerhin ist sie nach London gekommen«, warf ich ein. »Sie hat den richtigen Elan, und du hast gesagt, das spielt eine große Rolle, um ans Ziel zu kommen.«

»Wir könnten uns wenigstens ansehen, was sie kann«, sagte meine Mutter.

»Denk dran, daß du sechs Vorstellungen die Woche hast, dazu zwei am Nachmittag, bevor du dich als barmherziger Samariter betätigst.«

»Ich werde es nicht vergessen«, erwiderte meine Mutter. »Aber ich finde wirklich, daß jeder eine Chance bekommen soll.« Sie gähnte. »Das war eine gute Vorstellung heute abend. Ich dachte schon, sie würden uns bis morgen dort festhalten, so viele Vorhänge! Es ist schön, wenn sie aufstehen und uns zujubeln. So, wie es aussieht, werden wir eine ganze Weile mit *Maud* leben.«

»Und wie es aussieht, ist es Zeit für dich, ins Bett zu gehen«, sagte Martha kurz angebunden.

»Ich weiß«, erwiderte meine Mutter. »Sonst komme ich morgen nicht aus den Federn.«

Wie gut sie ist, dachte ich, wie lieb. Sie war tatsächlich besorgt um das Mädchen. Inmitten ihres Erfolges hatte ihr erster Gedanke Lisa Fennell gegolten, und ich wußte, sie würde alles tun, um ihr zu helfen.

Die höchste Tugend, dachte ich, ist die Sorge um andere. Und ich ging impulsiv zu ihr und gab ihr einen Kuß.

Lisa Fennel war nun etwas mehr als eine Woche bei uns. Meine Mutter hatte sie singen hören. Sie meinte, sie habe eine recht gute Stimme. Es gebe keine Mängel, die sich nicht durch ein paar Gesangsstunden beheben ließen. Auch tanzte sie nicht schlecht. Es wurde vereinbart, daß sie zu einer Gesangslehrerin gehen sollte, die Désirée kannte.

Désirée konnte sich restlos für ein Vorhaben begeistern. Martha zufolge war sie ein geborener Samariter und machte sich nicht selten wegen ihrer bedauernswerten Schutzbefohlenen zum Narren. Ihre Kutsche sei an dem Unfall beteiligt gewesen, beharrte sie, und es sei nur recht und billig, daß sie versuche, es an dem armen Mädchen wiedergutzumachen, das so viel erlitten habe. Lisa war mittellos, sie hatte zu kämpfen, und für meine Mutter war es nur natürlich, Lisa Fennell unter ihre Fittiche zu nehmen.

Lisa sollte vorerst bei uns bleiben, bis sie befriedigend untergebracht wäre.

Ihre wenige Habe war aus ihrem Quartier abgeholt worden, von dessen Ärmlichkeit meine Mutter und ich erschüttert waren. Was Lisa betraf, war ich ebenso erpicht wie meine Mutter, ihr zu helfen. Lisa tat uns beiden unendlich leid.

Nachdem Lisa drei Unterrichtsstunden bei der Gesangslehrerin absolviert hatte, sagte meine Mutter zu Martha und mir: »Ich sehe nicht, warum Dolly sie nicht in der Tanztruppe unterbringen sollte. Die ist sowieso ziemlich spärlich besetzt.«

»Spärlich!« rief Martha. »Was redest du da?«

»Die Mädchen müßten bei der Nummer, wo sie sich die Hände auf die Schultern legen und die Beine hochwerfen, enger beieinander sein. Einige haben Schwierigkeiten, die vor ihnen zu erreichen, und das verdirbt den Effekt.«

»Unsinn«, sagte Martha. »Das ist eine der besten Nummern.«

»Sie könnte besser sein, findest du nicht, Noelle?«

Mir war nicht aufgefallen, daß die Mädchen Schwierigkeiten beim Strecken hatten, aber ich mußte meiner Mutter natürlich recht geben.

»Ja«, sagte ich. »Sie könnten noch ein Mädchen gebrauchen.«

»Ich spreche mit Dolly«, sagte meine Mutter.

»Der geht in die Luft«, prophezeite Martha.

Ich war dabei, als sie mit Dolly sprach. »Ich will Martha nicht dabeihaben«, sagte sie. »Sie wird seine Partei ergreifen. Aber du sollst dabei sein, Noelle. Er hat eine Schwäche für dich und achtet die Jugend. Er wird nicht so ordinär aus der Haut fahren, wenn du dabei bist.«

Und deshalb war ich zugegen.

»Dolly«, sagte sie, »ich finde die Tanztruppe ein bißchen spärlich besetzt.«

»Spärlich?« rief Dolly. »Du phantasierst wohl.«

»Dieses Mädchen, das wir da bei uns haben«, fuhr sie fort, »sie kann wirklich etwas. Es wäre ein guter Anfang für sie. Es war schließlich *meine* Kutsche. Ich dachte, wenn wir sie in der Tanztruppe unterbrächten, so wäre das eine nette Geste von mir.«

»Ich betreibe dieses Geschäft nicht, um Leute in der Tanztruppe unterzubringen, bloß weil sie deinem Pferd vor die Hufe gelaufen sind.«

»Sie ist ein armes Mädchen, Dolly. Hör zu.«

»Nein, ich höre dir nicht zu, wenn du nur davon redest, einen von deinen Schützlingen in meiner Tanztruppe unterzubringen.«

»*Deine* Truppe! Wer hat dem Stück zum Erfolg verholfen? *Ich!*«

»Mit ein bißchen Unterstutzung von mir und ein paar andern.

Schauspieler und Schauspielerinnen nehmen sich immer viel zu wichtig.«

»Dolly, du bist kein solcher Narr, wie du mich glauben machen möchtest. Wir könnten noch ein Mädchen in der Tanztruppe gebrauchen, das weißt du genau.«

»Nein«, sagte Dolly bestimmt.

»Dolly, ich bitte dich.«

»Ach was. Du mit deinen verrückten Ideen, Leuten zu helfen, die mit einer traurigen Geschichte zu dir kommen. Das sieht dir ähnlich. Dies ist ja nicht das erste Mal. Gibst du diesem Mädchen Arbeit, werden Tausende vor deine Tür pilgern. Zu Tausenden werden sie unter die Räder deiner Kutsche geraten. Wir werden eine ganze Bühne voll Tänzerinnen haben. Für die Hauptakteure wird kein Platz mehr sein.«

»Dolly, ich bitte nur für ein einziges Mädchen.«

»Hör zu. Ich hab' deinen Wohltätigkeitsfimmel bis obenhin satt. Tu, was du nicht lassen kannst, aber halt dich mit diesen Dingen aus meinem Geschäft heraus.«

»Dolly, manchmal hasse ich dich. Du bist so blasiert. Siehst du nicht, daß du mich aufregst? Du verdirbst noch meine Vorstellung heute abend.«

Dolly nahm seine theatralische Pose ein, die Hand an die Stirn gepreßt, das Gesicht verzweifelt in Falten gezogen.

»Oh, wie ich leide! Allmächtiger Gott, wer hielt es für angezeigt, mich zu strafen, was habe ich getan, um diese Frau erdulden zu müssen? Wie kann ich diese Qual ertragen? Sie ist entschlossen, mich zugrunde zu richten. Sie plant meine Vernichtung. Sie will das Stück ruinieren, in das ich alles gesteckt habe, was ich besitze. Sie will meine Bühne mit Hunderten von albern lächelnden, dämlichen Tänzerinnen füllen!«

»Hör auf!« sagte Mutter. »Wer hat von Hunderten gesprochen? Ich sage dir doch, es ist nur eine. Und wenn du ruiniert bist, Mr. Dollington, dann durch deine eigene Hand. Du machst mich krank... mir ist so übel, daß ich heute abend nicht spielen kann. Du wirst Janet Dare nehmen müssen. Dann kannst du sehen, wie das dem Publikum gefällt. Ihr wird es nichts ausmachen, mit einer Tanztruppe zu spielen, die erbärmlich spärlich besetzt ist, weil Mr. Dollington, der sich am liebsten als Garrick und Kean in einer Person sieht, sich scheut, ein paar Pennys mehr in ein Stück zu investieren, für das andere sich zu Tode schuften. Komm, Noelle, du mußt mir eine Eau-de-Cologne-Kompresse auf die Stirn legen. Ich merke, daß sich rasende Kopfschmerzen ankündigen.«

Sie hatte meine Hand ergriffen und steuerte auf die Tür zu.

Dolly sagte: »Also gut. Ich verspreche nichts, aber ich werde mir das Mädchen ansehen.«

Meine Mutter lächelte übers ganze Gesicht. Die Kopfschmerzen hatten sich verflüchtigt.

»Dolly, Liebling«, sagte sie. »Ich hab's ja gewußt.«

So kam es, daß Lisa Fennell Dolly vorsang, während George Garland, Mutters Pianist, sie begleitete. Ich war mit Martha zugegen.

»Es ist gut, ein paar Zuhörer zu haben«, hatte meine Mutter gemeint.

Lisa sang *Womit kann ich dienen, Madam?* Es war eine gekonnte Imitation meiner Mutter.

Dolly brummte etwas und bat sie, einen Tanz vorzuführen. Sie gehorchte. Dolly brummte wieder, gab aber nicht gleich sein Urteil ab.

»Er will nur sein Gesicht wahren«, flüsterte meine Mutter mir zu. »Sei's ihm gegönnt. Alles läuft nach Wunsch.«

Im Laufe des Tages schickte Dolly Bescheid, daß Lisa Fennell am kommenden Montag in der Tanztruppe anfangen könne. In der Zwischenzeit solle sie sich ein wenig in die Tänze einüben.

Lisa war selig. »Ich kann es nicht glauben. Ich kann es einfach nicht glauben«, sagte sie wieder und wieder. »Man denke, ich werde mit der großen Désirée auf der Bühne stehen!«

Meine Mutter, die nicht weniger erfreut war als sie, sagte: »Ich weiß, Sie werden erfolgreich sein. Sie haben den richtigen Elan.«

»Und wenn man bedenkt, wenn ich nicht angefahren und fast getötet worden wäre...«

»So ist das Leben, Liebes«, sagte meine Mutter. »Etwas Schreckliches geschieht, und am Ende erweist es sich als etwas Gutes.«

Lisa gehörte alsbald zum Ensemble, und sie betete meine Mutter an.

Ich sagte: »Sie imitiert deine Stimme. Sie geht mit demselben Schwung wie du. Du bist Ihr Vorbild, ihr Ideal.«

»Sie ist theaterbesessen, das ist alles. Ich hab's geschafft, und sie bahnt sich ihren Weg nach oben.«

»Sie ist dir so dankbar. Du hast ihr zu ihrer Chance verholfen.«

»Jetzt kann wenigstens keiner mehr sagen, daß sie keine Erfahrung hätte.«

Eines Tages sagte Lisa zu mir: »Ich habe mich nach einem Quartier umgesehen. Ich möchte auf alle Fälle in der Nähe des Theaters wohnen. Alles ist so schrecklich teuer. Ich schätze, ich kann es mir gerade eben leisten. Ihre Mutter war wunderbar. Aber ich kann ihre Gastfreundschaft nicht länger in Anspruch nehmen.«

Ich erzählte meiner Mutter, was sie gesagt hatte.

»Ich nehme an, sie möchte unabhängig sein. Der Mensch hat gern etwas Eigenes. Dolly ist ein alter Geizkragen. Er sagt, er könne Tänzerinnen keine Phantasiegagen zahlen. Wenn ihnen nicht genüge, was sie bekommen, könnten sie ja jederzeit woanders hingehen.«

»Sie sagte, daß Wohnungen teuer sind.«

»Sie stört hier doch nicht, oder?«

»Nein. Sie ist still und hilfsbereit und kommt mit allen gut aus.«

»Schön. Sag ihr, sie kann bleiben, wenn sie mag. Sie kann in die Mansarde ziehen, falls sie Bedenken hat. Die wird nie benutzt, und da oben wäre sie ganz für sich.«

Als ich es Lisa erzählte, strahlte sie vor Freude.

»Nicht nur, daß ich mir nichts suchen muß, was ich mir eigentlich gar nicht leisten kann... ich werde hier sein, bei Ihrer Mutter... mitten im Geschehen...«

»Meine Mutter meint, dort oben könnten Sie ganz für sich sein.«

»Ich weiß nicht, was ich sagen soll. So gut ist noch nie jemand zu mir gewesen. Désirée ist ein Engel.«

»Sie ist ein wunderbarer Mensch. Ich glaube, das haben eine Menge Leute erkannt.«

Als sie sich bei Désirée bedankte, bekam sie zu hören: »Sie werden schon eine Möglichkeit finden, es mir zu vergelten, wenn Sie es wünschen. Aber ich bestehe nicht auf Bezahlung. Ich sage Ihnen, Liebes, es macht mir ebensoviel Freude wie Ihnen, zu sehen, wie Sie Ihre Arbeit anpacken. Sie werden vorankommen, und ich werde die erste sein, die Ihnen gratuliert.«

»Und wenn man bedenkt, daß es ohne Sie nie hätte geschehen können.«

»Es gibt immer Mittel und Wege, Liebes.«

Unser Leben nahm seinen gewohnten Lauf. Von Lisa Fennell bekam ich nicht viel zu sehen. Ich glaube, sie fürchtete, daß sie stören würde. Sie bewohnte das große Mansardenzimmer mit der schrägabfallenden Decke und lebte dort still und zufrieden. Wenn sie Lieder aus *Komteß Maud* sang, glaubte ich oft meine Mutter singen zu hören.

Es war drei Monate nach der Premiere von *Komteß Maud*, und immer noch strömten die Zuschauer herbei, um das Stück zu sehen. Manche kamen mehr als einmal. Das war ein Zeichen für Erfolg.

Nach dem Theater kam Lisa immer mit meiner Mutter und Martha nach Hause. Ich hatte den Eindruck, daß Martha mit dieser Gepflogenheit nicht einverstanden war. Sie war sehr eifersüchtig, was meine Mutter betraf, und ich war überzeugt, daß sie ihr das Interesse für Lisa verübelte.

Lisa merkte das und gab sich alle Mühe, niemanden zu verletzen. Tatsächlich schien mir, daß Lisa vieles mitbekam und behutsam zu Werke ging, aus Furcht, sich jemanden zum Feind zu machen.

Als ich dies meiner Mutter gegenüber erwähnte, meinte sie: »Ja, das ist schon möglich. Das arme Mädchen ist ängstlich darauf bedacht, seine Stellung zu behalten. Sie will niemanden verärgern. Ich weiß genau, was sie empfindet. Wir müssen uns bemühen, es ihr leichtzumachen.«

Dann geschah etwas Schicksalhaftes. Janet Dare hatte einen Unfall. Sie war eines Nachmittags in der Regent Street einkaufen gewesen, war auf dem Bürgersteig ausgerutscht und hatte sich einen zweifachen Beinbruch zugezogen. Es würde lange dauern, bis sie wieder arbeiten konnte.

Janet gehörte der Tanztruppe an und war zugleich die zweite Besetzung. Das Ballett würde nun wieder so sein, wie es gewesen war, bevor Lisa kam. Damit konnten sie zurechtkommen, aber eine zweite Besetzung war, wenngleich glücklicherweise selten benötigt, unumgänglich.

Ich sah die Träume in Lisas Augen.

Sie wandte sich zuerst an meine Mutter. »Ich kenne die Lieder. Ich kenne die Tänze... und ich habe alle Ihre Vorstellungen gesehen.«

»Ich weiß«, sagte meine Mutter. »Sie wären die Richtige. Ich kann nicht für Dolly sprechen. Wenn ich Sie vorschlage, wird er bestimmt Einwände erheben.«

»Aber ich kenne das Stück so gut. Ich würde üben... ich würde proben...«

»Ich weiß, Liebes. Sie sind die Richtige dafür. Überlassen Sie das mir. Ich will sehen, was ich tun kann.«

Dolly war erstaunlich entgegenkommend. Er muß wohl eingesehen haben, daß Lisa Fennell die beste Wahl war. Sie hatte sich nach meiner Mutter geformt. Sie kannte die Lieder.

Er erhob keine Einwände.

So kam es, daß Lisa Fennell neben ihrer Rolle in der Tanztruppe Désirées zweite Besetzung wurde.

Die zweite Besetzung

Ich hatte Roderick Claverham einige Male wiedergesehen. Es ergab sich ohne feste Verabredung, jeweils an den Nachmittagen, wenn meine Mutter Theater spielte.

Gleich nachdem sie das Haus verlassen hatten, schlenderte ich hinaus auf die Straße, wo er auf mich wartete. Ich fragte mich jedesmal aufgeregt, ob er dasein würde, obwohl ich mir dessen fast sicher war.

Ich glaube, es war uns recht so, weil wir beide das Gefühl hatten, daß es besser wäre, wenn unsere Zusammenkünfte angesichts der Beziehung zwischen unseren Eltern geheim blieben.

Ich genoß diese Begegnungen sehr. Wir gingen viel spazieren und kehrten in unserer kleinen Teestube ein. Danach begleitete Roderick mich zum Theater, wo ich mich mit meiner Mutter traf, um sodann mit ihr, Martha und Lisa in der Kutsche nach Hause zu fahren.

Zuweilen spazierten wir die Piccadilly Avenue entlang zum Green Park. Dort setzten wir uns auf eine Bank und beobachteten die Passanten.

Ich hatte genug über Rodericks Zuhause erfahren, um mir ein klares Bild zu machen. Ich hörte von den interessanten Leuten, die seit der Entdeckung der römischen Ruinen Leverson Manor besuchten. Und ich erzählte natürlich von mir.

Ich wußte, daß dies nur ein vorübergehender Zustand sein konnte. Wir würden uns nicht ewig auf diese Weise treffen können. Ich kam mir beinahe vor, als hinterginge ich meine Mutter, weil ich ihr nichts von unserer Bekanntschaft erzählte. Bislang war ich immer vollkommen offen zu ihr gewesen. Und ich nahm an, daß auch er seinem Vater nichts gesagt hatte.

Nein, es konnte nicht ewig so weitergehen. Ich wünschte, Roderick könnte zu uns nach Hause kommen; er wünschte, ich könnte ihn in Kent besuchen. Das wollte ich nur zu gern, wobei ich auf Lady Constance noch viel neugieriger war als auf die römischen Ruinen.

Es war an einem Dienstag. Meine Mutter verbrachte den Nachmittag bei ihrer Schneiderin. Sie wollte sich ein paar neue Kleider für das Stück anfertigen lassen, denn sie war der Meinung, es habe eine kleine Auffrischung nötig.

Ich erzählte Roderick, daß ich an diesem Tag frei sein würde, und er meinte sogleich, wir müßten uns treffen.

Wir setzten uns in den Green Park, und plötzlich sagte Roderick: »Was sollen wir nur tun, Noelle?«

»Tun?«

»Ich meine, wie lange sollen wir uns noch auf diese Weise treffen? Sie haben Ihrer Mutter nichts gesagt, oder? Ich habe meinem Vater nichts von unseren Zusammenkünften erzählt. Warum tun wir das?«

»Wohl, weil wir beide meinen, daß es sie verlegen machen könnte.«

»Ja, meinem Vater wäre es gewiß peinlich.«

»Meiner Mutter ist so schnell nichts peinlich. Vielleicht würde sie es ganz normal finden. Ich weiß wirklich nicht, was ich dazu sagen soll.«

»Jedenfalls haben wir es nicht erwähnt. Das ist wirklich absurd.«

»Ihre Mutter ahnt nun einmal nichts von dieser – Freundschaft – zwischen Ihrem Vater und meiner Mutter, und wenn sie es wüßte, würde sie es natürlich nicht gutheißen.«

»Bestimmt nicht, und mein Vater wird nicht wünschen, daß sie es erfährt.«

»Und deshalb sind Sie und ich zu dieser Heimlichtuerei verurteilt.«

»Ich würde gern zu Ihnen nach Hause kommen. Ich möchte, daß Sie uns in Leverson besuchen. Schließlich sind wir gute Freunde. Das hoffe ich zumindest.«

»Das hoffe ich auch.«

»Schön, wenn wir es beide hoffen, dann muß es wohl wahr sein. Was sollen wir nur tun, Noelle?«

»Ich weiß es wirklich nicht.«

»Schauen Sie, Sie und ich... nun ja...«

»Nanu, Noelle!«

Ich fuhr zusammen. Lisa Fennell kam auf mich zu. Ich errötete. Ihre strahlenden Augen waren neugierig auf Roderick gerichtet.

Ich sagte: »Darf ich vorstellen, Mr. Roderick Claverham, Charlie Claverhams Sohn...«

»Oh! Nett, Sie kennenzulernen.«

»...und Lisa Fennell. Sie spielt in dem Stück mit – *Komteß Maud*, Sie kennen es ja.«

»Ich will ein bißchen Luft schnappen«, erklärte sie. »Um mich für die Abendvorstellung zu entspannen. Ein herrlicher Tag heute, nicht? Ich liebe die Parks in London. Darf ich mich zu Ihnen setzen?«

»Bitte sehr«, sagte Roderick.

Sie ließ sich an seiner anderen Seite nieder.

»Ich glaube, ich habe Sie noch nie im Haus gesehen«, sagte Lisa.

»Nein«, erwiderte Roderick. »Ich war nur einmal dort. Es ist schon etwas länger her.«

»Das muß gewesen sein, bevor Sie zu uns kamen, Lisa«, sagte ich.

»Hat Noelle Ihnen erzählt, wie ich ins Haus gekommen bin?«

»Ja, sie hat es erwähnt.«

»War das nicht eine wunderbare Fügung? Fast wie im Märchen. Désirée, die berühmte Schauspielerin, sie war so gut zu mir.« Ihre Stimme zitterte ein wenig. »Sie ist der wunderbarste Mensch auf der Welt.«

»Ja, ich habe gehört, daß sie sehr gütig ist.«

»Leben Sie in London?«

»Ich bin auf dem Lande zu Hause, aber wir besitzen ein kleines

67

Domizil in London. Das ist sehr bequem für meinen Vater, der oft geschäftlich hier zu tun hat.«

»O ja, gewiß. Ich liebe London. Uralt, und zugleich so modern. Finden Sie es nicht faszinierend?«

Roderick bejahte.

»Bei Claverhams daheim gibt es etwas sehr Altes, Lisa«, erklärte ich ihr. »Man hat auf ihrem Grund und Boden Überreste einer römischen Siedlung gefunden.«

»Nein, wie wundervoll!« rief Lisa aus. »Erzählen Sie mir davon, Mr. Claverham.«

Während er berichtete, rätselte ich, was Roderick gerade hatte sagen wollen, als Lisa uns unterbrach. Es schien etwas Bedeutendes gewesen zu sein. Wie bedauerlich, daß sie ausgerechnet in diesem Augenblick daherkommen mußte.

Sie hörte ihm zu, drängte ihn, ihr noch mehr zu erzählen, und merkte überhaupt nicht, daß sie unser Tête-à-tête gestört hatte. Roderick war zu höflich, um sich seine Enttäuschung anmerken zu lassen; denn ich war überzeugt, daß er ebenso enttäuscht war wie ich.

Schließlich sagte ich: »Ich muß jetzt gehen.«

»Ich auch«, meinte Lisa. »Ich hatte keine Ahnung, daß es schon so spät ist.«

»Schön, gehen wir«, sagte ich.

Wir kehrten zusammen nach Hause zurück. Roderick verabschiedete sich von uns.

»Ein reizender junger Mann!« meinte Lisa, als wir ins Haus gingen. Ihre Augen leuchteten vor Vergnügen. »Na so was, da hat Charlie einen Sohn und hält ihn versteckt!«

Meine Mutter kam bald danach zurück. Sie hatte eine befriedigende Besprechung mit der Schneiderin gehabt und berichtete mir davon. Sie wollte das blaue Kleid im ersten Akt gegen ein malvenfarbenes austauschen, und das Kleid im letzten Akt sollte rot werden.

»Diese Farben heben sich besser ab. Außerdem geben sie dem Stück ein neues Gesicht. Das wird für uns alle gut sein. Wir setzen schon ein bißchen Rost an. Was meinst du? Ich habe bei Janet Dare vorbeigeschaut. Die Ärmste! Sie ist wie von Sinnen. Wie gern wäre sie wieder bei uns. Wenn es an ihr liegt, wird sie nicht mehr lange fort sein.«

Ich fand, es sei nun an der Zeit, meiner Mutter zu erzählen, daß ich mich mit Roderick getroffen hatte. Lisa würde womöglich erwähnen, daß sie uns zusammen gesehen hatte, und dann mußte es merkwürdig aussehen, wenn ich nichts davon gesagt hatte.

Als wir allein waren, eröffnete ich ihr wie nebenbei: »Übrigens, erinnerst du dich an Roderick Claverham, Charlies Sohn? Er ist einmal hiergewesen.«

»O ja, natürlich. Ein sehr netter junger Mann.«

»Ich bin ihm ein paarmal zufällig begegnet.«

»So? Interessant.«

»Ich war übrigens heute mit ihm zusammen. Lisa war dabei.«

»Oh, Lisa. Ich habe gerade an sie gedacht. Die Ärmste, sie wird sich ein wenig zurückgesetzt fühlen, wenn Janet wieder da ist. Sie möchte am liebsten die zweite Besetzung bleiben.«

Ich kam zu dem Schluß, daß ich wegen meiner Zusammenkünfte mit Roderick keine Gewissensbisse zu haben brauchte. Meine Mutter zeigte kein großes Interesse, auch fühlte sie ihre Beziehung mit Charlie nicht im mindesten davon berührt.

Wenige Tage darauf kam Jane in mein Zimmer und richtete mir aus, meine Mutter wünsche mich unverzüglich zu sprechen.

»Ist etwas passiert, Jane?«

»Sie sieht nicht besonders gut aus, Miß Noelle.«

Ich eilte in ihr Zimmer und bekam einen gehörigen Schrecken. Sie sah wirklich alles andere als gut aus.

»Mir war so übel«, sagte sie. »Das muß der Fisch gewesen sein, den ich gestern abend gegessen habe. Aber angefangen hat es gleich nach dem Mittagessen. Mir ist schwindlig und schlecht zugleich.«

»Willst du dich nicht hinlegen?«

»Ich habe bis eben gelegen. Das Schreckliche ist, ich werde wohl heute abend nicht auftreten können.«

»Auf keinen Fall, wenn's dir nicht besser geht. Ich denke, ich hole Dr. Green.«

»Nein, nein, das ist nicht nötig. Ich habe bloß etwas Falsches gegessen. Wir sollten aber auf alle Fälle Dolly verständigen.«

»Thomas wird sofort zu ihm fahren«, sagte ich.

Eine halbe Stunde später war Dolly da. Er war zutiefst erschüttert.

»Was ist passiert? Du hast was Falsches gegessen? O allmächtiger Gott, womit habe ich das verdient?«

»Laß das Theater, Dolly. Jetzt ist keine Zeit für Mätzchen. Für den Fall, daß ich heute abend nicht auftreten kann, müssen wir sofort das Nötige veranlassen... Lisa muß an meiner Stelle spielen.«

»Diese Anfängerin!«

»Bitte, sie ist wirklich nicht schlecht. Das hast du selbst gesagt, wenngleich es dir unerhört schwergefallen ist, es zuzugeben.«

»Du redest, als wäre es eine Lappalie. Ich sage dir, es ist ein Desaster, eine Katastrophe. Ich muß die Leute beschwichtigen, die gekommen sind, um Désirée zu sehen, nicht eine kleine Amateurin vom Land.«

»Man könnte meinen, es wäre das erste Mal, daß du auf eine zweite Besetzung zurückgreifen mußt. Was ist schon dabei? Hör auf mit deinen theatralischen Mätzchen und nimm Vernunft an. Du mußt alles Nötige veranlassen, Dolly. Natürlich kann es sein, daß ich mich bis dahin erholt habe. Es sind ja noch ein paar Stunden hin. Aber im Augenblick...«

»Ist das Mädchen da?« fragte Dolly.

»Ja«, sagte ich. »Soll ich sie holen?«

»Aber schleunigst.«

Ich ging zu Lisa. Sie blickte mich fragend an.

»Meine Mutter fühlt sich nicht wohl«, sagte ich. »Ihr war schrecklich übel, und schwindlig ist ihr auch. Dolly ist hier. Sie meint, sie kann heute abend vielleicht nicht spielen.«

Lisa starrte mich an. Sie bemühte sich vergeblich, ihre Begeisterung vor mir zu verbergen. Daß sie aufgeregt war, war nur natürlich. Ich konnte sie verstehen.

»Geht es ihr sehr schlecht?«

»Nur eine Gallenkolik. Sie hat sich hingelegt. Ihr wird schwindlig, wenn sie aufsteht. Ich glaube nicht, daß sie sich bis heute abend erholt. Sie möchten bitte schleunigst herunterkommen. Dolly geht auf und ab wie ein Tier im Käfig, und meine Mutter sucht ihn zu beruhigen.«

»Er wird wütend sein.«

»Allerdings. Sie kennen ja Dolly.«

»Er traut mir bestimmt nicht zu, daß ich es kann.«

»Er muß«, erwiderte ich. »Er hätte Sie die Rolle erst gar nicht einstudieren lassen, wenn er nicht überzeugt wäre, daß Sie im Notfall einspringen können.«

»Ihre arme Mutter. Wie furchtbar!«

»Ich glaube nicht, daß es etwas Ernstes ist. Sie meint, sie hat etwas gegessen, daß ihr nicht bekommen ist. Sputen Sie sich lieber. Je länger Sie Dolly warten lassen, desto wütender wird er.«

Sie eilte hinunter, und ich ging in mein Zimmer.

Dies könnte Lisas Chance sein. Es war nur natürlich, daß das ihr erster Gedanke war.

Meine Mutter fühlte sich etwas besser, aber nicht gut genug, um an diesem Abend aufzutreten. Ich wollte bei ihr bleiben, aber sie meinte, ich müsse ins Theater gehen, um Lisa zu unterstützen.

»Das arme Kind. Ich weiß, was sie durchmacht. Aber sie hat starke Nerven, das muß ich ihr lassen. Und die wird sie heute abend brauchen.«

»Sie nimmt das alles sehr ernst.«

»Mit Recht. Man muß die Dinge ernst nehmen, wenn man in diesem Metier Erfolg haben will. Sie darf allerdings nicht allzu zuversichtlich sein, und ich denke, das ist sie auch nicht. Sie muß dieses gräßliche Gefühl haben, daß sie ihre hohen Töne verfehlt und auf die Nase fällt statt in die Arme ihres Liebhabers. Eine

Mischung aus Angst und Zuversicht muß es sein... und die ist nicht leicht zu erlangen. Wer wüßte das besser als ich! Aber jetzt hat sie ihre Chance. Wenn sie es gut macht, hat sie bei Dolly einen Stein im Brett. Wenn sie versagt... bleibt sie vielleicht für den Rest ihres Lebens eine kleine Tänzerin. Wünschen wir ihr das Beste. Sie kennt die Lieder, sie kennt die Tänze. Vertrackt ist nur die Drehung am Ende des ersten Aktes. Die hätte ich ein paarmal beinahe verpatzt.«

Und so ging ich ins Theater und zitterte für Lisa.

Gleich sollte der Vorhang aufgehen. Ich saß mit Robert Bouchère in einer Loge und beobachtete das Publikum. Wir waren die einzigen im Zuschauerraum, die wußten, was gleich kommen würde.

Dolly trat vor den Vorhang. »Meine Damen und Herren, zu meinem großen Bedauern muß ich Ihnen mitteilen, daß Désirée unpäßlich ist und heute abend nicht bei Ihnen sein kann.«

Laute des Erstaunens setzten sich vom Parkett über den zweiten Rang bis zur Galerie fort. Ich sah mich gespannt um. Diese Leute hatten bezahlt, um Désirée zu sehen.

»Ich war bei Désirée, kurz bevor ich ins Theater kam«, fuhr Dolly fort. »Sie ist untröstlich, weil sie Sie enttäuschen muß. Sie bat mich, Sie um Vergebung zu bitten, und ganz besonders bittet sie Sie, ihr verehrtes Publikum, geben Sie Lisa Fennell die Chance, Ihnen zu zeigen, was sie kann. Désirée glaubt fest an Lisa, und ich bin überzeugt, daß Sie nach der heutigen Vorstellung diesen Glauben teilen werden. Ich weiß, wie sehr Sie alle Désirée lieben, aber Sie würden nicht wünschen, daß sie hier wäre, wenn sie ins Bett gehört. Sie läßt Sie herzlich grüßen und Ihnen ausrichten, daß Sie ihr ebenso fehlen werden wie sie Ihnen. Aber sie hofft inständig, daß Sie Lisa eine Chance geben und nicht enttäuscht sein werden.«

Der Vorhang ging auf. Der Eröffnungstanz begann, und mit *Womit kann ich dienen, Madam?* lieferte Lisa eine gekonnte Imitation von Désirée. Es war eine gute Vorstellung. Ich verfolgte jede ihrer Bewegungen, achtete auf vertrackte Stellen wie die Drehung am Ende des ersten Aktes. Die Zuschauer applaudierten. Einige, die wohl erkannten, was für eine Tortur das arme Mädchen durchlitt, überwanden ihre Enttäuschung und ermutigten die Anfängerin.

Ich sagte zu Robert: »Es läuft gut, nicht?«

»Sie ist genau wie...«, sagte er. »Sie kopiert sie, ja? Es ist, als sähe man einen Schatten von Désirée, du verstehst?«

»Ich weiß, was Sie meinen«, erwiderte ich. »Aber ich glaube, die Zuschauer nehmen es ihr nicht übel.«

»O nein, nein. Aber sie vergessen nicht, daß sie bezahlt haben, um Désirée zu sehen. Es ist bedauerlich für Lisa, daß sie ausgerechnet für Désirée einspringen muß. Wäre es eine andere, keine – wie sagt man – keine solche Persönlichkeit, so vornehm, dann hätte sie es leichter. Das Mädchen ist gut, aber sie ist keine Désirée.«

Ich verstand, was er meinte. Sie hatte sich zu eng an ihr Vorbild Désirée gehalten und ihre eigene Persönlichkeit unterdrückt. Hätte sie versucht, sie selbst zu sein und nicht ein blasser Abklatsch von Désirée, dann hätte sie mehr beeindruckt. So aber war sie Désirée ohne deren unnachahmlichen Charme, ohne ihre überwältigende Ausstrahlung.

Ich fuhr mit Martha und Lisa in der Kutsche nach Hause. Lisa war erschöpft, aber bester Laune.

Die Zuschauer hatten am Schluß laut applaudiert, und im Parkett hatte jemand »bravo!« gerufen.

»Die Presse war da«, sagte Lisa. »Ich bin gespannt, was sie schreiben werden.«

Sie tat mir ein bißchen leid. Sie maß dem Ganzen zuviel Bedeutung bei. Vielleicht würden die Zeitungen ein paar Zeilen bringen, aber die Presse dürfte sich mehr für Désirées Unpäßlichkeit interessieren als für Lisas *Komteß Maud*.

Lisa glaubte offenbar, in die Bresche zu springen und jemanden im Parkett »bravo!« rufen zu hören, würde genügen, um die Welt des Theaters zu erschüttern.

Meine Mutter wartete auf uns. Sie sah wesentlich besser aus und wollte alles hören. Wie hatte das Publikum reagiert? Wie hatte Lisa die vertrackte Stelle am Ende des ersten Aktes bewältigt? Hatte sie die hohen Töne bei *Ich würde dich lieben, und wärst du noch ein Ladenmädchen* geschafft? Und hatte sie ihre Schritte mit denen des Bräutigams in Einklang gebracht?

Es sei besser gelaufen, als sie zu hoffen gewagt habe, versicherte Lisa.

»Dann kann ich ja beruhigt schlafen«, meinte meine Mutter.

»Mein liebes Kind, ich bin überzeugt, Sie waren großartig. Und Dolly? Was hat er gesagt?«

»Er hat gebrummt«, sagte Lisa.

»Was war es für ein Brummen? Wir können seine Stimmung immer an der Art seines Brummens erkennen.«

»Ein erleichtertes Brummen«, sagte ich.

»Gott sei Dank. Es muß ihm gefallen haben, sonst wäre er längst hier und würde wütend auf und ab stampfen.«

Ich sagte: »Wir müssen schlafen gehen. Lisa ist erschöpft. Und du bist krank. Gute Nacht, liebste Mutter.«

»Gute Nacht, mein Engel.«

Wir gaben uns einen Kuß. Dann ging auch Lisa zu meiner Mutter und umarmte sie.

»Danke«, sagte sie. »Danke. Ihnen verdanke ich alles.«

»Den heutigen Abend verdanken Sie einem verdorbenen Fisch, meine Liebste, nicht mir.«

Wir lachten, und meine Mutter fuhr fort: »Es freut mich für Sie, meine Liebe. Es war eine Chance, und Sie haben sie genutzt. Nur so kommt man weiter.«

Lisa machte ein zerknirschtes Gesicht. »Es tut mir leid, daß es geschah, weil Sie krank sind.«

»Ach was. Nutzen Sie Ihre Möglichkeiten und seien Sie dankbar dafür, was immer der Anlaß sein mag.«

Und damit gingen wir hinaus, eine jede in ihr Zimmer.

Die Zeitungen brachten am nächsten Morgen nicht viel – nur, daß Désirée krank war und eine Neue, Lisa Fennell, ihren Part übernommen habe. Keinerlei Kommentar, wie sie gespielt hatte.

Dolly kam vorbei, und ich war begierig, sein Urteil zu hören.
»Sie hat jeden Schritt richtig gemacht«, sagte er. »Aber eine Désirée ist sie nicht, das kann ich dir sagen.«
»Die Zuschauer haben applaudiert«, sagte ich.
»Das tun sie immer bei Neuen. Sogar Zuschauer haben gefühls-selige Momente.«
»Und das war alles, meinen Sie?«
Er nickte, dann wandte er sich an meine Mutter: »Und du, Ma-dam, sieh dich in Zukunft vor, was du zu dir nimmst. So etwas darf nicht noch einmal vorkommen. Das Publikum würde es sich nicht gefallen lassen. *Maud* wäre binnen einer Woche abge-setzt.«
So, dachte ich, das ist das Ende von Lisas kleinem Triumph.

Ich saß mit Roderick im Park. Es war eine Woche, nachdem Lisa Fennell in *Komteß Maud* für meine Mutter eingesprungen war. Ich erzählte es Roderick.
»So etwas kommt doch sicher im Theater häufig vor?« meinte er.
»O ja. Es ist ganz normal. Trotzdem herrscht große Bestürzung, wenn die Hauptdarstellerin ausfällt.«
»Das Mädchen hat Courage, vor einem Publikum zu spielen, das eindeutig eine andere vorgezogen hätte.«
»Lisa war überglücklich. Sie hat sich alle Mühe gegeben, sich um meine Mutter besorgt zu zeigen – und sie war natürlich be-sorgt –, aber sie konnte ihre Freude nicht verhehlen.«
»Wie war die Vorstellung?«
»Ganz gut. Die Persönlichkeit meiner Mutter hat Lisa natürlich nicht.«
»Das Mädchen scheint aber eine liebenswerte Person zu sein.«
»Das ist nicht dasselbe. Pech für Lisa, daß sie ausgerechnet für meine Mutter einspringen mußte.«
»Erinnern Sie sich, wir sprachen neulich über unsere Situation, als sie zu uns stieß.«
»Ja, ich erinnere mich.«

»Was sollen wir tun, Noelle?«

»Sie wären bei uns zu Hause sehr willkommen. Ich habe meiner Mutter erzählt, daß wir uns getroffen haben, und sie schien es durchaus nicht ungewöhnlich zu finden.«

»Es ist eine lächerliche Situation. Nur weil Ihre Mutter und mein Vater eine Art romantischer Freundschaft verbindet, haben wir Bedenken, uns zu treffen.«

»Aber wir treffen uns doch. Vielleicht bilden wir uns etwas ein, was gar nicht vorhanden ist.«

»Meinem Vater war es unangenehm, als ich bei Ihnen zu Hause erschien. Daß er es nie wieder erwähnt hat, finde ich merkwürdig. Ich habe das Gefühl, er möchte die Freundschaft mit Ihrer Mutter von seinem übrigen Leben abgrenzen.«

»Das läßt freilich darauf schließen, daß es sich um eine ganz besondere Freundschaft handelt.«

»Und Ihr Vater? Er ist wohl schon vor langer Zeit gestorben?«

»Ich bin mir nicht sicher. Meine Mutter spricht nicht viel von ihm. Sie sagt nur, daß er ein sehr guter Mensch gewesen sei, auf den ich stolz sein könne.«

»Sie erwähnt nie, wann oder wie er gestorben ist?«

»Nein. Désirée kann sehr hartnäckig sein, wenn sie will, obwohl sie meistens so umgänglich ist. Sie will nicht von ihm sprechen, das ist klar. Manchmal frage ich mich, ob sie sich getrennt haben. Sie hatte den brennenden Ehrgeiz, auf der Bühne erfolgreich zu sein. Es könnte etwas damit zu tun gehabt haben. Ich frage mich oft, ob er noch lebt und ich ihn eines Tages sehen werde. Aber sie hat mir deutlich zu verstehen gegeben, daß sie nicht über ihn sprechen will.«

Roderick nickte. »Und sie hat natürlich Freunde... wie meinen Vater.«

»Und den Franzosen, von dem ich Ihnen erzählt habe. Er kommt und geht, genau wie Ihr Vater. Solange ich zurückdenken kann, sind die beiden bei uns ein und aus gegangen.«

»Sie ist natürlich überaus attraktiv und lebt nicht gerade konventionell.«

»Nein, sie hält sich nicht an die Regeln der Gesellschaft. Und da sie weiß, daß Ihre Mutter und Roberts Ehefrau – ich nehme an, er ist verheiratet wie die meisten Männer – ihre Freundschaft mit ihnen nicht billigen würden, hält sie es für besser, daß sie nichts davon wissen. Warum sie unnötig aufregen? Sie stellt keinerlei Ansprüche an ihre Freunde. Sie hat sie gern... das ist eben ihre Lebensart.«

»Das verstehe ich alles, aber ich denke daran, wie weit es uns berührt.«

»Niemand hat gesagt, daß wir uns nicht treffen dürften. Wir müssen einfach abwarten, was geschieht.«

Roderick war damit nicht zufrieden, und dieses Gespräch zeigte mir deutlich, in welche Richtung sich unsere Freundschaft entwickelte. Wir waren nicht mehr lediglich Bekannte.

Wir plauderten von anderen Dingen, doch ich wußte, er kam nicht von dem Gedanken los, daß wir uns aufgrund der Freundschaft zwischen unseren Eltern in einer Situation befanden, die er gern geändert hätte.

Als ich nach Hause kam, war etwas Bestürzendes geschehen. Meine Mutter lag mit einem neuerlichen Anfall darnieder, ähnlich dem, den sie kürzlich gehabt hatte.

Sie sagte: »O Noelle, Gott sei Dank, daß du da bist, Liebling. Noch so ein dämlicher Anfall. Ich habe wohl wieder etwas Falsches gegessen.«

Ich sah sie erschrocken an. Es konnte nicht sein. Es mußte etwas anderes sein, etwas Ernstes. Eine schreckliche Bangnis beschlich mich. Sie war mir immer so jung erschienen, so voller Lebenskraft.

»Wir sollten einen Arzt holen«, sagte Martha.

»Nein, nein«, widersprach meine Mutter. »Es ist meine dumme Verdauung. Ich habe heute mittag zu viel gegessen. Das soll mir eine Lehre sein.«

Lisa war da – gespannt, wie auf glühenden Kohlen. Sie machte den Eindruck, als suche sie sich selber zu beruhigen.

»Wenn es mir morgen nicht besser geht, lasse ich den Arzt kommen«, sagte meine Mutter. »Im Augenblick ist die Vorstellung heute abend wichtiger.«

Dolly wiederholte seinen Auftritt von neulich; er tadelte den Allmächtigen, wollte wissen, womit er dies verdient habe. Die Laufzeit von *Komteß Maud* könne alle Rekorde brechen. Warum wollten die höheren Mächte das verhindern? Désirée war Komteß Maud, und nun mußte er binnen kürzester Zeit schon wieder auf die zweite Besetzung zurückgreifen. Was hatte sich der Himmel dabei gedacht?

Martha sagte: »Also los, tun wir, was getan werden muß.«

Es war wie zuvor. Lisa sprang ein. Ich war nicht dabei, aber ich hörte, daß sie ihre Vorstellung verbessert hatte. Es war diesmal keine so unverblümte Nachahmung von Désirée. Aber das Publikum war halbherzig. Was konnte man anderes erwarten? Die Leute waren gekommen, um Désirée zu sehen, und nun waren sie mit Lisa Fennell abgespeist worden.

»Ich könnte es schaffen«, sagte sie beinahe zornig. »Aber dazu gehört Übung. Wenn ich eine Woche hintereinander spielen könnte, wäre ich perfekt.«

»Sie waren gut, und Sie sind so kurzfristig eingesprungen. Es war wirklich beachtlich. Das erkennen sie an, auch wenn sie es Ihnen nicht direkt sagen. Sie wissen, wie Dolly ist. Manchmal zieht er sogar über meine Mutter her.«

Lisa tat mir leid. Sie hatte sich so bemüht, und sie hatte es sehr gut gemacht. Nur war sie eben nicht mit Désirée zu vergleichen. Ich bezweifelte, daß es eine einzige Schauspielerin in London gab, die meiner Mutter das Wasser hätte reichen können.

Am nächsten Morgen ließen wir ungeachtet der Proteste meiner Mutter den Arzt kommen.

Martha meinte, es könne nicht bloßer Zufall sein, daß sie so kurz hintereinander zweimal etwas Verdorbenes gegessen habe. Außer ihr sei niemandem im Haus schlecht geworden.

Meine Mutter war vollkommen wiederhergestellt und entschuldigte sich bei Dr. Green, als er kam.

»Ihr Besuch ist eigentlich gar nicht notwendig«, sagte sie. »Aber die andern haben darauf bestanden, Sie zu holen. Das Dumme ist, ich habe etwas Unbekömmliches gegessen, und davon ist mir übel und schwindlig geworden, so daß ich gestern abend nicht spielen konnte.«

»Und«, sagte Martha, »erst vor vierzehn Tagen ist es schon einmal passiert.«

Der Arzt machte daraufhin ein leicht bedenkliches Gesicht. Ich wurde aus dem Zimmer geschickt.

Als der Arzt wenig später herauskam, hörte ich Martha mit ihm reden. Ich eilte zu meiner Mutter. Sie sah mich triumphierend an. »Ich hab's ja gesagt. Mir fehlt nichts. Ich habe nur etwas Falsches gegessen.«

»Was – zweimal?«

»Ja, zweimal. Das kann vorkommen.«

»Bist du sicher?«

»Vollkommen. Ich bin gesund wie ein Fisch im Wasser.«

»Daß du noch über Fische scherzen kannst!«

»Wirklich, es ist nichts. Aber vielleicht sollte ich mir einen Vorkoster zulegen, wie ihn die Könige und Königinnen früher hatten. Erwähne das ja nicht vor Dolly, sonst ernennt er noch ein Mädchen aus der Tanztruppe zur Obervorkosterin. Fest steht, daß mir nichts fehlt. Aber ich muß in Zukunft achtgeben, was ich esse.«

Martha kam herein. Sie wirkte unendlich erleichtert.

»Ich hatte recht«, sagte meine Mutter. »Du wolltest mir nicht glauben, nein?«

»Danken wir unserem Schicksal, daß alles gut ist. Meine Güte, hast du mir einen Schrecken eingejagt. Wenn dir etwas passiert wäre...«

»Dann wäre es wohl mit *Komteß Maud* zu Ende gewesen.«

»Nicht nur mit *Komteß Maud*. Ich weiß nicht, was ohne dich aus uns würde.«

Lisa gesellte sich im Park zu uns. Sie sei ganz zufällig vorbeigekommen, sagte sie. Ich aber fragte mich, ob sie mir gefolgt war. Sie hatte ein starkes Interesse für Roderick gezeigt.

Lisa tat mir leid. Ich konnte ihr Bedürfnis nach Gesellschaft verstehen. Sie schwebte zwischen Hochstimmung und Verzweiflung.

Es war einen Tag nach ihrem Auftritt als Maud. Die Zeitungen hatten darüber berichtet. »Zur neuerlichen Enttäuschung aller, die sich versammelt hatten, um die unvergleichliche Désirée zu sehen, war sie abermals nicht imstande aufzutreten. Man sagte uns, eine Gallenkolik habe Désirée gezwungen, sich ins Bett statt auf die Bretter zu begeben. An ihrer Stelle spielte ihre zweite Besetzung, Miß Lisa Fennell, eine junge Tänzerin, die gewöhnlich im Ballett zu sehen ist. Miß Fennell gab sich redlich Mühe. Sie hatte hier und da Schwierigkeiten mit den komplizierten Tänzen, war jedoch alles in allem annehmbar. Eine talentierte Anfängerin. Sie braucht mehr Übung in der Rolle. Die bedauernswerte *Maud* kann sich unter diesen Umständen nur mühsam halten. Das Stück an sich ist dürftig, und es braucht eine Persönlichkeit wie Désirée, die es trägt. Sollte sie es sich zur Gewohnheit machen, abends unpäßlich zu sein, wird *Komteß Maud* keinen Monat mehr überdauern.«

Es war eine erbärmliche Kritik, in der Lisa zaghaft gelobt und damit zugleich verurteilt wurde.

Désirée sagte: »Nicht schlecht, meine Liebe, gar nicht schlecht. Sie sollten sehen, was sie in meinen Anfangszeiten über mich geschrieben haben! Man hätte meinen können, es wäre das Beste gewesen, wenn ich meine Sachen gepackt und mich nach Hause verfügt hätte. So sind sie eben, Liebes, diese Kritiker. Weil sie es selber nicht können, wollen sie auch nicht, daß es jemand anders kann. Achten Sie einfach nicht auf sie. Die meisten von ihnen würden wer weiß was darum geben, auf der Bühne zu stehen. Und weil sie es nicht können, lassen sie's an denen aus, denen es gegeben ist. Das habe ich immer gesagt, und wenn es einer wissen muß, dann bin ich es.«

Lisa ließ sich überzeugen. Jemand hatte sie am Bühneneingang um ein Autogramm gebeten, und das hatte ihre Stimmung beträchtlich gehoben.

Wie zuvor hatte sich die Presse mehr mit Désirées Abwesenheit als mit Lisas Anwesenheit befaßt. Eine einzige Gallenkolik hätte man hingenommen als etwas, das jedem einmal passieren konnte; zwei aber erregten Verdacht. Es gab Andeutungen. Konnte es sein, daß Désirées Unpäßlichkeit der Neigung zuzuschreiben war, ein kleines bißchen zuviel von ihrem Lieblingsgetränk zu konsumieren?

Meine Mutter und Dolly schäumten vor Wut und Empörung; sie drohten sogar mit Schritten gegen den unbotmäßigen Reporter. Nach einer Weile jedoch beruhigten sie sich. »Was kann man machen?« sagte meine Mutter. »Man muß es nehmen, wie es kommt.«

Davon abgesehen, schien der Auftritt einer zweiten Besetzung anstelle der Hauptdarstellerin an einem Abend – oder auch an zweien – der Presse keine besondere Meldung wert zu sein.

Bei dieser neuerlichen Begegnung im Park bildete Lisas kürzliches Einspringen für meine verhinderte Mutter das Hauptgesprächsthema. Roderick hörte ihr höflich zu.

Arme Lisa, dachte ich. Darüber zu sprechen war vermutlich Balsam für ihre verwundete Seele. Sie schilderte ihm ihre dumpfe Angst, als der Vorhang aufging.

»Ich kenne alle Gesangsnummern, alle Tanzschritte, und doch frage ich mich die ganze Zeit, fällt es mir auch ein? Wie heißt die nächste Zeile? Da schlottern einem die Knie. Man ist überzeugt, daß man kein Wort herausbringt.«

»Meine Mutter sagt immer, man muß nervös sein, wenn der Auftritt gut werden soll«, warf ich ein. »Und Sie waren gut, Lisa.«

»Das will ich hoffen. Aber niemand hat es bemerkt...«

»Doch, Dolly hat es bemerkt. Er war wirklich zufrieden mit Ihnen, das habe ich ihm angesehen.«

»Er sagte, das Stück würde abgesetzt, wenn Désirée noch mehr Gallenkoliken bekäme.«

»Aber nein, dazu wird es nicht kommen. Daß sie ein, zwei Abende nicht auftritt, macht die Leute nur um so begieriger, sie zu sehen.«

Roderick sagte zu Lisa: »Ich wünschte, ich wäre dabeigewesen.«

»Ich bin froh, daß Sie nicht da waren. Mir ist lieber, Sie sehen mich erst, wenn ich etwas mehr Übung habe.«

»Hoffentlich nicht mit *Maud*«, sagte ich rasch. »Denn das ginge ja nur, wenn meine Mutter weitere Anfälle bekäme, und darüber würden wir sehr besorgt sein.«

»Oh, das hatte ich nicht gemeint. Ich war ehrlich besorgt, als sie den zweiten Anfall hatte, aber das war natürlich nur Zufall, wie der Arzt gesagt hat. So etwas kann vorkommen.«

»Vielleicht«, meinte Roderick, »bekommen Sie ja die Hauptrolle in einem anderen Stück, nachdem Sie in diesem eingesprungen sind. Es muß sehr schwierig sein, so kurzfristig eine Rolle zu übernehmen.«

»Das ist die Aufgabe einer zweiten Besetzung. Ich muß froh sein, daß überhaupt ein Anfang gemacht ist. Es ist so schwer, vorwärtszukommen, wenn man keine Freunde hat.«

»Aber jetzt haben Sie Freunde«, sagte Roderick.

Lisa befand offenbar, daß wir genug über ihre Angelegenheiten gesprochen hätten, und sie sagte schnell: »Erzählen Sie uns mehr über die wunderbaren Entdeckungen auf Ihrem Anwesen. Die würde ich zu gern sehen!«

So plauderten wir, und ich war ein wenig verstimmt, weil sie abermals mein Rendezvous mit Roderick gestört hatte.

Meine Mutter und ich gingen Janet Dare besuchen, die zusammen mit einer Freundin in einem kleinen Haus in Islington wohnte. Sie freute sich, uns zu sehen. »Schaut, ohne Krücken!« war das erste, was sie sagte.

»Wunderbar!« rief meine Mutter aus. »Wann kommst du zurück?«

»Ich muß zuerst üben. Für die Tänze werde ich noch eine Weile brauchen. Ohne das könnte ich in ein, zwei Wochen zurück sein. Hoffentlich hat Mr. Dollington Verständnis.«

»Aber sicher.«

»Es war großartig von ihm, mir meine Gage weiter zu zahlen. Ich weiß nicht, was ich sonst angefangen hätte.«

Ich wußte, wie das gekommen war. Ich hatte mitangehört, wie meine Mutter sich deswegen mit ihm stritt. Dolly hatte gemeint, die Truppe könne es sich nicht leisten, ein Mädchen zu bezahlen, das nicht arbeitete, zumal er Lisa Fennells Gage hatte aufstocken müssen, als sie die zweite Besetzung übernahm.

»Sei nicht so knauserig, Dolly«, hatte meine Mutter gesagt. »Wovon soll das arme Ding leben, wenn du ihr keine Gage zahlst?«

»Von der Arbeitslosenunterstützung.«

»Dolly, du bist gefühllos.«

»Désirée, ich bin Geschäftsmann. Ich muß zusehen, daß das Stück sich auszahlt, sonst werden wir alle arbeitslos.«

Am Ende hatten sie ein Abkommen getroffen. Die Truppe zahlte Janet die Hälfte ihrer Gage, und meine Mutter bestritt den Rest. Aber das durfte Janet nicht wissen, weil es ihr peinlich gewesen wäre.

Ich wäre am liebsten damit herausgeplatzt, denn ich wollte immer, daß die Leute wüßten, wie gut meine Mutter war. Sie, die mich so gut kannte, ahnte es und warf mir einen warnenden Blick zu.

Janet erklärte soeben: »Es wird wohl noch zwei Wochen dauern, bevor ich versuchen kann, zu üben. Ich schätze, daß ich in einem Monat zurück bin. Meine Beine werden anfangs ein bißchen steif sein.«

»Überanstrenge dich nicht. Lisa Fennell ist recht gut.«

»Die Neue! So eine Chance für sie! Und gleich zweimal!«

»Dank meiner dummen Verdauung.«

»Ich habe die Zeitungen gelesen. Es war nicht gerade der Ruhm über Nacht, nicht?« Ihr Tonfall ließ eine kleine Spur Schadenfreude erkennen.

»So etwas ist meist nur ein romantischer Traum.«

»Es ist schon vorgekommen. Aber für Lisa hat er sich nicht erfüllt.«

»Sie steht noch nicht lange genug auf der Bühne«, verteidigte ich sie. »Sie hat es wirklich ganz gut gemacht.«

»Ganz gut ist eine höfliche Umschreibung für nicht gut genug«, sagte Janet. »Ich schätze, ich wäre den Leuten aufgefallen.«

»Ich sehe schon, ich bin ein kleines Hindernis gewesen«, meinte meine Mutter lachend. »Ich hätte mehr Gallenkoliken haben sollen.«

»O nein, nein«, rief Janet, »so habe ich es nicht gemeint! Ich bin furchtbar erschrocken, als ich es hörte.«

»Schon gut, Liebes, ich kann's ja verstehen. Es ist ganz natürlich. Des einen Freud, des andern Leid, wie man so sagt. Und ein Leid war es tatsächlich für mich. Jedenfalls werde ich mich in Zukunft vorsehen. Und mach dir keine Sorgen, eines Tages wirst du einen Namen haben. Den Namen, den du dir wünscht. Komisch, was ein Name ausmacht. Die Leute neigen dazu, zu denken, du bist gut, wenn es ihnen eingeredet wird. Und je öfter es ihnen gesagt wird, für um so besser halten sie dich. Die Idee ist in ihren Köpfen, bevor sie sich dessen bewußt sind.«

Als wir gingen, sagte meine Mutter: »Die Ärmste! Es ist furchtbar für sie. Ich hoffe, daß sie bald wieder tanzen kann.«

»Roderick Claverham kommt nicht oft ins Theater, nicht wahr?« fragte Lisa mich, nachdem ich ihr von unserem Besuch bei Janet erzählt hatte.

»Nein. Er ist immer nur kurze Zeit in der Stadt. Er kümmert sich um den Familienbesitz.«

»Ich nehme an, es ist ein riesiges Gut.«

»Ich habe es nie gesehen, doch aus dem, was er erzählt, schließe ich, daß es ein großes Anwesen sein muß.«

»Ich stelle es mir wunderbar vor. Charlie – sein Vater – ist so ein netter Mensch. Wie ist seine Mutter?«

»Ich bin ihr nie begegnet.«

Lisa lächelte hintergründig. Sie war natürlich weltklug genug, um die Situation zu erfassen. Charlie und meine Mutter waren wie ein Ehepaar, das sich nicht mehr in der ersten Woge der Lei-

denschaft befindet, sondern den zufriedenen Zustand gegenseitigen Verstehens und tiefer Zuneigung erreicht hat, eine solide,
lohnende Freundschaft ohne hohe Anforderungen.

Wir unterhielten uns also über die Claverhams, und ich erzählte
Lisa, was ich von dem Wohnsitz in Kent und von Lady Constance wußte. Lisa hörte aufmerksam zu.

»Und Sie sind mit Roderick Claverham sehr befreundet«, stellte
sie fest. Sie lächelte amüsiert. »Wie lange bleibt er diesmal in
London?«

»Das weiß ich nicht.«

»Ich meine, er hätte irgend etwas von Ende der Woche gesagt.«

»O ja, jetzt fällt es mir ein. Sie scheinen sich ja sehr für ihn zu interessieren.«

»Ich interessiere mich für alle Leute, und er ist ja auch wirklich
interessant. Ebenso sein Vater… und Désirée und Sie. Ich habe
mich immer für die Menschen ringsum interessiert, Sie nicht?«

»Doch, schon.«

Aber ich hatte das Gefühl, daß ihr ganz besonders an Roderick
Claverham gelegen war.

Dann geschah es wieder. Es war gegen drei Uhr nachmittags.
Meine Mutter hatte sich hingelegt, wie sie es oft tat, um für die
Abendvorstellung frisch zu sein. Ich ging zu ihr.

In dem Augenblick, als ich ihr Zimmer betrat, wußte ich, daß etwas nicht stimmte.

»Was fehlt dir?« fragte ich.

»Ich glaube, diese dumme Übelkeit kommt wieder.«

»O nein!« Sorge beschlich mich.

»Es wird schon vergehen. Wenn man so etwas einmal gehabt
hat, bildet man sich ein, daß es wiederkommt. Es ist weiter
nichts als Einbildung.«

»Bleib ruhig liegen. Vielleicht geht es vorüber.«

»Hoffentlich, Liebling. Ich denke, es sind womöglich bloß die
Nerven. Diese aufreibende Komteß ist zu lange Teil meines Lebens gewesen.«

»Aber so lange läuft das Stück doch noch gar nicht.«

»Nach einer Weile werde ich immer unruhig. Ich denke an etwas Neues. Ich bin von Haus aus rastlos. Es wird schon wieder. Weshalb bist du gekommen? Wolltest du etwas Bestimmtes?«

»Nein. Ich wollte bloß sehen, ob du schläfst. Fühlst du dich schon besser?«

»Nein, Liebes. Ich fürchte, es ist wieder die dumme alte Geschichte.«

»Soll ich nach dem Arzt schicken?«

»Nein, nein. Er wird bloß sagen, daß ich etwas Falsches gegessen habe.«

»Und was hast du gegessen?«

»Nicht viel seit dem Abendessen gestern und der Milch nach der Vorstellung. Zum Frühstück bloß Kaffee und Toast und mittags etwas Fisch.«

»Schon wieder Fisch?«

»Ich esse oft Fisch.«

»Es ist äußerst seltsam. Ich mache mir Sorgen um dich.«

»O mein Liebling, das brauchst du nicht. Ich bin stark wie ein Pferd.«

»Und diese Anfälle? Du hast sie viel zu oft.«

»Liebling, ich glaube, dagegen kann man nichts machen. Wir müssen Dolly verständigen.«

Ich machte mir jetzt wirklich Sorgen. Dies war das dritte Mal innerhalb kurzer Zeit. Man mußte etwas unternehmen.

Dolly war verzweifelt. Zweimal habe er es über sich ergehen lassen, und nun passiere es schon wieder. Es sehe aus, als solle es zur Gewohnheit werden.

Um fünf Uhr nachmittags wußte meine Mutter, daß sie abends nicht würde auftreten können. Dolly war nun wirklich außer sich. Was würde das Publikum diesmal sagen? Die Leute würden denken, es habe keinen Zweck, Karten vorzubestellen. Man wisse nie, wen man zu sehen bekomme. Es würde ein gefundenes Fressen für die Presse. Die Zeitungen deuteten ohnehin schon an, daß Désirées Unpäßlichkeiten auf eine Vergiftung zurückzuführen seien. Mit solchen Dingen machte sich eine Schauspielerin nicht beliebt beim Publikum. Wer würde noch an Gallenkoliken glauben?

Das war das Problem. Ich glaubte auch nicht daran. Ich hatte schreckliche Angst, daß die Übelkeit eine andere Ursache hätte und nicht von etwas herrührte, das sie gegessen hatte.

Martha war derselben Meinung. Sie wandte die Augen ab und murmelte etwas in sich hinein.

»Morgen«, sagte sie, »lasse ich einen anderen Arzt kommen, nicht den tatterigen alten Dr. Green.«

Doch zunächst ging es um die Abendvorstellung.

Lisa war nervös. Wie alle Schauspielerinnen in einer ähnlichen Situation hatte sie gehofft, daß der Ruhm sich über Nacht einstellen würde. Davon konnte kaum die Rede sein. Ich war nicht sicher, ob ihre Auftritte ihr nicht mehr geschadet als genutzt hatten. Doch sie gab die Hoffnung nicht auf. Dies würde ihr dritter Versuch werden. Ich wußte, daß sie die Hauptrolle ständig übte.

Meine Mutter sagte zu mir: »Geh du heute abend ins Theater. Ich denke, es hilft Lisa, wenn sie weiß, daß du da bist. Robert ist in der Stadt. Er kann mit dir gehen.«

Ich wollte sie nicht wissen lassen, wie besorgt ich um sie war, und deshalb sagte ich ja. Am nächsten Tag wollten Martha und ich uns zusammensetzen und beratschlagen, was zu tun sei. Wir wollten einen Spezialisten zuziehen, um zu erfahren, ob es etwas Ernstes sei.

Kurz bevor Lisa zum Theater aufbrach, sprach ich mit ihr.

Sie war blaß und angespannt. »Ich habe etwas Dreistes getan«, sagte sie. »Ich weiß nicht, was mich dazu getrieben hat. Ich habe Roderick Claverham geschrieben und ihn gebeten, heute abend ins Theater zu kommen, weil ich die Hauptrolle spiele.«

Ich war verblüfft.

»Was wird er nun denken?« fuhr sie fort. »Er wird wahrscheinlich nicht kommen.«

»Warum haben Sie das getan?« fragte ich.

»Ich hatte das Gefühl, daß ich im Zuschauerraum alle Freunde brauche, die ich auftreiben kann.«

»Sie werden es schon gut machen«, sagte ich. »Ich bin gespannt, ob er kommt.«

»Er hat einmal gesagt, er habe es bedauert, meine Vorstellung versäumt zu haben.«

Ich konnte mich wirklich nicht um viele andere Dinge kümmern; meine ganze Sorge galt meiner Mutter. Charlie war nicht in London. Er hätte uns helfen können, den richtigen Spezialisten zu finden. Denn daß wir einen Spezialisten zu Rate ziehen würden, stand für Martha und mich fest.

Ich war froh, daß Robert an dem Abend da war. Er hatte für die gesamte Laufzeit der Vorstellungen meiner Mutter eine Loge gemietet, die wir benutzen konnten, wann immer wir wollten. Das war sehr bequem.

Robert war äußerst besorgt um meine Mutter. Mit ihm konnte ich ebenso offen sprechen wie mit Charlie.

»Das ist sehr beunruhigend«, sagte er.

Ich erzählte ihm, daß wir sie am nächsten Tag von einem Spezialisten untersuchen lassen wollten.

»Glaubst du, daß es etwas wirklich Schlimmes ist?«

»Es ist dreimal passiert, und das binnen kurzer Zeit. Sie muß sich schon sehr krank fühlen, um die Abendvorstellung ausfallen zu lassen. So kann es nicht weitergehen. Wir fragen uns, was die Ursache sein mag. Irgendwas stimmt nicht... innerlich.«

»Sie sieht immer so – wie sagt man – so unbeschwert aus.«

»Gesund! Lebhaft!« ergänzte ich. »Ich wollte bei ihr bleiben, aber sie wollte nichts davon hören. Sie meinte, Lisa brauche meine Unterstützung.«

»Die gute Désirée, immer denkt sie an andere.«

»Ja. Und ich mache mir schreckliche Sorgen um sie.«

Er drückte meine Hand. »Wir werden etwas unternehmen«, versprach er.

Ich sah in den Zuschauerraum hinunter. In der zehnten Parkettreihe erblickte ich Roderick. Er schaute zur Loge hoch und winkte. Er war also gekommen, um Lisa zu sehen.

Ich war gespannt gewesen, was geschehen würde, wenn Dolly auf die Bühne kam und sein Sprüchlein aufsagte. Die Zuschauer hörten entsetzt zu, dann setzte Gemurmel ein.

Dolly machte ein niedergeschlagenes Gesicht, die Hand an der Stirn, in der Pose äußerster Melancholie. Er trat den Leuten tapfer entgegen.

»Désirée ist untröstlich. Sie hofft, daß Sie ihr verzeihen. Glauben Sie mir, wäre sie in der Verfassung, auf die Bühne zu taumeln, sie hätte es getan.«

Zwei, drei Leute verließen den Zuschauerraum. Wir warteten beklommen, ob noch mehr folgen würden. Nach ein paar bangen Minuten beruhigten sie sich. Sie waren gekommen, um eine Vorstellung zu sehen. Sie wollten sich einen schönen Abend machen, und wenn es auch nicht das war, was sie erwartet hatten, so blieben sie dennoch.

Der Vorhang ging hoch, der Chor sang; er teilte sich, und da war Lisa. *Womit kann ich dienen, Madam?* Sie legte alles hinein, was sie hatte. Ich fand sie gut.

Mach, daß sie sie mögen, betete ich.

Dolly kam leise in die Loge und setzte sich zu uns. Er beobachtete mehr das Publikum als die Vorgänge auf der Bühne.

Nach einer Weile legte sich die Spannung. Es lief nicht schlecht. Sogar Dolly entspannte sich ein wenig, blieb aber wachsam. In der Pause verließ er uns.

Robert sagte: »Es läuft gut, nicht? Nicht schlecht. Das junge Mädchen... Sie ist keine Désirée, aber sie ist gut, wie?«

»Ja«, sagte ich. »Sie macht es das dritte Mal, und sie wird jedesmal besser.«

»Sie wird auf die Probe gestellt.«

Die Tür ging auf, und Roderick schaute herein.

»Guten Abend«, rief ich. »Ich habe Sie unten gesehen, Robert, das ist Roderick Claverham, Charlies Sohn. Roderick, das ist Monsieur Robert Bouchère.«

Sie tauschten Artigkeiten aus.

»Wie lieb von Ihnen, daß Sie gekommen sind. Lisa wird sich freuen.«

»Wie geht es Ihrer Mutter?«

»Sie hatte wieder so einen schrecklichen Anfall. Wir werden einen Spezialisten zuziehen. Martha und ich bestehen darauf. So kann es nicht weitergehen. Wie gefällt Ihnen die Vorstellung?«

»Sehr gut. Ich habe allerdings keinen guten Platz, aber etwas Besseres war so kurzfristig nicht zu bekommen.«

»Diese Loge gehört Monsieur Bouchère«, sagte ich mit einem Blick auf Robert. »Er stellt sie uns liebenswürdigerweise zur Verfügung.«

»Sie müssen sich zu uns setzen«, sagte Robert sogleich. »Von hier haben Sie einen guten Blick auf die Bühne, ausgenommen die rechte Ecke. Aber das ist kaum von Belang.«

»Sehr liebenswürdig. Ich nehme gern an.«

»Bleiben Sie lange in London?« fragte ich Roderick.

»Nein. Ich bin immer nur für einen kurzen Besuch hier. Zu Hause ist so viel zu tun.«

»Und Ihr Vater?«

»Er ist jetzt zu Hause. Ich denke, er wird bald nach London kommen.«

Es läutete, der Vorhang ging hoch.

Ich bemerkte mit Interesse, wie Roderick Lisa beobachtete. »Sie macht es gut«, sagte ich. »Das freut mich.«

Roderick nickte.

Der letzte Vorhang war gefallen. Lisa nahm den Applaus mit sichtlicher Dankbarkeit entgegen. Er hielt nicht lange an. Wäre meine Mutter dagewesen, sie hätten sie wieder und wieder herausgerufen.

Wir gingen in Lisas Garderobe, um ihr zu gratulieren. Sie war halb euphorisch, halb angespannt, und sie wirkte matt und verletzlich. Sie tat mir leid, und ich spürte, daß auch Roderick sie bedauerte. Ihre große Chance hatte ihr nicht gebracht, was sie sich erhofft hatte.

Roderick sagte: »Wollen wir ein kleines Souper zu uns nehmen – Sie, Noelle und vielleicht Monsieur Bouchère?«

»Eine reizende Idee!« rief Lisa aus.

Robert sagte: »Sie müssen mich entschuldigen«, und ich erklärte, ich wolle sofort nach Hause, um nach meiner Mutter zu sehen.

Lisa machte ein langes Gesicht, und auch Roderick wirkte enttäuscht.

Robert meinte: »Warum gehen nicht Sie beide? Es tut Ihnen gut, Mademoiselle Fennell, beim Essen zu sitzen und – wie sagt man – zu entspannen. Was Sie heute abend geleistet haben, war anstrengend, nicht? Ja, es wird Ihnen guttun, sich hinzusetzen, zu reden, zu lachen… zu vergessen. Ich bringe Noelle nach Hause.«

»Martha und ich können mit Thomas fahren. Er wartet mit der Kutsche«, sagte ich.

»Dann fahren wir alle drei mit der Kutsche und überlassen die zwei ihrem Souper.«

Roderick sah Lisa erwartungsvoll an. Ich redete mir ein, er wolle mir zu verstehen geben, daß er gern mit nach Hause kommen würde, um zu sehen, wie es meiner Mutter ging, aber Lisa sah so bedrückt aus, und Robert hatte recht, daß sie Entspannung brauchte. Und da Roderick die Einladung ausgesprochen hatte, konnte er sie kaum zurücknehmen. Somit war es abgemacht, daß Roderick und Lisa soupieren gingen, während wir übrigen nach Hause fuhren. Robert wollte hören, wie es meiner Mutter ging. Kaum waren wir im Haus, begaben Martha und ich uns zu ihr. Martha klopfte an ihre Tür. Es kam keine Antwort.

»Sie schläft«, flüsterte Martha. »Ein gutes Zeichen.«

Sie öffnete die Tür und schaute hinein. Im Mondlicht sah ich, daß meine Mutter nicht in ihrem Bett war.

Wir traten hastig ins Zimmer. Und dann sahen wir sie. Sie lag auf dem Fußboden, und ihr Kopf hatte eine vollkommen unnatürliche Haltung. Dann bemerkte ich Blut in ihrem Gesicht.

Ich lief zu ihr und kniete mich neben sie. Sie sah seltsam aus. So hatte ich sie noch nie gesehen. Sie rührte sich nicht, sie antwortete nicht, als ich ihren Namen rief, und eine furchtbare Eingebung sagte mir, daß sie nie wieder mit mir sprechen würde.

Wenn ich auf die folgende Nacht zurückblicke, sehe ich nur ein Durcheinander von Eindrücken. Alle Hausbewohner liefen in Mutters Zimmer zusammen, darunter auch Robert. Alle waren erschüttert, konnten das Schreckliche, das geschehen war, nicht fassen.

Dr. Green kam. »Sie muß gestürzt und dabei mit dem Kopf an die Kante der Frisierkommode geschlagen sein«, sagte er. »Und sie hat noch andere Verletzungen erlitten.«

Sie wurde ins Krankenhaus gebracht, aber wir ahnten schon, daß sie nicht mehr zu retten war.

Wir hatten sie verloren. Ich versuchte mir vorzustellen, wie es sein würde ohne sie, nie mehr ihre Stimme zu hören – ihr Lachen, ihre Fröhlichkeit, ihr unbeschwertes Verständnis vom Leben. All das war uns binnen weniger Stunden genommen worden.

Es war unmöglich, es sofort zu begreifen. Würden wir es jemals hinnehmen können? Das Leben würde nie mehr sein, was es gewesen war. Ich konnte es mir ohne sie einfach nicht vorstellen. Es war mir unerträglich. Sie war der Mittelpunkt meines Lebens gewesen, und nun war sie plötzlich nicht mehr da.

Warum war ich an dem Abend nicht bei ihr geblieben? Ich hätte sie auffangen können, als sie stürzte. Ich hätte sie retten können. Während ich ahnungslos im Theater war und mit Roderick, Lisa und Robert plauderte, war sie für immer von uns gegangen.

Es war nach Mitternacht, als Lisa nach Hause kam, mit rosigen Wangen und gut gelaunt. Sie hatte den Abend mit Roderick sichtlich genossen.

Sie warf nur einen Blick auf mich und fragte: »Was ist geschehen?«

»Meine Mutter ist tot.«

Sie erbleichte und starrte mich an.

Ich sagte: »Sie ist aufgestanden, dabei muß ihr schwindlig geworden sein. Sie ist gestürzt und hat sich verletzt und… daran ist sie gestorben.«

»Nein«, sagte Lisa. »O *nein*!« Dann verlor sie die Besinnung. Als sie wieder zu sich kam, sagte sie in einem fort: »Nein, nein, das kann nicht sein. Sie wird wieder gesund, nicht? Sie kann nicht tot sein, nur weil sie gestürzt ist.«

Ich konnte nichts erwidern und wandte mich ab. Sie ergriff meinen Arm. Ihr Gesicht drückte Qual aus. Sie hatte meine Mutter gewiß aufrichtig geliebt. Alle hatten sie geliebt. Ich hatte insgeheim geglaubt, Lisa sei zu sehr mit ihrem eigenen Erfolg befaßt, ihrer Chance, der Welt zu zeigen, was sie konnte. Das war nur natürlich. Aber sie hatte sich wirklich etwas aus meiner Mutter gemacht. Sie wirkte erschüttert. Ja, sie mußte sie innig geliebt haben.

Ich brachte sie in ihr Zimmer und bat Mrs. Crimp, ihr etwas Heißes zu trinken zu bringen. Mrs. Crimp war froh, etwas zu tun zu haben.

»Ich kann es nicht glauben«, sagte sie immerzu. »Was fangen wir nur ohne sie an?«

Ich konnte ihre Frage nicht beantworten.

Das ganze Haus war vor Erschütterung wie gelähmt. Alles war anders ohne sie.

Die Zeitungen waren voll von Meldungen über Désirée.

»Désirée, eine unserer größten Gesangskünstlerinnen der leichten Muse, hat das Genre revolutioniert; sie hat es beliebt gemacht. Sie starb viel zu jung.« Sie sei in der Blüte ihres Lebens dahingerafft worden. Man werde sie schmerzlich vermissen. Sie brachten eine Auflistung sämtlicher Stücke, in denen sie mitgewirkt hatte. Zeitungsausschnitte wurden reproduziert.

Reporter lauerten uns auf. Man fragte Jane nach ihrer Meinung.

»Sie war eine reizende Dame«, sagte Jane.

Mrs. Crimp erklärte: »Menschen wie sie sind selten. Eine wie sie wird es nie wieder geben.«

Am häufigsten wurde Lisa interviewt. Sie war die zweite Besetzung. »Ihr verdanke ich alles. Sie war wundervoll zu mir. Sie gab mir meine erste Chance.«

Ich las die Berichte wieder und wieder. Die Zeitungen waren durchweicht von meinen Tränen. Ich wollte die Lobeshymnen lesen... manchmal mußte ich lächeln, wenn mir einfiel, was sie über einige der Rollen gesagt hatte. Dann überkam mich wieder der Jammer. Ich konnte mich nicht von den Erinnerungen befreien, die mich überfluteten. Wie ich als kleines Kind in ein Zimmer kam. »Feiert ihr ein Fest?« und die Leute hatten gelacht und mich ein wenig eingeschüchtert, bis mich Mutters liebende Arme umfingen.

Die Menschen hatten sie geliebt, aber keiner mehr als ich. Ich stand ihr am nächsten; für mich war der Verlust am größten. Charlie war untröstlich, Robert war zutiefst unglücklich, Dolly war verzweifelt. Das Theater wurde als Respektbezeugung für Désirée eine Woche geschlossen. Und was dann? wollte Dolly wissen. Es war zweifelhaft, ob *Komteß Maud* fortgesetzt würde. Dolly war tief bekümmert. Wie wir übrigen betrauerte er den Verlust von Désirée. Auch er hatte sie geliebt.

Dann erfuhren wir, daß im Hinblick auf ihren plötzlichen Tod eine gerichtliche Untersuchung anberaumt worden war.

Es war eine Tortur!

Wir waren alle zugegen – das Personal, Martha, Lisa, Charlie, Robert und Dolly. Lisa saß neben mir, sie war angespannt und nervös.

Am Tod meiner Mutter konnte kein Zweifel bestehen; sie hatte sich bei einem Sturz das Genick gebrochen und sich mehrfache weitere Verletzungen zugezogen, die sofort zum Tode führten. Aber da Dr. Green festgestellt hatte, daß sie an Gallenkoliken litt, die sie in rascher Folge befielen und die er sich nur damit erklären konnte, daß sie etwas Unbekömmliches gegessen hatte, erschien eine gerichtliche Untersuchung angezeigt.

Zwei Ärzte machten eine Aussage. Im Magen seien Spuren von Gift nachgewiesen worden; das Gift sei aber nicht die Todesursache gewesen... nur indirekt. Die Übelkeit und Benommenheit, die zu ihrem Sturz geführt hätten, seien jedoch auf die Auswirkungen dieses Giftes zurückzuführen.

Sie sprachen *von Euphorbia lathyrus*, und jetzt verstand ich, warum man Leute geschickt hatte, um sich im Garten umzusehen. Die Ärzte erklärten, daß es sich um eine Pflanze handele, die allgemein als Wolfsmilch bekannt sei, in diesem Fall die Springwolfsmilch. Sie habe zum Zeitpunkt des Ablebens in Blüte gestanden und hätte den Tod herbeiführen können. Diese Pflanze enthalte eine milchige Substanz, die stark abführend und reizerzeugend wirke. Die Einnahme könne Übelkeit und Durchfall erregen, und dies könne in manchen Fällen Benommenheit hervorrufen.

Die Verstorbene sei eindeutig das Opfer einer solchen Vergiftung geworden, und da es im Garten einen Springwolfsmilchstrauch gebe, sei dieser wahrscheinlich die Ursache gewesen. Vielleicht habe sie nichts von der unangenehmen Eigenschaft dieser Pflanze gewußt und sie einige Male berührt, wonach sie jedesmal krank geworden sei.

Wir waren wie vor den Kopf geschlagen. Meine Mutter hatte nie Interesse an dem kleinen Garten hinter der Küche gezeigt. Er war ringsum mit Sträuchern bewachsen, und einer davon war offenbar diese Springwolfsmilch.

Ich konnte mir nicht vorstellen, daß sie in den Garten gegangen war oder, wenn sie es doch tat, von den Pflanzen Notiz genommen hatte. Aber man mutmaßte, daß sie, als sie unter den Anfällen litt, zuvor mit dieser Pflanze in Berührung gekommen war.

Es gab eine Bank im Garten. Ja, Mrs. Crimp hatte Désirée ein paarmal dort sitzen sehen, allerdings nicht in jüngster Zeit. Die Springwolfsmilch wuchs in der Nähe der Bank. Man zog den Schluß, daß der giftige Saft auf irgendeine Weise an ihre Hände geraten und so mit den Speisen, die sie anschließend aß, in Kontakt gekommen war.

Für manche mochte das eine plausible Erklärung sein. Nicht für mich, die ich sie so gut kannte. Es sei bekannt, daß manche Menschen für das Gift anfälliger seien als andere. Es sei anzunehmen, daß die Verstorbene zu letzteren gehört habe. Aber das Gift habe nicht zum Tode geführt. Den habe der Sturz verursacht.

Der Spruch des Untersuchungsrichters lautete: Tod durch Unfall.

Es war vorüber. Sie war für immer von uns gegangen. Vor mir lag eine leere Zukunft.

Was nun? fragte ich mich. Was fange ich an? Ich wußte es nicht, und es kümmerte mich auch nicht sehr. Ich konnte nur eines denken: Sie hat mich für immer verlassen.

Ein paar Tage vergingen, trübe Tage ohne Sinn. Ich war noch zu sehr vom Schmerz betäubt, um die drastische Veränderung in meinem Leben ganz zu erfassen.

Charlie und Robert waren mir eine große Hilfe. Ich sah sie jeden Tag. Beide waren darauf bedacht, mir klarzumachen, daß sie meine Freunde seien und sich um mich kümmern würden.

Dolly war ganz verzweifelt, und das nicht nur, weil *Komteß Maud* abgesetzt werden mußte, da das Stück ohne Désirée nichts taugte. Lisa war sehr krank. Sie hatte sich in ihr Zimmer zurückgezogen und wollte allein sein.

Ich machte mir ein Bild über meine finanzielle Lage. Meine Mutter hatte mit ihrer Arbeit eine Menge Geld verdient, es aber auch reichlich ausgegeben. Und auch das Leben einer erfolgreichen Schauspielerin hatte seine unproduktiven Perioden. Sie hatte ihrem Einkommen gemäß gelebt, und wenn die Schulden bezahlt wären, würden wir sehen, ob etwas für mich übrigblieb, das mir, klug angelegt, ein kleines Einkommen sichern würde, vielleicht genug, um bescheiden davon zu leben. Das Haus gehörte mir, aber ich würde kein Haus voller Personal halten können.

Mein erster Gedanke galt Mrs. Crimp, Jane und Carrie. Sie waren ein fester Bestandteil meines Lebens gewesen. Matty wollte uns verlassen, sie meinte, ich brauche keine Gouvernante mehr.

Dann sagte Robert, er wolle mir das Haus abkaufen; denn er benötige ein festes Domizil in London. Er sei es leid, immer im Hotel zu wohnen. Das Personal wolle er behalten, und ich müsse es natürlich als mein Heim betrachten, solange ich wolle.

»Sie wollen das Haus nicht wirklich, Robert«, sagte ich. »Sie kaufen es nur, weil Sie wissen, wie bange uns allen ist.«

»Nein, nein«, widersprach er. »Ich brauche ein Domizil. Warum suchen, wenn hier eins ist? Es ist... ihr Haus. Ich habe es im Gefühl, daß es ihr so recht wäre. Sie hat so viel von dir gesprochen. Sie bat mich, mich um dich zu kümmern... falls es je nötig sein würde. Verstehst du?«

Ja, ich verstand. Er hatte sie geliebt. Er tat es für sie.

Die Frage war, was aus Lisa werden sollte. »Man sollte sie nicht verstören«, sagte Robert. »Sie ist ganz durcheinander. Sie war Désirée sehr dankbar und trauert sehr um sie. Nein, sie muß bleiben... falls das ihr Wunsch ist. Wir wollen sie nicht beunruhigen.«

Mrs. Crimp meinte, sie habe immer gewußt, daß Missjöh Räuber ein guter Mensch und, obwohl Ausländer, ein Gentleman sei. Sie wolle für ihn sorgen. Man merkte ihr die Erleichterung darüber an, daß Ihre Zukunft gesichert war.

Und Martha? Sie hatte bereits mit Lottie Langdon gesprochen, die zuvor schon mehrmals versucht hatte, sie Désirée auszuspannen. »Hier kann ich nicht bleiben«, sagte sie. »Zu viele Erinnerungen. Wir sind zu lange zusammengewesen. Am besten, ich gehe schleunigst fort von hier. Und dir, Noelle, dir rate ich dasselbe, und sei es nur für kurze Zeit. Wenn ich irgend etwas tun kann... aber ich glaube, Charlie will mit dir darüber reden.«

Charlie kam noch am selben Tag zu mir. »Ich muß ernsthaft mit dir reden, Noelle.«

Wir gingen in den Salon. »Wie du weißt, waren deine Mutter und ich sehr gute Freunde«, begann er. »Es war eine langjährige Freundschaft. Ich habe Désirée sehr geliebt, Noelle.«

Ich nickte.

»Mein liebes, liebes Kind, du kamst bei ihr stets an erster Stelle. Sie war eine wunderbare Frau. Ganz und gar unkonventionell. Ihr Benehmen entsprach nicht immer den Vorstellungen der Gesellschaft. Aber was bedeutet das bei einem fürsorglichen, liebevollen Herzen?« Von Bewegung übermannt, hielt er inne. »Sie bat mich, für dich zu sorgen«, fuhr er dann fort. ›Sollte mir etwas zustoßen, möchte ich, daß du dich um Noelle kümmerst, Charlie‹, hat sie gesagt. Und es ist nicht nur deshalb. Ich habe dich sehr gern, Noelle.«

»Sie sind immer so gut zu mir gewesen, Sie und Robert.«

»Hier sind zu viele Erinnerungen, Noelle. Ich habe mit Martha gesprochen. Wir sind uns einig, daß du fort solltest.«

»Es würde nichts nutzen. Ich werde sie nie vergessen.«

»Jeder Schmerz läßt mit der Zeit nach, und wenn er noch so tief ist. Ich möchte, daß du nach Leverson Manor kommst.«

Ich starrte ihn erstaunt an. »Aber... Ihre Frau wird mich dort nicht haben wollen.«

»Aber *ich*. Und es ist mein Heim. Ich habe Désirée versprochen, für dich zu sorgen. Und ich bin gewillt, mein Versprechen zu halten. Ich möchte dich mit nach Leverson nehmen. Überlege es dir.«

Und ich überlegte es mir. Es schien unglaublich, unmöglich. Doch Charlie war fest entschlossen.

Für kurze Zeit dachte ich an etwas anderes als an den Verlust meiner Mutter. Dieses Haus voller Erinnerungen zu verlassen...

Ich werde Roderick sehen, kam es mir plötzlich in den Sinn, ich werde ihn oft sehen, ich werde das Gut kennenlernen und die aufregenden römischen Ruinen, die man dort gefunden hat.

Zum erstenmal, seit ich meine Mutter tot auf dem Fußboden ihres Zimmers liegen sah, hatte ich an etwas anderes gedacht, und der Vorhang aus Trübsinn und Melancholie hatte sich ein wenig gehoben.

Charlie fuhr am selben Tag nach Hause, vermutlich, um seine Familie auf meine eventuelle Ankunft vorzubereiten. Ich konnte nicht glauben, daß die gestrenge Lady Constance jemals dulden würde, daß ich ihr Heim betrat. Aber es war auch Charlies Heim, und ich hatte gesehen, wie entschlossen er sein konnte. Er war meiner Mutter treu ergeben gewesen, und diese Ergebenheit übertrug er nun auf mich. Ich sann über die Aussicht nach, Roderick öfter zu sehen, und ertappte mich dabei, daß ich im Begriff war, mich in eine Situation treiben zu lassen, die äußerst peinlich werden konnte. Ich mußte an meine Zukunft denken. Ich sollte Marthas Beispiel folgen. Sie war unsentimental, hatte einen gesunden Menschenverstand, und sie hatte recht: Wenn eine Situation unerträglich wurde, sollte man ihr ausweichen, je eher, desto besser.

Ich hatte ein kleines Einkommen in Aussicht. Dank Roberts Großzügigkeit würde ich ein Dach über dem Kopf haben. Was fingen Frauen in meiner Lage an? Leidlich gebildeten Frauen mit spärlichen Mitteln standen nur zwei Wege offen: Sie wurden Gouvernanten oder Gesellschafterinnen. Ich konnte mich nicht als eine von beiden sehen. Gouvernanten waren für gewöhnlich von höchst respektabler Herkunft, sehr oft kamen sie aus Pfarrhäusern; Damen, die sich vor die Notwendigkeit gestellt sahen, ihren Lebensunterhalt zu verdienen. Die Tochter einer berühmten Schauspielerin der leichten Muse war dafür kaum geeignet.

Also mußte ich mir Charlies Vorschlag überlegen. Er entsprach immerhin dem Wunsch meiner Mutter, und sie hatte stets nur mein Bestes gewollt. Ich brauchte Zeit zum Nachdenken. Andererseits mußte ich mich dringend aus diesem Labyrinth des Jammers befreien, in dem ich gefangen war.

Charlie klärte die Frage fürs erste. Nach ein paar Tagen kam er wieder.

»Kannst du bis zum Wochenende reisefertig sein?« fragte er.

»Aber...«

»Kein Aber«, sagte er bestimmt. »Du kommst mit.«

»Ihre Familie...«

»Du bist meiner Familie willkommen«, erwiderte er mit einer Miene, die keinen Widerspruch duldete.

Und so kam ich nach Leverson Manor.

KENT

Leverson Manor

Ich hatte ein imponierendes Gutshaus erwartet, aber der Anblick von Leverson Manor war schlechthin überwältigend. Die Kutsche, die man uns zum Bahnhof geschickt hatte, näherte sich dem Haus. Mit seinem pechnasenbewehrten Turm und dem mit Zinnen versehenen Pförtnerhaus beherrschte es die Landschaft. Anfangs war ich zu verwirrt, um auf Einzelheiten zu achten, später aber, als ich ein wenig über das Bauwerk erfuhr, war ich imstande, die erlesen gearbeiteten Simse und Kreuzblumen zu bewundern und die Spuren der im Lauf der Jahrhunderte wechselnden Geschmacksrichtungen zu erkennen, die dem Haus bei anfallenden Renovierungen ihren Stempel aufgedrückt hatten. Gegenwärtig schien es von einer Aura kalter Abwehr umgeben — eine Festung, gewillt, sich gegen alle Eindringlinge zu veteidigen. Das Haus war nicht nur ein steinernes Bauwerk, sondern ein lebendes Wesen. Durch vier Jahrhunderte hatte es vielerlei erlebt — Geburten und Tode, Komödien und Tragödien. Ich fragte mich, was es wohl jetzt erleben würde. Ich würde ein Teil dieses Hauses sein, zumindest für eine Weile. Was mochte es für mich bereithalten?

Bangnis überkam mich, als wir unter dem Torbogen in einen kopfsteingepflasterten Innenhof fuhren. Ich hatte das Gefühl, daß das Haus mich beobachtete, mich abschätzte, mich verachtete als Wesen aus einer fremden Welt, das nicht hierhergehörte, das nichts vom Leben wußte bis auf das, was es auf den Straßen Londons aufgeschnappt hatte, und nichts kannte als die Kunstwelt des Theaters. Ich war keine gewöhnliche Besucherin. Ich zweifelte mehr und mehr daran, ob es klug gewesen war, hierherzukommen.

Wir stiegen aus der Kutsche, und als Charlie beruhigend seine Hand auf meinen Arm legte, wußte ich, daß er meine Bangnis spürte.

»Komm«, sagte er betont heiter. Er stieß die schwere, eisenbeschlagene Tür auf, und wir traten in eine Halle.

Ich wähnte mich ins Mittelalter versetzt. Ich blickte zu der Stichbalkendecke hinauf, betrachtete die weißgetünchten, mit Schwertern, Pistolen, Schilden und Donnerbüchsen geschmückten Wände. An einer Wand hingen zwei gekreuzte Fahnen – die eine zeigte vermutlich das Familienwappen, die andere war die britische Nationalflagge. Neben einem Treppenaufgang stand, einem Wächter gleich, eine Rüstung. Der Fußboden war mit Platten belegt, und unsere Schritte hallten durch den Raum. Auf einer erhöhten Empore befand sich ein großer, offener Kamin, um den sich vermutlich die Familie versammelte, nachdem man an dem großen Refektoriumstisch in der Mitte der Halle gespeist hatte.

Die Fenster, zwei davon aus Buntglas, waren mit den Wappen der Familie verziert und zeigten berühmte Schlachten. Das farbige Licht von diesen Fenstern verlieh dem Raum ein unheimliches Gepräge.

Wieder sagte ich mir, ich hätte nicht kommen sollen. Ich hatte das lächerliche, aber bestimmte Gefühl, daß das Haus mir eben dies zu verstehen gab. Ich gehörte nicht an diesen Ort mit seinen vielen Traditionen. Am liebsten wäre ich hinausgerannt, um mich schnurstracks zum Bahnhof zu begeben und so schnell ich konnte wieder nach London zu fahren.

Dann öffnete sich am oberen Absatz einer kurzen Treppe, die von der rechten Seite der Empore abging, eine Tür.

»Noelle. Wie schön, Sie zu sehen.« Roderick eilte auf mich zu. Er nahm meine Hände. »Ich habe mich so gefreut, als ich hörte, daß Sie hier sind.«

Charlie sah wohlwollend zu, und meine Befürchtungen schwanden ein wenig.

»Es hat mir unendlich leid getan, als ich das mit Ihrer Mutter erfuhr«, sagte Roderick.

»Noelle mußte unbedingt fort«, erklärte Charlie.

»Sie werden hier interessante Dinge zu sehen bekommen«, sagte Roderick.

»Ich finde das Haus äußerst... ungewöhnlich. So eines habe ich noch nie gesehen.

»Oh, ein Haus wie dieses gibt es auch nicht noch einmal, nicht wahr?« erwiderte Roderick lachend und sah seinen Vater an. »Zumindest möchten wir das gern glauben.«

»Wir sind stolz darauf«, sagte Charlie. »Für uns ist es ja leider schon selbstverständlich, da wir unser Leben hier verbracht haben. Es macht uns aber immer wieder Freude, zu sehen, wie es auf andere wirkt, nicht wahr, Roderick?«

»O ja. Das Haus ist eigentlich ein Sammelsurium von Stilarten. Das ist das Schicksal aller alten Bauwerke. Sie müssen im Lauf der Jahre aufgemöbelt werden, und alle Modeströmungen durchdringen einander.«

»Das macht es doch gewiß nur um so interessanter?«

Meine Bedrücktheit schwand, meine Stimmung besserte sich erheblich. Ich hatte am Ende doch recht daran getan, hierherzukommen. Roderick und Charlie würden mir helfen... und mich notfalls beschützen.

Dann fragte Charlie: »Roderick, wo ist deine Mutter?«

»Sie ist im Salon.«

Meine Erleichterung war dahin. Ich nahm an, daß Lady Constance sich mit meinem Kommen nur abgefunden hatte, weil ihr nichts anderes übrigblieb.

»Dann wollen wir hinaufgehen«, sagte Charlie. Wir stiegen die kurze Treppe hinauf bis zu der Tür, durch die Roderick in die Halle gekommen war.

Wir durchquerten mehrere Räume, gingen unter Bögen hindurch und kleine Treppen hinab, vorbei an Wänden, an denen prächtige Wandteppiche und Porträts hingen, die ich jedoch kaum wahrnahm. Nach einer geraumen Weile kamen wir schließlich zum Salon.

Charlie öffnete die Tür, und wir gingen hinein. Flüchtig gewahrte ich einen Raum mit schweren Vorhängen an den Fenstern, einem auf Hochglanz gebohnerten Holzfußboden, der mit Teppichen belegt war, Wandbehängen und einer Täfelung mit Faltenfüllung. Und dort, auf einem thronartigen Sessel, saß die Frau, die ich mir in Gedanken so oft vorgestellt, aber nie von Angesicht zu Angesicht zu sehen gedacht hatte: Lady Constance.

Wir näherten uns ihr, und Charlie sagte: »Constance, das ist Miß Noelle Tremaston. Noelle, meine Frau.«

Sie erhob sich nicht. Durch ein Lorgnon musterte sie mich, eine Geste, die dazu angetan war, mir meine Unbedeutendheit bewußt zu machen. Obwohl ich mich innerlich dagegen verwahrte, stand ich lammfromm da. Sie hatte etwas an sich, das nach Huldigung verlangte.

»Guten Tag, Miß Tremaston«, sagte sie. »Ihr Zimmer ist für Sie hergerichtet, ein Mädchen kann Sie hinführen. Gewiß müssen Sie sich nach der Reise ausruhen.«

»Guten Tag, Lady Constance«, erwiderte ich. »Haben Sie vielen Dank. Es war keine sehr lange Reise.«

Sie wies mit ihrem Lorgnon auf einen Stuhl und bedeutete mir, ich möge mich setzen.

»Soviel ich weiß, kommen Sie aus London«, sagte sie.

»Ja.«

»Ich mache mir nichts aus der Stadt. Zu laut… zu viele Menschen, und einige können sehr unangenehm sein.«

»Eine Menge Leute finden London faszinierend, Mutter«, warf Roderick ein, »und unangenehme Menschen gibt es überall.«

»Das mag wohl sein«, gab sie zurück, »aber in London sind alle Maßstäbe größer, und das bedeutet, es gibt dort mehr von ihrer Sorte.« Sie wandte sich an mich: »Wie ich höre, war Ihre Mutter am Theater beschäftigt.« Ihr Tonfall ließ eine gewisse Abneigung erkennen. »Sie werden sehen, daß es hier ganz anders zugeht. Wir leben sehr ruhig auf dem Lande.«

»Ich finde das Haus sehr interessant«, sagte ich.

»Das ist nett von Ihnen, Miß… hm…«

»Für uns ist sie Noelle«, sagte Charlie bestimmt.

»Und man hat auf Ihrem Grund und Boden erstaunliche Entdekkungen gemacht«, fuhr ich fort.

»Noelle möchte die römischen Ruinen sehen«, fügte Roderick hinzu.

»Hm«, murmelte Lady Constance. »Aber nun wird sie ihr Zimmer sehen wollen. Würdest du bitte läuten, Roderick.«

Roderick gehorchte, und gleich darauf erschien ein Hausmädchen.

»Zeige Miß... hm... Tremaston ihr Zimmer, Gertie«, sagte Lady Constance. »Und sieh zu, daß es ihr an nichts fehlt.«

»Sehr wohl, Eure Ladyschaft.«

Roderick lächelte mir aufmunternd zu. Charlies Lächeln dagegen war ein wenig besorgt, als ich Gertie aus dem Salon folgte.

Es ging wieder Treppen hinauf und hinab und durch weitere Räume. »Dies ist das rote Zimmer, Miß«, erklärte Gertie, als wir am Ziel waren. »Das ist Ihres. Alles rot, Schauen Sie, ist das nicht nett? Rot der Vorhang, rot der Teppich, rot der Stoff am Bett.«

Sie kicherte über den Reim, der den diversen Bewohnern des Zimmers gewiß schon viele Male aufgesagt worden war.

»Es gibt auch ein blaues Zimmer, ein weißes..., aber die werden nicht oft benutzt. Sie werden sich am Anfang in diesem Haus verlaufen. Ein verschachtelter alter Kasten. Aber man gewöhnt sich dran. Ihr Gepäck ist schon oben, Sie können auspacken. Brauchen Sie Hilfe? Nein? Wenn doch, müssen Sie nur läuten. Hier sind heißes Wasser und Handtücher. In etwa einer halben Stunde komme ich Sie abholen und bringe Sie hinunter. Ihre Ladyschaft hat es nicht gern, wenn man sie warten läßt.«

Als sie hinausgegangen war, setzte ich mich auf das Himmelbett. Ich schätzte, daß es mehr als hundert Jahre alt war. Ich befühlte die roten Vorhänge. Mein Unbehagen wuchs.

Lady Constance war mir feindlich gesinnt. Das war nur natürlich und durfte mich nicht wundern. Ich dachte an die Straßen in London, die Kutschen, die die Leute zum Theater brachten und wieder abholten, an meine Mutter, lachend, unbeschwert, voll Heiterkeit. Kein Wunder, daß Charlie sich zu ihr hingezogen gefühlt hatte. Sie war alles, was Lady Constance nicht war. Ich fühlte mich verloren in einer fremden Welt, und ich sehnte mich mehr denn je nach Désirée.

Ich hätte am liebsten hilflos geweint. Statt Désirées inniger Zuneigung wurde mir die kalte Abneigung von Lady Constance zuteil.

Aber Roderick ist hier, sagte ich mir. Er und Charlie wollen, daß ich mich wohl fühle. Ich bin nicht allein.

Ich wusch mich und zog mich um, dann war ich bereit, Lady Constance gegenüberzutreten.

Während der ersten Tage auf Leverson Manor sagte ich mir des öfteren, ich sollte fortgehen. Weil aber Charlie und Roderick mich zu bleiben drängten, konnte ich nicht sogleich wieder aufbrechen. Es war mir bald klargeworden, daß Lady Constance meine Anwesenheit nur duldete, weil ihr nichts anderes übrigblieb.

Hier sah ich in Charlie einen neuen Menschen. Ich hatte ihn für sanft und umgänglich gehalten, doch auf Leverson Manor war er der Vorstand des Hauswesens, und so gestreng Lady Constance auch war, hatte er verstanden, ihr das klarzumachen.

Roderick war mir ein Trost. Wie sein Vater bestand er darauf, daß ich blieb, und in meiner Verlorenheit war ich dankbar dafür. Ich lebte in einer fremden, unwirklichen Welt, einem Zwischenreich zwischen den glücklichen, unbeschwerten Tagen, von denen ich geglaubt hatte, sie würden nie vergehen, und dem trübseligen, leeren Dasein ohne Désirée, dem ich mich früher oder später würde stellen müssen.

Demnächst, sagte ich mir, muß ich über meine Situation nachdenken. Vielleicht wäre es gut für mich, irgendeine Arbeit zu tun. Es könnte sich sogar als notwendig erweisen. Bis dahin mußte ich die Tage überstehen, mußte ich lernen, meinen Kummer zu unterdrücken. Und Charlie und Roderick halfen mir dabei.

Manchmal hatte ich das Gefühl, daß Désirée liebevoll über mich wachte und mir zuredete, bei Charlie zu bleiben. Ihre größte Sorge hatte stets mir gegolten. Ohne sie zu sein, bedeutete unsägliche Verlassenheit.

»Versuche, dich abzulenken, Liebes«, konnte ich sie beinahe sagen hören. »Hab Geduld. Du mußt weiterleben. Ich habe Vertrauen zu Charlie. Ich wünsche, daß er für dich sorgt.«

Roderick schlug mir vor, reiten zu lernen. »Das ist hier auf dem Land unumgänglich«, meinte er.

Die Reitstunden waren erfolgreich. Roderick war ein guter, geduldiger Lehrer, und der Unterricht heiterte mich auf. Ich machte rasche Fortschritte, und bald gelang es mir, mehrere Stunden hintereinander nicht an meine Mutter zu denken.

»In einer Woche werden Sie eine vorzügliche Reiterin sein, Noelle«, sagte Roderick. »Dann können wir weitere Ausritte unternehmen. Es gibt eine Menge zu sehen für Sie.«

Das erste, was er mir zeigen wollte, waren die römischen Ruinen.

Die Landschaft rings um Leverson war sehr flach. Von meinem Schlafzimmerfenster aus konnte ich das Land sich fast bis ans Meer erstrecken sehen. Roderick hatte mir erklärt, daß die See zur Zeit des Römer-Einfalls bis auf vierhundert Meter an die Stelle herangereicht haben mußte, wo jetzt das Haus stand. Heute lagen zweieinhalb Kilometer zwischen dem Haus und dem Meer.

Er strahlte vor Begeisterung, als er mich zu den Ausgrabungen führte. »Das hatte ich Ihnen schon immer zeigen wollen, erinnern Sie sich?«

Ja, ich erinnerte mich, und es stimmte mich traurig. Wir hatten uns so gewünscht, unsere Zusammenkünfte nicht geheimhalten zu müssen. Nun war unser Wunsch in Erfüllung gegangen, aber um welchen Preis!

Roderick merkte, daß er mich traurig gemacht hatte, und er entschuldigte sich.

Ich erwiderte: »Ist schon gut. O ja, ich wollte die Ausgrabungen sehen. Sie haben sie so interessant geschildert.«

»Es ist eine der aufregendsten Entdeckungen im ganzen Land. Es muß so etwas wie ein Vorratslager gewesen sein, das von einem sehr bedeutenden Mann beaufsichtigt wurde. Er muß seine Villa in der Nähe gehabt haben. Sie sehen die Mosaikböden in Rot und Weiß – das Weiß ist aus Kalkstein, das Rot aus Sandstein. Alles ist sehr erlesen und in gewisser Weise modern. Es war eine Tragödie, daß das Römische Reich zerfiel. Sonst wäre uns das Mittelalter vielleicht erspart geblieben.« Er lachte. »Oh, verzeihen Sie. Ich rede und rede. Es packt einen, müssen Sie wissen.«

»Das glaube ich Ihnen, und ich höre Ihnen gern zu. Ist das da drüben eine Pächterkate?«

»Nicht mehr. Es ist Fionas Reich. Ihre Werkstatt.«

»Wer ist Fiona?«

»Fiona Vance. Sie werden Sie kennenlernen. Sie dürfte jetzt dort arbeiten. Die alte Hütte war verlassen und verfiel immer mehr, und wir wollten sie schon ganz abreißen. Dann kam diese Entdeckung, und die Hütte stand mitten drin. Als die Ausgrabungen begannen und man allerlei Scherben, Waffen und dergleichen fand, mußten sie restauriert werden. Und dazu ist Fiona hier. Sie arbeitet unermüdlich und mit Begeisterung. Die Fragmente müssen zusammengefügt werden wie bei einem Puzzlespiel. Das können nur Fachleute. Holzstücke, Metallteile, Tonscherben, alles muß auf andere Weise behandelt werden. Ohne Fachkenntnis würde vieles verlorengehen.«

»Und Fiona besitzt diese Kenntnis?«

»Ja. Es ist interessant, wie es dazu kam. Sie wohnt bei ihrer Großmutter, Mrs. Carling, einer sonderlichen alten Dame. Sie ist wirklich uralt. Abergläubische Leute behaupten, sie sei eine Hexe. Sie wollen sie nicht beleidigen, aus Furcht, daß sie sie mit dem bösen Blick bannt. Sie wissen ja, wie die Leute sind. Sie hängt sehr an Fiona. Sie sorgt für sie, seit Fiona ein Jahr alt war. Ihre Eltern sind bei einem Kutschunfall ums Leben gekommen. Sie ist ganz anders als die alte Dame. Aber Sie werden sie ja kennenlernen.«

»Fiona scheint interessant zu sein. Und Ihre Großmutter auch.«

»Sie werden hier noch vieles finden, was Sie interessiert, Noelle.«

»Sie und Ihr Vater sind so gut zu mir.«

Meine Stimme zitterte, und Roderick sagte rasch: »Wir werden Ihnen alles zeigen, was dieses Gut zu bieten hat. Sie sollen sich hier wohl fühlen. Ich weiß, im Augenblick ist es schwer für Sie, aber das wird sich legen.«

»Erzählen Sie mir mehr von Fiona.«

»Es begann, als sie ein paar Münzen in ihrem Garten fand. Es gab eine ziemliche Aufregung deswegen. Es war ein Hinweis darauf, was alles verborgen sein könnte, direkt vor unserer Tür. Sir Harry Harcourt – haben Sie von ihm gehört? Er ist einer unserer führenden Archäologen. Er war kürzlich in Ägypten und hat ein paar aufsehenerregende Entdeckungen gemacht. Sie müssen von ihm gehört haben.«

»Ja, sein Name ist mir bekannt.«

»Er ist persönlich in Mrs. Carlings Garten gekommen und muß von Fiona sehr beeindruckt gewesen sein. Sie war damals ungefähr sechzehn, und er bot ihr eine Mitarbeit in einer seiner Unternehmungen an. Die alte Mrs. Carling wollte sie nicht gehen lassen, aber Fiona hat sich durchgesetzt. Es war natürlich eine einmalige Chance für sie. Fiona war begeistert, und sie arbeitete gut. Als man dann bei uns die Entdeckungen machte, wurde sie hierhergeschickt, um sich der Bruchstücke anzunehmen, die in großer Zahl ans Licht kamen, sobald man zu graben begann. Die alte Mrs. Carling freute sich, weil ihre Enkelin zurückkam, und Fiona war's zufrieden. Sie ist ein gutmütiges Mädchen, und es war ihr zuwider, die Großmutter zu enttäuschen. Nun konnte Fiona die Arbeit tun, die sie liebte, ohne gleichzeitig Gewissensbisse zu haben. Die Werkstatt ist nur einen Steinwurf von Mrs. Carlings Haus entfernt.«

»Ich kann's gar nicht erwarten, sie kennenzulernen.«

»Jetzt zeige ich Ihnen nur noch unseren größten Fund, danach schauen wir bei Fiona herein. Hier, sehen Sie. Das sind die Überreste der Villa. Geben Sie acht, wohin Sie treten. Das Gelände ist uneben. Nehmen Sie lieber meinen Arm.«

Ich stützte mich auf ihn, und er drückte meine Hand. »Dies ist ein Teil der Villa. Der Mosaikboden gehört zu den besterhaltenen im römischen Britannien. Und jetzt werde ich Ihnen zeigen, was für mich das Wichtigste von allem ist. Es beweist, wie kultiviert die Römer waren. Geben Sie hier Obacht. Fiona meint, wir sollten dieses Stück einzäunen.«

»Kommen viele Leute her, um sich das anzusehen?«

»Ab und zu. Vor allem, wenn etwas Neues entdeckt wird und die Presse darüber berichtet. Ich möchte Ihnen das Bad zeigen. Zu einer Zeit, als Reinlichkeit für den größten Teil der Weltbevölkerung keine große Rolle spielte, galt sie den Römern als unendlich wichtig. Dieses Bad ist beinahe vollständig erhalten. Es hat drei Temperaturstufen. Das Tepidarium, der Warmluftraum, das Caldarium, das Heißwasserbad, und das Frigidarium, das Kaltbad, in das sie wohl zum Schluß gesprungen sind. Sie waren ein sehr abgehärtetes Volk. Schauen Sie, man kann sehen, wie tief die Becken waren. Gehen Sie nicht zu dicht heran. Es wäre nicht gerade angenehm, hineinzufallen. Sir Henry war ganz aufgeregt deswegen. Hin und wieder findet sich irgendeine Gruppe hier ein, die weitere Nachforschungen anstellen will. Ich kann Ihnen sagen, die Angelegenheit hat Leben nach Leverson gebracht. Wir sind in der Welt der Archäologen bekannt geworden. Deshalb entschuldigen Sie bitte, wenn meine Begeisterung mit mir durchgeht. Oh, schauen Sie! Da ist Fiona. Sie hat uns wohl kommen hören.«

Ein Mädchen war aus der Hütte getreten. Sie trug einen grünen Kittel, der gut zu ihren flachsblonden Haaren paßte. Ihre grünen Augen wurden durch die Farbe des Kittels noch betont. Bei Rodericks Anblick strahlte ihr Gesicht vor Freude. Dann sah sie mich an. Es gelang ihr nicht, ihre Neugierde zu verbergen.

»Ah, Fiona«, sagte Roderick. »Gerade habe ich von Ihnen gesprochen.«

»Ach du liebe Zeit«, erwiderte sie in gespieltem Entsetzen.

»Natürlich, um Ihre Kunstfertigkeit zu preisen. Dies ist Miß Noelle Tremaston. Sie wohnt bei uns.«

»Guten Tag«, sagte sie. »Ich habe schon gehört, daß Sie hier sind. In dieser Gegend verbreiten sich Nachrichten wie im Flug.«

Roderick lachte. »Miß Tremaston – Noelle – weiß bereits, wer Sie sind: Miß Fiona Vance, unsere archäologische Expertin.«

»Er schmeichelt mir«, sagte Fiona. »Ich bin ein Laie.«

»Ach was. Das ist übertriebene Bescheidenheit. Man muß sich nur einmal ansehen, was sie aus einigen Fundstücken gemacht hat. Dank Fionas sorgfältiger Arbeit bekommt man eine gute Vorstellung von den Ornamenten und Topfformen, die damals hier gebräuchlich waren. Dürfen wir hereinkommen, Fiona?«

»Ich hatte gehofft, daß Sie das fragen würden.«

»Schön, gehen wir hinein«, sagte Roderick. »Miß Tremaston möchte Ihre Wunderwerke sehen.«

Sie lächelte mich an. »Ich habe nur zusammengefügt, was schon vorhanden war. Ich wollte gerade Kaffee machen. Möchten Sie auch einen?«

»Gern«, antwortete Roderick für uns beide, und ich hatte nichts dagegen.

In der Werkstatt standen mehrere Bänke, auf denen sich ein Sammelsurium von Werkzeugen häufte. Einige davon waren mir vollkommen unbekannt, aber Fiona erklärte sie mir. Da waren Blasebalge, um lose Erde fortzublasen, grobmaschige Metallsiebe, Kellen, Stahlstangen, die man in die Erde einführte und die Sonden genannt wurden, sowie Bürsten verschiedener Größe, Behälter aller Art, Klebstoffe und Flaschen mit diversen Lösungen. Und mitten im Raum stand ein Ofen und darauf ein Topf mit heißem Wasser.

Von der Werkstatt ging ein kleiner Alkoven ab, der zu einer Küche gehörte. Hier gab es ein Ausgußbecken und einen Wasserhahn, einen alten Herd und einen Schrank, dem Fiona Tassen und eine Kaffeekanne entnahm.

Der Raum enthielt zudem vier Stühle mit Rückenlehnen aus Weidengeflecht. Fiona bat uns Platz zu nehmen, während sie in den Alkoven ging und Kaffee kochte.

Roderick erklärte mir, daß die Hütte kaum verändert worden sei. Unten habe man aus zwei Räumen einen gemacht. Die Treppe neben der alten Küche führe nach oben zu zwei Schlafzimmern, die man belassen habe, wie sie waren. »Dort ruht Fiona sich aus, wenn sie müde ist.«

»Das ist nicht wahr!« rief Fiona aus dem Alkoven. »Ich bin tagsüber nie müde. Meistens bringe ich mir ein belegtes Brot mit und mache mir Kaffee. Manchmal gehe ich damit nach oben, um wegzukommen von dem ganzen Durcheinander und den Gerüchen einiger Substanzen, die ich benutzen muß.«

Sie brachte die gefüllten Kaffeetassen auf einem Tablett herein.

»Werden Sie lange auf Leverson bleiben?« fragte sie mich.

Da ich zögerte, sagte Roderick: »Wir versuchen, sie dazu zu überreden.«

»Sie sind aus London, soviel ich weiß?«

»Ja.«

»Da werden Sie es hier ein wenig eintönig finden.«

»Schämen Sie sich, Fiona!« empörte sich Roderick. »Bei all den Funden vor Ihrer Schwelle! Ich habe ihr soeben die Bäder gezeigt.«

Ihre Augen leuchteten. »Sind die nicht herrlich?«

»So etwas habe ich noch nie gesehen«, sagte ich.

»Ja, das sieht man selten, und so gut erhalten, nicht wahr, Roderick?«

»Da sehen Sie, wie stolz wir sind. Fiona, Sie sind ja schlimmer als ich.«

Sie wechselten einen Blick, und ich fragte mich, wie sie wohl zueinander stünden. Er hatte sie offensichtlich gern, und sie... nun ja, es war vielleicht noch zu früh, um es zu beurteilen, aber ich bildete mir ein, daß auch sie ihm zugetan war.

Sie sprach nun von der Vase, die sie zusammensetzte. »Ein ungewöhnliches Stück«, sagte sie. »Aber leider fehlt noch zuviel.«

»Das Muster ist ziemlich einmalig.«

»Ja. Deshalb ist es ja so zum Verrücktwerden.« Sie zuckte die Schultern und lächelte mich an. »Das gehört nun mal zu meiner

Arbeit«, fuhr sie fort. »Es gibt oft ganz besondere Stücke, bei denen wesentliche Teile fehlen.«

»Der Kaffee ist vorzüglich«, sagte ich.

»Danke. Ich hoffe, Sie werden jedesmal hereinschauen, wenn Ihr Weg Sie hier vorbeiführt.«

»Störe ich Sie denn nicht bei der Arbeit?«

»Nein, überhaupt nicht.«

»Fiona spricht gern darüber, nicht wahr, Fiona?«

»O ja. Übrigens, ich habe eine Skizze von dem Trinkgefäß gemacht, so wie es nach meiner Vorstellung aussehen müßte, wenn es vollständig wäre. Bisher haben wir leider nur ein Fragment. Ich habe die Zeichnung zu Hause. Sie müssen sie sich ansehen, wenn Sie vorbeikommen.«

»Wird gemacht«, sagte Roderick.

Ich vermutete, daß sie sich über mich dieselben Gedanken machte wie ich mir über sie. Sie mochte sich fragen, wie eng ich mit Roderick befreundet war. Sie beobachtete mich aufmerksam, aber nicht feindselig. Sie hatte mich mit bezaubernder Liebenswürdigkeit aufgenommen.

Mir kam der Gedanke, daß sie in ihn verliebt sein müsse.

Als wir zum Gutshaus zurückkehrten und über alles sprachen, was wir an diesem Vormittag gesehen hatten, war ich nachdenklich und versuchte, mir über meine Gefühle für Roderick klarzuwerden.

Trotz meiner ungesicherten Lage sah ich mich mehr und mehr in das Leben auf Leverson Manor hineingezogen. Ich hatte nicht nur gemischte Gefühle; sie wechselten von einem Extrem ins andere. Ich interessierte mich immer stärker für das Haus. Zuweilen schien es mir freundlich gesonnen, dann wieder schien es mich zurückzuweisen.

Einmal hatte ich mich verirrt. Während der ersten Tage konnte das leicht geschehen. Es gab so viele Türen; man brauchte nur die gesuchte zu verpassen, und schon befand man sich in einem bislang unbekannten Teil des Hauses.

So geschah es mir in der ersten Woche. Ich war aus meinem Zimmer gegangen und in einen Flur eingebogen, der meiner Meinung nach zur Treppe führte. Als ich meinen Irrtum erkannte, versuchte ich, meine Schritte zurückzuverfolgen. Ich war überzeugt, in die richtige Richtung zu gehen und alsbald in die Eingangshalle zu kommen.

Ich befand mich jedoch in einem Teil des Hauses, den ich noch nicht kannte. Ich gelangte in einen Raum mit mehreren Fenstern. An der gegenüberliegenden Wand hingen Porträts. Das Licht war hell, denn es war früh am Morgen, und ich war auf dem Weg zum Frühstück gewesen. Das Zimmer ging nach Osten. Es war ganz still. Ich spürte diese Stille oft im Haus, wenn ich allein war. Es war sehr beunruhigend. Neben einem Tisch in einer Ecke war ein Rahmen mit einem unfertigen Gobelin; in einer anderen Ecke stand ein Spinnrad. Dies mußte ein älterer Teil des Hauses sein. Ich versuchte, das Gefühl, beobachtet zu werden, abzuschütteln, das mich hin und wieder überkam. Es war äußerst unheimlich.

Ich hätte sofort umkehren sollen, aber etwas an dem Raum hielt mich fest.

Ich betrachtete die Bilder an der Wand. Es waren sechs an der Zahl, in reich verzierten Rahmen, und die Porträtierten – Leversons und Claverhams, nahm ich an – trugen Kleider aus verschiedenen frühen Epochen. Manche blickten mich direkt an, und mir wurde unbehaglich zumute. Während ich sie betrachtete, schienen ihre Mienen sich zu verändern und Hohn, Argwohn und Abneigung mir gegenüber auszudrücken.

Ich entwickelte eine lebhafte Phantasie, seit ich hierhergekommen war. Das lag daran, daß ich trotz Charlies und Rodericks Liebenswürdigkeit im Grunde meines Herzens wußte, daß ich nicht hätte bleiben sollen. Ich fragte mich, wie meine Mutter wohl gewesen wäre, wenn sie Charlie geheiratet und hier gelebt hätte. Sie würde die Förmlichkeit aus dem Haus verbannt und keine Rücksicht auf die Vergangenheit genommen haben.

Ich trat zu dem Rahmen mit dem unvollendeten Gobelin. Ich erkannte die Darstellung sofort. Es war das Haus in all seiner Pracht. Die Wappenschilde waren in Blau-, Rot- und Goldtönen gearbeitet.

Ich vernahm ein Rascheln hinter mir und fuhr schuldbewußt zusammen. Lady Constance war leise hereingekommen. »Interessieren Sie sich für meine Arbeit, Miß Tremaston?«

»O ja, sie ist prächtig.«

»Verstehen Sie etwas von Gobelinstickerei?«

»Ich habe so etwas nie gemacht.«

»Sehen Sie, das ist das Haus. Dieses Haus bedeutet mir sehr viel.«

»Ich weiß. Es ist ein herrliches Gebäude.«

Sie stand jetzt dicht neben mir und sah mich eindringlich an. »Seit ich hierherkam, habe ich mich nach Kräften bemüht, den Maßstäben zu genügen, die unsere Vorfahren gesetzt haben. Und ich werde nicht zulassen, daß dies durch irgend etwas gestört wird.«

»Ja«, sagte ich. »Es wäre ein Jammer.«

»Haben Sie... hm... etwas gesucht?«

»O nein, nein. Ich habe mich verlaufen.«

»Das kann leicht geschehen, wenn man sich nicht auskennt in...« Ihre Stimme verlor sich.

Ich schauderte ein wenig. Am liebsten hätte ich kehrtgemacht und wäre fortgerannt... fort aus diesem Haus.

Matt sagte ich: »Ich wollte zum Frühstück hinuntergehen.«

»Ach ja. Gehen Sie einfach den Weg zurück, den Sie gekommen sind. Am Ende des Flurs finden Sie die Treppe. Sie führt in die Halle. Das Frühstückszimmer ist rechter Hand.«

»Jetzt weiß ich den Weg, den ich hätte nehmen sollen. Vielen Dank.« Ich floh erleichtert.

Sie gab mir zu verstehen, daß ich fortgehen sollte, daß ich nicht hierhergehörte. Sie sagte es mit jeder Geste, mit jeder Modulation ihrer Stimme. Ich mußte fort, und zwar bald.

Doch als ich später auf der Koppel meine Reitstunde hatte und Roderick mich spüren ließ, wie froh er war, daß ich hier war, da wollte ich bleiben.

115

Die Unsicherheit kehrte alsbald zurück. Ich konnte nach London fahren. Robert hatte mir eingeschärft, daß ich das Haus benutzen müsse, wann immer ich es wünsche. Es war ihm sehr daran gelegen, daß ich es als mein Heim betrachtete.

Bei meinem Aufenthalt hier konnte es sich nur um eine Übergangszeit handeln, während der ich versuchen mußte, mich mit meinem Schicksal abzufinden, was immer es für mich bereithalten mochte. Ich freundete mich mit Fiona an, und manchmal, wenn Roderick anderweitig beschäftigt war, ging ich allein zu der Werkstatt. Fiona zeigte mir, wie man mit einer weichen Bürste den Schmutz von den Tonscherben löste. Während ich diese Arbeit tat, stellte ich mir die Menschen vor, die diese Gegenstände in ihrem Alltag benutzt hatten. Ich fand es faszinierend, in die Vergangenheit einzutauchen und zu versuchen, sie zu rekonstruieren. Es war ein wunderbares Mittel, der Gegenwart zu entfliehen.

Ich versuchte Lady Constance zu vergessen. Ich bekam sie auch nicht oft zu sehen. Sie erschien zum Abendessen, die anderen Mahlzeiten nahm sie häufig in ihrem Zimmer ein. Ich saß bei Tisch immer neben Charlie; er unterhielt sich mit mir und beschützte mich so gewissermaßen vor der kaum verhüllten Abneigung Lady Constances. Nicht, daß sie mir viel Beachtung geschenkt hätte. Ihre Strategie bestand darin, mich kühl zu behandeln, als einen Gast, der offensichtlich nicht lange bleiben würde. Niemand sonst schien dies zu bemerken, aber für mich waren die Andeutungen unüberhörbar.

Ich hatte Freundschaft mit Gertie geschlossen, dem Hausmädchen, dem die Aufgabe zufiel, sich meiner anzunehmen. Sie brachte mir morgens und abends heißes Wasser und machte mein Zimmer sauber.

Sie war etwa siebzehn Jahre alt. Mit zwölf war sie ins Haus gekommen. Mich hatte sie ins Herz geschlossen, vielleicht, weil ich nicht so förmlich war wie die meisten Gäste, die nach Leverson Manor kamen. Ich unterhielt mich gern mit ihr.

Daß ich Désirées Tochter war, hatte sie tief beeindruckt.

»Ich habe Désirée einmal gesehen«, erzählte sie mir. »Das liegt schon ein paar Jahre zurück… als meine Schwester geheiratet hat. Es ging ihm finanziell gut, ihrem Mann… er hatte zwei Marktbuden in Paddington… Muscheln aller Art. Das Geschäft blühte. Als sie verlobt waren, führte er meine Schwester und mich ins Theater. Es war himmlisch. Er sagte, ›wir werden die große Désirée sehen. Da geht ganz London hin.‹ Wir haben sie in *Die Zigeunerin* gesehen.«

Ich schloß die Augen. Ich erinnerte mich gut. Es hatte die üblichen Streitigkeiten gegeben, meine Mutter hatte sich geweigert, dies oder jenes Kostüm zu tragen, Dolly war hinausgestampft, und sie hatte ihn gehen lassen… und dann war er zurückgekommen, und sie hatten einen Kompromiß wegen der Kostüme geschlossen. Meine Sehnsucht nach den alten Zeiten war nahezu unerträglich.

Gertie ahnte davon nichts. »Sie war entzückend«, fuhr sie fort. »Sie trug große goldene Ohrringe. Und wie sie mit Lord James getanzt hat, immer rund um die Bühne – einfach himmlisch.«

»Ich erinnere mich gut«, sagte ich.

»Und Sie sind jetzt hier, Miß. Das ist schrecklich aufregend.«

Meine Verbindung zu Désirée spielte eine große Rolle bei ihrer Zuneigung zu mir, und ich denke, daß sie deshalb offener zu mir war als zu irgendwem sonst.

Sie eröffnete mir, Lady Constance sei »ein ziemlicher Drachen«.

»Alles muß genau so gemacht werden, wie sie es wünscht. Sonst wird man zu ihr befohlen. Es gibt eine Warnung, aber das nächste Mal fliegt man womöglich. Sie redet andauernd von Tradi… irgendwas.«

»Tradition?«

»Ganz recht, Miß. Alles im Haus muß genauso sein wie in vergangenen Zeiten.«

»Das kann ich mir vorstellen.«

»Sie kann sehr hart zu den Menschen sein. Emmy Gentle zum Beispiel.«

»Ein Hausmädchen?«

Gertie nickte. »Das war 'ne Wilde. Machte sich mehr aus Männern als aus Hausarbeit. Sie hat mit allem herumgealbert, was ihr in Hosen über den Weg lief. Und dauernd hat sie was zerbrochen. Manchmal konnte man es vertuschen... aber da war dieses kostbare Porzellan. Sie wurde verwarnt, einmal, zweimal. Dann passierte es zum drittenmal. Da war's aus. Es ist nicht leicht, eine neue Stellung zu finden, ohne Referenzen. Emmy hat nichts gefunden. Da ist sie auf die schiefe Bahn geraten. Sie hätten sie sehen sollen. Aufgetakelt bis dorthinaus. Ein Kleid aus reiner Seide. Sie sagte, das sei besser, als Lady Constances Sklavin zu sein. Da sehen Sie, daß man sich bei Ihrer Ladyschaft vorsehen muß.«

Gertie erzählte mir von ihrem Zuhause. »Wir waren acht Geschwister... und nur zwei alt genug, um arbeiten zu gehen. Ich schicke ein bißchen Geld nach Hause. Viel ist es nicht, aber es hilft.«

Sie hatte mir zu verstehen gegeben, daß sie sich, wie fast alle im Haus, vor Lady Constance fürchtete. Emmy Gentles Fall war ihnen eine Lehre gewesen.

Gertie fuhr fort: »Ihrer Ladyschaft paßt es nicht, daß Miß Vance und Mr. Roderick sich so oft sehen.«

»So? Und warum nicht?«

»Na ja, wer ist sie denn schon? Ihre alte Großmutter soll eine Hexe sein. Emmy Gentle war einmal bei ihr, als sie in Schwierigkeiten war. Emmy sagte, sie hätte ihr sehr geholfen. Schön, Miß Fiona ist nicht wie die Alte, aber sie ist nicht die Frau, die Lady Constance sich für Mr. Roderick wünschen würde.«

»Und... hm... Mr. Roderick?«

»Schätze, der geht seinen eigenen Weg. Er und der gnädige Herr verstehen es, ihren Willen durchzusetzen, wo es ihnen drauf ankommt. Aber dann können sie auch wieder sehr nachgiebig sein. Sie sind sich ähnlich. Ich schätze, wenn es soweit ist, wird Mr. Roderick sich ohne Hilfe seiner Mutter eine Frau suchen. Aber ohne einen gehörigen Krach geht das bestimmt nicht ab. Wir werden ja sehen. Sie wünscht sich eine richtige Lady für ihn, mit einem großen Titel. Schließlich ist sie ja selbst *Lady* Constance – und sie duldet es nicht, daß man das vergißt.«

»Ja, aber wie du sagst, das wird Mr. Roderick selbst entscheiden.«

»Schon, aber die alte Mrs. Carling, die kriegt immer, was sie will, und sie soll mit gewissen Mächten im Bunde stehen...«

Ich schwieg, da ich zweifelte, ob es klug war, ein solches Gespräch mit einem Dienstmädchen in einem Haus zu führen, in dem ich zu Gast war.

Als ich eines Tages zur Werkstatt kam, traf ich dort statt Fiona eine fremde Frau an. Ich erriet sogleich, daß sie Mrs. Carling war, von der ich schon so viel gehört hatte.

Sie war in der Tat ungewöhnlich: groß und aufrecht, mit üppigen dunklen Haaren, die sie zu Zöpfen geflochten um den Kopf gewunden trug. An ihren Ohren baumelten große Kreolen-Ohrringe. Das Auffälligste aber waren ihre strahlenden, durchdringenden Augen, bei denen man den Eindruck hatte, daß sie etwas sahen, das für andere unsichtbar war. Sie fixierten mich auf eine Weise, daß mir leicht unbehaglich zumute wurde; denn mir schien, daß sie meine Gedanken erforschte und Dinge zu entdecken suchte, von denen ich nicht wünschte, daß sie enthüllt würden.

Ich sagte: »Sie sind bestimmt Mrs. Carling. Ich habe schon so viel von Ihnen gehört. Ich bin Noelle Tremaston.«

»Und ich habe schon viel von Ihnen gehört. Ich freue mich, daß ich Sie endlich kennenlerne. Nun, wie finden Sie unsere Gegend?«

»Sehr interessant. Vor allem die Entdeckungen.«

Sie nickte. »Fiona ist nicht da. Irgendwer hat etwas in einem Garten gefunden. Sie ist hingegangen, um zu sehen, ob es alt oder neu ist. Es ist erstaunlich, wie viele Leute etwas Wertvolles zu finden glauben, seit die Ausgrabungen im Gange sind!«

»Das ist wohl unvermeidlich, und man kann ja nie wissen, ob es nicht etwas Bedeutendes ist.«

»Nehmen Sie Platz. Möchten Sie Kaffee?«

»Nein, danke. Ich habe eben erst zu Mittag gegessen.«

»Fiona kommt sicher bald wieder. Sie ist vor über einer Stunde weggegangen.«

Ich setzte mich.

»Fiona und Roderick Claverham«, fuhr sie fort, »die zwei sind von diesen Funden restlos begeistert.«

»Ich weiß.«

Sie sah mich mitleidig an. »Und Sie, meine Liebe, ich höre, Sie haben einen schrecklichen Verlust erlitten. Verzeihen Sie, wenn ich davon spreche. Aber ich bekomme so einiges mit. Vielleicht haben Sie dies und jenes über mich gehört.«

Ich nickte.

»Fiona hat Sie sehr gern. Ich würde Ihnen gern helfen.«

»Danke. Aber mir kann niemand helfen. Was geschehen ist, ist nicht zu ändern.«

»Ich weiß, meine Liebe, aber Sie sind jung. Wenn ich Ihnen irgendwann einmal behilflich sein kann ... ich weiß nicht, ob Sie es gehört haben, aber mir wurde eine gewisse Gabe beschert.«

Mir wurde immer unbehaglicher zumute, weil sie mich beim Sprechen so eindringlich ansah.

»Ja, ich habe davon gehört«, sagte ich.

»Ich habe viel Kummer erlitten, deshalb verstehe ich Sie gut«, fuhr sie fort. »Ich habe meine Tochter verloren, als sie zweiundzwanzig war. Sie war mein Leben. Ich nahm Fiona zu mir, und sie wurde mein Trost. Es gibt immer Tröstungen im Leben, meine Liebe. Wir tun gut daran, das zu bedenken.«

»Ich werde mich bemühen.«

»Ihre Mutter habe ich natürlich gekannt. Sie war eine ebenso wunderbare wie berühmte Persönlichkeit. Ich weiß, wie das ist, wenn man plötzlich einen lieben Menschen verliert. Aber selbst ein solches Leid zeitigt sein Gutes. Es hilft uns, das Leid anderer zu verstehen. Das wollte ich Ihnen nur sagen.«

»Danke. Sie sind sehr gütig.«

»Sie müssen mich demnächst einmal besuchen kommen. Vielleicht kann ich Ihnen doch irgendwie helfen.«

»Das ist lieb von Ihnen.«

»Versprechen Sie mir, daß Sie kommen werden.«

»Ich komme bestimmt.«

Sie fuhr fort: »Ich habe gesagt, was zu sagen war, und nun ist es genug. Erzählen Sie mir von sich. Was halten Sie von der Aufregung wegen der Ruinen? Die Claverhams sind nette Leute, nicht? Der Senior und der Junior, meine ich. Wir könnten keine besseren Gutsherren haben. Sie sind gewiß sehr liebenswürdig zu Ihnen.«

»Ja, das stimmt.«

Dann sagte sie ein wenig schalkhaft: »Und Ihre Ladyschaft?«

Ich war verblüfft. Sie lachte. »Die bildet sich eine Menge ein. Aber Mr. Claverham ist ein guter, liebenswerter Mensch, und sein Sohn Roderick ist nach ihm geraten.«

Plötzlich wechselte sie das Thema. Vielleicht war ihr der Gedanke gekommen, daß sie ein wenig zu offen gegenüber einer Person war, die sie kaum kannte, und sie begann, vom Dorf zu sprechen, und wie die Entdeckungen alles verändert hätten; wie froh sie sei, daß Fiona die Arbeit, die sie liebte, nun zu Hause verrichten könne – eine Arbeit, für die sie die Begeisterung mit Roderick teile. Sie erzählte von einigen Leuten im Dorf, die sie von bestimmten Beschwerden habe kurieren können; denn sie habe einen Kräutergarten, in dem sie alle möglichen Heilkräuter ziehe, die sie dank ihrer besonderen Kenntnisse vorteilhaft zu nutzen verstehe.

»Manche Leute behaupten, ich sei eine Hexe«, fuhr sie fort. »In früheren Zeiten wäre ich wohl deswegen verbrannt worden. Denken Sie an all die guten Frauen, die dieses Schicksal erlitten. Es gibt weiße Hexen und andere, und weiße Hexen tun nur Gutes. Wenn man mich eine Hexe nennen kann, dann eine weiße. Ich möchte den Menschen helfen. Ich möchte Ihnen helfen.«

Mit Erleichterung hörte ich das Getrappel von Pferdehufen. Mrs. Carling erhob sich und ging zum Fenster. »Das ist Fiona«, sagte sie. Kurz darauf trat Fiona in die Hütte.

»Ah, Noelle, wie schön, Sie zu sehen. Sie haben sich ja schon mit meiner Großmutter bekannt gemacht.«

»Wir haben uns gut unterhalten«, sagte Mrs. Carling.

»Ich mußte ein paar alte Scherben begutachten«, wandte sich Fiona an mich. »Jemand muß vor ein paar Jahren einen alten Milchkrug fortgeworfen haben.« Sie lächelte wehmütig. »Das kommt hin und wieder vor. Aber wir müssen natürlich allem nachgehen.«

»Natürlich«, sagte ich.

»Du kannst sicher eine kleine Stärkung gebrauchen, Fiona«, meinte Mrs. Carling.

»O ja, gern.«

Als Mrs. Carling Kaffee kochen ging, sah Fiona mich fragend an. Ich wußte, daß sie gern wissen wollte, was ihre Großmutter mir erzählt hatte. Als ich ihr sagte, wir hätten sehr interessant geplaudert, wirkte sie erleichtert.

Während wir Kaffee tranken, kam Roderick. Er habe einen Pächter besucht, erklärte er, und da es am Weg lag, habe er nicht widerstehen können, hereinzuschauen. »Wie weit sind Sie mit der Vase?« fragte er Fiona.

»Ich komme nur langsam voran. Ich habe allmählich so viele verschiedene Bruchstücke, daß ich gar nicht mehr weiß, wie ich sie alle hier unterbringen soll.«

»Wenn Sie einen Raum im Gutshaus wollen, brauchen Sie es nur zu sagen. Platz haben wir genug.«

»Ich werde vielleicht darauf zurückkommen«, sagte Fiona.

»Hier ist es jedenfalls entschieden zu voll«, meinte Mrs. Carling und lächelte ihrer Enkelin wohlwollend zu.

Als Roderick und ich zusammen aufbrachen, um zum Gutshaus zurückzukehren, nahm Mrs. Carling meine Hand und sah mich ernst an. »Sie müssen mich unbedingt besuchen kommen.«

»Danke. Das tu' ich gern.«

»Versprechen Sie es.«

»Ich komme bestimmt.«

»Sie werden es gewiß... nützlich finden.«

Wir verabschiedeten uns, und als wir die Hütte hinter uns gelassen hatten, fragte Roderick: »Wie finden Sie die alte Dame?«

»Sehr ungewöhnlich.«

»Ungewöhnlich! Manche Leute halten sie für leicht verrückt.«

»Sie meint, vor zweihundert Jahren wäre sie vielleicht als Hexe verbrannt worden.«

»Ein Glück für sie, daß sie nicht früher geboren wurde.«

»Ich glaube, sie hängt sehr an Fiona.«

»Zweifellos. Fiona ist eine höchst bewundernswerte junge Dame. Sie ist bestimmt nicht nach ihrer Großmutter geraten. Keine Schrullen. Fiona steht mit beiden Füßen auf der Erde. Sie ist wunderbar zu ihrer Großmutter, die manchmal sehr anstrengend sein muß.«

Wir waren beim Gutshaus angelangt. Ich ging hinein, während Roderick unsere Pferde in den Stall brachte.

Ich bekam einen Brief von Lisa Fennell.

Liebe Noelle!

Ich konnte nicht früher schreiben, weil ich krank gewesen bin. Ich wohne noch hier im Haus. Monsieur Bouchère sagt, ich kann bleiben, bis ich etwas Passendes gefunden habe. Mrs. Crimp ist ein Engel. Ich weiß nicht, was ich ohne sie angefangen hätte – und ohne Monsieur Bouchères Gastfreundschaft.

Der Tod Ihrer Mutter hat mich tief erschüttert. Ich hatte sie sehr gern. Ich werde nie vergessen, wie sehr sie mir geholfen hat. Sie war der wunderbarste Mensch, dem ich je begegnet bin. Daß sie so plötzlich sterben mußte, ist mir sehr nahegegangen. Ich hatte zu der Zeit eine leichte Erkältung. Es wurde schlimmer, und mit der Erschütterung wurde ich richtig krank. Ich war so niedergeschlagen, so elend. Sie war wie ein Engel der Barmherzigkeit in mein Leben getreten. Ich fühlte mich schuldig, weil ich an ihrer Stelle spielte, als sie von uns ging.

Jetzt bin ich wieder gesund, und ich werde mich in meine Arbeit stürzen. Ich habe großes Glück gehabt. Mr. Dollington hat mir eine Rolle in seinem neuen Stück gegeben, *Lumpen und Fetzen*. In wenigen Wochen ist Premiere. In welchem Theater, kann ich noch nicht sagen. Wir proben wie verrückt, wie Sie sich denken können. Lottie Langdon spielt die Hauptrolle. Mr. Dollington ist sehr traurig. Er wirkt, als sei etwas von seinem Ich verlorengegangen.

Aber das Leben muß für uns alle weitergehen, nicht wahr? Ich hoffe sehr, daß Sie sich das Stück ansehen werden. Vielleicht können Sie Mr. Claverham überreden, mitzukommen. Ich würde mich so freuen, Sie wiederzusehen.

Mit besten Grüßen

Lisa Fennell

Da waren sie wieder, die Erinnerungen, die mir das Herz brachen: Lisa unter den Pferdehufen... wie sie ins Haus gebracht wird. Désirées Besorgnis... wie sie Dolly zuredet, Lisa in die Tanztruppe aufzunehmen.

Ich würde es nie vergessen.

Die Tage vergingen, und immer noch war ich einer Entscheidung über meine Zukunft nicht näher gekommen. Bald wollte ich auf Leverson Manor bleiben, bald verspürte ich den dringenden Wunsch, fortzugehen. Der Hauptgrund hierfür war natürlich Lady Constance. Beim Abendessen sah ich ihre Augen oft auf mich gerichtet. Es war ein unheimliches Gefühl. Einmal, als ich mich mit Roderick im Garten unterhielt, sah ich zum Haus und bemerkte einen Schatten an einem der Fenster. Ich wußte, es war Lady Constance, und mir war, als wolle sie mich mit ihrem Willen zwingen, fortzugehen. Aber jedesmal, wenn ich von Abreise sprach, kamen laute Proteste von Roderick und Charlie.

Demnächst stand ein Treffen mit dem Anwalt meiner Mutter bevor. Sobald ich von ihm Genaueres über meine finanzielle Situation erfahren hatte, mußte ich Pläne machen.

Das große Gut hielt Charlie und Roderick beschäftigt. Oft waren sie den ganzen Tag außer Haus.

Roderick meinte: »Wenn Sie ein wenig mehr Übung haben, können Sie mit mir übers Gelände reiten und etwas mehr vom Gut sehen, auch ein paar Pächter kennenlernen. Ich denke, das wird Ihnen gefallen.« Er sprach, als sollte ich unbegrenzt auf Leverson Manor bleiben. Ich aber mußte mich nach dem Treffen mit dem Anwalt dazu aufraffen, über meine Zukunft zu entscheiden.

Meine Freundschaft mit Fiona machte rasche Fortschritte. Sie interessierte sich sehr für die Welt des Theaters, und wenn wir Kaffee tranken, unterhielten wir uns ausführlich. Ich fand es tröstlich, mit jemandem über Désirée zu sprechen, der sie nicht gekannt hatte.

Und Fiona erzählte mir von ihrem Leben und wie gut ihre Großmutter zu ihr gewesen sei.

»Manchmal«, sagte sie, »fürchte ich, daß ich nie imstande sein werde, es ihr zu vergelten. Sie hat für meine Ausbildung mehr aufgewendet, als sie sich leisten konnte. Ich bin der Mittelpunkt ihres Lebens, und ich fürchte sie zu enttäuschen. Sie hat es nie gesagt, aber ich glaube, es wäre ihr lieber, ich würde mich nicht so sehr für dies alles interessieren. Eines Tages sagte sie zu mir, ›du wirst langsam erwachsen, Fiona. Meine Tochter, deine Mutter, war mein ein und alles, und als sie starb, wäre mir nichts geblieben, wenn sie dich nicht zurückgelassen hätte.‹ Bald darauf fand ich die Münzen im Garten, und von da an wurde alles anders. Sie läßt durchblicken, daß sie mich zu den Münzen geführt hat. Eine Vorahnung sagte ihr, daß sie im Garten waren, daß ich sie finden sollte, und daß sie mein Leben verändern, mich meiner Bestimmung zuführen würden. Ja, und die Münzen erregten das Interesse von Sir Harry Harcourt, und er gab mir eine Chance. Meine Großmutter glaubt nämlich, über bestimmte Gaben zu verfügen, und sie will sie natürlich zu meinem Besten nutzen.«

»Und das wäre?«

»Die meisten Eltern und Großeltern denken wohl, das Beste für ihre Schutzbefohlenen sei eine sogenannte gute Partie. Sie wollen ihnen damit Sicherheit verschaffen. Ich glaube, ich könnte mit dieser Arbeit sehr glücklich leben. Aber damit wäre Großmutter vermutlich nicht zufrieden. Schauen Sie, diese Vase. Ob ich sie jemals werde vervollständigen können?«

Ich betrachtete die Fragmente, die sie bearbeitete, und sie zeigte mir einige Skizzen, wie sie sich die Vase vorstellte, wenn sie vollständig wäre.

Am nächsten Nachmittag machte ich mich auf den Weg zu Mrs. Carling. Ihr Häuschen war von Sträuchern umgeben; von einer kleinen Pforte führte ein kurzer Weg zur Haustür. Neben dem Haus bemerkte ich etliche mir unbekannte Pflanzen. Kräuter, nahm ich an. Verarbeitete Mrs. Carling diese zu Absuden, die sie Menschen wie Emmy Gentle verabreichte, wenn sie in Schwierigkeiten gerieten?

Um die Haustür und rund um die Fenster rankten sich Kriechgewächse. Ich dachte an Hänsel und Gretel im Hexenhaus.

Ob Roderick jemals hierherkam? Ich spürte, daß er Fiona gern hatte. Aber zu mir war er ebenfalls sehr zuvorkommend. Roderick hatte ein liebenswürdiges Naturell. Er war rücksichtsvoll zu jedermann. Es wäre unklug von mir, mir einzubilden, er empfinde etwas Besonderes für mich, nur weil er so nett zu mir war.

Ich bediente den braunen Türklopfer und hörte sein Geräusch durch das Haus hallen. Ich wartete.

Die Tür ging auf. Mrs. Carling lächelte mich erfreut an. Sie trug ein langes, wallendes Gewand mit Tigermuster; die Kreolen-Ohrringe schwangen hin und her, als sie mir die Hand reichte.

»Herein, herein«, rief sie aus. »Ich freue mich so, daß Sie gekommen sind. Wir werden uns einen vergnügten Nachmittag machen. Hier ist es gemütlicher als bei Fiona mit dem ganzen Kram. Sie fummelt an lauter Sachen, die die Leute vor langer Zeit verwendet haben. Das ist, als würde man die Toten stören, sage ich immer zu ihr.«

»Vielleicht würde es sie freuen, wenn sie wüßten, daß wir uns so für sie interessieren.«

»Kann sein, kann sein. Sie möchten bestimmt Tee. Das Wasser ist schon aufgesetzt.«

»Danke.«

»Ich sage Kitty Bescheid, daß sie ihn hereinbringen soll. Die Kleine geht mir ein wenig zur Hand.«

Wir waren in ein Zimmer mit zwei kleinen Fenstern getreten, die bleigefaßte Scheiben hatten. Die schweren Vorhänge machten den Raum dunkel. Auch die Möbel waren schwer. An den Wänden hingen mehrere Bilder. Eines stellte einen Heiligen dar, der zu Tode gesteinigt wurde, ein anderes zeigte eine Frau, an einen Holzstoß gefesselt, die Hände zum Gebet erhoben. Sie stand im Wasser, und es kam deutlich zum Ausdruck, daß sie ertrinken würde, wenn die Flut stieg. Ich las die Bildunterschrift: *Die christliche Märtyrerin*. Dann hing da noch das Bild einer großen schwarzen Katze mit grünen Augen. Die Farben leuchteten, und das Bild strahlte eine unheimliche Wirkung aus. Das Tier wirkte ganz lebendig.

Mrs. Carling nahm mir gegenüber Platz. »Ich muß Sie über Kitty aufklären«, sagte sie. »Sie ist etwas zurückgeblieben. Eines Tages kam sie zu mir und bat mich um Hilfe. Sie hatte gehört, daß ich Menschen von gewissen Beschwerden kuriere. Ich nahm mich ihrer an. Sie konnte nur stottern, als sie zu mir kam... aber sie bessert sich. Sie kommt aus einer großen Familie. Der Vater hat im Bergwerk gearbeitet. Kittys Brüder ebenso, und ihre Schwestern gingen in Stellung. Niemand wollte Kitty beschäftigen. Zu Hause wollte man sie nicht haben. Da kam sie zu mir, und ich nahm sie auf. Ich habe sie angeleitet, so gut ich konnte. Das gute Kind ist mir sehr dankbar.« Sie lächelte mich an. »Es macht mir Freude, den Menschen zu helfen. Einige von uns verfügen über bestimmte Kräfte, und es ist uns geboten, sie zu nutzen. Tun wir das nicht, können sie uns genommen werden.«

Kurz darauf brachte Kitty den Tee. Sie war ein junges Mädchen von etwa sechzehn Jahren. Sie hatte ein sanftes, fügsames Wesen und war sichtlich darauf bedacht, zu gefallen.

Mrs. Carling zeigte, wo sie das Tablett haben wollte. Kitty stellte es hin und warf mir einen schüchternen Blick zu. Ich lächelte ihr zu; sie erwiderte mein Lächeln, und ihr Gesicht erstrahlte. Ich erwärmte mich allmählich für Mrs. Carling, die dem armen Mädchen ganz offensichtlich sehr geholfen hatte.

Mrs. Carling tätschelte Kittys Schulter. »Braves Mädchen.« Und als Kitty gegangen war, sagte sie: »Das arme Kind. Sie ist so darauf erpicht, es gut zu machen. Wie möchten Sie Ihren Tee?«

Während wir uns an Tee und Törtchen labten, unterhielten wir uns. Sie erklärte mir, welch ein Segen es für sie sei, daß Fiona nun hier arbeite.

»Sie waren wohl sehr traurig, als sie fort war.«

»O ja. Aber es war gut für sie, und ich wußte ja, daß sie zurückkommen würde. So konnte ich die Trennung ertragen.«

»Es ist bestimmt sehr spannend, so etwas im voraus zu wissen.«

»Ach, nichts im Leben ist fest vorherbestimmt. Wenn eine Katastrophe droht, gibt es Mittel und Wege, sie zu vermeiden.«

»Sie meinen, es kommt auf einen selbst an, ob man in eine Tragödie verwickelt wird?«

»Ich meine nur, daß sie sich unter Umständen vermeiden ließe.«

»Diese Dinge sind also nicht vom Schicksal bestimmt?«

»Nicht unbedingt. Sie können an unserem Weg liegen, aber wenn wir sie wahrnehmen, können wir sie aufhalten.«

»Das ist interessant.«

»Mit solch einer Gabe muß man geboren sein. Sie, meine liebe Miß Tremaston, stehen im Augenblick an einem Wendepunkt Ihres Lebens. So viel kann ich auf Anhieb spüren.«

Ich dachte: Sie weiß, daß meine Mutter tot ist, und sie wird gehört haben, wie sehr wir aneinander hingen. Sie hat vermutlich erraten, daß ich nicht viel Geld haben werde. Es ist ein naheliegender Schluß.

Sie fuhr fort: »Es ist gut möglich, daß ich Ihnen behilflich sein kann. Ich möchte Ihnen gern helfen.«

»Das ist sehr lieb von Ihnen.«

»Es ist uns geboten, einander zu helfen. Wir sind von Gott zu diesem Zweck ausgestattet und dürfen es nicht vergessen. Meine liebe Miß Tremaston, ich weiß, daß Sie Hilfe brauchen. Deshalb lag mir so viel daran, daß Sie mich besuchen kamen. Sie brauchen Hilfe... dringend. Nach dem Tee gehe ich mit Ihnen in mein Kabinett. Dort habe ich schon viele Menschen empfangen... zu ihrem Nutzen, glaube ich. Ich bin überzeugt, daß ich Ihnen jetzt behilflich sein kann.«

Ich war gleichzeitig abgestoßen und fasziniert. Sie schien etwas Falsches an sich zu haben, und doch konnte ich beinahe an ihre Kräfte glauben.

Wir ließen das Teetablett stehen, und sie führte mich eine kurze Treppe hinauf in ein Zimmer, das dieselben bleiverglasten Fenster und schweren Vorhänge hatte wie das untere, aber etwas höher war und daher ein bißchen heller. Als erstes bemerkte ich den mit grünem Filz bedeckten Tisch und eine große Glaskugel auf einem Holzständer.

Mrs. Carling murmelte: »Nehmen Sie hier Platz. Ich setze mich Ihnen gegenüber.«

Ich setzte mich.

»Geben Sie mir Ihre Hand.«

Ich reichte ihr meine Hand über den Tisch.

»Ah, ich fühle die Wellen zu mir herüberkommen. Wir sind im Einklang. Meine Liebe, ich werde Ihnen helfen können.«

Sie atmete schwer. Ich hielt meinen Blick auf die Glaskugel gerichtet.

»Oh, jetzt spüre ich es. Mein liebes Kind, es ist ganz nah. Sie sind bedroht. O ja, es ist da. Ich kann es noch nicht sehen... ich fühle es... es ist ganz nah... oh, sehr nah. Ich bin so froh, daß ich mich entschlossen habe, mit Ihnen zu reden. O ja, ja. Es wurde Zeit.«

Sie legte ihre Hand auf die Kugel und starrte hinein. »Gefahr«, flüsterte sie. »Gefahr.«

»Wo?« fragte ich. »Woher?«

»Ich kann es nicht genau sehen. Es ist da... undeutlich... drohend. Nein, ich kann es nicht richtig sehen. Aber ich weiß, es ist da.«

»Sie meinen hier, auf Leverson Manor?«

Sie nickte. »Feinde«, sagte sie. »Sie liegen auf der Lauer. O ja, dies ist eine Warnung. Keine Zeit zu verlieren. Sie müssen fort. Bald ist es zu spät.«

»Aber was ist es für eine Gefahr?«

»Sie ist da... Sie schweben in Gefahr. Ich sehe eine schwarze Wolke. Das ist das Böse. Mehr kann ich Ihnen nicht sagen, nur daß es da ist... nahe. Es kommt näher und näher. Es hat Sie fast erreicht. Es ist hier, an diesem Ort. Hier lauert die Gefahr auf Sie. Sie müssen fort von hier. Sie dürfen nicht zögern. Noch ist es Zeit.«

Sie lehnte sich schwer atmend zurück. »Nichts mehr«, murmelte sie. »Nichts mehr... aber es ist genug.«

Sie beugte sich wieder vor und blickte in die Kugel. »Es ist fort«, sagte sie. »Es ist nichts mehr da. Sie haben Ihre Warnung gehört. Das ist genug.«

Ihr Atem kam nun in kurzen Stößen. »So ist es immer«, murmelte sie. »Es ist anstrengend.«

Ich sagte: »Sie meinen, Sie sehen mich bedroht... in dieser Glaskugel? Dann müssen Sie auch gesehen haben, wer...«

Sie schüttelte den Kopf. »Das geht über unseren Verstand. Ich sehe Symbole. Ich spüre, daß Sie in Gefahr sind. Sie haben erst kürzlich einen schweren Verlust erlitten. Sie sind allein... verwirrt. Das habe ich erkannt, als ich Sie das erste Mal sah. Und ich wußte auch sogleich, daß da eine Bedrohung war. Sie befinden sich auf gefährlichem Terrain. Das ist alles, was ich Ihnen sagen kann. Und daß Sie dieser Gefahr ausweichen können, wenn Sie von hier fortgehen. Es kann nur hier geschehen.«

»Soll ich im Gutshaus sagen, daß Sie mir geraten haben, fortzugehen?«

Sie lächelte matt. »Man würde nur darüber lachen. Lady Constance glaubt, daß Lady Constance und nicht Gott die Welt regiert. Gottes Wege sind rätselhaft und für Leute wie sie ein Buch mit sieben Siegeln. Sagen Sie nicht, daß Sie bei mir waren. Pakken Sie Ihre Sachen zusammen. Gebrauchen Sie Ausreden, wenn es sein muß, aber erzählen Sie nicht, was Sie von mir erfahren haben. Man würde Sie nicht verstehen.«

Ich stand schwankend auf. Obwohl ich zu Skepsis neigte, hatte mich das Erlebnis ungeheuer erschüttert. Dieser dunkle Raum wirkte unheimlich, und meine seltsame Gefährtin hatte mich beinahe überzeugt, daß ich mich in Gesellschaft von etwas Übernatürlichem befand.

Ich hatte sogar das Gefühl, meine Entscheidung werde mir abgenommen. Mir kam der Gedanke, daß ich vielleicht gar von meiner Mutter geleitet würde. Wäre es ihr möglich, zurückzukommen und mir zu helfen, sie würde es bestimmt tun.

Dann wandten sich meine Gedanken Lady Constance zu. Ich wußte, daß sie mich haßte und wünschte, daß ich ginge.

»Sie sind niedergeschlagen«, sagte Mrs. Carling. »Aber nicht doch, meine Liebe. Sie sind gewarnt. Sie und ich sind eindeutig in einer bestimmten Absicht zusammengeführt worden. Kehren Sie unverzüglich nach London zurück, und Sie werden binnen kurzem wissen, was Sie zu tun haben. Dies ist kein Ort für Sie, so viel ist klar. Die Gefahr ist hier.«

»Ich bin so unsicher. Wenn doch meine Mutter hier wäre... aber dann wäre es zu alledem ja gar nicht gekommen.«

»Es hat keinen Sinn, ›wenn‹ zu sagen, meine Liebe. Das Leben geht weiter. Was sein soll, wird sein.«

»Dann kann ich diesem Unheil, das auf mich lauert, vielleicht nicht ausweichen.«

»Doch, das können Sie. Das ist der Kern der Sache. Deshalb mußte ich mit Ihnen reden. Ich mußte für Sie in die Zukunft sehen. Es war vorherbestimmt. Ich spürte es in dem Augenblick, als ich Sie sah... nein, schon vorher, als ich hörte, daß Sie hier sind. Gehen Sie, packen Sie Ihre Sachen... reisen Sie ab, solange es noch Zeit ist.«

Ich murmelte: »Ich muß darüber nachdenken.«

Sie lächelte mich wehmütig an. »Ihr Schicksal liegt in Ihren Händen.«

Ich wollte fort von ihr. »Danke, Mrs. Carling«, sagte ich, »für Ihr Bemühen, mir zu helfen.«

»Ich mußte es tun. Es war meine Pflicht. Bringen Sie sich außer Gefahr, das ist der beste Dank.«

Auf dem Weg zum Gutshaus schwand das Gefühl, einen Blick in

die Zukunft getan zu haben. Draußen an der Luft wurde alles wieder normal.

Wie hatte ich, wenn auch nur vorübergehend, auf eine so theatralische Vorstellung hereinfallen können? Ausgerechnet ich, die ich doch wissen mußte, wann jemand mir etwas vorspielte. Sicher, im Gutshaus herrschte eine gewisse feindselige Atmosphäre. Vielleicht sollte ich fortgehen. Meine Anwesenheit wurde von Lady Constance offensichtlich als kränkend empfunden.

In einem hatte Mrs. Carling recht: Ich sollte Leverson Manor verlassen, aber nicht aufgrund einer drohenden Gefahr. Mrs. Carling hatte eindeutig Theater gespielt, so wie ich es meine Mutter viele Male hatte tun sehen. Es bestand eine gewisse Macht darin, ein Wissen zu besitzen, über das andere nicht verfügten. Mrs. Carling war gewiß überzeugt, daß sie solch ein Wissen besaß.

Ich ging geradewegs in mein Zimmer. Ja, Mrs. Carling hatte recht, ich mußte fort von hier. Aber als ich am Abend mit Charlie und Roderick zusammentraf, war mir klar, daß ich meine bevorstehende Abreise nicht verkünden konnte, ohne einen anderen plausiblen Grund zu nennen als den, daß eine alte Frau, die womöglich nicht ganz richtig im Kopf war, mir aus einer Glaskugel wahrgesagt hatte.

Ich verbrachte eine schlaflose Nacht. Ich mußte eine plausible Ausrede finden, die vor Charlie bestehen konnte. Lady Constances Abneigung gegen mich mußte ihm bekannt sein, und bestimmt hatte er Gewissensbisse, weil er mich ins Haus gebracht hatte. Wenn ich Roderick eröffnete, daß ich fortzugehen gedachte, würde er alle möglichen Gründe finden, weshalb ich nicht fort dürfe. Charlie dagegen würde vielleicht einsehen, daß es keine gute Idee gewesen war, dem Wunsch meiner Mutter, er möge sich meiner annehmen, dadurch Folge zu leisten, daß er mich ins Haus holte.

Als ich am Morgen aufstand, ging ich wie üblich ans Fenster, um den herrlichen Garten zu betrachten, der um diese Zeit am schönsten war. Der Zufall wollte es, daß Charlie der erste Mensch war, den ich sah. Er saß auf der Korbbank auf dem Rasen, und er war allein.

Dies war der richtige Zeitpunkt. Rasch wusch ich mich und zog mich an. Als ich aus dem Haus trat, rief er fröhlich »guten Morgen«, und ich ging zu ihm.

»Ein herrlicher Morgen«, sagte er.

»Charlie, ich muß mit Ihnen reden.«

»Setz dich.« Er sah mich besorgt an. »Ist es etwas Unangenehmes?«

»Gewissermaßen. Ich muß fort, Charlie. Ich kann nicht hierbleiben.«

Er schwieg eine Weile, dann fragte er: »Ist es wegen... meiner Frau?«

»Ja. Sie will mich hier nicht haben.«

»Sie wird sich an dich gewöhnen.« Er sagte es mit mehr Hoffnung als Überzeugung.

»Nein, Charlie. Ich bin fest entschlossen, abzureisen.«

»Wohin? Was willst du tun? Willst du nach London?«

»Vorerst. Ich dachte, ich sehe mich nach einer Stellung um.«

»An was für eine Stellung denkst du?«

»Gouvernante, Gesellschafterin, was eine Frau in meiner Lage eben so tut.«

»Das ist nichts für dich, Noelle. Du brauchst Freiheit und Unabhängigkeit, wie deine Mutter.«

»Unabhängigkeit ist gut und schön, wenn man über die nötigen Mittel verfügt. Ich weiß ungefähr, wie es um mich bestellt ist. Das muß ich berücksichtigen.«

»Meine liebe Noelle, an so etwas brauchst du nicht zu denken. Ich werde dir einen Wechsel zukommen lassen.«

»Danke, Charlie, aber das kann ich nicht annehmen. Ich will auf eigenen Füßen stehen. Wenn die Anwälte alles im einzelnen ausgearbeitet haben, werde ich wissen, woran ich bin und was ich tun kann. In Kürze gehe ich zu Mason, Mason & Crevitt, und dann werde ich Klarheit haben. Fürs erste kehre ich nach London zurück. Robert wird mich eine Weile bei sich wohnen lassen. Ich werde nicht ganz mittellos sein. Ich muß fort, Charlie, ich muß.«

»Ich habe deiner Mutter versprochen, für dich zu sorgen, Noelle. Ich mußte es schwören.«

»Ich weiß, aber sie hat keine Schwierigkeiten vorausgesehen. Ich bin fest entschlossen, zu gehen.«

Er seufzte. »Ich muß in Kürze geschäftlich ins Ausland«, sagte er dann. »Vielleicht schon übermorgen. Ich werde mehrere Wochen fort sein. Versprich mir, daß du nicht gehst, bevor ich zurück bin.«

Fast konnte ich Mrs. Carlings Stimme hören: »Sie müssen unverzüglich fort.« Doch hier in der frischen Morgenluft konnte ich mir sagen, daß es lächerlich sei, sich von einer alten Frau mit einer Kristallkugel beeinflussen zu lassen. Es roch nach einem melodramatischen Theaterstück. Charlie würde mich bestimmt auslachen, wenn ich es ihm erzählte.

»Das mußt du mir versprechen«, fuhr er fort. »Ich mache dir einen Vorschlag, Noelle. Kannst du deinen Anwalt nicht gleich aufsuchen? Du könntest mit mir nach London fahren und in unserem Haus wohnen. Oder in deinem alten Heim. Es wäre nur für ein, zwei Nächte. Du könntest dir anhören, was der Anwalt zu sagen hat, und wenn ich zurück bin, können wir es besprechen. Was hältst du davon?«

»Ein vernünftiger Vorschlag.«

»Du darfst nichts überstürzen. Ich verspreche dir, wenn ich wieder nach Leverson zurückkehre, werden wir über alles ausführlich reden.«

Ich war erleichtert. Trotz Lady Constances Feindseligkeit und Mrs. Carlings Warnung, trotz dem Gefühl, daß ich nicht hier sein sollte, wollte ich Leverson nicht verlassen.

Feuer und Regen

Charlie und ich trafen am späten Nachmittag in London ein. Es bewegte mich tief, wieder hier zu sein, und beim Anblick des Vertrauten schwankten meine Gefühle zwischen Freude und Schmerz. Überall wurde ich an Désirée erinnert. Charlie und ich sprachen wenig, denn wir wußten, daß wir beide dasselbe empfanden.

Ich wohnte in seinem Londoner Haus. In mein früheres Zuhause zu gehen wäre noch zu schmerzhaft gewesen. Die gewisse Anonymität, das Unpersönliche an Charlies Domizil kam mir im Augenblick sehr gelegen.

Am nächsten Tag reiste Charlie nach dem Festland ab, und ich begab mich zur Kanzlei Mason, Mason & Crevitt. Ich verließ die Besprechung mit dem Wissen, daß das von meiner Mutter hinterlassene Vermögen mir ein kleines Einkommen sicherte, genug, um bescheiden davon zu leben, so daß keine unmittelbare Notwendigkeit bestand, etwas dazuzuverdienen. Meine Lage war im großen und ganzen so, wie ich es erwartet hatte. Wäre es dringend nötig gewesen, hätte ich etwas unternehmen müssen. Fast wünschte ich, ich wäre zu endgültigen Schritten gezwungen.

Ich beschloß, nicht gleich nach Leverson zurückzukehren.

Es war unvermeidlich, mein altes Zuhause aufzusuchen. Ich war am Haus vorbeigegangen und hatte dem Drang widerstanden, an die Tür zu klopfen. Die Erinnerungen waren zu stark, sogar draußen auf der Straße. Da war die Stelle, wo Lisa vor die Kutsche gestürzt und so in unser Leben getreten war. Dort war das Fenster, an dem ich auf meine Mutter gewartet hatte, wenn sie aus dem Theater kam.

Ich meinte es nicht ertragen zu können, hineinzugehen.

Am nächsten Tag aber hielt ich es nicht mehr aus. Ich klopfte an die Tür. Jane öffnete. Sie starrte mich eine Sekunde lang an, dann ging ein Strahlen über ihr Gesicht. »Miß Noelle!«

»Ja, Jane, ich bin's wirklich.«

»Oh, kommen Sie herein. Ich sag' Mrs. Crimp Bescheid.« Und schon lief sie durch die Diele, und ich folgte ihr. »Mrs. Crimp! Mrs. Crimp! Schauen Sie, wer da ist!«

Und Mrs. Crimp erschien, ihr Gesicht legte sich gerührt in Falten. Sie lief zu mir und schloß mich in ihre Arme.

»Ach, Mrs. Crimp.« Meine Stimme zitterte.

»Oh, Miß Noelle«, sagte Mrs. Crimp, »wie schön, Sie zu sehen. Ach ja, das weckt Erinnerungen, nicht?« Sie griff nach ihrem Taschentuch und wischte sich die Augen. Dann gab sie sich einen Ruck und sagte forsch: »Kommen Sie mit in mein Zimmer. Ich möchte hören, wie es Ihnen ergangen ist.«

»Und wie ist es Ihnen und Ihrem Mann ergangen, Mrs. Crimp?«

»Ach, es ist nicht wie früher. Wenn ich an die alten Zeiten denke, könnte ich mich hinsetzen und heulen. Kommen Sie, plaudern wir ein wenig. Jane, sag Carrie, sie soll Wein und die Plätzchen bringen. Ich habe sie heute morgen frisch gebacken.«

Ich hätte nicht kommen sollen. Es tat zu weh. Jeder Teil des Hauses weckte Erinnerungen.

Wir setzten uns in Mrs. Crimps Zimmer. »Wie geht es Ihnen bei Mr. Charlie?« fragte sie.

»Oh, das Haus ist wunderschön, aber ich bin nicht sicher, ob ich dort bleiben soll.«

»Wir hatten gehofft, Sie würden zurückkommen.«

»Es ist nicht mehr mein Haus, Mrs. Crimp.«

»Aber Missjöh Räuber hätte nichts dagegen. Er ist ein umgänglicher Herr. Ist aber nicht oft hier. Hier sind wir, ein Butler und eine Haushälterin, und niemand ist da zum Bedienen. Es ist nicht mehr wie früher. Meine Güte, war das ein Kommen und Gehen! Missjöh Räuber schaut bloß mal 'ne Weile herein, das ist alles. Läßt uns freie Hand, den Haushalt am Laufen zu halten.

Schätze, er wäre froh, wenn Sie zurückkämen, Miß Noelle. Vor zwei Wochen ist er hiergewesen. Hat sich erkundigt, ob Sie sich haben blicken lassen. Ich glaube, er hätte es gern, wenn Sie das Haus benutzen würden. Diese Miß Fennell, die hat sich hier scheint's für immer häuslich niedergelassen.«

»Geht es ihr gut?«

»Sie spielt in diesem Stück *Lumpen und Fetzen*. Es läuft nicht schlecht, wie ich höre, aber auch nicht richtig gut. Wie denn auch, ohne…? Miß Fennell ist mit sich zufrieden. Sie sagt zwar immer, daß sie sich eine eigene Unterkunft besorgen will, aber hier wohnt sie bequem und umsonst, man kann's ihr nicht verdenken. Uns ist es nur recht, wenn jemand da ist. Dann ist wenigstens ein bißchen Leben im Haus. Missjöh Räuber hat nichts dagegen. Ich glaube, es ist ihm ganz recht, daß jemand aus der alten Zeit hier ist.«

»Ist Miß Fennell jetzt da?«

»Nein, sie ist 'n bißchen ausgegangen. Es wird sie freuen, zu hören, daß Sie hier waren. Ich hatte gedacht, Sie würden vielleicht bleiben. Ihr Zimmer hätte ich im Handumdrehen fertig. Hier ist alles unverändert. Die Zimmer Ihrer Mutter sind unberührt. Missjöh Räuber hat es so gewünscht. Wenn er herkommt, geht er in ihre Zimmer und bleibt dort eine ganze Weile. Dann mach' ich mir richtig Sorgen um ihn. Er hat sie so lieb gehabt.«

»Ich weiß.«

»Sie denken nicht daran, zurückzukommen?«

»Ich habe im Augenblick noch keine festen Pläne.«

»Mein Mann und ich hätten Sie gern hier«, sagte sie wehmütig. »Es wäre ein bißchen wie in alten Zeiten.«

»Die kann man nicht zurückholen, Mrs. Crimp.«

»Das ist wohl wahr.«

Ich trank ein Glas Wein und machte ihr ein Kompliment über ihre Plätzchen. Ich wußte ja, wie sehr sie sich immer über ein Lob gefreut hatte.

»Es ist wie früher, hier zu sitzen und mit Ihnen zu reden, Miß Noelle. Sie müssen sich auch ein bißchen mit Jane und Carrie unterhalten. Eine Kutsche haben wir nicht mehr. Keine Verwendung dafür. Wir sind ein kleiner Haushalt. Missjöh Räuber würde sich so freuen, wenn Sie zurückkämen. Uns ist klar, daß er das Haus gekauft hat, damit Sie es benutzen können. Jetzt sieht es so aus, als ob er das alles für Miß Fennell getan hätte. Das ist gut und schön, aber sie gehört nicht zur Familie, nicht wahr? Wir hoffen immer, daß Sie wiederkommen.«

Ihre Stimme hatte einen flehenden Ton. »Ich kann im Augenblick noch gar nichts sagen, Mrs. Crimp«, erwiderte ich.

»Es gefällt Ihnen wohl bei Mr. Charlies Familie auf dem Land?«

»Ach, wissen Sie, es ist nicht mein Zuhause...«

»Bei uns wären Sie besser aufgehoben. Oh, ich weiß, die vielen Erinnerungen hier. Jeden Tag stoße ich auf irgendwas, und ich sage: Hier hat sie dies getan... oder jenes. Dem kann man nicht entkommen. Aber ich würde nicht fortwollen. Ich hänge an dem alten Haus, auch wenn es ohne sie ganz anders ist.«

»Ich weiß, was Sie meinen. Man ist gern hier – aber andererseits, die vielen Erinnerungen...«

Wir schwiegen einen Augenblick und dachten an Désirée, dann sagte ich, ich wolle gehen.

»Nur noch ein paar Worte mit Jane und Carrie, ja? Und möchten Sie nicht einen Blick in Désirées Zimmer werfen? Lieber nicht, hm? Vielleicht später. Wie gesagt, ihre Räume sind unverändert. Anweisung von Missjöh Räuber. Wenn er herkommt, schläft er sogar manchmal in ihrem Schlafzimmer. Komischer Mensch, dieser Missjöh. Nun ja, ist ja auch Ausländer. Anders als Mr. Charlie. Bei dem weiß man, woran man ist.«

Ich plauderte ein wenig mit Jane und Carrie, und es tat mir gut; denn genau wie Mrs. Crimp zeigten sie mir deutlich, daß sie sich freuten, mich zu sehen. Welch ein Unterschied zu Lady Constance!

Vielleicht sollte ich zurückkommen, wenigstens für eine kleine Weile. Würde es mir gelingen, mir in diesem Haus, das so stark von Désirées Gegenwart durchdrungen war, Klarheit über mein Leben zu verschaffen?

Ich wappnete mich, in ihre Zimmer zu gehen. Sie waren genau, wie sie sie verlassen hatte. Ihre Kleider hingen im Schrank; ich konnte ihr Parfüm noch riechen. Es war fast, als verweile sie noch, als zögere sie, fortzugehen.

In diesen Räumen fühlte ich sie mir nahe, so als schaue sie besorgt zu mir herunter und versuche, mich auf den Weg zu führen, den ich gehen sollte.

Am späten Nachmittag kehrte ich in Charlies Domizil zurück. Ich war sehr aufgewühlt, aber auch ein wenig getröstet.

Ich war noch keine halbe Stunde im Haus, als man mir meldete, im Salon sei Besuch für mich.

Ich ging hinunter. Es war Lisa Fennell. Sie sah blühend aus. Sie nahm meine Hände und küßte sie. »Man sagte mir, daß Sie da waren«, sagte sie. »Ich wünschte, ich wäre zu Hause gewesen. Als ich hörte, daß Sie da waren, bin ich gleich hergekommen. Ich kann nicht lange bleiben. Ich muß ins Theater, aber vorher mußte ich Sie sehen. Wie lange werden Sie in London bleiben?«

»Ich bin eigentlich nur für ein, zwei Tage gekommen, aber vielleicht bleibe ich auch länger.«

»O ja, bitte. Sie müssen. Noelle, wie geht es Ihnen... ehrlich?«

»Es geht so, danke. Und Ihnen?«

»Ganz gut. Es war schrecklich... ich kann es nicht vergessen. Sie sind bei Charlie besser aufgehoben.«

»Er ist jetzt für ein paar Wochen verreist.«

»Und was macht...?«

»Roderick? Er ist natürlich auf Leverson Manor geblieben. Es ist ein großes Gut. Roderick und Charlie müssen ihm viel Zeit widmen.«

»Das kann ich mir denken. Sie sehen sich wohl häufig, Sie und Roderick?«

»Ja. Er bringt mir das Reiten bei. Ich werde bald eine tüchtige Reiterin sein, meint er.«

»Und verstehen Sie sich gut mit Charlies Frau?«

»Lady Constance ist sehr förmlich.«

Lisa nickte. Sie spürte den Hintersinn in meinen Worten.

Rasch sagte ich: »Aber Sie, Lisa, wie kommen Sie zurecht?«

»Ich kann nicht klagen. Es tut gut, zu arbeiten.«

»Was für ein Stück ist *Lumpen und Fetzen*?«

»Die übliche Revue, mit viel Gesang und Tanz.«

»Und es läuft gut?«

»Nicht schlecht. Ich bin in der vordersten Reihe der Tanztruppe, und stellen Sie sich vor, Dolly hat mich die zweite Besetzung für Lottie Langdon einstudieren lassen.«

»Wie schön für Sie.«

»Ja. Ich werde Ihrer Mutter ewig dankbar sein. Ihr verdanke ich alles. Sie war wunderbar.«

Wir schwiegen eine Weile, dann sagte ich: »Wir müssen versuchen, die Vergangenheit zu vergessen.«

»Das ist nicht so einfach.« Sie lächelte, um Heiterkeit bemüht.

»Sie müssen sich *Lumpen und Fetzen* unbedingt ansehen.«

»Gern.«

»Gegenwärtig spielen wir vor ausverkauftem Haus. Aber Lottie ist keine...«

»Nein. Wie könnte sie auch.«

»Ich kann Ihnen durch Dolly für übermorgen abend einen guten Platz besorgen lassen.«

Ich zögerte. Es wäre ein Vorwand, zu bleiben. Es gab nur einen einzigen Grund, weshalb ich nach Leverson zurückwollte, nämlich Roderick zu sehen, der mir mehr fehlte, als ich gedacht hatte. Schließlich sagte ich: »Das ist sehr nett, Lisa. Ich freue mich darauf, Sie zu sehen.«

»Gut, dann ist es abgemacht. Übermorgen abend.«

Roderick kam nach London. Ich wollte gerade aus dem Haus gehen, ohne recht zu wissen, was ich mit mir anfangen sollte, als es an meine Tür klopfte.

Ich rief »herein«, und es war Roderick. Er muß mir meine Freude angesehen haben.

Lachend nahm er meine Hände. »Ich dachte, ich schaue mal nach Ihnen«, sagte er. »Ich habe Sie so lange nicht gesehen.«

»Drei Tage.«

»Mir kam es länger vor. Wann kommen Sie zurück?«

»Ich... ich weiß noch nicht.«

»Ich dachte, Sie seien bloß zu einer Besprechung mit Ihrem Anwalt nach London gefahren. Sie waren doch sicher schon bei ihm? Ich wollte einfach mal vorbeikommen und sehen, was Sie aufhält.«

»O Roderick, wie lieb von Ihnen!«

»Ich bin nur aufrichtig. Wir haben Sie vermißt.«

Wir? dachte ich. Lady Constance?

»Roderick«, sagte ich. »Sie müssen einsehen, daß ich die Gastfreundschaft Ihrer Familie nicht endlos in Anspruch nehmen kann.«

»So ein Unsinn! Mein Vater wäre sehr böse, wenn er das gehört hätte.«

»Und Ihre Mutter?«

»Sie wird sich mit der Zeit damit abfinden.«

Ich seufzte ungläubig. Gleichzeitig freute es mich, daß ihm so viel an meiner Rückkehr lag, daß er über diese Bedenken hinweggehen konnte. Ich hätte lieber ernsthaft mit ihm über meine Lage gesprochen, denn die Angelegenheit war zu heikel, um leichthin darüber zu plaudern.

»Wie war die Besprechung? Fruchtbar, hoffe ich.«

»Wie erwartet. Ich habe genug, um bescheiden zu leben. Das läßt mir Zeit, zu überlegen, was ich tun soll, ohne übereilte Entscheidungen zu treffen.«

Er machte ein nachdenkliches Gesicht, und ich glaubte, er wolle etwas sagen, doch er schien sich anders zu besinnen. Nach einer Pause fragte er: »Und was haben Sie sonst noch gemacht?«

»Erinnern Sie sich an Lisa Fennell?«

»Natürlich. Die zweite Besetzung.«

»Ich habe sie gesehen. Sie wohnt noch in unserem alten Zuhause. Robert sagt, sie kann bleiben, bis sie eine Wohnung findet. Sie spielt in einem Stück namens *Lumpen und Fetzen*. Ich sehe es mir heute abend an.«

»Allein?«

»Das macht mir nichts aus. Einige aus der Truppe kenne ich bestimmt. Und Dolly wird dasein. Er kann mich nach Hause bringen.«

»Sie brauchen einen Begleiter. Ich komme mit. Ich werde mich sofort um Karten bemühen.«

»Das ist nicht nötig. Lisa wollte mir einen Platz besorgen. Ich muß ihr nur Bescheid geben, daß wir zu zweit sein werden.«

»Das wird ein sehr interessanter Abend«, sagte er.

Es war wunderbar, mit ihm zusammenzusein. Wir aßen in der Nähe des Hyde Parks zu Mittag. Danach gingen wir im Park spazieren und setzten uns an den See. Roderick redete mir zu, am nächsten Tag mit ihm zurückzufahren. Ich muß gestehen, daß es keiner langen Überredung bedurfte. Mein Besuch in London hatte mir gezeigt, daß es mir nichts zu bieten hatte als wehmütige Erinnerungen, denen ich nicht entkommen konnte.

Zudem wurde ich mir über meine wahren Gefühle für Roderick klar. In seiner Gesellschaft war ich glücklicher, als ich es nach dem Verlust meiner Mutter für möglich gehalten hätte.

Lisa hatte Dolly verständigt, daß ich mit einem Freund die Vorstellung besuchen wolle, und er hatte uns Plätze im Parkett besorgt. Ich wußte, daß es ein aufwühlendes Erlebnis sein würde, in das Theater zu gehen, wo meine Mutter zuletzt gespielt hatte, und ich wappnete mich dafür.

Als der Vorhang hochging, sah ich Lisa sofort. Ich beobachtete sie genau. Sie war hervorragend. Sie sang die Lieder schwungvoll und tanzte mit Hingabe. Es wunderte mich nicht, daß Dolly sie für die Einstudierung von Lottie Langdons zweiter Besetzung ausgewählt hatte. Lottie selbst spielte sehr routiniert, aber ihr fehlte die Ausstrahlung, die ein so wesentlicher Teil der Persönlichkeit meiner Mutter gewesen war.

Es war ein triviales Stück, aber nicht schlechter als *Komteß Maud*. Nur hatte es kein Flair, und das heißt, es hatte keine Désirée.

Dolly kam in der Pause zu uns. Er erkundigte sich nach meinem

Befinden, und er sah mich so liebevoll an, daß ich tief bewegt war.

»Wenn du irgend etwas möchtest, du weißt…«

»O Dolly. Ja, ich weiß.«

»So ist's recht. Wie gefällt dir das Stück?«

Roderick und ich versicherten, es sei amüsant.

»Nicht schlecht«, sagte Dolly. »Wenn nur…« Er seufzte betrübt.

»Wie macht sich Lisa Fennell?« fragte ich ihn.

»Nicht schlecht«, sagte er wieder. »Gar nicht schlecht. Sie ist mit Begeisterung bei der Sache, muß ich sagen, und damit ist schon viel gewonnen. Sie ist natürlich keine Désirée, aber wer könnte ihr jemals das Wasser reichen?«

Wir schwiegen einen Augenblick im Gedenken an sie.

»Ich würde Lisa nach der Vorstellung gern sehen«, sagte ich.

»Geh nur in ihre Garderobe. Du kennst ja den Weg. Bleibst du länger in London?«

»Nein«, antwortete Roderick an meiner Stelle. »Wir fahren morgen zurück.«

»Geht's Charlie gut?«

»Ja. Im Augenblick ist er auf dem Festland. Er wird vermutlich ein paar Wochen fortbleiben.«

»So, ich muß los. Es gibt bestimmt wieder ein Drama hinter der Bühne. Ich habe noch keine Vorstellung erlebt, wo es so etwas nicht gegeben hätte. Bis bald, Noelle. Du weißt, in jeder meiner Vorstellungen ist ein Platz für dich.«

»Danke, Dolly.«

Er gab mir einen Kuß und ging. Nach der Vorstellung suchten wir Lisa in ihrer Garderobe auf.

Lisa freute sich sehr, uns zu sehen.

»Sie müssen mit uns soupieren gehen«, sagte Roderick.

Sie strahlte vor Freude. »Wunderbar! Ich ziehe mich nur schnell um.«

Während wir auf sie warteten, sprachen wir mit dem Portier, der sich ungemein freute, mich zu sehen. »Ist lange her, seit Sie regelmäßig hergekommen sind«, sagte er zu mir. »Alles ist anders geworden. Désirée war wunderbar. Immer ein freundliches Wort und ein Lächeln. Ohne sie ist es nicht mehr wie früher.«

Ich dachte: Hier werde ich ohne Unterlaß an sie erinnert.

Lisa war beim Souper sehr aufgekratzt.

Ihre Laufbahn mache gute Fortschritte, berichtete sie aufgeregt. »Freilich bin ich nur in der Tanztruppe«, erklärte sie. »Aber das wird sich ändern. Daß Dolly mich als zweite Besetzung für Lottie Langdon genommen hat, ist der Beweis. Ich warte bloß noch auf die Chance, zu zeigen, was ich kann.«

Ich mußte unwillkürlich an die Chance denken, die ihr durch die Krankheit meiner Mutter geboten worden war... die leichte Unpäßlichkeit, die zu Désirées Tod geführt hatte.

»Eines Tages wird sich die Gelegenheit ergeben«, sagte Roderick. »Das Wichtige im Leben ist, bereit zu sein, wenn sie kommt.«

»Ich weiß. Ich werde bereit sein. Wie gern würde ich in einem besseren Stück spielen als *Lumpen und Fetzen*.«

»Die Zeit wird kommen«, prophezeite Roderick.

Lisa lächelte ihn an. »Jetzt erzählen Sie mir von sich und der herrlichen Stätte, wo einst die Römer waren.«

»Noelle ist ganz begeistert davon.«

»Ja«, bestätigte ich. »Es ist faszinierend. Ich durfte helfen, einige Tonscherben und andere Dinge zu säubern, die man gefunden hat.«

»Fabelhaft! Ich würde es gern einmal sehen.«

»Sie müssen eines Tages kommen«, sagte Roderick.

Ich stellte mir insgeheim vor, wie Lady Constance reagieren würde, wenn sie einer Tänzerin aus *Lumpen und Fetzen* gegenüberstünde. Ein bedrückender Gedanke, erinnerte er mich doch daran, wie ich selbst von Ihrer Ladyschaft empfangen worden war.

Ich war ziemlich wortkarg, und Roderick, stets empfänglich für die Gefühle anderer, merkte, daß das Theater Erinnerungen geweckt hatte. Ich hätte nicht so bald zurückkommen dürfen.

Fern von London würde es mir besser gelingen, Abstand zur Vergangenheit zu gewinnen. Es war ein richtiger Entschluß gewesen, mit Roderick zurückzukehren... zumindest vorläufig.

Lady Constance begrüßte mich kühl. Sie ließ mich spüren, daß sie enttäuscht war und gehofft hatte, ich würde in London bleiben. Gertie freute sich, mich zu sehen. Von ihr erfuhr ich das Neueste.

»Das Wetter war fürchterlich. An dem Tag, als Sie abreisten, fing es an zu regnen, und seitdem regnet es fast ununterbrochen. Der Fluß ist über die Ufer getreten, und es gab Probleme mit den römischen Sachen. Ist doch klar... die ganzen Ausgrabungen. Dann ist Grace auf der Treppe ausgerutscht und hat sich den Knöchel verstaucht.«

Grace war das Mädchen, das für Lady Constances Räume zuständig war. Sie war etwas älter als die übrigen. Seit ihrem dreizehnten Lebensjahr diente sie im Haus.

»Hoffentlich ist es nichts Schlimmes.«

»Jedenfalls muß sie im Bett bleiben. Sie darf nicht auftreten, sagt der Doktor. Jetzt muß ich die Zimmer Ihrer Ladyschaft saubermachen.« Sie verzog das Gesicht.

»Und das gefällt dir nicht, Gertie?«

»Sie wissen ja, wie Ihre Ladyschaft ist. Sie ist so pingelig. Sie wären mir lieber, Miß.«

»Danke, Gertie, aber Grace wird bestimmt bald wieder gesund.«

»Mir kann's nicht bald genug sein.«

Ich ging zu Fiona. Sie begrüßte mich herzlich und erzählte mir von der Überschwemmung und den Erdrutschen. »Gar nicht weit von dem Mosaikboden«, erklärte sie. »Ich war ganz aufgeregt, weil ich dachte, es würde vielleicht etwas zum Vorschein kommen. Man wird bestimmt bald Nachforschungen anstellen, aber gegenwärtig ist der Boden zu weich. Sobald die Erde trokkener ist, wird man sich wohl an die Arbeit machen.«

»Ich bin gespannt, ob man etwas Neues entdecken wird.«

»Möglich ist es. Wir müssen abwarten. Aber jetzt schauen Sie sich dieses Trinkgefäß an. Sehen Sie, die komplizierte Gravur. Es macht mir viel Freude, es zusammenzuflicken.«

Während sie mir das Gefäß zeigte, kam Mrs. Carling herein. Sie warf mir einen leicht vorwurfsvollen Blick zu, und ich wußte, daß sie enttäuscht war, weil ich ihren Rat nicht beherzigt hatte.

»Miß Tremaston war in London«, sagte Fiona. »Sie ist gestern mit Roderick zurückgekommen.«

»Sie sind zusammen gefahren, ja?«

»Ja«, erwiderte ich. »Er kam nach London, als ich dort war. Und da sind wir zusammen zurückgekommen.«

»In London ist es bestimmt aufregender als hier«, meinte Mrs. Carling.

»Oh, ich finde es hier sehr schön. Und dies hier —«, ich wies auf das Gelände —, »finde ich höchst aufregend.«

Sie sah mich durchdringend an. Fiona sagte: »Ich mache Kaffee.«

»Den mache ich«, sagte Mrs. Carling. »Zeige du nur Miß Tremaston die Sachen.«

Beim Kaffee war Mrs. Carlings ganze Aufmerksamkeit auf mich gerichtet. Ich vermutete, daß sie wirklich gekränkt und sogar ein bißchen verärgert war, weil ich ihrem Rat nicht gefolgt war.

Es war am späten Vormittag. Roderick war seit dem Morgen mit dem Verwalter in Gutsgeschäften unterwegs, und ich überlegte, was ich tun sollte. Noch war ich nicht geübt genug, um allein durch die kleinen benachbarten Dörfer ans Meer zu reiten. So beschloß ich, Fiona zu besuchen, was mir schon zur lieben Gewohnheit geworden war.

Ich stieg die Treppe hinab, vorbei an den Räumen, die Lady Constance bewohnte. Die Tür eines ihrer Zimmer stand offen. Gertie mußte meine Schritte gehört haben, denn sie kam heraus.

»Miß«, flüsterte sie. »Ich muß Ihnen etwas zeigen... ich habe etwas gefunden.« Sie legte die Finger an die Lippen. Dann fügte sie hinzu: »Kommen Sie herein.«

Ich zögerte. Dies war Lady Constances Schlafzimmer.

»Sie müssen es sehen«, drängte Gertie. »Es wird Sie sehr interessieren.«

Ich zauderte noch immer.

»Warten Sie. Ich zeige es Ihnen.«

Sie verschwand im Zimmer. Ich blieb an der Tür stehen und sah Gertie zur Frisierkommode gehen; sie öffnete eine Schublade und nahm ein Buch heraus. Es war ziemlich groß, eine Art Album. Sie legte es aufgeschlagen auf die Frisierkommode, sah mich verschwörerisch über die Schulter an und winkte mich mit einem Kopfnicken zu sich.

Ich weiß, ich hätte es nicht tun dürfen, aber ich handelte impulsiv und schlich auf Zehenspitzen ins Zimmer.

Gertie wies auf das aufgeschlagene Buch. Ich trat näher und hielt den Atem an, denn ich erblickte ein Bild meiner Mutter. Ich erinnerte mich an das Bild, es war aufgenommen worden, als sie in *Die Lavendeldame* spielte. Ich kannte das lavendelblaue Kleid mit dem Reifrock. Um den Hals trug sie ein malvenfarbenes Band, das auf der Vorderseite mit Brillanten geschmückt war.

Jetzt konnte ich nicht mehr an mich halten und ging ganz dicht heran. »Désirée als Lavendeldame beherrscht die Bühne«, las ich. »Mit ihrer strahlenden Persönlichkeit vermag sie selbst diesem nichtssagenden Stück Glanz zu verleihen.«

Tränen traten mir in die Augen, und ein paar Sekunden lang kam mir nicht in den Sinn, mich zu wundern, wie ein Bild meiner Mutter in ein Album kam, das Lady Constance gehören mußte.

»Das Buch ist voll von ihr, Miß«, sagte Gertie. »Schauen Sie.«

Sie blätterte eine Seite um. Ich sah Bilder meiner Mutter, auf einigen war sie zusammen mit anderen Schauspielern und Schauspielerinnen. »Désirée in *Blume der Leidenschaft*«, »Désirée in *Rote Rosen für May*.« Es waren lauter Zeitungsausschnitte über sie. »Die entzückende Désirée hauchte den abgedroschenen alten Liedern Leben ein.« »*Das Mädchen vom Lande:* Ein klägliches Stück, aber von Désirée beherrscht.«

Das Album war voll mit solchen Artikeln. Jemand hatte sich die Mühe gemacht, sie auszuschneiden und einzukleben.

Ich war vollkommen vertieft. Wieder einmal hatte die Erinnerung mich eingeholt.

Plötzlich ergriff mich Entsetzen, und ein Schauder durchfuhr mich. Noch bevor ich mich umdrehte, wußte ich instinktiv, daß wir beobachtet wurden.

Lady Constance stand in der Tür.

Sie trat auf uns zu. Ihr Blick wanderte zu dem Album. Sie sagte mit eisiger Stimme: »Ich war neugierig, welchem Umstand ich Ihre Anwesenheit in meinem Zimmer zu verdanken habe.«

»Oh«, stotterte ich. »Ich... ich kam gerade vorbei... und da... ich bin kurz stehengeblieben, um mit Gertie zu sprechen.«

Gertie zitterte. Ängstlich schlug sie das Buch zu und legte es in die offene Schublade zurück.

»Ich dachte, du wärest mindestens seit zehn Minuten fertig. Grace hat nie so lange gebraucht.«

Ich murmelte, daß ich gerade hätte gehen wollen. Sie nickte, und ich floh, von Verlegenheit und Gewissensbissen übermannt.

Meine Gedanken wirbelten wild durcheinander, als ich das Haus verließ. Ich spürte den kalten Wind in meinem erhitzten Gesicht. So eine entsetzliche Situation! Wie konnte ich so dumm gewesen sein? Ich hatte mir erlaubt, in Lady Constances Geheimnissen zu stöbern.

Ich zweifelte nicht daran, daß sie es gewesen war, die die Bilder ausgeschnitten und die Kritiken in das Album geklebt hatte; sie hatte sie gelesen und darunter gelitten und sich damit gequält. Nicht nur ich wußte, was Charlie für meine Mutter empfunden hatte. Lady Constance wußte es auch.

Gertie stand schreckliche Ängste aus. Sie sagte, nun habe sie sich wirklich alles verscherzt. Jetzt warte sie auf den Donnerschlag. »Sie hat nicht viel gesagt«, fuhr sie fort. »Aber wenn Blicke töten könnten, wäre ich mausetot umgefallen. Ich weiß genau, daß sie mich jetzt die ganze Zeit beobachtet. Sie wartet nur, daß ich etwas falsch mache, damit sie zuschlagen kann... und ich weiß nicht, was ich dann anfange, Miß. Wie soll ich eine andere Stel-

148

lung finden? Wie die Dinge liegen, wird sie mir keine Referenzen mitgeben, oder? Und daheim sind sie so viele... zu jung, um Geld verdienen zu gehen.«

Sie tat mir unendlich leid.

Auch Lady Constance dauerte mich, denn jetzt wußte ich, was sie zu der gemacht hatte, die sie war. Ich dachte unaufhörlich daran, wie ihr all die Jahre zumute gewesen sein mußte. Sie mußte Charlie geliebt haben. Charlie und Roderick waren ihr ein und alles. Und die ganze Zeit hatte sie von der Beziehung ihres Ehemannes zu Désirée gewußt. Natürlich hatte sie soviel wie möglich über ihre Rivalin wissen wollen. Sie hatte ein Album über sie angelegt. Es war zum Weinen. Arme Lady Constance! Und arme Gertie!

Drei Tage später geschah das Unglück mit der Büste auf der Treppe. Die Büste stellte einen Familienangehörigen in der Uniform eines Generals dar. Sie stand auf einem Marmorpodest auf einem Treppenabsatz zwischen der zweiten und der dritten Etage.

Es gehörte zu Gerties Pflichten, die Treppe zu putzen. Ich hatte gehört, wie sie die Büste als »den Alten mit der Mütze und dem Schnauzbart« bezeichnete. Der Schnauzbart war gekonnt modelliert, und die Schirmmütze und die Uniform ließen auf einen gestrengen General von großer Würde schließen.

»Er ist mir unheimlich«, sagte Gertie. »Ich denke immer, daß er mich beobachtet, ob ich die Ecken richtig saubermache, und daß ich gleich einen Anpfiff von ihm bekomme. Gestern hat er gewackelt. Das Dings da ist nicht stabil genug für ihn.«

Als ich an die Treppe kam, stand Gertie mit einem Staubwedel in der Hand neben der Büste. »Ah, Miß«, sagte sie. »Wollen Sie ausgehen?«

Ich bejahte.

»Zu Miß Vance, schätze ich. Ihnen gefällt der alte Kram, den man gefunden hat, was?«

»Ja.«

Sie lächelte mich beinahe nachsichtig an. Dann ging sie etwas näher an die Büste heran, geriet dabei ins Stolpern und klammerte sich an das Podest, um sich abzustützen. Die Büste schwankte einen Sekundenbruchteil, dann krachte sie zu Boden. Ich sprang zurück, denn die Büste war sehr schwer. Gertie machte ein entsetztes Gesicht.

»Gott helfe mir! Das ist das Ende«, murmelte sie.

Wir müssen beide gleichzeitig bemerkt haben, daß die Nasenspitze des Generals neben einem Stück von seinem Ohr auf dem Teppich lag. Der arme General wird nie mehr so aussehen wie vorher, dachte ich respektlos.

Doch meine Respektlosigkeit verflog, als ich die arme Gertie ansah. Aus ihrem bekümmerten Gesicht sprach hoffnungslose Angst. Ich schämte mich, daß ich mich auch nur einen Augenblick lang hatte lustig machen können.

Kurzerhand faßte ich einen Entschluß. »Ich sage, ich sei es gewesen«, erklärte ich Gertie. »Ich sage, ich sei gestolpert und versehentlich gegen die Büste gestoßen, und da sei sie umgefallen.«

Gerties Gesicht zeigte einen Hoffnungsschimmer. »O Miß, das können Sie nicht tun!«

»Doch, Gertie.«

»Ihre Ladyschaft wird sehr wütend sein.«

»Das muß ich in Kauf nehmen.«

»Sie kann Sie ohnehin schon nicht gut leiden, Miß... nicht besser als mich.«

»Aber du würdest deine Stellung verlieren. Und ihre Abneigung gegen mich kann nicht größer werden, als sie es ohnehin schon ist. Wenn sie mir sagt, ich müsse gehen, dann gehe ich eben. Bei mir ist es etwas anderes.«

»Der Herr wird nicht zulassen, daß Sie gehen. Und Mr. Roderick auch nicht. Die haben Sie zu gern. Und sie hört auf sie.«

»Überlaß das nur mir, Gertie.«

»O Miß, Sie sind wunderbar!«

»Ich gehe am besten sofort zu ihr.«

Entschlossen ging ich die Treppe hinauf. Gertie sah mich an, Bewunderung im Blick.

Ich klopfte an die Tür von Lady Constances Wohnzimmer. Sie rief »herein«. Dann sagte sie kalt »guten Tag«.

»Guten Tag«, erwiderte ich. »Es hat ein höchst bedauerliches Mißgeschick gegeben.«

Sie hob die Augenbrauen.

»Es tut mir leid«, fuhr ich fort. »Als ich an der Büste auf der Treppe vorbeiging, habe ich sie versehentlich angestoßen, und da ist sie vom Podest gefallen. Leider wurde sie dabei beschädigt.«

»Die Büste. Sie meinen den General?«

»Ja. Die Büste auf dem Treppenabsatz.«

»Ich muß sofort nachsehen, was Sie angerichtet haben.«

Ich folgte ihr die Treppe hinab, und ich sah, wie Gertie flugs verschwand.

Lady Constance sah entsetzt auf die Plastik. »Ach du meine Güte«, sagte sie. »Sie befindet sich im Besitz der Familie, seit sie angefertigt wurde.«

»Ich kann Ihnen gar nicht sagen, wie leid es mir tut.«

Sie starrte auf die Nasenspitze des Generals. »Es ist wirklich ein Unglück.«

Ich kam mir armselig vor, doch ich dachte die ganze Zeit an Gertie, die gerettet war – zumindest für eine Weile.

Von da an fühlte ich mich ständig von Lady Constance beobachtet. Zwar wurde kein weiteres Wort über die beschädigte Büste verloren, doch ging sie uns nicht aus dem Sinn. Ich glaubte, daß Lady Constance sich an meinem Unbehagen weidete, daß sie hoffte, ich würde ein weiteres Unheil anrichten, eines, das es mir unmöglich machte, hierzubleiben.

Sobald Charlie zurück ist, schwor ich mir, werde ich ihm sagen, daß ich fort muß. Aber bis zu seiner Rückkehr mußte ich bleiben, das hatte ich versprochen. Ich hätte noch einmal auf einen kurzen Besuch nach London fahren können, aber das wollte ich nicht. Ich wußte nicht, was schlimmer war: hierbleiben, unter den grollenden Blicken von Lady Constance, oder zurückkehren, zu den unausweichlichen Erinnerungen von London.

Ich lebte in einer Welt der Verzweiflung. Aber sie enthielt einen schwachen Hoffnungsschimmer, daß ich durch Roderick in eine hellere Zukunft würde entkommen können.

Ich gestand mir ein, daß ich seinetwegen blieb.

Lady Constance aber wurde zu meiner fixen Idee. Ich hatte Alpträume, in denen ich mich vor ihr fürchtete. Einmal träumte ich, daß sie an mein Bett träte und mir ein Glas Wein anböte, und ich wußte, er war vergiftet. Ich wachte schreiend auf: »Nein... nein!«

Am hellichten Tag konnte ich über mich lachen. Dennoch, meine Lage war überaus unangenehm. Hinzu kam, daß ich mich von Mrs. Carlings unbestimmten Warnungen ein wenig ängstigen ließ. Wenn ich draußen an der frischen Luft war, sah ich in Mrs. Carling eine harmlose alte Dame, der es gefiel, sich für eine Seherin zu halten. Es machte mir nichts aus, ihr geduldig zuzuhören, wenn ich mit ihr zusammen war; aber mitten in der Nacht, nach einem angstvollen Traum, schien sie eine gewichtige Gestalt. Dann sagte ich mir, ich sollte auf ihre Prophezeiungen des Bösen hören, das meinem Leben drohte, und ich mußte immerzu daran denken, daß Lady Constance mich haßte.

Im Hinterkopf bewegte ich das Problem, wie es um meine Gefühle für Roderick stand. Ich war im Begriff, mich in ihn zu verlieben, und ich war sicher, daß seine Gefühle für mich nicht alltäglich waren.

Eines Morgens kam Gertie ganz aufgeregt in mein Zimmer. Sie stellte das heiße Wasser hin und sagte: »O Miß, heute nacht hat es gebrannt. Und wissen Sie, wo? In der Hütte, wo Miß Vance ihre Werkstatt hat.«

Ich setzte mich im Bett auf. »Wie furchtbar! Ist viel zerstört worden?«

»Nein, fast nichts. Dank dem Regen, sagen die Leute. Es hat die ganze Nacht geschüttet. Es muß gleich angefangen haben, nachdem das Feuer ausbrach. Der Bauer Merritt ist gestern abend spät mit seinem Einspänner nach Hause gefahren, und da sah er Rauch aus der Hütte kommen. Er hat Alarm geschlagen. Aber dann fing es an zu regnen, so stark, daß der Schaden nicht so groß war, wie er sonst hätte sein können. Trotzdem gibt es einem zu denken. Nur gut, daß keiner dort war.«

Alle sprachen sie von dem Feuer.

Ich sah Roderick beim Frühstück. Er sei schon dort gewesen, sagte er, und habe es sich angesehen. »Es war in den oberen Räumen ausgebrochen. Ein Glück, daß es in Strömen regnete... und daß Tom Merritt zufällig vorbeikam. Er und seine Frau kamen spät von einem Besuch bei Freunden zurück und nahmen die Abkürzung an den Ausgrabungen vorbei. So konnte er Alarm schlagen, und das Feuer war alsbald unter Kontrolle.«

»Arme Fiona.«

»Sie wird heute morgen dort sein. Wollen Sie nicht mit mir kommen? Ich will gleich hinüber.«

»Gern«, sagte ich.

Auf dem Weg zur Werkstatt sagte er: »Ich frage mich, wie dort ein Feuer ausbrechen konnte.«

»Sie glauben doch nicht...?«

»Daß es absichtlich gelegt wurde? Gütiger Himmel, nein. Warum sollte jemand so etwas tun?«

»Manche Leute haben die seltsamsten Ideen ... von wegen die Toten stören und dergleichen.«

Er lachte. »Ich kenne niemanden, der aus Rücksicht auf die Römer so weit gehen würde.«

»Aber es muß einen Grund gegeben haben.«

»Hat es gestern abend gewittert? Vielleicht hat der Blitz eingeschlagen.«

»Das wäre möglich.«

Fiona war schon da. Sie war sehr betrübt. »Wie konnte das passieren? Ich kann es einfach nicht verstehen.«

»Wie groß ist der Schaden?« fragte Roderick.

»Die Zimmer im Obergeschoß sehen wüst aus. Das Dach muß repariert werden. Hier unten ist zum Glück nichts passiert.«

»Dann wollen wir mal den Schaden oben besehen«, sagte Roderick.

Wir kletterten die Stiege hinauf. In jedem Zimmer stand ein Bett, und die Räume waren klamm. Durch ein Loch in der Decke konnte man den Himmel sehen.

Roderick sagte: »Das muß heute noch gerichtet werden... bevor es wieder regnet.«

»Wir müssen dem Regen dankbar sein.«

»Und Tom Merritt«, ergänzte Roderick.

Auf der Treppe waren Schritte zu hören. Wir blickten alle zur Tür. Sie ging auf, und Mrs. Carling erschien. »Ich bin gekommen, um mir den Schaden anzusehen«, sagte sie. »Ach du meine Güte! Hier wirst du nicht arbeiten können, Fiona.«

»Unten ist alles in Ordnung. Nichts davon zu merken, daß es gebrannt hat.«

Mrs. Carling verzog schmollend den Mund. »Da wird es viel zu reparieren geben«, meinte sie.

»Alles in allem ist der Schaden nicht so groß«, sagte Roderick.

»Trotzdem...«

»Gehen wir hinunter und sehen uns um«, schlug Roderick vor. Er ging voran, dann standen wir in Fionas Werkstatt. »Siehst du«, sagte Fiona zu ihrer Großmutter, »hier unten sieht es kaum anders aus als vorher. Zum Glück hat es geregnet.«

»Einen solchen Regen habe ich seit Jahren nicht erlebt«, sagte Mrs. Carling.

»Gottes Gnade läßt uns nicht im Stich«, sagte Fiona gelassen. »Es wäre eine Tragödie gewesen, wenn hier unten etwas zerstört worden wäre.«

»Oh, manchmal wendet sich Schlimmes zum Guten«, sagte Mrs. Carling. Dabei starrte sie vor sich hin, als blicke sie in die Zukunft.

Fiona warf ihr einen kurzen Blick zu.

»Hm«, fuhr Mrs. Carling fort, »du könntest einen besseren Platz zum Arbeiten gebrauchen.«

»Aber hier ist es ideal!« widersprach Fiona. »Direkt an Ort und Stelle. Ich habe alles parat. Es könnte gar nicht besser sein.«

»Sie wissen, wir können Ihnen jederzeit einen Raum im Gutshaus einrichten«, sagte Roderick.

»Siehst du, Fiona!« rief Mrs. Carling. »Das wäre doch schön.«

»Es ist wirklich lieb von Ihnen«, sagte Fiona. »Danke für den Vorschlag. Aber hier ist es ideal. Direkt auf dem Gelände, besser kann man es sich nicht wünschen. Und es wird sicher nicht lange dauern, das Dach zu reparieren.«

»Das wird noch heute erledigt«, versicherte Roderick. »Die Möbel da oben müssen natürlich entfernt werden. Was möchten Sie statt dessen?«

»Bloß ein paar Stücke. Ein, zwei Stühle... einen Tisch. Vielleicht ist einiges von den Sachen da oben ja noch zu gebrauchen.«

»Das wird sich zeigen. Kann ich Sie wirklich nicht dazu verleiten, ins Gutshaus zu kommen?«

Mrs. Carling sah ihre Enkelin eindringlich an. »Das wäre sehr schön«, sagte sie beinahe schmeichelnd.

»Davon bin ich überzeugt. Aber hier fehlt es mir an nichts.« Fiona blieb fest.

Wieder schob Mrs. Carling schmollend die Unterlippe vor. Einen Moment lang blickte sie nahezu gehässig drein. Ich sah, daß sie sehr unzufrieden mit Fiona war.

Sie verkündete unvermittelt, sie müsse gehen, und brach sogleich auf.

»Arme Großmama«, sagte Fiona. »Sie meint immer, ich sollte nicht hier arbeiten. Es sehe wie ein Schuppen aus.«

»Mein Angebot gilt nach wie vor«, sagte Roderick. »Ich würde Ihnen einen geeigneten Raum zur Verfügung stellen.«

»Ich weiß. Aber Sie verstehen mich, oder? Ich möchte hier sein, nahe bei den Ausgrabungen.«

»Natürlich«, sagte Roderick. »Ich gehe jetzt und veranlasse die Ausbesserungsarbeiten. Es sieht aus, als würde es noch mehr Regen geben. Bis dahin muß das Dach repariert sein.«

Als wir allein waren, sagte Fiona: »Der Gedanke, im Gutshaus zu arbeiten, behagt mir überhaupt nicht.«

»Nein? Hätten Sie es da nicht bequemer?«

»Bestimmt nicht. Ihrer Ladyschaft würde es nicht passen. Sie kann mich nämlich nicht besonders leiden.«

155

»Mich auch nicht.«

»Natürlich nicht. Es paßt ihr nicht, wenn eine junge Frau, die sie nicht ausgesucht hat, mit ihrem Sohn befreundet ist. Sie und ich fallen in diese Kategorie. Sie glaubt, wir hätten Absichten auf Roderick, und sie hat ihn für Höheres ausersehen. Es ist wirklich amüsant. Sie würde alles tun, um zu verhindern, daß ich Roderick öfter sehe. Stellen Sie sich vor, ich wäre im Gutshaus! Es ist schlimm genug, daß ich mich hier aufhalte. Ich bin überzeugt, sie wünscht, die römischen Ruinen wären nie entdeckt worden.«

Es war tröstlich für mich, jemanden zu finden, der sich in der gleichen Lage befand wie ich – allerdings war Lady Constances Abneigung gegen mich vor allem auf Charlies Beziehung zu meiner Mutter zurückzuführen; doch natürlich war ihr meine wachsende Freundschaft mit Roderick nicht entgangen.

»Und deshalb wollen Sie keine Werkstatt im Gutshaus?«

»Wenn es für die Arbeit besser wäre, würde ich Lady Constances Mißbilligung in Kauf nehmen.«

Ihre Arbeit scheint ihr wichtiger als Rodericks Nähe, dachte ich, und bei diesem Gedanken war ich froh und erleichtert.

Das Rätsel, wie das Feuer in der Hütte ausgebrochen war, bildete für mehrere Tage das Hauptgesprächsthema in der Nachbarschaft. Man stellte Theorien auf, wobei man jener den Vorzug gab, daß ein Landstreicher in die Hütte eingebrochen sei und sie angezündet habe. Einige fragten, warum er einen Ort hätte zerstören sollen, an dem er Unterschlupf gefunden hatte. Die Antwort lautete, er habe sich eine Pfeife angezündet, und so sei das Feuer ausgebrochen; es sei außer Kontrolle geraten, und da sei er getürmt.

Gertie erzählte mir, was alles geredet wurde. Sie habe gedacht – und das sei die allgemeine Ansicht –, daß man Miß Vance eine Werkstatt im Gutshaus überlassen würde. Man habe Mr. Roderick sagen hören, das wäre das beste – zumindest, solange die Reparaturarbeiten in der Hütte dauerten.

»Arme Miß Fiona«, fuhr Gertie fort. »Sie ist so nett, eine richtige

Dame. Kein bißchen eingebildet. Sie soll ja kein leichtes Leben haben mit ihrer alten Großmutter.«

»Sie sagt nie…«

»O nein. Sie würde nichts gegen ihre eigene Großmutter sagen. Aber sie ist schon seltsam, diese Mrs. Carling.«

»Ich glaube, sie steht in einem gewissen Ruf.«

»O ja. Sie hilft Mädchen, die in Schwierigkeiten sind. Das Zeug, das sie in ihrem Garten anbaut, wirkt Wunder, und sie soll auch wahrsagen. Man kann zu ihr gehen, und sie sieht, was geschehen wird. Sie sagt einem, was man tun soll, und was einem zustößt, wenn man es nicht tut.«

»Und du glaubst daran. Gibt es irgendwelche Beweise?«

»Manche Leute sagen, sie hätten welche. Sie ist wirklich merkwürdig. Sie tut wundersame Dinge. Nachts wandert sie umher.«

»Woher weißt du das?«

Gertie schwieg ein paar Sekunden und sagte dann: »Das will ich Ihnen sagen, Miß. Von der kleinen Kitty. Sie tut mir so leid. So ein Angsthase. Ich habe mich ein bißchen mit ihr angefreundet. Es ist schon ein Weilchen her, da kam sie einmal schwerbeladen vom Einkaufen, und der Henkel der Tasche ist gerissen, und alles war überall verstreut. Sie stand bloß da und sah aus, als wolle sie heulen. Ich sagte zu ihr: ›Na, na, das ist doch nicht das Ende der Welt.‹ Ich hab' ihr die Sachen aufgehoben und in die Tasche getan. Dann hab' ich den Henkel verknotet, so daß sie das Zeug tragen konnte. Sie würden es nicht für möglich halten, Miß. Man hätte meinen können, ich hätte ihr das Leben gerettet. Sie hat mich angesehen, als wäre ich eine Art Gott. Na ja, so was gefällt einem halt, da kann man nicht gegen an. Diese Kitty, die ist ein kleines, verstoßenes Kind. Hat nie eine Chance gehabt. Ihre Familie wollte sie nicht. Sie haben sie gemein behandelt, bloß weil sie so 'n Knirps war. Dann kam sie zu Mrs. Carling, und sie dient ihr wie eine Sklavin. Ich hab' die arme kleine Kitty richtig liebgewonnen. Das kommt wohl daher, weil sie mich so wunderbar fand.«

Ich lachte. »Ich finde, du bist in vieler Hinsicht sehr klug, Gertie.«

»Oh, vielen Dank, Miß. Ich hab' zu Kitty gesagt, sie kann immer zu mir kommen, und ich helfe ihr, wenn sie nicht weiter weiß. Sie hätten ihr Gesicht sehen sollen... es gab mir das Gefühl, als wäre ich was Besonderes.«

»O Gertie, das bist du auch, ganz bestimmt.«

»Daß Sie mir nur nicht den Kopf verdrehen, Miß. Ich seh' sie ab und zu. Sie kommt immer zu mir gelaufen. Dann erzählt sie mir was. Es rutscht ihr so raus. Sie meint, Miß Fiona ist eine Heilige, weil sie so viel aushalten muß. Die alte Dame kann sich nämlich manchmal sehr merkwürdig aufführen, und Miß Fiona versucht es so aussehen zu lassen, als ob es ganz normal wäre. Mir scheint, daß Mrs. Carling bestimmte Dinge tut, um ihre Prophezeiungen wahr werden zu lassen.«

»Was willst du damit sagen?«

»Ich meine, es sieht so aus, als würde sie den Dingen einen kleinen Schubs geben, damit sie die Richtung nehmen, die sie wünscht.«

»Ich nehme an, wenn man Prophezeiungen macht, sollte man sich vergewissern, daß sie eine gute Chance haben, wahr zu werden.«

»So könnte man sagen. Schade, daß Miß Fiona nicht zum Arbeiten hierherkommt. Hier hätte sie es besser als in der alten Hütte. Mrs. Carling war richtig böse, als Miß Fiona einen Raum im Gutshaus ausgeschlagen hat. Sie fängt immer wieder davon an, bis Miß Fiona beinahe die Geduld verliert. Und auch dann hört sie nicht auf. ›Nach allem, was ich für dich getan habe‹ und so weiter. Das macht Miß Fiona richtig wütend. Mrs. Carling sagt, es heißt das Unglück herausfordern, wenn man die Chance nicht ergreift, die sich einem bietet. Das kann nicht gutgehen. Natürlich kriegt man nicht viel aus Kitty heraus. Ich reim' mir einfach alles zusammen. Jedenfalls glaub' ich nicht, daß Miß Fiona es leicht hat, bei dem ganzen Theater.«

Drohende Gefahr

Während der nächsten Tage gingen heftige Regenfälle nieder. Roderick erklärte uns, das Wasser habe Auswirkungen auf einige Bereiche des Grundstücks. Der im Lauf der Jahrhunderte nach und nach dem Meer abgewonnene Boden sei weich und stellenweise matschig. Hier und da bestehe die Gefahr von Erdrutschen. »Den Ärger hatten wir schon öfter«, sagte er. »Immer nach so einem Wetter. Wir müssen die Augen offenhalten.«

»Was können wir tun?« fragte ich.

»Das Wichtigste ist, die Leute fernzuhalten, bis wir es eindämmen können oder sonst etwas tun. Die Ausgrabungen haben natürlich ihr Teil beigetragen. Wenn mein Vater nach Hause kommt, müssen wir darüber sprechen. Vorerst werden wir an den gefährdeten Stellen Warnschilder aufstellen.«

Wir sprachen am Abend beim Essen darüber.

»Es kann nicht mehr lange hin sein, bis dein Vater nach Hause kommt«, meinte Lady Constance.

»Nein. Er wird bald zurück sein. Die Hütte hat mehr Schaden genommen, als wir anfangs gedacht hatten. Ich meine wirklich, Miß Vance sollte hierherkommen, jedenfalls für eine Weile. Hier hätte sie es bequemer.«

»Das ist ihre Entscheidung«, sagte Lady Constance scharf. »Du hast ihr einen Raum angeboten, nicht?«

»Ja.«

»Und sie hat abgelehnt. Ich hätte gedacht, damit sei die Sache erledigt.«

Roderick sah seine Mutter fest an. »Ich glaube, daß Fiona deinetwegen nicht kommen will.«

»Meinetwegen? Was habe ich damit zu tun?«

»Du bist die Hausherrin. Wenn du ihr deutlich zeigst, daß du sie hier nicht haben willst, dann kann sie wohl schlecht herkommen, nicht wahr?«

Lady Constance warf mir einen schuldbewußten Blick zu. Sie tat mir leid.

Ich sagte: »Soviel ich weiß, zieht Miß Vance es vor, in der Nähe des Geländes zu arbeiten.«

Roderick erwiderte: »Das sagt sie, aber ich bin überzeugt, Mutter, wenn du sie einlüdest, würde sie – wenn auch nur vorübergehend – hierherkommen, solange die Reparaturarbeiten im Gange sind.«

»Erwartest du das von mir?«

»Ich erwarte es nicht, aber ich würde mich freuen, wenn du es tätest.«

»Ich wüßte nicht, warum. *Meine* Wünsche sind in dieser Sache nicht ausschlaggebend.«

»Aber ja. Schau, es wird sehr ungemütlich für Miß Vance, wenn die Hütte repariert wird. Wenn du sie einladen würdest, vorübergehend hierherzukommen, bin ich sicher, daß sie zusagen würde.«

»Aber sie hat bereits abgelehnt.«

»Weil sie dachte, du wolltest sie hier nicht haben. Außerdem hat sie nicht geahnt, was das für ein Durcheinander in der Hütte geben würde. Es behindert ihre Arbeit beträchtlich.«

»Nun gut. Ich werde mit ihr reden.«

»Wirklich?« rief Roderick erfreut.

»Da du findest, ich sollte es tun, und mich für die Notlage der Frau verantwortlich machst, werde ich mit ihr sprechen. Ich gehe heute nachmittag zu ihr.«

Ich war erstaunt, und Roderick nicht minder. Er war hocherfreut. Ich beobachtete mit Interesse, wie Lady Constance sich in seinem Beifall sonnte. An ihrer Zuneigung für ihren Sohn gab es keinen Zweifel. Er und ihr Mann waren die beiden Menschen, an denen ihr lag. Ich dachte an das Album mit den Zeitungsausschnitten über meine Mutter, das sie in dem Wissen um Charlies Liebe zu Désirée angelegt hatte, und ich konnte mir denken, wie sehr sie gelitten hatte. Ihr Widerwille gegen mich war durchaus verständlich, und es war taktlos von Charlie gewesen, mich hierherzubringen. Das war mit ein Grund, weshalb ich so bald wie möglich fortgehen mußte. Ich verstand auch Lady Constances kühle Haltung gegenüber Fiona. Tatsächlich begann ich, vieles an Lady Constance zu verstehen. Meine Einstellung zu ihr änderte sich. Ich konnte sie bemitleiden, ich konnte ihre Ressentiments entschuldigen, weil ich den Grund dafür kannte. Sie, die so stolz war, war bitterlich gedemütigt worden; sie, die entschlossen war, stark zu sein, über ihr Hauswesen zu herrschen, und die für Ehemann und Sohn nur das Beste wollte, war verletzlich.

Am nächsten Tag verließ Roderick zeitig das Haus. Es regnete den ganzen Vormittag ohne Unterlaß. Nach dem Mittagessen klarte es auf. Wir nahmen das Essen in unseren Zimmern ein, und ich war froh darüber, denn ich wäre nicht gern mit Lady Constance allein gewesen.

Ich fragte mich, was sie zu Fiona sagen und was Fiona ihr antworten würde. Fiona konnte sehr offen sein. Das Resultat interessierte mich, weil Fionas Fall dem meinen nicht unähnlich war.

Ich hatte es mir zur Gewohnheit gemacht, Fiona nachmittags zu besuchen. Ich war sehr gespannt auf das Ergebnis der Unterredung.

Ich hatte Lady Constance nach dem Mittagessen fortgehen sehen. Sie legte die kurze Strecke vom Haus bis zum Ausgrabungsgelände zu Fuß zurück. Sie wirkte forsch, als sie aufbrach, ganz so, als ziehe sie in den Kampf. Sie hatte einen schwarzen Regenschirm bei sich. Um die Zeit regnete es nicht, aber es konnten noch ein paar Schauer niedergehen.

Ich vermutete, daß es eine kurze Unterredung werden würde. Fiona würde mir alles erzählen. Ich saß an meinem Fenster und wartete auf die Rückkehr von Lady Constance. Es wunderte mich, daß sie so lange fortblieb. Der Fußweg dauerte etwa fünfzehn Minuten. Nun war schon eine Stunde vergangen. Worüber konnten sie so lange gesprochen haben?

Hatte ich vielleicht Lady Constances Rückkehr verpaßt? Das war kaum wahrscheinlich. War sie womöglich noch woanders hingegangen?

Eine halbe Stunde später beschloß ich, Fiona aufzusuchen. Lady Constance mußte unterdessen gegangen sein, und wenn nicht, würde ich mich entschuldigen und wieder gehen.

Ich zog mir etwas über, schlüpfte in derbe Wanderschuhe und nahm einen Regenschirm mit.

Es war ein trüber Tag, und die Landschaft wirkte ein wenig öde. Alles war feucht, Regen lag in der Luft, aber noch fiel keiner. Es ging kaum ein Wind, dunkle Wolken drohten tief am Himmel.

Als ich zum Ausgrabungsgelände kam, begann es zu regnen. Ich spannte meinen Schirm auf und schlug den Weg zur Hütte ein.

Das Gelände sah verändert aus. Erdklumpen lagen verstreut umher. Die müssen sich durch die schweren Regenfälle gelöst haben, dachte ich.

Ich warf einen Blick auf die Bäder und den Mosaikboden. Sie wirkten unverändert. Dann sah ich die klaffende Lücke vor mir – zu spät. Ich blieb abrupt stehen, doch der Boden unter mir gab nach. Ich stolperte vorwärts, der Schirm flog mir aus der Hand, und ich stürzte, hinab in die Finsternis.

Ich war so verblüfft, daß es einige Sekunden dauerte, bis ich wußte, wie mir geschah. Dies war eine der Stellen, von denen Roderick gesprochen hatte. Der Boden gab unter meinen Füßen nach. Ich hatte Erde in den Augen und hielt sie ein paar Sekunden fest geschlossen. Ich versuchte mich festzuklammern, doch die feuchte Erde löste sich und blieb in meinen Händen.

Es war kein schneller Fall. Er wurde von der Erde gebremst, die unter meinem Gewicht nachgab. Und plötzlich fiel ich nicht weiter. Ich öffnete die Augen. Viel konnte ich nicht sehen, doch das Loch, durch das ich gefallen war, ließ ein wenig Licht herein. Ich stand auf etwas Hartem, erleichtert, daß ich nicht mehr fiel.

Ich führte meine Hand nach unten und berührte die Fläche, auf der ich gelandet war. Sie war glatt und fühlte sich an wie Stein.

Noch immer fielen rings um mich Erdklumpen herab und auf die Platte, auf der ich stand. Das Geräusch kam jetzt stoßweise. Das Loch, durch das ich gefallen war, blieb offen, so daß immer noch etwas Licht von oben kam.

Ich war unendlich erleichtert. Wenigstens war ich nicht gänzlich begraben. Ob mich jemand finden würde? Sie würden merken, daß es einen Erdrutsch gegeben hatte. Aber wie lange konnte ich hier ausharren?

Ich wußte, der Versuch, hinaufzuklettern, würde sinnlos sein. Es gab nichts, woran ich mich hätte festhalten können, nur lockere Erde. Nun bekam ich schreckliche Angst.

Ich hörte etwas. Einen Schrei. »Hilfe... Hilfe...«

»Hallo«, rief ich, »hallo.«

»Hier... hier...«

Ich erkannte die Stimme von Lady Constance. Ich dachte: Ihr ist dasselbe passiert. Sie hatte Fiona besuchen wollen, genau wie ich, und war denselben Weg gegangen.

»Lady Constance«, stieß ich hervor.

»Noelle. Wo... sind Sie hier?«

»Ich bin gestürzt.«

»Ich auch. Können Sie sich bewegen?«

»Ich... ich trau' mich nicht. Es könnte...«

Ich brauchte ihr nichts zu erklären. Sie war in derselben Lage wie ich. Durch die kleinste Bewegung konnte ein neuer Erdrutsch ausgelöst werden und uns lebendig begraben.

Meine Augen hatten sich an die Dunkelheit gewöhnt. Ich befand mich offenbar auf einem Steinfußboden. Ringsum lagen Erdklumpen. Ich sah etwas Dunkles... eine Gestalt, die sich langsam bewegte. Es war Lady Constance.

»Können Sie ganz vorsichtig zu mir kommen?« fragte ich. »Wir befinden uns anscheinend in einer Art Höhle. Hier, wo ich stehe, ist es heller. Ich habe Angst, mich zu rühren, weil die Erde rundum sehr locker ist. Aber über mir scheint so etwas wie eine Decke zu sein.«

Ganz langsam kroch sie zu mir. Ich hörte Erde herabfallen und hielt ängstlich den Atem an. »Halt... warten Sie«, sagte ich.

Sie gehorchte. Als alles still war, sagte ich: »Weiter.«

Sie war jetzt ganz nahe. Ich konnte sie undeutlich erkennen. Sie berührte meinen Arm. Ich ergriff ihre Hand. Sie war sichtlich ebenso erleichtert wie ich.

»Was... was machen wir jetzt?« flüsterte sie.

»Vielleicht kommen sie und holen uns hier heraus.«

Sie schwieg. »Haben Sie sich verletzt?« fragte ich.

»Mein Fuß tut weh. Ich bin froh, daß Sie hier sind. Eigentlich sollte ich mich nicht darüber freuen. Aber so sind wir wenigstens zu zweit.«

»Ja. Ich bin auch froh, daß Sie hier sind.«

»Und was nun?«

»Man wird uns vermissen und nach uns suchen. Wir müssen uns ganz still verhalten, damit keine neue Erde herabrutscht. Man wird uns ganz bestimmt herausholen.«

»Das sagen Sie nur, um mich zu trösten.«

»Und mich selbst.«

Da lachte sie, und ich lachte mit ihr. Es war ein unfrohes Lachen, vielleicht eine Abwehr gegen das Schicksal.

»Merkwürdig«, sagte sie, »daß Sie und ich zusammen hier sind.«

»Höchst merkwürdig.«

»Es tut gut, zu reden, nicht? Ich fühle mich schon viel besser. Ich dachte, ich müßte sterben, ganz allein. Glauben Sie wirklich, wir kommen hier heraus?«

»Ich weiß es nicht. Vielleicht kommt jemand vorbei.«

»Er könnte zu uns herunterstürzen.«

»Vielleicht merkt er rechtzeitig, was uns zugestoßen ist, und holt Hilfe.«

»Wollen wir rufen? Da oben ist ein Loch. Man kann das Tageslicht sehen.«

»Solange es hell ist, besteht Hoffnung.«

»Sie sind ein vernünftiges Mädchen«, sagte sie. »Leider war ich nicht besonders nett zu Ihnen.«

»Oh... ist schon gut. Ich kann Sie verstehen.«

»Sie meinen, was Charlie und Ihre Mutter betrifft?«

»Ja.«

Wie schwiegen ein Weilchen. Lady Constance hielt immer noch meine Hand. Sie hatte wohl Angst, daß wir durch irgend etwas getrennt werden könnten. Auch ich fühlte mich durch ihre Gegenwart getröstet.

Sie sagte: »Lassen Sie uns miteinander reden. Reden erleichtert. Ich weiß, was mit der Büste geschah.«

»Mit der Büste?«

»Auf der Treppe. Ich weiß, daß Gertie sie heruntergeworfen hat und Sie die Schuld auf sich genommen haben.«

»Wie kommen Sie darauf?«

»Ich habe Sie vom oberen Treppenabsatz beobachtet. Ich habe alles gesehen. Warum haben Sie das getan?«

»Ganz einfach: Gertie hatte schreckliche Angst, daß sie entlassen würde. Sie schickt Geld nach Hause. Sie fürchtete, Sie würden ihr kündigen und ihre keine Referenzen mitgeben.«

»Ah, ich verstehe. Das war sehr gütig von Ihnen.«

»Es war nur eine Kleinigkeit. Ich wollte sowieso bald fortgehen.«

»Woher wissen Sie so viel über Gertie?«

»Wir unterhalten uns manchmal. Sie erzählt mir von ihrer Familie.«

»Sie sprechen so... mit Dienstboten?«

»Ich nehme an, Sie finden das unschicklich. Aber ich bin in einem anderen Milieu aufgewachsen, wo Klassenunterschiede nicht annähernd so wichtig waren wie menschliche Beziehungen. Menschen waren Menschen bei uns zu Hause, nicht Dienstboten und Herrin.«

»Die Herrin war Désirée, nicht wahr?«

»Ja. Sie war freundlich zu jedermann.«

»Und Sie sind nach ihr geraten.«

»Nein. Eine Désirée gab es nur einmal.«

Wieder schwiegen wir. Ich fand es bedauerlich, daß wir in so einer Situation auf meine Mutter zu sprechen kamen.

Aber Lady Constance hielt immer noch meine Hand.

Schweigen tat nicht gut. Es machte uns unsere mißliche Lage verzweifelt bewußt.

»Ich hatte keine Ahnung, daß Sie das mit der Büste wußten«, sagte ich.

»Ich habe gelauert.«

»Auf mich?«

»Ja.«

»Ich habe es gemerkt.«

»Tatsächlich? Sie haben sich nichts anmerken lassen. Ich kann Ihnen gar nicht sagen, wie froh ich bin, daß Sie an derselben Stelle hinuntergestürzt sind wie ich. Ich bin sehr egoistisch.«

»Nein, nein, ich kann Sie verstehen. Ich bin auch froh, daß Sie hier sind.«

Sie lachte. »Ist das nicht merkwürdig? Wir müssen weiterreden. Beim Sprechen scheint die Angst zu weichen... aber sie ist da. Ich denke, wir werden vielleicht sterben.«

»Und ich denke, wir werden höchstwahrscheinlich gerettet.«

»Das sagen Sie wieder, um mich zu trösten.«

»Und mich selbst, wie gesagt.«

»Haben Sie Angst vorm Sterben?«

»Ich habe bis jetzt nie daran gedacht. Man wird anscheinend mit der Vorstellung geboren, man würde ewig leben. Man kann sich die Welt ohne einen selbst nicht vorstellen.«

»Das nennt man Egoismus, nicht?«

»Ja, vermutlich.«

»Und Sie haben sich bis heute nie fürchten müssen?«

»Nein. Aber jetzt fürchte ich mich. Ich weiß, daß die Erde jeden Augenblick herabrutschen und uns begraben kann.«

»Dann werden wir zusammen begraben. Tröstet Sie das?«

»Ja.«

»Mich auch. Seltsam, daß ich von Ihnen Trost empfange, wenn ich bedenke, wie sehr ich es verübelt habe, daß Sie nach Leverson kamen.«

»Es tut mir leid. Ich hätte nicht kommen dürfen.«

»Jetzt bin ich froh, daß Sie gekommen sind.«

Ich lachte. »Denn sonst könnte ich Ihnen hier nicht Gesellschaft leisten.«

»Ja, genau so ist es.« Sie lachte mit mir. Dann sagte sie: »Aber nicht nur deshalb. In unserer seltsamen Lage hier unten lernen wir uns besser kennen, als wir es in einer geborgenen Atmosphäre vermocht hätten.«

»Weil wir womöglich dem Tod ins Auge schauen. Das bringt die Menschen einander näher.«

»Reden wir weiter«, sagte sie.

»Aber wir müssen zugleich horchen. Wenn wir oben etwas hören, müssen wir rufen, damit sie wissen, daß wir hier sind.«

»Ja. Werden wir sie hören können?«

»Ich weiß nicht. Ich denke schon.«

»Reden wir trotzdem weiter... leise. Ich halte die Stille nicht aus.«

»Haben Sie es einigermaßen bequem?«

»Mein Fuß tut weh.«

»Vielleicht ist es eine Zerrung.«

»Ja. Eine Kleinigkeit, wenn man möglicherweise auf den Tod gefaßt sein muß.«

»Denken Sie nicht daran.«

»Ich werde mich bemühen. Sie haben mein Album mit den Zeitungsausschnitten gefunden. Sie haben es sich mit Gertie angesehen.«

»Verzeihen Sie. Sie rief mich herein, und als ich sah, was... es war unwiderstehlich.«

»Was haben Sie dabei gedacht?«

»Ich fand es sehr traurig.«

»Warum?«

»Weil es mir begreiflich machte, was Sie in all den Jahren empfunden haben müssen.«

»Ich war über alle Aufführungen unterrichtet, in denen sie spielte. Ich wußte, was man über sie sagte. Er war betört von ihr.«

»Das waren andere auch.«

»Sie muß ein wunderbarer Mensch gewesen sein.«

»Für mich war sie der wunderbarste Mensch auf der Welt.«

»War sie eine gute Mutter?«

»Die beste.«

»Das ist erstaunlich. Eine Frau wie sie! Was verstand sie von Kindererziehung?«

»Sie verstand etwas von der Liebe.«

Neuerliches Schweigen. Ich merkte, daß sie leise weinte. »Erzählen Sie mir mehr von ihr.«

Und ich erzählte. Wie Dolly mit seinen Vorschlägen kam und sie sich stritten und gegenseitig beschimpften. Ich erzählte von den dramatischen Geschehnissen, den Änderungen in letzter Minute, der Nervosität vor der Premiere.

Es war wie ein Traum, wie ich so mit Lady Constance in einem dunklen Loch saß und von meiner Mutter sprach. Aber es half mir ebenso wie ihr, und wir flossen über vor gegenseitiger Dankbarkeit, einfach weil die andere da war.

Ich dachte: Wenn wir hier jemals herauskommen, dann als Freundinnen. Danach kann unsere Beziehung nicht wie früher sein. Eine jede von uns hat der anderen zuviel von ihrem Innern offenbart.

Es war eigenartig: In dieser alptraumhaften, beängstigenden Situation, aus der wir vielleicht niemals lebend herauskommen würden, waren Lady Constance und ich gute Freundinnen geworden.

Auf meiner Uhr konnte ich schwach erkennen, daß zwei Stunden vergangen waren. Wir lauschten auf ein Geräusch von oben, hörten aber nichts. Ich fürchtete den Einbruch der Nacht, denn das würde bedeuten, daß es vor dem morgigen Tag keine Hoffnung auf Rettung gab.

Wenn Roderick nach Hause kam, würde er rasch erfahren, daß wir beide vermißt wurden, seine Mutter und ich. Wo würde er uns suchen? Konnte ihn die Suche hierher führen?

»Wie lange sind wir schon hier?« fragte Lady Constance.

»Es sind über zwei Stunden, seit wir uns gefunden haben.«

»Ich war vorher hier. Die Zeit kam mir sehr lang vor. Das war das Schlimmste.«

»Es muß über eine Stunde gewesen sein. Ich sah Sie das Haus verlassen. Ich wußte, wohin Sie gingen. Sie hatten es ja gesagt. Sie müssen kurz nach Ihrem Fortgang gestürzt sein.«

»Allein hier unten, das war furchtbar.«

»Ein Glück, daß wir auf diesem Stein gelandet sind. Ich weiß nicht, was es ist. Es scheint eine Art Sockel zu sein. Er ist sehr solide... und über uns ist ein Loch. Ich glaube, das hat uns gerettet. Ich möchte wissen, was das sein kann.«

»Es hätte mir nicht behagt, auf weicher Erde zu sitzen. Da fühlt man sich nicht sicher.«

»Das meine ich ja. Es war ein großes Glück für uns, hier zu landen.«

»Hoffen wir, daß unser Glück anhält.«

Sie mußte reden, weil sie die Stille nicht ertrug. Sie erzählte mir von ihrer Jugend im vornehmen Heim ihrer Vorfahren, wo das Geld stets knapp gewesen war. Charlie hingegen war sehr reich. Nicht ganz auf ihrem gesellschaftlichen Niveau, aber damit habe die Familie sich abgefunden. Er sei so hilfsbereit gewesen, und so sei die Heirat vereinbart worden.

»Aber ich habe ihn geliebt«, fuhr sie fort. »Charlie war der gütigste Mann, den ich je gekannt habe. Er war ganz anders als die andern. Ich habe ihn geheiratet, weil es der Wunsch meiner Familie war, aber dann habe ich ihn liebgewonnen. Mehr als alles andere wünschte ich, daß er mich lieben würde. Bis zu einem gewissen Grade tat er es auch. Aber dann war da freilich Désirée.«

»Ich bin sicher, sie wäre untröstlich gewesen, hätte sie gewußt, daß Sie ihretwegen litten. Nie hat sie jemandem weh tun wollen. Sie nahm das Leben von der heiteren Seite. Sie hatte ihre Freunde. Es war sehr vergnüglich. Verstehen Sie das?«

»Es fällt mir nicht leicht. Charlie war mein Mann ... und sie hatte keinen Ehemann.«

»Mein Vater ist schon lange tot. Ich habe ihn nie gekannt.«

»Aha, und danach dachte sie, sie könne sich einfach die Ehemänner von anderen nehmen.«

»So hat sie das nie gesehen. Sie hat sich nicht direkt jemanden *genommen*. Sie sind zu ihr gekommen. Sie waren alle miteinander befreundet. Das Leben war da, um es zu genießen. Das war Désirées Philosophie. Sie wollte das Leben genießen, und alle in ihrer Nähe sollten es ihr gleichtun.«

»Und es kümmerte sie nicht, welches Herzeleid sie verursachte.«

»Sie hat nichts davon gewußt. Sonst hätte sie Charlie zu Ihnen zurückgeschickt und ihm befohlen, ein guter Ehemann zu sein.«

»Aber so ist das Leben nicht. Sie muß sehr schön gewesen sein.«

»Ja. Aber sie besaß mehr als Schönheit. Ist es schmerzlich für Sie, darüber zu sprechen?«

»Ich möchte es wissen. Jetzt sehe ich sie deutlicher als früher. Ich hielt sie für eine verruchte Sirene.«

»Eine Sirene, ja, aber nicht verrucht. Sie würde Ihnen nie willentlich weh getan haben. Manchmal denke ich, sie glaubte, daß alle das Leben so sähen wie sie. Still…«

Wir verstummten und lauschten angestrengt.

Nichts.

»Ich dachte, ich hätte eine Stimme gehört«, sagte ich. Wir lauschten abermals.

»Ah…, da ist sie wieder.«

»Hallo… hallo!«

»Wir müssen rufen.« Ich schrie: »Hallo! Hallo! Hier unten!«

Lady Constance rief mit mir. Dann lauschten wir atemlos.

»Da ist jemand«, flüsterte ich. »Ich glaube, man sucht nach uns.«

Wir fielen uns erleichtert in die Arme, beide den Tränen nahe. So saßen wir da und lauschten gespannt. Es war nichts zu hören. Die Enttäuschung war groß.

»Rufen wir noch einmal«, sagte ich und schrie: »Hier sind wir. Hier unten.«

Dann hörte ich eine Stimme. Es war Roderick. »Könnt ihr mich hören? Könnt ihr mich hören?«

»Ja, ja.«

»Nicht bewegen. Wartet, wir kommen.«

Über uns erschien ein dunkler Schatten. Da oben war jemand. »Noelle... Mutter...«

»Hier sind wir«, rief ich. »Wir sind hier, zusammen.«

»Gott sei Dank. Nur nicht bewegen. Das könnte gefährlich sein.«

Es folgte eine Pause, die sehr lang zu sein schien, aber nicht länger als fünf Minuten gedauert haben konnte. Dann war Roderick wieder da. Es müssen Leute bei ihm gewesen sein, denn ich hörte mehrere Stimmen.

Er rief hinunter: »Wir lassen Seile hinunter. Bindet sie euch um die Hüften. Wir ziehen euch herauf.«

Wir beobachteten die Öffnung und sahen die Seile heruntergleiten. Ich packte sie. Zuerst half ich Lady Constance, sich eines um die Taille zu binden. Dann band ich mir selbst eins um.

»Seid ihr bereit?« rief Roderick.

»Sie zuerst«, sagte ich zu Lady Constance.

»Und wenn wieder Erde herunterfällt?«

»Ich bin fest am Seil. Mir kann nichts passieren.«

»Noelle, Noelle«, rief Roderick.

»Ich bin hier.«

»Wir fangen jetzt an. Wir holen euch zusammen herauf. Haltet euch aneinander fest und achtet darauf, daß die Seile gut gesichert sind. Fertig? Los...«

Die Arme umeinandergelegt, wurden Lady Constance und ich hochgezogen. Dabei lösten sich wiederum Erdklumpen. Ich hörte Steine auf den Sockel prasseln, den wir soeben verlassen hatten. Die Öffnung kam näher und näher... und dann umfing uns die frische Luft, und wir standen auf festem Boden. Die Luft wirkte berauschend. Und das Herrlichste von allem, Roderick war da. Er legte seine Arme um uns beide.

»Habt ihr uns einen Schrecken eingejagt«, sagte er mit gepreßter Stimme.

Dann banden sie die Seile los. Lady Constance konnte nicht auftreten. Man brachte sie in die Kutsche, die für uns bereitstand. Erde fiel von meinen Kleidern. Ich taumelte und wäre gefallen, hätte Roderick mich nicht aufgefangen. Er drückte mich fest an sich.

»Es ist wunderbar, Sie in Sicherheit zu wissen. O Noelle, als Sie nicht da waren...«

»Ich habe gewußt, daß Sie kommen würden«, sagte ich. »Ich habe es die ganze Zeit gespürt. Das hat mich vor der Verzweiflung bewahrt.«

Er hielt mich einige Sekunden fest, und in diesem Augenblick war ich so glücklich, wie ich es seit dem Tod meiner Mutter nicht mehr gewesen war.

»Ich liebe dich, Noelle«, sagte er. »Du wirst mich nie mehr verlassen.«

»Niemals.«

»Wir reden später darüber. Zuerst müssen wir euch beide nach Hause bringen und uns vergewissern, daß ihr nicht verletzt seid. Liebste Noelle, ich danke Gott, daß ich dich gefunden habe.«

Ich saß in der Kutsche. Lady Constance lehnte sich zurück, die Augen geschlossen. Sie war fast nicht zu erkennen; Gesicht und Kleidung hatten Schmutzstreifen, ihre strenge, immer so ordentliche Frisur war zerzaust. Mit einemmal wurde mir klar, wie ich ausgesehen haben mußte, als Roderick mir sagte, daß er mich liebe.

Lady Constance schlug die Augen auf und lächelte mich an. Die Wärme und Freundschaft, die ich empfunden hatte, als wir uns in Gefahr befanden, waren noch da.

Es war ein äußerst verwirrendes Erlebnis. Ich war ins Unheil gestürzt worden, um festzustellen, daß es ein glückliches Leben für mich geben konnte.

Mir war, als lebte ich in einem Traum, aus dem ich jeden Augenblick erwachen würde.

Der Rest jener Nacht ist mir nur verschwommen in Erinnerung. Meine Erschütterung war größer, als mir bewußt gewesen war. Man brachte mich in mein Zimmer, und als allererstes wollte ich mich meiner Kleider entledigen und ein Bad nehmen. Das wurde mir gestattet, bevor der Arzt kam.

Erstaunlich, wieviel Erde herabfiel, als ich mich auskleidete. Sie war in meinen Manteltaschen, in meinen Schuhen, überall.

Ich tauchte in die Sitzbadewanne, und meine schmutzigen Kleider wurden weggebracht.

Als der Arzt kam, lag ich im Bett. Er stellte fest, daß ich keine Knochenbrüche, jedoch viele Prellungen davongetragen hatte, und da ich einen schrecklichen Schock erlitten habe, müsse ich etwas Warmes essen und dann ein Beruhigungsmittel nehmen, das er mir dalassen werde. Am nächsten Morgen müsse ich sehen, ob ich mich gut genug fühle, um aufzustehen.

Ich war mit diesen Anordnungen zufrieden. Ich wollte allein sein, um an Roderick zu denken, wie er mich in seinen Armen hielt und mir zeigte, wie glücklich er über meine Rettung war, und mir sagte, daß er mich liebte. Und ich wollte an das zurückdenken, was Lady Constance und ich uns in den Augenblicken des Bekennens gesagt hatten. Das genügte für diese Nacht.

Lady Constance hatte sich den Knöchel verstaucht und einen schweren Schock erlitten. Sie mußte das Bett hüten, bis der Doktor wiederkam.

Ich schlief tief und wachte am nächsten Morgen erfrischt auf. Es drängte mich, Roderick und Lady Constance zu sehen.

Ich streckte mich im Bett und überlegte, ob ich aufstehen sollte. Wie würde es sein, wenn ich Roderick sähe? Es war anders zwischen uns als vor seiner Liebeserklärung. Ich hatte zuvor ein paarmal gedacht, er sei drauf und dran, mir zu sagen, daß er mich liebte, aber als er es nicht tat, waren mir Zweifel gekommen. Gestern war so ein rührender Augenblick gewesen, daß ihm die Worte entschlüpft waren.

Ich war froh, voller Hoffnung auf eine Zukunft, die zuvor von schlimmen Ahnungen erfüllt gewesen war. Um diese Worte zu hören, hatte es sich gelohnt, beinahe lebendig begraben gewesen zu sein.

Meine Zimmertür ging langsam auf. Gertie kam herein. Sie sah aufgeregt und erwartungsvoll drein.

»Ich wollte bloß hereinschauen, ob Sie wach sind, Miß«, sagte sie. »Und ob Sie einen Wunsch haben. Ich dachte, ich klopf' lieber nicht an, um Sie nicht zu wecken, falls Sie nicht schon wach wären.«

»Danke, Gertie. Ich bin wach.«

Sie trat mit geweiteten Augen ans Bett und sah mich an, als wäre ich ein anderer Mensch als vorher. »Ich bin ja so froh, daß Sie in Sicherheit sind, Miß. Und irgendwie war's meinetwegen. Es war furchtbar, und wenn man bedenkt, ich hätte nicht... o Miß, ich kann Ihnen gar nicht sagen, wie froh ich bin, daß ich es war. Nach allem, was Sie für mich getan haben, konnte ich nun was für Sie tun.«

»Was meinst du, Gertie?«

»Sie ist es doch gewesen... Kitty. Ganz aufgeregt ist sie zu mir gekommen. Sie hat's gewußt. Sie ist jetzt hier, will nicht zurück. Mr. Roderick sagt, man soll ihr ein Zimmer geben. Könnte sein, daß es hier Arbeit für sie gibt. Und Ihre Ladyschaft wird nicht nein sagen, schließlich hat sie sie auch gerettet.«

»Ich verstehe nicht, wovon du sprichst, Gertie.«

»Kitty ist hierhergekommen. Sie war in einem schrecklichen Zustand. Sie wußte nicht, was sie tun sollte, deshalb kam sie zu mir. Sie hat mir erzählt, daß die alte Mrs. Carling den Anschlag weggenommen hat.«

»Welchen Anschlag?«

»Die Warnung, daß man den Weg nicht betreten darf.«

»Da war ein Anschlag?«

»Als Sie dort waren, war keiner da, weil sie ihn abgemacht hatte. Aus purer Bosheit. Kitty meint, sie hätte es getan, damit Sie da runterstürzen. Mrs. Carling wußte, daß Sie fast jeden Nachmittag zu Miß Vance gehen. Und es kam genau, wie sie's geplant hatte.«

»Gertie, das kann ich nicht glauben. Mrs. Carling soll den Anschlag entfernt haben, damit ich in die Grube stürze!«

Gertie nickte weise. »Sie war die letzten Wochen nicht ganz richtig im Kopf. Es war schrecklich mit ihr. Sie hat die Hütte in Brand gesteckt, weil sie wollte, daß Miß Vance im Gutshaus arbeitet.«

»Die Hütte in Brand gesteckt!«

Gertie schaute allwissend drein. »Sie wollte Roderick für Fiona. Sie geht herum und murmelt vor sich hin. Kitty hat es gehört. Sie wollte Fiona im Gutshaus haben und Sie aus dem Weg. Schätze, das war der springende Punkt.«

»Das kann nicht wahr sein.«

»Warum hat sie dann den Anschlag entfernt? Kitty hat sie an dem Abend, als das Feuer ausbrach, weggehen sehen, und sie weiß, daß sie Paraffin mitgenommen hat. Und sie hat genau gesehen, wie sie den Anschlag abgemacht hat. Sie ist hingegangen und hat dort gewartet. Dann sah sie Sie hingehen. Lady Constance hat sie nicht gesehen, aber Sie. Sie wußte nicht, was sie tun sollte. Nach einer Weile ist sie zu mir gekommen. Erst war ich sprachlos. Doch dann hab' ich gleich Alarm geschlagen. Sie haben Mr. Roderick geholt, und er hat die Männer zusammengerufen, mit Seilen und allem Drum und Dran. Dann haben sie Sie rausgeholt. Kitty hat natürlich Angst zurückzugehen, nach dem, was sie getan hat. Sie ist in meinem Zimmer. Ich muß ihr ununterbrochen sagen, daß alles gut ist und daß es richtig war, ihre alte Herrin zu veraten. Ich sag' ihr, sie muß keine Angst mehr haben, sie muß nicht zurück zu der alten Mrs. Carling. Ich kümmere mich um sie.«

»O Gertie...«

Sie warf die Arme um meinen Hals. Wir hielten uns ein paar Augenblicke umschlungen.

»Ich bin so froh, daß Sie in Sicherheit sind, Miß, daß ich mich vergesse. Sie sind heil und gesund. Kann ich Ihnen jetzt was zu essen bringen? Kaffee, Toast?«

»Das ist genau das Richtige, Gertie. Und heißes Wasser. Ich möchte aufstehen.«

»Ich bring's Ihnen«, sagte sie.

Ich legte mich zurück, erstaunt über das Gehörte. Konnte es wirklich wahr sein?

Rasch wusch ich mich, zog mich an und frühstückte ein wenig. Ich muß zugeben, ich fühlte mich ein bißchen benommen, aber das kam eher von alledem, was innerhalb so kurzer Zeit geschehen war, als von körperlichen Beschwerden.

In meinem Kopf war ein Wust von Erinnerungen: die entsetzlichen Augenblicke, als ich stürzte, mein Gespräch mit Lady Constance, die Rettung, was Gertie erzählt hatte, und, alles beherrschend, Rodericks Liebeserklärung.

Ich wollte ihn sehen. Bevor ich hinunterging, trat ich ans Fenster, und da saß er auf der Korbbank und blickte zu meinem Zimmer hinauf. Er sah mich sofort.

»Ich komme hinunter«, rief ich. Ich lief aus dem Zimmer und die Treppe hinunter. Er kam mir entgegen und nahm meine Hände.

»Noelle, wie fühlst du dich heute morgen? Es ist wundervoll, dich zu sehen! Ich habe hier gesessen und gewartet, seit Gertie mir sagte, daß du aufstehen würdest.«

»Ich wollte dich unbedingt sprechen.«

»Und ich dich. Hast du gut geschlafen?«

»Ich habe nichts mehr gespürt, seit ich das Beruhigungsmittel nahm, bis ich aufwachte und die Sonne in mein Zimmer fluten sah.«

»Ich hatte Alpträume, wir bekämen euch nicht heraus.«

»Vergiß sie. Ich bin hier.«

»Und du wirst immer hierbleiben, Noelle. Komm, setzen wir uns und unterhalten uns. Ich liebe dich so sehr, Noelle. Das wollte ich dir schon lange sagen, aber ich fürchtete, es sei zu früh. Deine Mutter war erst jüngst gestorben, und du warst noch in tiefer Trauer. Ich sagte mir, ich müsse warten, bis du dich ein wenig gefaßt hättest. Aber gestern konnte ich es nicht mehr zurückhalten.«

»Ich bin so froh.«

»Bedeutet das, du liebst mich auch?«

Ich nickte, und er legte seinen Arm um mich und hielt mich ganz fest.

»Wir wollen keine lange Verlobungszeit«, sagte er. »Mein Vater wird sich freuen. Für ihn ist es eine Möglichkeit, dich hierzubehalten.«

»Ich bin plötzlich so glücklich«, sagte ich. »Nie hätte ich gedacht, jemals wieder so fühlen zu können. Alles sah so schlimm aus. Es war schrecklich, als ich in London war. So viele Erinnerungen an sie... und fort von dir. Als du dann kamst, war es erträglich. Ich habe mich ständig gefragt, was aus mir werden solle, und jetzt besteht die Chance, wieder glücklich zu sein.«

»Wir werden ganz bestimmt glücklich.«

»Und deine Mutter? Hast du schon gehört, wie es ihr heute morgen geht?«

»Sie schläft noch. Sie hat einen schweren Schock erlitten. Es wird eine Weile dauern, bis sie sich erholt hat.«

»Sie hat andere Pläne für dich.«

Er lachte. »Oh«, sagte er, »von wegen Heirat. Sie wird sich in das Unvermeidliche fügen. Denke nicht an Hindernisse. Es wird keine geben – und wenn doch, so werden wir sie rasch überwinden.«

Er küßte mich sachte aufs Haar. Ich dachte: Wie kann ich plötzlich so glücklich sein? Ich bin in einer anderen Welt, und das alles, weil ich gestern beinahe mein Leben verloren hätte. Die Vögel sangen fröhlicher, auf dem Gras glitzerte perlend der Morgentau, die Blumen waren infolge der schweren Regenfälle bunter und duftender: Die ganze Welt war schöner geworden, weil ich glücklich war.

Wir schwiegen ein Weilchen. Ich glaube, auch er genoß die Schönheiten der Natur rings um uns, während wir an unsere gemeinsame Zukunft dachten.

Schließlich sagte ich: »Gertie hat mir heute morgen eine merkwürdige Geschichte erzählt.«

»Ja. Von dem Hausmädchen Kitty und Mrs. Carling.«

»Ist es denn wahr?«

»Daß sie das Schild entfernt hat? Es scheint so. Tom Merritt hatte es mit vier oder fünf weiteren im Laufe des Vormittags an den Stellen aufgestellt, die er für gefährlich hielt. Es war eine Warnung an die Leute, sich nicht an diesen Stellen aufzuhalten, bis man sie auf ihre Sicherheit überprüft hätte.«

»Gertie sagt, daß Kitty Mrs. Carling das Schild entfernen sah und dann nicht wußte, was sie tun sollte.«

»Ja, so ist es gewesen. Und Kitty wußte genau wie Mrs. Carling, daß du nachmittags oft zu der Hütte gingst. Kitty hat gewartet und sah dich stürzen. Gottlob ist sie gleich zu Gertie gelaufen. Wir hätten euch auf alle Fälle gefunden, aber dank ihr konnten wir schneller dort sein.«

»Glaubst du wirklich, daß Mrs. Carling das Schild entfernt hat?«

»Sie ist wahnsinnig. Wir haben es schon lange vermutet. Fiona war sehr besorgt wegen ihres seltsamen Verhaltens, das ständig schlimmer wurde. Wunderlich und exzentrisch ist sie schon immer gewesen, aber dies war etwas anderes. Es war schrecklich für Fiona, auf sie aufzupassen. Mrs. Carling ist inzwischen in ein Spital für Geisteskranke gebracht worden. Man hat sie erwischt, als sie ein zweites Mal versuchte, die Hütte in Brand zu stecken. Gott sei Dank war Kitty so geistesgegenwärtig, zu Gertie zu gehen. So konnten wir euch ohne weitere Verzögerung herausholen. Ich muß unentwegt daran denken, was hätte passieren können. Wie leicht hättet ihr...«

»Zum Glück sind wir auf einer Art Sockel gelandet.«

»Einem Sockel?«

»Es schien irgendein Stein zu sein. Sonst wären wir wohl in die Tiefe gerutscht. Die Erde war ganz feucht und matschig. Ich bin froh, daß ich bei deiner Mutter war. Ich möchte sie sehen, sobald man mich zu ihr läßt.«

»Aber natürlich. Wir gehen zusammen zu ihr und sagen ihr...«

»O nein. Sie darf nicht so bald einen zweiten Schock erleiden.

Roderick, möchtest du das mir überlassen, nur für eine Weile? Ich halte es für möglich, daß ich es ihr erklären kann.«

»Meinst du nicht, es wäre besser, wenn sie es von mir erführe?«

»Weißt du, als wir gestern da unten die ganze Zeit zusammen waren und nicht wußten, ob wir jemals wieder herauskommen würden, hat das Spuren hinterlassen. Ich glaube, es hat bei deiner Mutter etwas ausgelöst...«

»Wenn du meinst, daß es so am besten ist.«

»Ich kann mich irren. Hier im Haus ist es anders als in einem feuchten Loch, das jeden Moment über einem einstürzen kann.«

»Es wird gutgehen, wenn sie sieht, wie froh mein Vater ist...«

Ich war unsicher, aber in diesem Augenblick konnte ich nicht zulassen, daß etwas mein Glück trübte. Ich wollte jede Minute auskosten. Nichts durfte meinem Glück im Wege stehen.

Am späten Vormittag kam der Arzt. Er besuchte mich in meinem Zimmer und meinte, ich habe mich von meinem Schock erholt. Die Prellungen würden mit der Zeit verschwinden. Ich solle mich nicht überanstrengen, ansonsten könne ich mein gewohntes Leben führen.

Bei Lady Constance blieb er etwas länger. Auch sie habe bei dem Unfall großes Glück gehabt. Sie müsse aber wegen ihres Knöchels unbedingt eine Weile das Bett hüten. Er hoffe, daß das, was sie durchgemacht hatte, keine weiteren Folgen haben werde.

Ich fragte ihn, ob ich sie sehen dürfe. »Selbstverständlich«, sagte er. »Ein bißchen Unterhaltung wird ihr guttun. Sie will nicht wie eine Kranke behandelt werden. Aber denken Sie daran, daß ein derartiger Schock Auswirkungen haben kann, die nicht gleich zu erkennen sind.«

Ich ging zu Lady Constance. Sie saß im Bett. Ihr Haar war streng zurückgekämmt und zu einer Rolle aufgesteckt, und sie trug ein blaßblaues Negligé. Als ich eintrat, hatte ich das Gefühl, sie habe meine Leidensgefährtin weit hinter sich gelassen und sich in die gestrenge Herrin des Hauses zurückverwandelt, die nicht nur

Gertie eingeschüchtert hatte, sondern, wie ich zugeben mußte, auch mich.

Ich trat ans Bett. Sie bemühte sich, eine Barriere zwischen uns aufzurichten und wieder in diesen Hochmut zu verfallen, der ihr Schutzschild gewesen war.

»Wie geht es Ihnen, Noelle?« fragte sie kühl.

»Ganz gut, danke. Und Ihnen, Lady Constance?«

»Noch arg mitgenommen, und der Knöchel schmerzt. Aber abgesehen davon, daß ich erschöpft bin, fühle ich mich einigermaßen.«

Sie sah mir einen Moment in die Augen. Ich vermutete, daß sie an die Ereignisse des Vortags dachte und die Vertraulichkeiten bereute. Überlegte sie, ob man sie beiseite schieben, vergessen machen könnte? Nein. Das war kaum möglich. Konnte man sie als das leicht hysterische Gerede eines Menschen abtun, der dem Tod ins Auge geschaut hatte? Sie war eine stolze Frau, und nun da sie in die Geborgenheit ihres Alltagslebens zurückgekehrt war, würde sie sich erneut voller Groll an die Erniedrigungen und Demütigungen erinnern, die sie erlitten hatte, weil ihr Ehemann von einer anderen Frau betört gewesen war.

»Wir haben eine schreckliche Tortur durchgemacht«, begann sie. Nach einer Pause fügte sie hinzu: »Gemeinsam.«

»Es war ein Trost, jemanden bei sich zu haben, mit dem man seine Not teilen konnte«, sagte ich.

»Ein echter Trost.«

Da sah ich die Tränen auf ihren Wangen, und ich wußte, daß ihr Kampf mit sich selbst fast überstanden war. Beherzt trat ich näher und nahm ihre Hände in die meinen. »Es war wahrhaftig eine schreckliche Tortur«, wiederholte ich ihre Worte, »und doch kann ich nicht ganz bedauern, daß es geschah.«

Sie schwieg.

Ich fuhr fort: »Miteinander zu reden... zu verstehen...«

»Ich weiß«, sagte sie bewegt, »ich weiß.«

Da wurde mir klar, daß ich die Initiative ergreifen mußte. Ihr Stolz hielt sie zurück.

»Ich hoffe«, sagte ich, »daß wir die Freundschaft, die wir erfahren haben, nicht verlieren werden.«

Sie drückte meine Hand und erwiderte leise: »Das hoffe ich auch.«

Die Barriere war niedergerissen. Es war, als seien wir wieder zusammen in dem finsteren, bedrückenden Loch.

Sie zog ein Taschentuch unter ihrem Kopfkissen hervor und wischte sich die Augen. »Ich bin töricht«, sagte sie.

»O nein, nein.«

»Doch, meine liebe Noelle. Wir werden nie vergessen, was wir zusammen durchgemacht haben, aber, wie Sie sagen, alles hat auch sein Gutes. Es hat uns zu Freundinnen gemacht.«

»Ich hatte Angst, es würde nicht dauern.«

»Dazu war es zu intensiv, selbst in so kurzer Zeit. Aber es kam nicht ganz so plötzlich. Ich habe Sie immer bewundert, genau wie... sie.«

»Wir wollen ab jetzt beginnen«, sagte ich. »Der Rest ist Vergangenheit. Wichtig ist die Gegenwart. Mir ist jetzt froher und hoffnungsvoll zumute.«

Sie bat nicht um Erklärungen. Ich glaube, weil sie sich fürchtete, neuerliche Bewegung zu zeigen, sagte sie: »Haben Sie gehört, daß das verrückte Weib das Warnschild entfernt hat?«

»Ja.«

»Man hat sie fortgeschickt. Sie war ja eine regelrechte Gefahr!«

»Ja. Es ist nur gut, daß Kitty sie bei ihrem Tun beobachtet hat.«

»Die Kleine ist ein wenig zurückgeblieben. Sie kann natürlich nicht wieder dorthin. Wir werden sie hierbehalten. Ich frage mich, was Fiona Vance jetzt machen wird.«

»Es wird eine Erleichterung für sie sein, zu wissen, daß für ihre Großmutter gesorgt ist. Sie muß seit geraumer Zeit eine Plage für sie gewesen sein, aber sie hat sich nie beklagt.«

Nach kurzem Schweigen sagte Lady Constance: »Mein Mann wird wohl bald nach Hause kommen.«

Da faßte ich rasch einen Entschluß. »Lady Constance«, sagte ich, »ich möchte Ihnen etwas sagen. Ich weiß nicht, wie Sie es aufnehmen werden. Wenn ich es Ihnen nicht sage, wird Roderick es in Bälde tun. Aber wenn es Sie aufregt...«

»Ich glaube, ich weiß, was es ist. Roderick möchte Sie heiraten. Das ist es doch, nicht wahr?«

Ich nickte.

»Und Sie möchten ihn heiraten. Ich habe es kommen sehen.«

»Und was sagen Sie dazu, Lady Constance?« Sie hob die Schultern, und ich fuhr fort: »Ich weiß, Sie hatten eine ganz andere Frau für Ihren Sohn im Sinn. Sie wünschten sich eine hochwohlgeborene Lady für ihn...«

Sie antwortete nicht sogleich. Als sie sprach, war es fast, als spreche sie zu sich selbst.

»Ich bin kein sehr glücklicher Mensch. Jahrelang habe ich gegrübelt, all die Jahre, die mein Mann mit ihr zusammen war. Sie war alles, was ich nicht war, eine Frau, mit der ein Mann in Harmonie leben, mit der er glücklich sein konnte, die keine Forderungen stellte. Jetzt wird mir bewußt, daß ich ebendies ständig tat, daß ich versucht habe, die Menschen so zu formen, wie ich sie haben wollte. Ich habe im Leben nach den falschen Dingen gesucht. Als wir in diesem Loch waren, habe ich Dinge gesehen, die ich nie zuvor gesehen hatte. Es war, als sei ein Licht auf die Vergangenheit geworfen worden, und ich fragte mich, wieviel von dem, was geschehen war, ich mir selbst zuzuschreiben hätte. Wäre ich anders gewesen – liebevoll, unbeschwert –, und hätte ich nicht so großen Wert auf materielle Dinge gelegt, vielleicht wäre alles anders gekommen. Ich habe Ihre Zuneigung zu Gertie, Ihre Liebe zu Ihrer Mutter gesehen. Ich sah ein, daß ich Fehlurteile gefällt, daß ich zuviel Wert auf die weniger wichtigen Aspekte des Lebens gelegt hatte, und daß es töricht von mir war, Sie abzulehnen, weil Sie die Tochter Ihrer Mutter waren, und weil Sie nicht so vornehmer Abkunft waren wie ich. Noelle, ich werde Ihnen ewig dankbar sein. Ich werde unsere Freundschaft unser Leben lang hochhalten und hoffe, daß Sie nie aus diesem Hause fortgehen werden.«

Impulsiv legte ich meine Arme um sie, und wir hielten uns einen Augenblick lang umschlungen.

»Ich bin so glücklich«, sagte ich. »Ein solches Glück habe ich nicht empfunden, seit ich meine Mutter verlor.«

Eine erschütternde Eröffnung

Roderick und ich waren selig. Es war so wunderbar, sich in Lady Constances Wohlwollen zu sonnen. Trotz ihrer Erschöpfung sah sie verjüngt aus, und sie nahm großen Anteil an unseren Plänen. Nie hatte ich sie so lebhaft gesehen. Manchmal entdeckte ich wohl noch eine Spur ihrer früheren eisig-distanzierten Art gegenüber den Dienstboten, doch im großen und ganzen war sie auch zu ihnen sanfter geworden.

Mir gegenüber war sie stets herzlich und entgegenkommend. Manchmal fiel es mir noch schwer, zu glauben, daß die Veränderung anhalten würde, aber nach und nach begriff ich, daß sie von Dauer war. Ich war sicher, Lady Constance brauchte nur zurückzublicken auf die mit Emotionen aufgeladene Zeit, die wir gemeinsam verbracht hatten, um zu erkennen, wie glücklich sie mit ihrem neugewonnenen Verständnis für andere – und sich selbst – sein konnte.

Ich ging Fiona besuchen. Ich mußte einen anderen Weg nehmen, denn der Pfad war nun eingezäunt, und Arbeiten waren dort im Gange.

Fiona begrüßte mich herzlich. »Meine liebe Noelle, was für ein furchtbares Erlebnis! Wie froh bin ich, daß Sie heil und gesund sind. Ich mache mir Vorwürfe. Ich habe gemerkt, daß Großmutter immer seltsamer wurde, aber ich wollte nicht, daß die Leute es erführen. Ich dachte, ich könnte mit ihr fertig werden.«

»So dürfen Sie nicht sprechen. Sie haben bestimmt Ihr Bestes getan. Ich hatte keine Ahnung, daß es so schlimm um sie stand.«

»Sie war das Opfer ihrer Zwangsvorstellungen. Ich hätte besser aufpassen müssen. Es ist mir nicht in den Sinn gekommen, daß sie die Hütte in Brand gesteckt hatte, obwohl es Anzeichen dafür gab.«

»Was hat sie nur dazu verleitet?«

»Wollen wir einen Kaffee trinken? Dabei können wir uns unterhalten.«

»Gern.«

Sie ging in die kleine Küche.

»Wie geht es mit den Reparaturarbeiten voran?« rief ich.

»Langsam normalisiert sich alles wieder. Es ist wirklich schön, Sie hier zu sehen. Gottlob hat Kitty beobachtet, was Großmutter getan hat. Ich bin froh, daß Kitty jetzt im Gutshaus ist. Dort hat sie es besser.« Sie kam mit dem Kaffee herein. »So«, sagte sie, »jetzt können wir uns unterhalten. Ja, meine Großmutter wollte, daß ich Roderick heirate. Das war die Wurzel des Übels.«

»Oh«, sagte ich.

Sie lächelte. »Ich habe es schon gehört«, fuhr sie fort, »von Ihnen beiden. Herzlichen Glückwunsch! Ich habe es natürlich kommen sehen, aber das Erstaunliche ist, daß Lady Constance sich darüber freut.«

»Wie schnell sich Neuigkeiten verbreiten!«

»Ich sagte vorhin, meine Großmutter war von Zwangsvorstellungen besessen, und dies war eine davon. Sie dachte, wenn sie die Werkstatt unbrauchbar machte, würde ich in einem Raum im Gutshaus arbeiten müssen, und das würde mich in engeren Kontakt mit Roderick bringen. Daher das Feuer. Dann sah sie ein Hindernis in Ihnen. Sie hat ganz richtig erkannt, wie es zwischen Ihnen und Roderick stand.«

»Wie hat sie das gemerkt?«

Fiona sah mich mit einem nachsichtigen Lächeln an. »Wissen Sie, es war ganz offensichtlich.«

»Sie hat uns so selten zusammen gesehen.«

»Einmal war genug. Und sie wollte Sie vom Schauplatz entfernen.«

»Deshalb hat sie mich gewarnt, daß mir hier Gefahr drohe.«

»Ja, sie wollte, daß Sie fortgingen. Und als Sie es nicht taten, suchte sie Sie zu beseitigen.«

»Sie ist das Risiko eingegangen, daß jemand anders in die Grube fiel. Und tatsächlich ist Lady Constance vor mir hineingefallen.«

»Sie dachte eben nicht wie normale Menschen. Sie wollte die Gelegenheit ergreifen, Sie aus dem Weg zu räumen.«

»Ihr Geist muß arg zerrüttet gewesen sein.«

»Arme Großmama. Sie ist schon einmal sehr seltsam gewesen. Das war nach dem Tod meiner Mutter. Sie war damals im Spital, aber sie genas, und dann nahm sie mich zu sich. Das schien ihr zu helfen. Natürlich hat sie immer an ihre besonderen Kräfte und dergleichen geglaubt, aber das hat das normale Leben damals kaum beeinträchtigt. Sie ließ mir die beste Fürsorge angedeihen. Als ich heranwuchs und mich für Archäologie interessierte, fing es wieder an. Sie war von meiner Zukunft besessen. Sie wollte einen hochstehenden Ehemann für mich, und Roderick war der Erwählte. Sie hatte entdeckt, daß ich Briefe mit einem Studenten wechselte, den ich kennenlernte, als ich bei Sir Harry Harcourt arbeitete. Er studiert Archäologie. Seit wir uns kennen, sind wir in Verbindung geblieben. Es ist eine sehr ... feste Freundschaft.«

»Das freut mich.«

Sie errötete leicht. »Sie sehen, meine Großmutter träumt ihre Träume nur für sich.«

»Die Ärmste. Weiß sie, was geschehen ist?«

»Ich glaube nicht. Als ich sie zuletzt sah, sprach sie von meiner Mutter, als sei sie erst kürzlich gestorben. Sie war um viele Jahre zurückgewandert. Ich glaube, sie wird eine ganze Weile im Spital bleiben müssen.«

»Und Sie kommen ohne Kitty zurecht?«

»O ja. Mrs. Heather kommt zum Putzen ins Haus. Sie kocht mir jeden Abend eine Mahlzeit, damit ich wenigstens einmal am Tag was Anständiges zu mir nehme, wie sie sagt. Sie sehen, ich komme ganz gut zurecht. Und es ist eine Erleichterung, Großmutter in bester Obhut zu wissen.«

»Es war ein schreckliches Erlebnis«, sagte ich, »für mich und Lady Constance. Aber es hat auch eine Menge Schwierigkeiten ausgeräumt.«

Es klopfte an der Tür, und Fiona ging öffnen. Draußen stand ein Arbeiter.

»Da unten ist was, Miß«, sagte er. »Da, wo der Weg weggesackt ist. Ein Stein oder so was.«

»Das muß der Sockel sein, auf dem wir gelandet sind«, sagte ich aufgeregt.

»Wir haben ein bißchen tiefer gegraben, Miß«, fuhr der Mann fort. »Sieht mir nach römischem Zeug aus.«

So hatte es angefangen. Die Ausgrabungen wurden fortgesetzt, und es herrschte großer Jubel, als man nach ein paar Tagen entdeckte, daß die Steinplatte, auf die Lady Constance und ich gestürzt waren, Teil eines Fußbodens war, der möglicherweise zu einem Tempel gehörte.

Fiona und Roderick befanden sich in großer Aufregung, die ich bis zu einem gewissen Grade teilte. Es verlieh den Tagen eine besondere Würze, und ich ging mit Roderick zum Ausgrabungsgelände, um bei den Arbeiten zuzusehen. Mehrere Leute aus Archäologenkreisen waren gekommen, um den Fund zu begutachten. Man vermutete, daß der Tempel an die Villa angebaut war, was zu weiteren interessanten Entdeckungen führen konnte. Jeden Tag kam etwas Neues ans Licht. Vor einem Altar war ein Teil einer Statue gefunden worden. Es gab Spuren eines Dreizacks und Bruchstücke eines vermutlichen Delphins. Die neue Entdeckung wurde als Neptuntempel bekannt.

Mitten in all der Aufregung kam Charlie zurück. Er war begeistert, als er von der Entdeckung hörte, und ich konnte es kaum erwarten, ihm die Neuigkeit von Roderick und mir zu erzählen.

Der Abend hat sich mir deutlich eingeprägt. Wir saßen beim Essen, und das Hauptgesprächsthema war der Neptuntempel.

»Und das«, sagte Roderick, »bedeutet, daß unsere Ausgrabungsstätte sich als eine der interessantesten im Lande erweisen könnte.«

»Das kann gut sein«, sagte Charlie. »Wie haben sie festgestellt, was da unten war?«

»Natürlich, das weißt du ja gar nicht«, sagte Lady Constance.
»Es hat einen Unfall gegeben.«

»Einen Unfall?«

»Es ist alles überstanden«, sagte Lady Constance. »Und das ist dabei herausgekommen. Wären wir nicht gestürzt, hätten Neptun und sein Tempel vielleicht nie das Licht der modernen Zeit erblickt.«

Wir berichteten Charlie kurz, was geschehen war. Er war bestürzt.

»Was nicht alles passiert ist, als ich fort war«, sagte er. »Gottlob seid ihr wohlauf.«

»Da ist noch etwas«, sagte Roderick. Er sah mich lächelnd an.

»Ja?« sagte Charlie.

»Noelle und ich haben beschlossen... wir wollen heiraten.«

Ich beobachtete Charlie genau. Seine Miene erstarrte einen Augenblick, dann huschte ein Anflug von Schrecken über sein Gesicht. Ich war verblüfft. Ich hatte erwartet, daß er sich freuen würde.

Er macht sich Sorgen wegen Lady Constance, dachte ich sogleich. Ich wollte ihm sagen, daß dazu kein Anlaß bestünde.

Er lächelte, aber es war ein gezwungenes Lächeln. »Oh«, sagte er.

Lady Constance warf ein: »Wir möchten keinen Aufschub.«

»Du... scheinst dich zu freuen«, sagte Charlie.

»Ja«, erwiderte Lady Constance fest, »sehr.«

»So, so«, sagte Charlie.

Er lächelte. Natürlich freute er sich. Warum hätte er sich auch nicht freuen sollen?

Es war gegen zehn Uhr am nächsten Morgen. Ich machte mich bereit, mit Roderick auszugehen. Unser erster Besuch sollte dem Tempel gelten.

Gertie kam zu mir. Sie sagte: »Mr. Claverham wünscht Sie in seinem Arbeitszimmer zu sprechen.«

»Jetzt gleich?«

»Ja, Miß. Das hat er gesagt.«

Ich ging unverzüglich hinunter. Zu meiner Überraschung war auch Roderick dort.

»Komm herein, Noelle«, sagte Charlie. »Schließ die Tür. Ich habe euch beiden etwas zu sagen. Ich fürchte, es wird euch furchtbar erschüttern. Ich mache mir Vorwürfe. Ich hätte mit dieser Möglichkeit rechnen müssen. Ich habe die ganze Nacht nachgedacht, was am besten zu tun sei, und bin zu dem Schluß gekommen, daß es nur eines gibt, nämlich euch die Wahrheit zu sagen. Ihr müßt es wissen. Ihr beide könnt nicht heiraten. Du, Noelle, bist meine Tochter. Roderick ist dein Bruder.«

PARIS

La Maison Grise

Ich saß im Zug nach London. Das Geschehene war noch immer unfaßbar für mich. Was Charlie uns gesagt hatte, war so niederschmetternd, daß wir seine Bedeutung zunächst gar nicht ermessen konnten. Mit wenigen Worten hatte er unsere Träume vernichtet; unsere ganze Welt war zusammengebrochen. Unser Leben lag in Trümmern.

Ich weiß nicht, wie ich die folgenden Tage überstand. Wir haben geredet und geredet. War Charlie ganz sicher? Er habe es die ganze Zeit gewußt, sagte er. Zwischen ihm und meiner Mutter habe es keine Geheimnisse gegeben. »Ihr hättet euch nie begegnen dürfen. Es war ein Fehler von mir, dich hierherzubringen, Noelle. Ich hätte es besser wissen müssen. Es ist meine Schuld. Ich dachte, Roderick würde Fiona Vance heiraten. Sie hatten so viele gemeinsame Interessen. Deine Mutter wäre unendlich traurig, wenn sie wüßte, was geschehen ist. Sie hat nie jemandem weh tun wollen... am wenigsten dir, Noelle. Dich hat sie mehr geliebt als alles auf der Welt. Sie wollte immer nur dein Bestes.«

Welche Richtung wir auch einschlugen, wir sahen keinen Ausweg. Mir blieb nur eines: Ich mußte fort von hier.

Wohin konnte ich gehen? Was konnte ich tun?

Ich konnte für eine Weile in mein altes Zuhause zurückkehren, das nun Robert Bouchère gehörte, das ich aber, wie er gesagt hatte, weiterhin als mein Heim betrachten sollte. Dort versuchen, meinem Leben einen Sinn zu geben, von vorn anzufangen, aus den Trümmern etwas aufzubauen.

»Du mußt erlauben, daß ich für dich sorge, Noelle«, sagte Charlie. »Im Hinblick auf unsere Beziehung ist es nur billig und recht. Ich werde dir einen monatlichen Betrag zukommen lassen.«

Ich hörte nur halb zu. Mein einziger Gedanke war: Immer wollte ich meinen Vater kennenlernen. O Charlie, warum mußtest du es sein!

Der arme Charlie war tief betrübt. Die Untreue gegenüber seiner Frau hatte sein Gewissen schwer belastet, und nun dies. Die Sünden der Väter wurden an den Kindern vergolten. Seine beiden Kinder, Roderick und ich, mußten den Preis für seine Sünde bezahlen.

Er war furchtbar unglücklich – ebenso unglücklich wie wir.

Ich teilte Mrs. Crimp mit, daß ich kommen und eine Weile bleiben würde, bis ich mir über meine Pläne im klaren sei. Welche Pläne? fragte ich mich.

Ich kann es nicht ertragen, über jene Zeit nachzugrübeln. Noch heute möchte ich sie am liebsten aus meinem Gedächtnis verbannen. Der Tod meiner geliebten Mutter, dem kurz darauf diese Tragödie folgte – es war zuviel für mich.

Ich wollte nur in mein altes Zimmer gehen, mich einschließen und um die Kraft und den Willen beten, die Scherben meines Lebens aufzulesen und zu versuchen, darauf etwas Neues aufzubauen.

Durch die vertrauten Straßen, durch die ich mit ihr auf dem Rückweg vom Theater gefahren war, kam ich zurück in das Haus der Erinnerungen. Für kurze Zeit hatte ich geglaubt, der Vergangenheit entkommen zu sein... um dann in eine zweite Tragödie zu stolpern.

Ich mußte aufhören, über mein doppeltes Unglück zu grübeln. Selbstmitleid hatte noch nie jemandem geholfen. Ich mußte mich zwingen, mich nach einer Ablenkung umzusehen, die mich der Melancholie entriß, in die ich gesunken war.

Mrs. Crimp begrüßte mich herzlich. »Ich freu' mich richtig, Sie zu sehen, Miß Noelle. Ihr Zimmer ist bereit, und Sie können zum Essen herunterkommen, wann Sie wollen.«

»Ich habe keinen großen Appetit, Mrs. Crimp, vielen Dank.«

»Vielleicht ein Imbiß auf einem Tablett, den Sie in Ihrem Zimmer zu sich nehmen können?«

»Das wäre nett.«

Lisa Fennell kam die Treppe herunter. Sie umarmte mich. »Ich hab' mich so gefreut, als Mrs. Crimp mir erzählte, daß Sie kommen«, sagte sie. »Wie geht es Ihnen?« Sie sah mich besorgt an.

»Ganz gut«, erwiderte ich. »Und Ihnen?«

»Bestens! Lassen Sie uns in Ihr Zimmer gehen, ja?« Sie betrachtete mich forschend, und als wir in mein Zimmer kamen, sagte sie: »Meine arme Noelle. Es ist etwas Furchtbares geschehen, nicht wahr? Ist es... Charlie?«

Ich schüttelte den Kopf.

»Gab es Ärger mit Lady Constance?«

»Nein, nein.« Ich zögerte. Dann dachte ich: Sie wird es erfahren müssen. Besser, ich sage es ihr gleich. »Roderick und ich wollten heiraten.«

Sie riß die Augen auf. »Aber«, fuhr ich mit zitternden Lippen fort, »er ist mein Bruder, Lisa. Mein Halbbruder. Charlie ist mein Vater.«

Ihre Kinnlade klappte herunter. »Ach, meine arme, arme Noelle. Deshalb sind Sie zurückgekommen.«

Ich nickte.

»Wie furchtbar! Man hätte es vielleicht ahnen können.«

»Ja, vielleicht. Ich dachte, sie wären nur sehr gute Freunde. Das war wohl ziemlich naiv von mir.«

»Was werden Sie nun tun?«

»Ich weiß es nicht. Ich wollte nur fort, weiter habe ich nicht gedacht. Wohin ich von hier aus gehe, muß ich mir erst noch überlegen.«

»Und... Roderick?«

»Wir sind beide ganz durcheinander. Alles war so gut gegangen. Lady Constance und ich hatten uns versöhnt. Dann kam Charlie zurück und sagte es uns, und alles war zerstört. O Lisa, ich weiß nicht, wie ich das ertragen kann. Zuerst meine Mutter... und jetzt das.«

Lisa nickte. Sie hatte Tränen in den Augen. »Sie müssen aufhören, darüber zu grübeln, Noelle. Sie brauchen Ablenkung.«

»Ich weiß. Sagen Sie, Lisa, was machen Sie zur Zeit?«

»Ich bin gut beschäftigt. Dolly zählt mich, glaube ich, jetzt fest zum Ensemble. Lottie Langdon war an einem Abend verhindert, und ich konnte die Hauptrolle übernehmen. Beim Publikum bin ich gut angekommen. Lottie ist nicht so schwer zu ersetzen wie Ihre Mutter. Ich glaube, ich war ziemlich gut. Dolly gibt mir bestimmt eine Rolle in seinem nächsten Stück. *Lumpen und Fetzen* kann sich nicht mehr lange halten, und er hat schon etwas im Auge.«

»Es freut mich, daß es bei Ihnen so gut läuft.«

Es war richtig gewesen, nach London zu kommen. Hier spürte ich den Einfluß meiner Mutter, und die erste Tragödie überlagerte die zweite; aber ich hatte gelernt, ohne Désirée zu leben, hatte mir sogar ein glückliches Leben vorstellen können. Jetzt mußte ich lernen, ohne die beiden Menschen zu leben, die ich am meisten geliebt hatte.

Alle waren sehr teilnahmsvoll. Dolly hatte von Lisa erfahren, was geschehen war, und war voller Mitgefühl.

Die Tage vergingen. Ich existierte. Anders konnte ich es nicht nennen. Jeden Morgen wachte ich von Trübsinn umwölkt auf und brachte den Tag in leerer Verzweiflung hinter mich.

Lisa fand, ich solle etwas arbeiten. »Arbeit ist in solchen Zeiten die beste Ablenkung.« Sie meinte, Dolly hätte vielleicht etwas für mich.

»Wozu wäre ich im Theater nütze?« fragte ich.

Martha kam mich besuchen. Sie hatte von Lisa den Grund für meine Rückkehr erfahren und war tief erschüttert. »Was willst du nun tun, Liebes?«

»Ach, ich weiß nicht, Martha. Ich kann keinen klaren Gedanken fassen. Ich treibe einfach ziellos dahin.«

Und so wäre es wohl weitergegangen, wenn Robert Bouchère nicht gekommen wäre.

Robert war überrascht und erfreut, mich im Haus anzutreffen. Als er aber erfuhr, wie unglücklich ich war, war er tief erschüttert und von Kummer und Mitgefühl überwältigt. »Und du hattest keine Ahnung?«

»Nein. Auf die Idee bin ich nie gekommen.«

»Hast du dir je Gedanken über deinen Vater gemacht?«

»Ja.«

»Und deine Mutter gefragt?«

»Sie ist immer ausgewichen. Er sei ein guter Mensch gewesen, das war alles, was sie gesagt hat. Nun... Charlie ist ein guter Mensch. Jetzt weiß ich, warum er unbedingt darauf bestand, mich zu sich nach Hause zu holen. Wie naiv ich war! Ich dachte, sie wären nur gute Freunde. Man sollte meinen, da ich ihn so gut kannte und ihn gern hatte, würde sie es mir gesagt haben.«

»Meine liebe Noelle, du hast zwei schwere Erschütterungen erlitten. Du bist durcheinander. Das Beste für dich wäre eine Ablenkung. Es würde dir sicher guttun, von hier fortzugehen.«

»Aber wo kann ich denn hin?«

»Du weißt, genau wie Charlie habe auch ich deiner Mutter versprochen, mich um dich zu kümmern, wenn es sich als notwendig erweisen sollte. Mir scheint, jetzt ist die Notwendigkeit gegeben. Warum kommst du nicht mit mir nach Frankreich und wohnst in meinem Haus? Da kannst du in Ruhe über deine Zukunft nachdenken. In einem fremden Land, wo alles ganz anders ist. Du könntest von vorn anfangen... ein neues Leben beginnen. Ich kann mir vorstellen, daß dir das hier nicht leichtfallen wird. Es gibt zu viele Erinnerungen. Sie ist noch hier, in diesem Haus. Spürst du ihre Gegenwart?«

»Sie haben ihre Zimmer unverändert gelassen. Hier erinnert mich alles an sie... Sie auch.«

»Deshalb mußt du fort. Du nährst deinen Kummer, chère Noelle. Das ist nicht gut. Du mußt fortgehen... alles hinter dir lassen.«

»Fortgehen«, sagte ich dumpf. »Sie haben mir nie viel von Ihrem Zuhause erzählt, Robert.«

»Vielleicht würde es dich interessieren, es kennenzulernen?«

»Würde man mich dort haben wollen?«

»Wer? Meine Schwester und meine Großnichte wohnen im Haus – und gelegentlich kommt mein Neffe zu Besuch, der Sohn meiner Schwester.«

»Ich dachte, Sie wären verheiratet.«

»Meine Frau ist vor acht Jahren gestorben. Sie war viele Jahre lang sehr krank. Nun, was hältst du von dem Plan?«

»Ich hatte nicht erwogen, ins Ausland zu gehen.«

»Aber das ist das beste. In Frankreich ist alles anders. Du fängst ein vollkommen neues Leben an.«

»Sie sind so gut zu mir, Robert.«

»Ich habe deiner Mutter versprochen, daß ich, wenn Charlie nicht da ist, in seine – wie sagt man? – Fußstapfen trete?«

»Ja, so sagt man, Robert. Es ist lieb, daß Sie sich so um mich sorgen.«

»Liebes, ich habe dich gern. Deine Mutter stand mir sehr nahe. Hätte sie mir nicht das Versprechen abgenommen, dann würde ich es aus Pflichtgefühl tun, auch wenn ich es nicht gern täte. Aber ich tu' es gern, das weißt du. Nun, was sagst du?«

»Halten Sie mich für undankbar, wenn ich zuerst darüber nachdenken möchte?«

Er machte eine wegwerfende Handbewegung. »Ich gebe dir ein, zwei Tage... aber du mußt mitkommen. Es ist das Richtige für dich. Du wirst ein neues Leben anfangen, neue Leute, ein fremdes Land kennenlernen. Was hier geschehen ist, wird verblassen.«

»Danke, Robert, danke. Ich werde es mir ernsthaft überlegen. Vielleicht haben Sie recht. Aber ich muß meine Gedanken sammeln. Bitte lassen Sie mir Zeit.«

»Ja, gewiß«, sagte er mit einem kleinen Lächeln.

Ich war unschlüssig. Roberts Vorschlag hatte mein Interesse geweckt, und meine Melancholie hatte sich ein wenig gelegt. Es war falsch, mich in meinen Kummer zu versenken. Ich durfte nicht unaufhörlich daran denken, was hätte sein können, und mußte mich damit abfinden, daß es ein Leben mit Roderick nicht geben konnte. Und nun warf Robert mir eine Rettungsleine zu.

Er war in diesen Tagen sehr lieb zu mir. Der Wunsch, für mich zu sorgen, war bei ihm ebenso stark, wie er es bei Charlie gewesen war. Doch diesmal mußte ich mich besser vorsehen. Ich mußte wissen, was mich erwartete. Wenigstens hatte Robert keine Frau, die ihm seine Freundschaft mit meiner Mutter verübelte und es an mir ausließ. Ich schwankte noch. War es am Ende nicht doch besser, hierzubleiben und mich nach einer Arbeit umzusehen?

»Robert«, bat ich, »erzählen Sie mir von Ihrem Zuhause.«

»Ich habe ein Domizil in Paris«, sagte er. »Aber mein Heim liegt etwa zehn Kilometer außerhalb der Stadt.«

»Auf dem Land?«

Er nickte. »Es ist ein herrliches altes Anwesen. Es hat die Revolution wie durch ein Wunder überlebt. Unsere Familie lebt seit Jahrhunderten dort.«

»Ein stattliches Heim, nehme ich an?«

»Die Beschreibung dürfte auf La Maison Grise genau zutreffen.«

»La Maison Grise? Das Graue Haus.«

»Ja. Aus diesem grauen Stein erbaut, der Wind und Wetter trotzt.«

»Und Ihre Familie?«

»Wir sind nicht mehr viele. Meine Schwester Angèle hat immer dort gelebt. Als sie Henri du Carron heiratete, hat er auf dem Gut mitgearbeitet. Das traf sich gut. Ich mußte geschäftlich in Paris sein, und er konnte sich zu Hause um alles kümmern. Leider ist er viel zu früh gestorben. An einem Herzanfall. Gérard war damals erst siebzehn.«

»Gérard?«

»Der Sohn meiner Schwester, mein Neffe. Er wird La Maison Grise erben, wenn ich sterbe.«

»Haben Sie keine Kinder?«

»Leider nein.«

»Dann sind nur Ihre Schwester und ihr Sohn im Haus?«

»Gérard ist selten da. Er hat sein Atelier in Paris. Er ist Künstler.

Angèle führt den Haushalt. Und Marie-Christine ist auch noch da.«

»Sie erwähnten eine Großnichte. Ist sie das?«

»Ja, sie ist meine Großnichte und Gérards Tochter.«

»Gérard ist verheiratet?«

»Er ist Witwer. Es war eine Tragödie. Seine Frau ist vor drei Jahren gestorben. Marie-Christine ist jetzt... hm, zwölf, nehme ich an.«

»Demnach besteht Ihr Haushalt aus Ihrer Schwester Angèle du Carron und ihrer Enkelin Marie-Christine? Ist sie die ganze Zeit dort, oder lebt sie auch bei ihrem Vater?«

»Sie besucht ihn dann und wann, aber ihr eigentliches Zuhause ist La Maison Grise. Meine Schwester sorgt natürlich für sie.«

»Ein kleiner Haushalt also. Und Sie meinen, man hat dort nichts dagegen, wenn ich zu Besuch komme?«

»Ich bin überzeugt, sie würden sich freuen.«

Nach reiflichem Überlegen beschloß ich, La Maison Grise zu besuchen, und es war tröstlich, daß meine Stimmung sich nach diesem Entschluß erheblich besserte.

Robert und ich hatten eine glatte Überfahrt, und nach der Landung nahmen wir die Eisenbahn nach Paris. Dort holte uns die Familienkutsche ab, ein etwas schwerfälliges Gefährt, dessen Seiten mit dem Wappen der Bouchères verziert waren. Ich machte Bekanntschaft mit Jacques, dem Kutscher, und nachdem unser Gepäck im Wagen verstaut war, setzten wir uns in Bewegung.

Robert plauderte in leichtem Ton mit mir, und auf der Fahrt durch Paris wies er mich auf verschiedene Sehenswürdigkeiten hin. Der Anblick der Stadt, von der ich soviel gehört hatte, verwirrte mich. Ich sah Boulevards, Brücken und Gärten. Ich lauschte Roberts Erklärungen, war jedoch im Augenblick zu sehr damit befaßt, was mich in La Maison Grise erwarten würde, um einen besonderen Eindruck von der Stadt zu bekommen. Das hatte Zeit bis später.

»Mach dich auf eine längere Fahrt gefaßt«, sagte Robert, als wir die Stadt hinter uns ließen. »Es geht in Richtung Süden. Dies ist die Straße nach Nizza und Cannes, aber bis dahin ist es sehr weit. Frankreich ist ein großes Land.«

Ich lehnte mich zurück und lauschte dem Getrappel der Pferdehufe.

»Es scheint fast, als wüßten die Pferde den Weg«, bemerkte ich.

»O ja, sie kennen ihn gut. Sie haben ihn so oft zurückgelegt, und meistens werden diese beiden für die Fahrt eingespannt. Kastor und Pollux, die himmlischen Zwillinge. Ich muß leider sagen, die Namen passen nicht zu ihnen. Sie sind alles andere als himmlisch, diese zwei! Aber wir können uns jederzeit darauf verlassen, daß sie uns sicher nach Hause bringen. Du wirst sehen, wie sie die Ohren spitzen und sich besonders sputen, wenn es nur noch knapp zwei Kilometer bis nach Hause sind.«

War Robert ein wenig nervös? Er schien angestrengt um einen lockeren Plauderton bemüht.

Am späten Nachmittag erreichten wir das Haus. Wir waren mindestens einen halben Kilometer durch eine Allee gefahren, ehe es in Sicht kam. Es trug seinen Namen zu Recht, denn es war tatsächlich grau, aber das grüne Laubwerk ringsum nahm ihm das Düstere, das sonst vielleicht von ihm ausgegangen wäre. An jedem Ende standen die für die französische Architektur charakteristischen zylindrischen Türme. Vor dem Haus führten Steinstufen zu einer Terrasse, was ihm ein heimeliges Gepräge verlieh und die Wirkung des strengen grauen Steins milderte.

Wir fuhren vor, und zwei Stallburschen erschienen. Robert stieg aus und half mir hinunter.

Einer der Stallburschen erkundigte sich, ob wir eine gute Reise gehabt hätten.

»Ja, danke«, sagte Robert. »Dies ist Mademoiselle Tremaston. Wir müssen ihr für ihren Aufenthalt bei uns ein Reitpferd aussuchen.«

Der Stallbursche rasselte etwas auf französisch herunter.

»Er sagt, er wird dir helfen, eins auszusuchen. Ich gehe morgen mit dir in den Stall, dann wirst du ausstaffiert.«

Ein schreckliches Gefühl der Verlorenheit beschlich mich, als ich an meine Reitstunden bei Roderick zurückdachte. Wie sehnte ich mich nach Leverson! Ich würde niemals vergessen. Wieso hatte ich geglaubt, vergessen zu können, einfach indem ich fortging?

»Ich möchte dir auch unsere Dörfer zeigen«, sagte Robert. »Sie sehen anders aus als die englischen.«

»Ich bin sehr gespannt.«

Er nahm meinen Arm, und wir gingen die Terrassenstufen hinauf. Die Sträucher in den weißen Kübeln waren sorgsam gepflegt. Ich machte eine Bemerkung darüber, und Robert sagte: »Das ist Angèles Werk. Sie meint, das Haus habe eine abweisende Wirkung, und die Sträucher hülfen, das zu mildern. Vielleicht hat sie recht.«

Wir standen vor einer eisenbeschlagenen Tür. Sie wurde von einem Diener geöffnet.

»Ah, guten Tag, Georges«, sagte Robert. »Da wären wir. Dies ist Mademoiselle Tremaston.«

Georges war ein kleiner Mann mit dunklem Haar und hellen, wachen Augen. Er musterte mich und verbeugte sich. Ich merkte schon, in diesem Haus ging es recht förmlich zu.

Ich trat in eine Eingangshalle, an deren Ende sich eine Treppe befand. Am Fuß dieser Treppe stand eine Frau. Sie kam mir entgegen, um mich zu begrüßen, und ich wußte sogleich, sie war Madame Angèle du Carron. Die Ähnlichkeit mit Robert war groß genug, um den Schluß nahezulegen, daß sie seine Schwester war.

»Willkommen, Mademoiselle Tremaston.« Sie sprach Englisch mit starkem französischen Akzent. »Ich freue mich, daß Sie gekommen sind.«

Sie ergriff meine Hände, und ich dachte: Welch ein Unterschied zu Lady Constance. Dann ermahnte ich mich: Du mußt aufhören, ständig zurückzudenken.

»Ich freue mich, hierzusein«, sagte ich.

»Hatten Sie eine gute Reise?« Sie sah von mir zu Robert. »Willkommen in La Maison Grise. Es ist schön, dich zu sehen, Robert. Die Reise ist eine Strapaze, nicht wahr? *La Manche* – der Kanal, wie Sie sagen – kann ein Scheusal sein.«

»Diesmal war er ein recht gutmütiges Scheusal«, erwiderte ich leichthin. »Zu unserem Glück.«

»Aber es ist eine lange Reise. Was möchten Sie? Gleich in Ihr Zimmer? Oder vielleicht zuerst eine Stärkung? Kaffee, ein Glas Wein?«

Ich sagte, ich würde gern zuerst in mein Zimmer gehen und mich waschen.

»Das ist wohl das Beste. Berthe!« rief sie.

Berthe mußte sich in der Nähe aufgehalten haben, denn sie erschien sogleich.

»Das ist Berthe. Sie wird sich Ihrer annehmen. Berthe, heißes Wasser für Mademoiselle.«

»*Certainement*, Madame.« Berthe schenkte mir ein flüchtiges Lächeln, begleitet von einem kleinen Knicks.

»Kommen Sie«, sagte Angèle. »Wenn Sie fertig sind, können wir uns ausführlich unterhalten. Wir wollen uns doch kennenlernen, nicht? Das heißt, wenn mein Englisch es zuläßt. Vielleicht sprechen Sie Französisch?«

»Ein wenig. Ich denke, Ihr Englisch ist vielleicht verläßlicher.«

Sie lachte. Ich fand, wir hatten einen guten Anfang gemacht.

Sie führte mich in mein Zimmer. Es war dunkel, aber als Angèle die Jalousien öffnete, strömte Licht herein, und ich sah, wie hübsch es war. Teppich und Vorhänge waren in Blaßrosa gehalten; die Möbel waren zierlich, und ich fühlte mich um hundert Jahre zurückversetzt, denn es hatte das elegante Flair des achtzehnten Jahrhunderts. An einer Wand hing ein herrlicher Gobelin – eine zauberhafte Reproduktion von Fragonards *Mädchen auf der Schaukel*.

Ich war entzückt.

»Gefällt es Ihnen?« fragte Angèle.

»Es ist bezaubernd.«

»Dann bin ich zufrieden. Robert sagt, es ist sehr wichtig, daß Sie sich fühlen wie – wie sagt man? – *comme chez vous*?«

»Wie zu Hause. Sie sind sehr liebenswürdig«, sagte ich.

»Robert hat mir von Ihrem großen Kummer erzählt. Wir möchten Ihnen helfen.«

»Ich bin Ihnen dankbar.«

»Ich muß Ihnen noch etwas zeigen.« Sie ging in eine Zimmerecke und zog einen Vorhang auf. Dahinter verbarg sich ein Alkoven. Er enthielt einen großen Schrank und einen Tisch, auf dem ein Krug und eine Waschschüssel standen. Auf dem Boden stand eine Sitzbadewanne.

»Das nennen wir bei uns *la ruelle*.«

»Wie komfortabel«, sagte ich. »Haben Sie vielen Dank.«

Sie drückte meine Hand. Dann zog sie die ihre zurück, als schäme sie sich ein wenig, ihre Bewegung gezeigt zu haben, und sagte forsch: »Berthe bringt Ihnen heißes Wasser. Ihr Gepäck ist schon hier. Vielleicht möchten Sie in, sagen wir, einer Stunde herunterkommen? Ich hole Sie dann ab. Oder lieber früher?«

»Eine Stunde ist genau richtig, danke.«

In diesem Augenblick kam Berthe mit dem heißen Wasser.

»Brauchen Sie Hilfe beim Auspacken?«

»Danke, nein. Das schaffe ich schon.«

»Also in einer Stunde?«

»Ja, bitte.«

Ich war allein.

Welch ein Unterschied zu dem Willkommen, das man mir in Leverson Manor bereitet hatte! Ich mußte aufhören, an Leverson zu denken. Es war weit entfernt – fort aus meinem Leben. Es wäre besser gewesen, wenn ich es nie gesehen, wenn ich Roderick nie kennengelernt hätte.

Ich versuchte, mich auf meine neue Umgebung einzustellen. Sie war überaus anziehend. Ich wollte mehr über Roberts Leben hier erfahren, über seine verwitwete Schwester, und natürlich wollte ich die Großnichte und ihren Vater kennenlernen.

Ich dachte, daß es ganz richtig gewesen war, hierherzukommen.

Nach dem Auspacken nahm ich ein Bad, dann zog ich ein blaues

Seidenkleid an. Die Stunde war fast verstrichen. Ich setzte mich ans Fenster und sah über den Rasen auf ein kleines Wäldchen und weitläufige Ländereien.

Angèle klopfte an die Tür. »Bin ich zu früh?«

»Nein. Ich bin fertig.«

»Dann kommen Sie bitte.«

Robert wartete auf uns. Bei ihm war ein Mädchen. Marie-Christine, nahm ich an.

Robert sagte: »Ich hoffe, dein Zimmer gefällt dir.«

»Es ist entzückend«, sagte ich, dann wandte ich mich dem Mädchen zu.

»Das ist Marie-Christine«, stellte Robert vor.

»Guten Abend«, sagte sie auf englisch und machte einen kleinen Knicks, was ich reizend fand.

»Ich freue mich, dich kennenzulernen«, sagte ich. Sie sah mich unverwandt an.

»Ich glaube«, sagte Robert, »Marie-Christine hat fleißig Englisch geübt, um dich in deiner Muttersprache begrüßen zu können.«

»Wie lieb von dir«, sagte ich.

Sie musterte mich weiterhin, und unter ihrem prüfenden Blick wurde mir fast ein bißchen unbehaglich zumute.

»Das Abendessen ist angerichtet«, sagte Robert. »Du mußt hungrig sein. Ich bin es jedenfalls.«

Ich hatte keinen rechten Appetit, so sehr nahm mich meine neue Umgebung gefangen.

»Wir essen heute im kleinen Speisezimmer«, sagte Angèle. »Wir sind nur zu viert.«

Das Zimmer war durchaus nicht klein. Es war ebenso elegant möbliert wie alles, was ich bis jetzt vom Haus gesehen hatte. Robert nahm an einem Ende der Tafel Platz, Angèle am anderen. Ich saß rechts von Robert, Marie-Christine links von ihm. Zwei Bedienstete warteten uns auf – eine Art Butler führte die Aufsicht, und ein Stubenmädchen reichte die Gerichte. Robert hatte gesagt, es sei ein kleiner Haushalt, aber er schien über zahlreiche Dienstboten zu verfügen.

Während des Essens fragte mich Angèle nach meinem Londoner Zuhause. Ich erklärte, daß ich in London kein Zuhause mehr hätte, worauf Robert mich ein wenig vorwurfsvoll ansah.

»Du weißt, das Haus steht dir immer zur Verfügung«, sagte er.

»Das ist lieb von Ihnen, Robert.« Ich wandte mich an Angèle: »Ich habe bei Freunden auf dem Land gewohnt. Ich weiß noch nicht recht, was ich nun tun werde.« Dann fragte ich Marie-Christine: »Hast du eine Gouvernante?«

»O ja, Mademoiselle Dupont.« Sie verzog das Gesicht, um anzudeuten, daß Mademoiselle Dupont ein wenig streng sei.

Ich lächelte. »Unterrichtet sie dich in Englisch?«

»O ja. Aber sie spricht es nicht so gut wie Sie.«

Alle lachten.

»Vielleicht lernst du ein bißchen von mir, solange ich hier bin.«

»O ja, bitte.«

»Marie-Christine kann es nicht ertragen, nicht alles zu wissen«, sagte Angèle nachsichtig. »Sie mag es nicht, wenn sie von irgend etwas–«, sie hielt inne, »– ausgeschlossen wird, nicht wahr, Marie-Christine?«

»Sehr richtig.«

»Das ist die richtige Einstellung, wenn man etwas lernen will«, sagte ich.

»Reiten Sie gern?« fragte sie mich.

»Ja. Ich habe erst vor kurzem Reiten gelernt. In London gab es kaum Gelegenheit dazu.«

»Ich nehme Sie mit«, versprach sie. »Ich bin eine sehr tüchtige Reiterin.«

»Mein liebes Kind«, protestierte Angèle.

»Aber ich bin gut. Jacques hat es gesagt. Und man muß die Wahrheit sagen, oder? Bei mir sind Sie gut aufgehoben, Mademoiselle Tremaston.«

»Davon bin ich überzeugt. Ich freue mich darauf, mit dir auszureiten.«

»Morgen also«, sagte sie. »Es geht aber erst nachmittags. Mademoiselle Dupont gibt mir am Vormittag nicht frei.«

Robert sah wohlwollend zu. Es freute ihn offensichtlich, daß ich mich mit seiner Familie gut verstand. Und für mich war es tröstlich zu sehen, wie sehr alle darum besorgt schienen, es mir hier behaglich zu machen. Als ich mich an diesem Abend in mein elegantes Schlafzimmer zurückzog, hatte ich das Gefühl, daß ich gut daran getan hatte, hierherzukommen.

Am nächsten Morgen um halb acht kam Berthe mit heißem Wasser und verkündete, sie werde mir gleich mein *petit déjeuner* bringen. Ich vermutete, daß es hier üblich wäre, auf dem Zimmer zu frühstücken. Das französische Frühstück war keine Mahlzeit wie zu Hause, wo die Anrichten überladen waren mit Köstlichkeiten wie scharf gewürzten Nieren, Eiern, Speck und Fischcurry.

Mein Französisch reichte aus, um mich mit Berthe zu verständigen, und ich nahm mir vor, es während meines Frankreichaufenthalts zu verbessern.

Berthe erschien alsbald mit einem Tablett mit warmem, knusprigem Brot, einer Kanne Kaffee und einem Krug heißer Milch. Zu meinem Erstaunen aß ich nicht nur mit Genuß, sondern freute mich auch auf die Erlebnisse des bevorstehenden Tages.

Ich ging in die Halle hinunter und hinaus in den Garten. Die Luft war frisch, und überall duftete es nach Blumen. In der Mitte des Rasens war ein Teich, und darin standen zwei Nymphen, die sich an den Armen untergehakt hielten. Von hier aus blickte ich zum Haus zurück. Ich betrachtete die Türme, die grauen Mauern und die Fenster mit den Jalousien. Die Sonne schien auf die Steine und ließ hier und da kleine Splitter aufblitzen.

»Guten Morgen. Hast du gut geschlafen?« Robert kam auf mich zu.

»Sehr gut. Mein Zimmer ist entzückend. Ich komme mir vor wie Madame de Pompadour.«

»So grandios ist es nun auch wieder nicht! Aber wir möchten, daß du dich hier wohl fühlst.«

»Das weiß ich. Wenn es nicht gelingt, können Sie oder Ihre Schwester nichts dafür.«

Er nahm meine Hand. »Liebe Noelle, ich kann verstehen, wie dir zumute ist. Wir wollen versuchen, dir zu helfen, das alles hinter dir zu lassen.«

»Wenn es nur so einfach wäre, wie es sich anhört.«

»Mit der Zeit wird es gelingen. Angèle möchte dir heute morgen das Haus zeigen. Und für heute nachmittag hast du Marie-Christine versprochen, mit ihr auszureiten.«

»Sie scheint ein nettes Mädchen zu sein.«

»Sie ist manchmal ein bißchen schwierig. Angèle findet immer eine Entschuldigung für sie. Sie hat ihre Mutter verloren und ist nur unter älteren Leuten aufgewachsen. Mademoiselle ist ein rechter Drachen, glaube ich. Komm, laß uns jetzt zum Stall gehen, ein passendes Pferd für dich aussuchen.«

Jacques war im Stall. Er sagte *bonjour,* und Robert sprach mit ihm wegen des Pferdes. Jacques war schon vorbereitet. Er hatte mir eine kleine kastanienbraune Stute ausgesucht. Ihr Name war passenderweise Marron, Kastanie. Sie sei handsam und habe keine Allüren, sagte Jacques. Sie liebe ruhige Reiter, und sie sei sehr zuverlässig.

»Sie scheint mir das richtige Pferd für dich zu sein, Noelle«, sagte Robert. »Zumindest für den Anfang.«

Er erklärte Jacques, daß ich am Nachmittag mit Marie-Christine ausreiten würde, und bat ihn, Marron zu satteln. Um wieviel Uhr? wollte Jacques wissen. Hm, *déjeuner* gebe es um eins. Halb drei sei wohl die rechte Zeit.

Als wir aus dem Stall kamen, wartete Angèle schon auf mich. »Ich möchte Ihnen jetzt das Haus zeigen«, sagte sie. »In diesen alten Häusern kann man sich anfangs leicht verlaufen, aber das gibt sich schnell.«

Robert überließ mich Angèle, und wir begannen unseren Rundgang. Wir fingen mit der Halle an. »Diese Waffen«, sagte sie, »sind Überbleibsel aus dem Hundertjährigen Krieg, als Ihr Land gegen das meine kämpfte. Und hier sind die Waffen aus den Napoleonischen Kriegen, als wir abermals Feinde waren.«

»Ich hoffe, daß wir nie wieder gegeneinander Krieg führen werden.«

»Das hoffe ich auch. Unser Kaiser ist an freundschaftlichen Beziehungen zu England interessiert. Wir haben Handelsverträge und dergleichen. Und ein gemeinsames Interesse am Suezkanal. Also hoffen wir, daß es zwischen uns nie mehr Krieg geben wird.«

»Ich glaube, Kaiser Napoleon III. ist hier in Frankreich sehr beliebt.«

»O ja, aber er hat auch Feinde. Welcher Herrscher hätte die nicht? Kaiserin Eugénie ist schön und liebreizend. Ein Sohn und Erbe ist vorhanden. Somit scheint alles gut. Sie sind huldvoll und stattlich, und wo sie erscheinen, jubelt das Volk ihnen zu. Robert und ich sind manchmal zu Feierlichkeiten eingeladen, und man hat uns stets mit äußerstem Wohlwollen empfangen.«

»Dann scheint ja alles gut zu sein.«

»Wer kann schon sagen, wann alles gut ist? Unsere Revolution liegt noch gar nicht so lange zurück. So etwas vergißt ein Land nicht so leicht.«

»Im Augenblick besteht kein Grund zu einer Revolution.«

»Gründe finden die Leute immer«, sagte sie nüchtern. »Aber was für ein bedrückendes Gespräch! Das kommt von den Waffen. Ich werde Robert vorschlagen, sie wegzunehmen und statt ihrer Gobelins aufzuhängen. Die sind freundlicher. So, da drüben geht es in die Küche. Die lassen wir aus. Dort ist jetzt das Personal.«

Wir stiegen eine Treppe hinauf, und Angèle führte mich durch mehrere Räume. Alle waren ähnlich möbliert wie das Zimmer, das ich bewohnte. Die meisten hatten geschlossene Jalousien.

Ein Stockwerk höher kamen wir durch eine Galerie, in der Porträts hingen. Wir blieben stehen, um sie zu betrachten. Angèle wies mich auf Familienangehörige hin, darunter Robert und sie selbst.

»Das ist mein Mann«, sagte sie. »Und das ist Gérard.«

Ich verweilte vor Gérard. Er war interessanter für mich, weil er lebte und ich ihn vermutlich kennenlernen würde. Er trug einen dunklen Rock mit einem weißen Halstuch; sein Haar wirkte fast schwarz im Kontrast zu der hellen Haut. Er hatte dunkelblaue Augen, und er erinnerte mich an Marie-Christine. Natürlich, war sie nicht seine Tochter? Er hatte dieselbe Unruhe im Blick, die ich bei ihr entdeckt hatte; es war, als belaste sie etwas, ja, man hätte sagen können, sie wirkten irgendwie gehetzt.

Angèle fragte: »Sie finden meinen Sohn Gérard interessant?«

»Er sieht unglücklich aus.«

»Es war ein Fehler, ihn zu jener Zeit porträtieren zu lassen. Aber es war schon alles arrangiert. Aristide Longère hat das Bild gemalt. Sagt Ihnen der Name etwas?«

»Nein.«

»Er ist einer unserer Modemaler. O ja, es war ein Fehler, ihn malen zu lassen, kurz nachdem…«

»Nachdem…«

»Er hatte gerade seine junge Frau verloren. Es war eine schreckliche Zeit.«

Während wir weitergingen, mußte ich fortwährend an Gérard denken. Wir gelangten an eine Wendeltreppe. »Die führt in den Turm«, sagte Angèle. »Hier bezieht Gérard Quartier, wenn er nach La Maison Grise kommt. Das Licht fällt von Norden ein, das ist ideal für seine Arbeit.«

»Können wir hineingehen?«

»Aber gewiß.«

Wir stiegen die Wendeltreppe hinauf. Angèle öffnete eine Tür. Wir traten in einen Raum mit mehreren Fenstern. An einem Ende stand eine Staffelei, an der Wand lehnten Leinwände.

»Gérard arbeitet meist in Paris«, sagte Angèle. »Aber wenn er zu Hause ist, hat er hier im Nordturm sein Atelier. Auch sein Schlafzimmer ist hier oben.«

»Vermissen Sie ihn nicht, wenn er soviel in Paris ist?«

Sie zuckte die Achseln. »Es ist besser für ihn. Dort hat er seine Freunde. Hier erinnert ihn…«

»Seine Frau muß sehr jung gestorben sein.«

Sie nickte. »Sie haben jung geheiratet. Gérard ist jetzt zweiunddreißig. Sie starb vor drei Jahren. Marie-Christine war damals neun; Gérard war erst zwanzig, als sie geboren wurde. Er war viel zu jung. Weder Henri, mein Mann, noch ich haben es gewollt, aber...« Wieder hob sie die Schultern. »Jetzt hat er seine Arbeit. Sein Leben ist in Paris. Es ist besser so. Hier bei uns – o nein, es ist alles hier passiert.«

Ich nickte. Ich wußte, was es mit Erinnerungen auf sich hatte. Dann sah ich das Porträt. Ich erriet, wer sie war, bevor ich fragte. Sie war sehr schön, auf eine wilde, zigeunerhafte Art. Sie hatte rotbraune Haare, rehbraune Augen und einen eigensinnigen Zug um den Mund. Ihre Augen blickten schalkhaft. Sie war sehr anziehend.

»Das ist Marianne«, sagte Angèle. »Gérards Frau. Marie-Christines Mutter.«

»Sie ist sehr schön.«

»Ja«, sagte Angèle leise.

Ich hätte gern gewußt, wie sie gestorben war. Aber da ich das Gefühl hatte, daß es da vielleicht ein Geheimnis gab, mochte ich nicht fragen. Ich spürte, daß Angèle wünschte, sie hätte mich nicht zum Nordturm geführt.

Wir setzten unseren Rundgang fort. Im Westturm war das Schulzimmer.

»Es ist besser, wenn wir Marie-Christine nicht beim Unterricht stören«, sagte Angèle; obwohl Marie-Christine bestimmt nichts dagegen gehabt hätte.

Angèle kam während des Rundgangs noch einmal auf Gérard zu sprechen. »Ich vermute, daß er eines Tages ganz hierherziehen wird. Er wird dies alles schließlich erben. Vielleicht heiratet er wieder. Ich will es hoffen.«

Der nachmittägliche Ausritt mit Marie-Christine bezeichnete den Beginn unserer Freundschaft. Wir waren beide fest entschlossen, die lästigen Sprachschwierigkeiten zu überwinden. Sie stellte mir viele Fragen und wollte wissen, wie London sei.

»Eine sehr große Stadt.«

»Wie Paris. Kleine Städte sind mir lieber. Villemère ist nicht weit von hier. Dort gibt es ein Café, wo man köstliche *gâteaux* bekommt. Man sitzt unter Bäumen, trinkt Kaffee und ißt Kuchen. Wenn man will, kann man die Leute beobachten.«

»Das würde mir gefallen.«

»Ich wünschte, wir könnten uns besser unterhalten. Wenn man die ganze Zeit nach Worten suchen muß, kann man nicht alles erzählen, was einem wichtig ist. Ich will Ihnen was sagen: Ich bringe Ihnen Französisch bei, und Sie können mir Englisch beibringen.«

»Das ist eine gute Idee.«

»Schön. Dann ist es abgemacht.«

»Am besten geht es mit Sprechen. Wir können auch zusammen lesen.«

Ihre Augen leuchteten. »Lassen Sie uns noch heute anfangen. Am liebsten jetzt gleich.«

So verbrachten wir den Nachmittag damit, uns gegenseitig kleine Prüfungsaufgaben zu stellen und, wo es nötig war, zu korrigieren. Es war amüsant und anregend.

Für mich waren dies einige der angenehmsten Stunden, seit Charlie jene Worte gesprochen hatte, die mein Glück zerstörten.

Ich war täglich mit Marie-Christine zusammen. Sie lernte erstaunlich rasch, wenn sie wollte, und nach knapp zwei Wochen beherrschte sie die englische Sprache schon recht gut. Mein Französisch machte etwas langsamere Fortschritte, aber die Verständigung zwischen uns klappte immer besser.

Ich hatte Bekanntschaft mit Mademoiselle Dupont gemacht. Sie war im mittleren Alter, vollkommen von ihrem Beruf eingenommen und mir sehr gewogen, weil ich dazu beitrug, Marie-Christines Englischkenntnisse zu verbessern. Robert und Angèle waren hoch erfreut über unsere Freundschaft, und ich glaube, Robert beglückwünschte sich, weil er das Richtige getan und mich nach Frankreich gebracht hatte.

Ja, meine Traurigkeit hatte sich ein wenig gelegt. Ich dachte immer noch täglich an Roderick, und im Grunde meines Herzens wußte ich, daß ich ihn nie vergessen, daß ich nie aufhören würde, mich nach dem zu sehnen, was ich verloren hatte; aber ich fand wenigstens ein wenig Trost. Ich war allen dankbar: Robert, weil er mich hierhergebracht hatte, Angèle, weil sie so verständnisvoll war, und vielleicht allen voran Marie-Christine, weil sie es geschafft hatte, mich abzulenken.

Ich staunte, wie schnell die Zeit verging. Marie-Christine hatte beschlossen, meine *patronne* zu sein, wie sie sagte. Sie zeigte mir die kleine Stadt Villemère; wir saßen vor dem Café, kosteten die vorzüglichen *gâteaux* und tranken Kaffee. Sie stellte mir Madame Lebrun vor, die Besitzerin des Cafés – eine große, korpulente Frau, die an der Kasse saß und gierig die Francs zählte –, ihren kleinen, sanften Ehemann, der die Backwaren herstellte, und Lillie, die Kellnerin, deren Liebster zur See fuhr. Ich konnte wieder lachen, wenn wir am Markttag, der in Villemère jeden Donnerstag stattfand, an den Buden entlangschlenderten. Ich war auf günstige Gelegenheiten erpicht und triumphierte, wenn ich etwas erstanden hatte. Marie-Christine kannte eine Menge Leute. »*Bonjour, Mademoiselle*«, riefen sie, wenn wir vorübergingen. Marie-Christine sagte mir, sie alle bekundeten großes Interesse an *la mademoiselle anglaise*.

Zu meiner Verwunderung konnte ich an dem Leben rings um mich Anteil nehmen, aber wenn ich Eheleute miteinander lachen sah, kehrte meine Melancholie zurück. Eine solche Zweisamkeit sollte mir nie beschieden sein; doch wenigstens gab es – wenn auch flüchtige – Augenblicke, in denen ich Freude empfinden konnte. Diese verdankte ich zumeist Marie-Christine. Die gemeinsame Lektüre, das Erzählen, unsere Ausflüge, ihre sichtliche Anteilnahme an mir, das war die größte Hilfe.

Sie plapperte unentwegt, stellte mir ständig Fragen über mein Leben und interessierte sich sehr für die Welt des Theaters.

»Mademoiselle Dupont meint, es ist gut, wenn ich etwas über das englische Theater lerne. Sie sagt, euer Shakespeare war der größte Dichter, der je gelebt hat. Er muß wirklich gut sein, denn gewöhnlich findet sie die Franzosen besser als alle anderen. Komisch, daß nicht Racine oder Molière für sie der Größte ist.«

»Die Theaterkreise, in denen ich verkehrte, dürften nicht ganz nach Mademoiselle Duponts Geschmack sein.«

»Erzähl mir davon.«

Und ich erzählte ihr von *Komteß Maud* und der *Lavendeldame*, von den Liedern, den Tänzen, den Kostümen, den Premieren, den Streitigkeiten mit Dolly. Sie war hingerissen.

»Ich bin entzückt von deiner Mutter! Und sie ist tot?«

»Ja.«

»Sie muß sehr jung gestorben sein, nicht?«

»O ja.«

»Warum müssen schöne Menschen jung sterben?« meinte sie nachdenklich. »Nun ja, wenn sie alt wären, wären sie ja nicht mehr schön. Deshalb sterben schöne Menschen jung.«

Ich hatte ein Bild meiner Mutter bei mir und zeigte es ihr. »Sie ist bezaubernd«, sagte sie. »Du siehst ihr nicht ähnlich.«

Ich lachte. »Vielen Dank. Aber ehrlich gesagt, ihr konnte keine gleichen.«

»Wir hatten beide eine schöne Mutter. Nicht einfach schön, sondern wunder-wunderschön.«

Ich schwieg und dachte an Désirée. Die Erinnerungen brachen über mich herein... ich würde ihnen nie entkommen.

»Es macht dich traurig, an deine Mutter zu denken, nicht?« sagte Marie-Christine.

»Ja... aber sie ist nun einmal tot.«

»Ja, wie meine. Wie ist sie gestorben? Sie war noch nicht alt, nicht wahr? Meine Mutter auch nicht.«

»Sie ist an etwas erkrankt, das sie gegessen hatte. Die Ärzte meinten, daß es eine Pflanze war, die in unserem Garten wuchs. Ihr war übel und schwindlig, und als sie aus dem Bett stieg, ist sie gestürzt und mit dem Kopf gegen eine Kommode geschlagen, und daran ist sie gestorben.«

»Seltsam, meine Mutter ist auch an einem Sturz gestorben... sie ist vom Pferd gefallen. Unsere beiden Mütter sind gestürzt. Beide waren noch jung. Beide waren schön. Vielleicht verstehen wir uns deshalb so gut.«

»Ich glaube, das ist nicht der einzige Grund, Marie-Christine.«
»Du denkst noch viel an deine Mutter, nicht?«
»Ja.«
»Und ich an meine. Ich denke oft daran, wie sie gestorben ist.«
»Marie-Christine, wir müssen vergessen, indem wir an die Zukunft denken. Hör auf, über die Vergangenheit zu grübeln.«
»Ja. Aber wie?«
Das war eine gute Frage. Wie konnte man vergessen?

Ich war nun schon vier Wochen in La Maison Grise und verspürte nicht den Wunsch wieder abzureisen. Noch immer war ich einer Entscheidung, wie es mit meinem Leben weitergehen sollte, nicht näher gekommen. Nun ermahnte ich mich, daß ich hier kein Dauergast sein konnte, wenn auch meine Gastgeber noch so entgegenkommend waren.
Robert mußte ziemlich oft in Bankgeschäften nach Paris. Er besaß dort ein kleines Haus und blieb jedesmal mehrere Tage fort. Er und Angèle meinten beide, ich müsse die Hauptstadt unbedingt besuchen. Ich könnte Einkäufe machen und einige Sehenswürdigkeiten besichtigen.
Ich fragte Robert, ob er seinen Neffen oft sehe, wenn er in Paris sei.
»Kaum«, sagte er. »Er arbeitet die ganze Zeit und möchte nicht gestört werden. Deshalb warte ich, bis er mich in sein Atelier einlädt. Aber ab und zu kommt er für ein paar Wochen hier heraus.«
»Dann arbeitet er im Nordturm, nicht?«
»Ja.«
»Robert, ist Ihnen klar, daß ich schon einen Monat hier bin? Ich kann Ihre Gastfreundschaft nicht ewig in Anspruch nehmen.«
»Wenn du so redest, machst du mich zornig. Du nimmst nichts, was wir dir nicht gern geben. Marie-Christine hat dich sehr gern. Sie ist längst nicht mehr so schwierig, seit du hier bist. Mademoiselle Dupont sagt, dank deiner hätten sich ihre Englischkenntnisse erheblich verbessert, was sie selbst nie hätte bewerkstelli-

gen können. Also bitte, sprich nicht mehr davon. Du fühlst dich doch schon besser, nicht?«

»Ja. Ich kann für kurze Zeit vergessen, aber dann bricht alles wieder über mich herein. Trotzdem, es gibt glückliche Augenblicke.«

»Das ist gut. Du hättest von vornherein hierherkommen sollen.«

»Sie sind so lieb zu mir, Robert.«

»Bitte, sprich nicht mehr von Fortgehen.«

»Ich möchte ja gar nicht fort, Robert.«

»Das ist das Schönste, was du mir sagen konntest.«

So beschwichtigt, fühlte ich mich geborgen. Ich brauchte noch keine Entscheidung zu treffen.

Ich kam allmählich zu der Erkenntnis, daß Marie-Christine nicht leicht zu ergründen war. Sie war launisch, konnte einen Augenblick in Hochstimmung sein und im nächsten in Melancholie verfallen. Es war dieser Charakterzug an ihr, der mich fesselte. Seit Beginn unserer Bekanntschaft spürte ich, daß etwas Geheimnisvolles sie beunruhigte – aber nur zeitweise.

Einmal sagte ich zu ihr: »Marie-Christine, was geht dir durch den Kopf?«

Sie wich mir aus, wie sie es hin und wieder tat, wenn ich eine Frage stellte, die sie nicht beantworten mochte. »Wieso? Was soll mir durch den Kopf gehen?«

»Hast du Sorgen?«

»Sorgen? O ja. Mademoiselle Dupont sagt, ich sei schrecklich schlecht in Mathematik.«

Ich lachte sie aus. »Ich glaube, daß es etwas Wichtigeres ist als Mathematik.«

»Mademoiselle Dupont sagt, Mathematik sei von allerhöchster Wichtigkeit.«

»Ich meine, Marie-Christine, hast du vielleicht einen Kummer, über den du gern sprechen möchtest?«

»Ich habe keinen Kummer«, sagte sie bestimmt. »Und wen schert schon die dumme Mathematik?«

Ich war nicht überzeugt, aber ich verstand sie. Hatte ich nicht selbst meine geheimen Kümmernisse, über die ich nicht sprechen konnte?

Eines Tages sagte Marie-Christine: »Ich nehme dich mit zu Tante Candice.«

Ich war überrascht, denn ich hatte Robert oder Angèle nie diesen Namen erwähnen hören.

»Sie ist die Schwester meiner Mutter«, erklärte sie, während wir unsere Pferde im Schritt aus der Auffahrt lenkten.

»Wohnt sie hier in der Nähe?«

»Es ist nicht weit. Ungefähr eine halbe Stunde. Sie und meine Mutter waren Zwillinge.«

»Sie kommt wohl nicht oft nach La Maison Grise?«

»Nein. *Grandmère* Angèle hat sie eingeladen. *Grand-oncle* Robert auch. Jedenfalls früher. Jetzt nicht mehr. Sie mag wohl nicht kommen. Sie will vergessen. Jedenfalls kommt sie nicht.«

»Aber du besuchst sie oft?«

»Nicht oft, nur manchmal. Ich glaube, ich erinnere Tante Candice an meine Mutter, und sie mag nicht erinnert werden.«

»Du hast mir nie von deiner Tante erzählt.«

»Ich kann nicht alles auf einmal erzählen. Es braucht seine Zeit.«

Wir ritten weiter und schlugen alsbald eine Richtung ein, die mir neu war.

Wir kamen an einen Bach. »Es ist nicht mehr weit bis Moulin Carrefour«, sagte Marie-Christine. »So heißt das Haus. Es liegt an der Wegkreuzung, daher hat es seinen Namen. Carrefour, das heißt Kreuzung. Früher ist es eine Mühle gewesen. Mein Urgroßvater war der Müller. Aber mein Großvater hat beim Spielen oder dergleichen eine Menge Geld gewonnen, und er wollte nicht sein Leben lang Müller bleiben. Er hat die Mühle stillgelegt und ist ein feiner Herr geworden. Aber dann hat er eine Zigeunerin geheiratet. Sie hatte zwei Töchter, Candice und Marianne. Marianne war die schönste Frau, die je gelebt hat. Sie ist nach Paris gegangen und hat Künstlern Modell gestanden. Sie hat meinen Vater geheiratet, und dann bin ich auf die Welt gekommen, und als ich neun Jahre war, ist sie gestorben. Tante Candice ist mit Nounou in Carrefour wohnen geblieben.«

»Wer ist Nounou?«

»Ihr altes Kindermädchen. Nounou würde Candice nie verlassen.«

»Und Candice ist nicht verheiratet?«

»Nein. Sie und Nounou leben zusammen in Moulin Carrefour. Ich glaube, sie werden Marianne nie vergessen.«

»Seltsam, daß sie euch nie besuchen.«

»Wenn du sie erst kennst, wirst du das gar nicht seltsam finden. Candice ist seit drei Jahren nicht bei uns gewesen.«

»Seit ihre Schwester starb.«

»Ja, richtig. Komm. Ich zeig' dir die Stelle, wo meine Mutter gestürzt ist. Es ist ein Unglücksort. Jemand anders ist an genau demselben Fleck von seinem Pferd abgeworfen worden, wo meine Mutter starb. Die Stelle heißt *coin de diable*. Weißt du, was das bedeutet?«

»Teufelswinkel. Es muß eine Ursache für diese Unfälle geben.«

»Man sagt, die Leute galoppieren übers Feld und vergessen, daß sie plötzlich an die Wegkreuzung kommen und scharf anhalten müssen. Schau, hier ist es.«

Sie hatte ihr Pferd abrupt angehalten. Ich blieb ebenfalls stehen. Wir blickten auf eine Grasfläche. Die Wegkreuzung lag bei einem Wasserlauf, vielleicht ein Nebenfluß des nahen Stromes. Und da stand das Mühlenhaus. Es wurde von der Mühle überragt, und hinter dem Wohnhaus sah ich Scheunen oder Stallgebäude.

Das Tor, von dem aus ein Weg zum Haus führte, war mit den Worten »Moulin Carrefour« bezeichnet.

»Erwartet deine Tante uns?« fragte ich.

»O nein. Wir besuchen sie einfach so.«

»Vielleicht möchte sie mich nicht sehen?«

»Doch, bestimmt. Und mich sieht sie gern. Nounou freut sich auch, wenn sie mich sieht.«

Wir saßen ab, banden unsere Pferde an den Torpfosten und gingen den überwucherten Weg entlang.

Marie-Christine ergriff den Türklopfer und ließ ihn scheppernd fallen. Dann war es still. Mir war ein wenig unbehaglich zumute. Wir kamen unangemeldet. Warum hatte Marie-Christine es sich plötzlich in den Kopf gesetzt, ihre Tante zu besuchen?

Ich dachte schon erleichtert, daß niemand zu Hause sei, als die Tür einen Spalt aufging und ein Gesicht herauslugte. Es gehörte einer grauhaarigen Frau, die ich auf Ende Sechzig schätzte.

»Ah, Nounou«, sagte Marie-Christine, »ich komme euch besuchen. Und dies ist Mademoiselle Tremaston aus England.«

»Aus England?« Die alte Frau musterte mich mißtrauisch, und Marie-Christine fuhr fort: »*Grand-oncle* Robert war ein Freund ihrer Mutter, und die war eine berühmte Schauspielerin.«

Die Tür wurde nun weit geöffnet, und Marie-Christine und ich traten in eine dunkle Diele.

»Ist Tante Candice zu Hause?« fragte Marie-Christine.

»Nein, sie ist ausgegangen.«

»Wann kommt sie zurück?«

»Das kann ich nicht genau sagen.«

»Dann unterhalten wir uns mit dir, Nounou. Wie geht's dir?«

»Mein Rheumatismus macht mir zu schaffen. Ihr kommt am besten mit in mein Zimmer.«

»Ja, gern. Vielleicht bleibt Tante Candice ja nicht lange aus.«

Wir gingen eine Treppe hinauf und durch einen Flur. Nounou öffnete eine Tür. Wir traten ein, und Nounou bedeutete uns, wir möchten uns setzen.

»So, so, Marie-Christine«, sagte sie. »Es ist lange her, daß du uns besucht hast. Du solltest öfter kommen. Du weißt, Mademoiselle Candice liegt nichts daran, nach La Maison Grise zu gehen.«

»Sie würde kommen, wenn sie mich sehen wollte.«

»Sie weiß, daß du herkommst, wenn du sie sehen willst. Sitzen Sie bequem, Mademoiselle...?«

»Tremaston«, sagte Marie-Christine.

217

Ich sagte, ich hätte es sehr bequem, danke.

»Ich zeige Mademoiselle Tremaston unsere Umgebung. Interessante Orte und Menschen und so weiter. Und du und Tante Candice gehört dazu.«

»Wie gefällt es Ihnen hier, Mademoiselle?«

»Ich finde alles sehr interessant.«

»Es ist ein weiter Weg von England. Ich bin nicht von diesem Fleck weggewesen, seit Marianne und Candice geboren wurden. Das ist eine ganze Weile her.«

»Nounou ist hier, seit sie auf die Welt kamen, nicht wahr, Nounou?«

»Ihre Mutter ist bei ihrer Geburt gestorben, und jemand mußte sich um sie kümmern.«

»Sie waren wie deine eigenen Kinder, Nounou, nicht wahr?«

»Ja. Wie meine eigenen Kinder.« Sie saß da und starrte in die Ferne. Vermutlich erinnerte sie sich zurück, wie sie vor Jahren in dieses Haus gekommen war, um sich der mutterlosen Zwillinge anzunehmen. Als sie sich von mir beobachtet sah, meinte sie beinahe entschuldigend: »Man hängt an den Kleinen, die man umsorgt. Ich bin schon die Kinderfrau ihres Vaters gewesen. Der war ein helles Köpfchen. Er war für mich wie mein eigenes Kind. Seine Mutter hat sich nicht viel um ihn gekümmert. Er war ein guter Kerl. Ist wie durch Zauberei zu Geld gekommen. Die Mühle, das war nichts für ihn. Er hat immer für mich gesorgt. ›Du sollst keine Not leiden, solange ich lebe‹, hat er immer gesagt. Dann hat er diese Zigeunerin geheiratet. Dieser kluge Junge... und dann so was! Und dann stand er da mit zwei Babys. Sie war nicht zum Kinderkriegen geschaffen. Solche Frauen gibt's. ›Nounou, du mußt wiederkommen‹, hat er zu mir gesagt. Und schon war ich hier.«

Marie-Christine lächelte. Ich sah ihr an, wie es sie freute, daß das Gespräch diese Wendung nahm. Sie betrachtete mich mit Stolz, weil Nounou in mir eine teilnahmsvolle Zuhörerin hatte.

»Alles war mir überlassen«, fuhr sie fort. »Sie waren meine Mädchen. Marianne war von Geburt an eine Schönheit. Die wird uns ganz schön zu schaffen machen, habe ich bei mir gedacht. Alle waren sie hinter ihr her, als sie heranwuchs. Mademoiselle Candice war auch hübsch, aber sie konnte Marianne nicht das Wasser reichen. Und dann... mußte sie so sterben.« Sie schwieg ein Weilchen, und ich sah Tränen auf ihren Wangen. »Wieso erzähle ich Ihnen das alles?« fragte sie. »Möchten Sie ein Glas Wein? Marie-Christine, du weißt, wo ich ihn verwahre. Schenke Mademoiselle ein Glas ein. Wenn du auch welchen möchtest, verdünnst du ihn am besten mit Wasser.«

»Ich mag ihn nicht verdünnt, Nounou. Ich trinke ihn so, wie er ist«, sagte Marie-Christine würdevoll. Sie schenkte Wein ein, reichte uns die Gläser und nahm sich auch eins.

Nounou hob ihr Glas. »Willkommen in Frankreich, Mademoiselle«, sagte sie zu mir.

»Danke.«

»Ich hoffe, Sie kommen uns öfter besuchen.« Sie trocknete ihre Tränen. »Sie müssen mir verzeihen«, fuhr sie fort. »Zuweilen überkommt es mich einfach. Es ist traurig, diejenigen zu verlieren, die einem soviel bedeutet haben.«

»Ich weiß.«

»Man vergißt, daß es nur für einen selbst etwas bedeutet. Das Mädchen war mein Leben. Sie war so schön... und dann wurde sie hinweggerafft. Das ist manchmal mehr, als ich ertragen kann.«

»Das kann ich verstehen.«

Unversehens wechselte sie das Thema. »Schmeckt Ihnen der Wein? Ich mache ihn selbst. Frankreich ist das Land der besten Weine.« Offensichtlich bereute sie ihren Gefühlsausbruch und wollte das Gespräch in unverfänglichere Bahnen lenken. Wir plauderten eine Weile über die Nachbarschaft und die Unterschiede zwischen französischer und englischer Lebensart – und mittendrin hörten wir Candice kommen.

Marie-Christine sprang auf. »Tante Candice, Tante Candice! Ich bin hier, bei Nounou. Ich wollte dich besuchen und habe Mademoiselle Tremaston mitgebracht.«

Candice trat ins Zimmer. Sie war groß, schlank, hübsch und erinnerte mich entfernt an das Bildnis, das ich von ihrer Zwillingsschwester Marianne gesehen hatte. Ihre Gesichtsfarbe ähnelte dem Kolorit des Mädchens auf dem Gemälde, war aber gedämpfter, ihre Augen waren ernster, und sie entbehrte völlig jener Schalkhaftigkeit, die die andere so fesselnd wirken ließ. Sie war ein blasser Schatten ihrer Schwester.

Sie wirkte sehr selbstbeherrscht und erholte sich rasch von der Überraschung, Marie-Christine mit einem Gast anzutreffen. Ich wurde ihr vorgestellt.

»Ich habe schon gehört, daß Sie in La Maison Grise sind«, sagte sie. »In einem Dorf läßt sich schwer etwas geheimhalten. Und Marie-Christine nimmt sich Ihrer an, wie ich sehe.«

»Wir sind gute Freundinnen«, verkündete Marie-Christine. »Ich bringe Mademoiselle Tremaston Französisch bei und sie mir Englisch.«

»Sehr vernünftig. Sie kennen Monsieur Bouchère aus London, soviel ich weiß?«

»Ja, er war ein Freund meiner Mutter.«

»Ihre Mutter war eine berühmte Schauspielerin«, sagte Marie-Christine.

»Davon habe ich gehört«, sagte Candice. »Und wie gefällt es Ihnen in Frankreich?«

»Ich bin sehr gern hier.«

»Sind Sie schon in Paris gewesen?«

»Nein, noch nicht.«

»Aber Sie werden natürlich hinfahren.«

»In Bälde, hoffe ich. Wir haben darüber gesprochen. Wir wollen einkaufen gehen, und ich möchte das Atelier von Marie-Christines Vater sehen.«

Ihre Miene verhärtete sich merklich, und ich dachte: Sein Name weckt so heftige Empfindungen in ihr, daß sie nicht imstande ist, sie zu verbergen.

»Paris ist eine sehr interessante Stadt«, sagte sie.

»Ich freue mich sehr darauf.«

»Haben Sie vor, länger in Frankreich zu bleiben?«

»Sie bleibt ganz, ganz lange«, sagte Marie-Christine. »*Grand-oncle* Robert sagt, sie solle La Maison Grise als ihr Heim betrachten.«

»Ich bin noch unschlüssig«, sagte ich.

»Weil ihre Mutter tot ist«, warf Marie-Christine ein.

»Das tut mir leid«, sagte Candice. »Der Tod kann... verheerend sein.«

Ich dachte: Die Erinnerung an Marianne geht in diesem Haus um. Candice spürt es ebenso wie Nounou.

Candice sagte rasch: »Dieses Haus war früher einmal eine Mühle. Ich muß Sie unbedingt herumführen. Es ist zwar seit meines Großvaters Zeiten nur ein gewöhnliches Wohnhaus, aber es enthält noch einige alte charakteristische Merkmale.«

»Ich sehe es mir gern an«, sagte ich.

»Gut, gehen wir. Wir kommen später wieder zu dir, Nounou.«

Nounou nickte, und wir gingen hinaus.

»Dies ist seit meiner Geburt mein Heim gewesen«, sagte Candice. »Aber ich habe es natürlich nicht gekannt, als die Mühle noch in Betrieb war.«

Das Haus war klein im Vergleich zu La Maison Grise, aber sehr behaglich.

»Im Obergeschoß wohnen die Grillons«, erklärte sie mir. »Sie kümmern sich um alles. Jean besorgt den Garten und ist für das Pferd und den Wagen zuständig. Louise kocht und macht die Hausarbeit. Wir sind ja nur zu zweit, da genügen uns die beiden. Nounou hat früher auch ein bißchen mitgeholfen, aber das wird ihr jetzt zuviel. Sie schweift immerzu in die Vergangenheit ab. Ich hoffe, sie hat Sie nicht gelangweilt.«

»Sie hat Mademoiselle Tremaston von meiner Mutter erzählt«, sagte Marie-Christine.

Candices Miene zeigte flüchtig eine Spur von Unmut. »O ja«, sagte sie. »Das ist eine Marotte von ihr. Sie hat den Tod meiner Schwester nie verwunden. Ständig kommt sie auf dieses Thema zu sprechen, auch bei Leuten, die es überhaupt nicht interessiert. Ein plötzlicher Tod ist eine furchtbare Erschütterung.«

»Ich weiß«, sagte ich. »Meine Mutter ist unerwartet gestorben. Sie war noch jung.«

»Dann werden Sie es verstehen und der armen Nounou verzeihen. Dies war unser Kinderzimmer. Nounou macht es eigenhändig sauber. Es ist ihr Reich. Ich glaube, manchmal sitzt sie hier und erinnert sich an kleine Begebenheiten aus der Vergangenheit. Ich weiß nicht, ob das gut für sie ist oder nicht.«

»Ich nehme an, die Erinnerungen verschaffen ihr eine gewisse Zufriedenheit. Das ist bei vielen Leuten so.«

Ich sah die zwei kleinen Betten, den Frisiertisch, das Fenster, das auf den Bach und die Mühle hinausging. »Es ist sehr malerisch«, bemerkte ich.

Wir gingen ins Freie und durch den Garten zum Bach.

»Als Kinder haben wir in der Mühle gespielt«, sagte Candice. »Nounou war entsetzt. Sie hatte immer Angst, es würde ein Unglück geschehen.«

Als wir wieder ins Haus kamen, wartete Nounou im Salon auf uns. Ich dankte beiden für ihre Gastfreundschaft und sagte ihnen, wie sehr ich den Besuch genossen hätte.

»Sie müssen wiederkommen«, sagte Candice.

Marie-Christine lächelte zufrieden, als wir aufsaßen und nach Hause ritten.

»So!« sagte sie. »Jetzt kennst du Tante Candice und Nounou.«

»Sie waren sehr nett.«

»Warum hätten sie nicht nett sein sollen?«

»Manchmal ist unerwarteter Besuch nicht gern gesehen.«

»Tante Candice ist die Schwester meiner Mutter, ich bin ihre Nichte, und Nounou war ihr Kindermädchen. Das heißt, daß sie sich immer freuen, wenn sie mich sehen.«

»Sie scheint aber nicht darauf erpicht zu sein, die Familie zu sehen, in die ihre Schwester eingeheiratet hat, und du gehörst zu dieser Familie.«

»Weil sie meinem Vater die Schuld am Tod meiner Mutter gibt.«

»Deinem Vater? Ich denke, es war ein Reitunfall.«

»Trotzdem gibt sie ihm die Schuld. Ich weiß es. Deshalb kommt sie nicht nach La Maison Grise.«

»Wer hat dir das erzählt?«

»Niemand. Ich weiß es eben.«

»Du hast eine lebhafte Phantasie, Marie-Christine.«

»Du enttäuschst mich. Du redest genau wie die alte Dupont.«

»Sag mir...«, begann ich. Doch Marie-Christines Gesicht zeigte einen schmollenden Ausdruck, und sie ritt mir voran nach La Maison Grise.

Ich erzählte Angèle von dem Besuch. Sie schien etwas bestürzt.

»Was! Marie-Christine hat Sie mit dorthin genommen! Sie kann manchmal wirklich sehr eigenwillig sein. Wir haben kaum Kontakt mit Candice. Es liegt an ihr. Sie möchte uns anscheinend nicht sehen. Vielleicht sind die Erinnerungen zu schmerzlich. Wir standen nie auf sehr freundschaftlichem Fuß, auch wenn Marianne ständig bei ihrer Schwester und der alten Kinderfrau in der Mühle war.«

»Es muß für beide ein furchtbarer Schlag gewesen sein.«

»Sie haben die alte Nounou erlebt. Ich glaube, die Erschütterung war zuviel für sie. Eines unserer Hausmädchen ist mit Louise Grillon befreundet, da sickert gelegentlich ein bißchen Klatsch durch. Louise sagt, die alte Kinderfrau sei nicht mehr ganz richtig im Kopf, seit Marianne starb. Gérard war ein Dummkopf, dieses Mädchen zu heiraten. Es war nicht gerade eine *mariage de convenance*. Wir waren alle enttäuscht, aber er war vollkommen betört von ihr. Ein Künstlermodell! Nun ja, sie galt als sehr attraktiv. Mehrere Künstler haben sie gemalt. Sie ist in verschiedenen Galerien zu sehen. Das berühmteste Bildnis stammt von einem Norweger, vielleicht ist er auch Schwede, jedenfalls Skandinavier. Lars Petersen. Armer Gérard. Ich glaube, das hat ihn ziemlich verstimmt. Er dachte natürlich, er sei der Geeignetere, um *das* Bild schlechthin zu malen.«

»Wenn sie soviel Aufmerksamkeit erregte, muß sie wirklich außergewöhnlich gewesen sein.«

»Sie galt als ungemein schön.«

»Sie müssen sie gut gekannt haben.«

»Das kann ich nicht behaupten. Sie und Gérard waren die meiste Zeit in Paris.«

»Und Marie-Christine war hier?«

»Ja. Das schien der beste Aufenthaltsort für ein Kind. Ich habe mich ihr Leben lang um sie gekümmert. Marianne war keine gute Mutter. Zeitweise überschwenglich zärtlich, und dann wieder hat sie das Kind ganz vergessen. Es war von Anfang an ein unbefriedigender Zustand. Selbst wenn Marianne hier war, war sie mehr in der Mühle als bei uns im Haus. Sie hing sehr an ihrer Schwester, und die Kinderfrau hat ihr natürlich zugeredet, sie zu besuchen.« Angèle zuckte die Achseln. »Aber das ist ja nun alles vorbei.«

»Und Ihr Sohn ist die meiste Zeit in Paris.«

»Ja. Seine Kunst ist sein Leben. Das habe ich immer gewußt. Wir wünschten, er hätte einen konventionelleren Beruf ergriffen. Bankier wie Robert oder Rechtsanwalt wie sein Vater – und dann ist da natürlich noch das Gut. Es ist nicht groß, erfordert jedoch einen gewissen Zeitaufwand. Aber Gérard wußte schon als Kind, daß er Maler werden wollte. Marie-Christine hätte Sie nicht so ohne weiteres mit dorthin nehmen sollen.«

»Ich glaube, es war ein spontaner Einfall.«

»Solche Einfälle hat sie oft.«

»Die beiden waren jedenfalls sehr liebenswürdig und haben uns eingeladen, wiederzukommen.«

Mit der ihr eigenen resignierten Geste, die ich schon kannte, hob Angèle die Schultern. Sie war wohl nur gelinde verstimmt, weil ich den beiden Frauen begegnet war.

Wenige Tage darauf meinte sie, wir sollten endlich unseren Besuch in Paris machen.

»Robert hat in der Rue de Marles ein kleines Haus. Der *concierge* und seine Frau wohnen im Souterrain. Sie hüten das

Haus, wenn Robert abwesend ist, und sorgen für ihn, wenn er da ist.«

Ich war ganz aufgeregt und begann sogleich mit den Reisevorbereitungen.

Das Porträt

Ich war von Paris bezaubert, der Stadt der Parks und Brücken, der dunklen Gäßchen und breiten Boulevards, deren turbulente Geschichte in den alten Bauwerken und Monumenten eingefangen schien. Die Pracht von Notre-Dame war überwältigend. Robert sagte, daß der Pöbel sie während der Revolution habe zerstören wollen. »Zum Glück kam Napoleon gerade rechtzeitig an die Macht, um den Abriß und den Verkauf zu verhindern«, erklärte er. »Und Louis-Philippe hat vor seiner Abdankung vor ungefähr zwanzig Jahren viel dazu beigetragen, den alten Glanz wiederherzustellen.«

Ich hätte stundenlang verweilen können, um das Ambiente in mich aufzunehmen und von der Vergangenheit zu träumen, von St. Denis, dem ersten Bischof der Kathedrale, der Frankreichs Schutzheiliger wurde, oder von Peter Abaelard und seiner Liebe zu Héloise.

Wir waren viel auf den Beinen. Man muß Paris zu Fuß kennenlernen. Wir besichtigten den Louvre, saßen im Tuileriengarten, verbrachten Stunden in Les Halles; wir überquerten den Pont Neuf, die älteste der zahlreichen Brücken. Ich war von den Verzierungen auf dem Geländer gleichermaßen fasziniert und abgestoßen. Die grotesken Masken werde ich nie vergessen.

Robert war sehr angetan von Haussmanns Bauten. Er habe das Antlitz von Paris in den letzten Jahren verändert, meinte Robert. Er war sichtlich stolz auf seine Stadt und genoß es, sie mir zu zeigen. Er freute sich über meine ehrliche Bewunderung. Großstädte waren für mich seit jeher von besonderem Reiz gewesen. Ich hatte London geliebt, aber nun war es mit traurigen Erinnerungen befrachtet. Paris konnte ich ohne Vorbehalt genießen, vom Montmartre bis zur Rue de Rivoli, vom Montparnasse bis zum Quartier Latin.

Ich kam stets gut gelaunt nach Hause. »Du bist unermüdlich«, sagte Robert.

»Weil mich alles, was ich sehe, so anregt.«

Marie-Christine war die meiste Zeit mit mir. Sie zeigte ein neues Interesse für die Stadt. »Ich habe das meiste schon früher gesehen«, sagte sie, »aber mit dir ist es, als sähe ich es ganz neu.«

Und eines Tages besuchten wir Gérard.

Wie ich erwartet hatte, lebte er im Quartier Latin. Ich war sehr gespannt, als wir aufbrachen, war doch dieser Besuch schon zweimal vertagt worden. Ich stellte bei Robert und Angèle eine gewisse Nervosität fest. Auch Marie-Christine war anders als sonst. Sie wirkte leicht abweisend. Wieso übte die Aussicht auf einen Besuch bei Gérard eine derartige Wirkung auf alle drei aus?

Auf dem Boulevard Saint-Germain kamen wir an der gleichnamigen Kirche vorüber. Das ursprüngliche Gotteshaus war im achten Jahrhundert auf dem Grund einer Benediktinerabtei errichtet worden, doch die gegenwärtige Kirche reichte nur bis ins dreizehnte Jahrhundert zurück.

Das Atelier lag im obersten Stockwerk eines hohen Gebäudes. Wir mußten unendlich viele Treppen hinaufsteigen. Nach dem letzten Absatz gelangten wir an eine Tür, an der eine Karte mit dem Namen »Gérard du Carron« angebracht war.

Robert klopfte an. Die Tür wurde von Gérard persönlich geöffnet. Ich erkannte ihn sogleich nach dem Bild, das ich in der Galerie gesehen hatte.

»Ma mère, mon oncle et ma fille!« rief er. Dann wandte er sich lächelnd zu mir und fuhr auf englisch fort: »Und Sie müssen Mademoiselle Tremaston sein. Willkommen in meinem Atelier.«

Er führte uns in einen großen Raum mit mehreren hohen Fenstern und einem Oberlicht in der Dachschräge. Der Raum enthielt eine Couch, die vermutlich nachts als Bett diente, einige Stühle, einen Tisch mit einer Anzahl Tuben und Pinsel sowie zwei Staffeleien. An der Wand lehnten Leinwände. Fenstertüren führten auf einen Balkon. Der Blick auf Paris war überwältigend.

»Wie schön, daß ihr mich besucht«, sagte Gérard.

»Wir wollten schon früher kommen, aber wir dachten, du seist beschäftigt«, erklärte Angèle. »Wie geht es dir, Gérard?«

»Gut. Bei dir erübrigt sich diese Frage. Du siehst blendend aus. Und du, meine Tochter, was machst du?«

»Ich lerne Englisch. Und ich spreche es sehr gut.«

»Großartig.«

»Noelle – Mademoiselle Tremaston – bringt es mir bei. Ich bringe ihr Französisch bei. Wir sind beide schon viel besser als am Anfang.«

»Das sind wirklich gute Nachrichten«, sagte er. »Danke, Mademoiselle Tremaston, daß Sie meine Tochter unterrichten.«

Ich lächelte. »Der Nutzen ist gegenseitig.«

»Das höre ich. Ihr Französisch ist charmant.«

»Unüberhörbar englisch«, meinte ich.

»Das macht es ja so reizend. Nun, meine Lieben, was darf ich euch anbieten? Kaffee?«

»Den mache ich«, sagte Angèle.

»*Chère maman*, ich bin nicht so unbeholfen, wie du denkst, aber vielleicht sollte ich meine Gäste nicht allein lassen. Wenn du also so gut sein möchtest?«

Angèle entfernte sich durch eine Tür, von der ich annahm, daß sie in die Küche führte. Robert und ich nahmen auf Stühlen Platz, Marie-Christine setzte sich auf die Couch.

»Dies ist ein richtiges Künstleratelier«, sagte Marie-Christine zu mir. »Davon gibt es Unmengen in Paris.«

»Nicht Unmengen, *chère enfant*«, sagte Gérard. »Einige.« Er wandte sich an mich: »Ich hatte Glück, daß ich dies hier erwerben konnte. Es ist wirklich ideal. Das Licht ist hervorragend, und finden Sie die Aussicht nicht inspirierend, Mademoiselle Tremaston?«

»O doch.«

»Man kann ganz Paris überblicken. Ich sage Ihnen, viele Künstler in Paris würden eine Menge darum geben, ein solches Atelier zu haben.«

»In diesem Stadtteil gibt es viele Künstler«, erklärte Marie-Christine.

»Im Überfluß«, sagte Gérard. »Paris ist der Mittelpunkt der Künste. Und hier, im Quartier Latin, kommen die Künstler zusammen. Sie treffen sich Tag und Nacht in den Cafés und sprechen von den großen Werken, die sie schaffen werden… leider immer schaffen *werden*.«

»Eines Tages werden sie von den großen Werken reden, die sie geschaffen haben«, sagte ich.

»Dann werden sie zu berühmt sein, um hier zu leben oder solche Cafés zu besuchen. Und deshalb wird hier immer nur von dem die Rede sein, was sie schaffen werden.«

Angèle rief: »Gérard, ich finde nicht genug Tassen.«

Er lächelte mir zu, sagte, »entschuldigen Sie mich«, und ging in die Küche. Ich hörte ihre Stimmen.

»*Chère maman*, immer denkst du, ich würde verhungern.«

»Das Huhn wird für ein paar Tage reichen. Es ist fix und fertig zubereitet. Und ich habe einen *gâteau* zum Kaffee mitgebracht.«

»Maman, du verwöhnst mich.«

»Du weißt, ich mache mir Sorgen um dich, so wie du hier lebst. Ich wünschte, du würdest nach Hause kommen. Du könntest im Nordturm malen.«

»Oh, das ist nicht dasselbe. Hier bin ich unter meinesgleichen. Für einen strebsamen Maler gibt es keinen anderen Ort als Paris. Haben wir alles? Ich trage das Tablett. Du nimmst den köstlichen *gâteau*.«

Er stellte das Tablett auf den Tisch und schob zugleich Tuben und Pinsel beiseite. Angèle schnitt den Kuchen auf und reichte ihn herum.

Gérard sagte zu mir: »Meine Mutter glaubt, ich wäre kurz vorm Verhungern. Dabei lebe ich sehr gut.«

»Von der Kunst kann man nicht leben«, sagte Angèle.

»Das ist leider wahr, und ich wüßte hier niemanden, der dir nicht beipflichten würde. Sagt, was habt ihr in Paris unternommen?«

Wir berichteten von unseren Besichtigungen. »Es war wunderbar«, schwärmte ich.

»Der *gâteau* ist delikat«, warf Marie-Christine ein.

»Und Sie sind in London zu Hause?« fragte mich Gérard. »Wir haben einen Engländer in unserer Gemeinschaft. Hier kennen wir uns natürlich alle. Wir treffen uns in Cafés und in unseren Wohnungen. Fast jede Nacht sind wir irgendwo beisammen.«

»Um über die wunderbaren Bilder zu reden, die ihr malen werdet«, bemerkte Marie-Christine vorwitzig.

»Ich hoffe, du wirst Noelle einige deiner Arbeiten zeigen«, sagte Robert.

»Möchten Sie sie wirklich sehen?« fragte mich Gérard.

»Aber natürlich, sehr gern.«

»Erwarten Sie nur nichts Großartiges im Stil von Leonardo, Rembrandt, Reynolds, Fragonard oder Boucher.«

»Ich denke mir, daß Sie Ihren eigenen Stil haben.«

»Danke. Ist es Ihre angeborene Höflichkeit, die Sie so erpicht scheinen läßt, meine Arbeiten zu sehen? Ich möchte Sie auf keinen Fall langweilen.«

»Wie kann ich das beurteilen, bevor ich etwas gesehen habe?«

»Nun gut. Ich schlage vor, ich zeige Ihnen ein paar Sachen, und wenn ich Anzeichen von Langeweile entdecke, höre ich auf. Einverstanden?«

»Ja.«

»Kommt Madame Garnier noch zu dir?« erkundigte sich Angèle.

»O ja.«

»Der Küchenboden muß geschrubbt werden. Was tut sie eigentlich hier?«

»Die gute alte Garnier. Sie hat ein wunderbares Gesicht.«

»Hast du sie gemalt?«

»Natürlich.«

»Ich finde sie ziemlich unansehnlich.«

»Du siehst das Innere der Frau nicht.«

»Sie hat also, statt zu putzen, Modell gesessen?«

Er wandte sich mir zu. »Sie wollten meine Bilder sehen. Ich beginne mit Madame Garnier.«

Er nahm eine der Leinwände und stellte sie auf eine Staffelei. Es war das Porträt einer Frau – korpulent, heiter, mit einem pfiffigen Zug um den Mund und einer guten Portion Habgier in den Augen.

»Das ist sie, wie sie leibt und lebt«, sagte Angèle.

»Es ist sehr ansprechend«, fand ich. Gérard beobachtete mich genau. »Man hat das Gefühl, etwas über sie zu erfahren.«

»Sagen Sie mir, was es ist«, bat Gérard.

»Sie scherzt gern. Sie lacht viel. Sie weiß, was sie will, und setzt es auch durch. Sie ist listig und versteht es, mehr zu bekommen, als sie gibt.«

Er lächelte und nickte. »Danke«, sagte er. »Sie haben mir ein großes Kompliment gemacht.«

Angèle meinte: »Zweifellos kommt es Madame Garnier sehr zupaß, grinsend auf einem Stuhl zu sitzen, statt ihre Arbeit zu tun.«

»Und mir kommt es ebenso zupaß, *Maman*.«

»Sie haben uns noch mehr Bilder versprochen«, sagte ich.

»Nach Ihrem Urteil über dieses zögere ich nicht mehr.«

»Sie werden doch nicht an Ihrer Arbeit zweifeln? Ich hätte gedacht, daß ein Künstler fest an sich glauben muß. Wenn *er* es nicht tut, wer soll es dann tun?«

»Welch weise Worte!« sagte er mit einem Anflug von Spott. »Schön, hier ist das nächste. Der *concierge*. Und dies ist ein Mädchen, das uns manchmal Modell sitzt. Ein bißchen konventionell, wie? Hier, *Madame la concierge*.«

Ich war von seinen Arbeiten sehr angetan. Er zeigte uns einige Pariser Szenen. Er hatte den Louvre gemalt, die Tuilerien und eine Straßenszene. Und La Maison Grise mitsamt dem Rasen und den Nymphen im Teich. Ich war ein wenig verblüfft, als er eine Leinwand umdrehte und ein Bild von Le Moulin Carrefour enthüllte.

»Das ist ja die Mühle«, sagte ich.

»Es ist ein altes Bild, ich habe es vor ein paar Jahren gemalt. Sie kennen die Mühle?«

»Ich bin mit Marie-Christine dortgewesen.«

Er drehte das Bild zur Wand und zeigte mir eins von einer Käseverkäuferin an einem Marktstand.

»Setzen Sie sich zum Malen auf die Straße?« fragte ich.

»Nein, ich mache Skizzen und arbeite sie hier aus.«

»Ihre Spezialität sind Porträts?«

»Ja. Die Gesichter der Menschen ziehen mich an. Sie sagen so viel aus, wenn man versteht, darin zu lesen. Viele Menschen bemühen sich, zu verbergen, was überaus aufschlußreich sein könnte.«

»Und wenn Sie ein Porträt malen, suchen Sie zu entdecken, was sich verbirgt?«

»Man sollte etwas über die Person wissen, wenn man ein wirklich gutes Porträt malen will.«

»Und sie haben alle Menschen, die Sie gemalt haben, dieser gründlichen Prüfung unterzogen?«

»Das hört sich an, als müßtest du ein Detektiv sein«, meinte Robert. »Du sammelst eine Menge Informationen über die Menschen, die du malst.«

»Ganz so ist es nicht«, sagte Gérard lachend. »Was ich entdecke, ist für mich allein bestimmt, und es ist nur vorhanden, solange ich an dem Bild arbeite. Ich möchte etwas Wahres schaffen.«

»Meinen Sie nicht, daß die Menschen nicht so gemalt werden möchten, wie sie sind, sondern lieber so, wie sie gern wären?« fragte ich.

»So machen es gewöhnlich die Modemaler. Doch so einer bin ich nicht.«

»Aber wenn ein schmeichelndes Bild Freude macht, was schadet es dann?«

»Gar nichts. Nur möchte ich dergleichen nicht malen.«

»Mir wäre es recht, wenn ein Bild mir schmeicheln würde«, sagte Marie-Christine.

»Das dürfte den meisten Leuten recht sein«, ergänzte Angèle.

»Glauben Sie denn, daß Sie wirklich entdecken, welche Geheimnisse die Menschen zu verbergen trachten?« fragte ich.

»Vielleicht dann und wann. Aber ein Porträtmaler hat vielfach eine lebhafte Phantasie, und was er nicht entdeckt, denkt er sich hinzu.«

»Und am Ende sagt es nicht immer das Richtige aus.«

»Ihm kommt es darauf an, daß es überhaupt etwas aussagt.«

»Wenn es das Falsche ist, könnte seine Mühe umsonst gewesen sein.«

»Nein, denn er hatte Freude an der Erfahrung.«

»Mir scheint«, sagte Robert, »daß man auf der Hut sein sollte, wenn man sich einer Charakteranalyse unterwerfen muß, während man sein Porträt malen läßt.«

»Ich sehe, ich habe einen falschen Eindruck vermittelt«, sagte Gérard gelassen. »Ich spreche eigentlich nur von einer Übung, die der Künstler zu seinem Vergnügen betreibt. Sie ist vollkommen harmlos.«

Ein Schatten fiel auf die Glastür, die auf das Dach hinausging. Ein sehr großer Mann spähte zum Atelier herein.

»Guten Tag.« Sein Französisch hatte einen starken Akzent.

»Komm herein«, sagte Gérard überflüssigerweise, denn der Besucher trat bereits ins Atelier.

»Oh, ich störe«, stellte er fest, als er uns bemerkte. Dann lächelte er uns zu. Er war hellblond. Ich schätzte ihn auf Ende Zwanzig. Seine Augen waren erstaunlich blau, und er hatte etwas Überwältigendes an sich, das nicht nur seiner Größe zuzuschreiben war. Die Kraft seiner Persönlichkeit war auf den ersten Blick spürbar.

»Das ist mein Nachbar, Lars Petersen«, stellte Gérard vor.

Ich hatte den Namen schon gehört: der Mann, der Marianne porträtiert hatte.

Gérard machte mich mit ihm bekannt. Die anderen waren dem Neuankömmling offenbar nicht fremd.

»Es ist mir ein Vergnügen, Sie zu sehen«, sagte Lars Petersen zu uns. »Verzeihen Sie, daß ich einfach so hereinschneie. Ich wollte mir etwas Milch borgen. Hast du welche, Gérard? Wenn ich gewußt hätte, daß du Besuch hast, hätte ich meinen Kaffee ohne Milch getrunken.«

»Wir haben noch Kaffee«, sagte Angèle. »Er ist vielleicht schon etwas kalt...«

»Das macht nichts, Kaffee schmeckt mir immer.«

»Und Milch haben wir auch.«

»Sie sind sehr liebenswürdig.«

»Nehmen Sie Platz«, sagte Angèle. Er setzte sich neben Marie-Christine auf die Couch.

»Sie sind übers Dach gekommen«, wunderte sich Marie-Christine.

»Das ist nicht so gefährlich, wie man vielleicht denkt. Wir können auf dem Dach herumgehen, ein schmaler Pfad führt von einem Atelier zum andern. Das meine ist genau wie dieses hier.«

Angèle reichte ihm seinen Kaffee, und er bedankte sich überschwenglich.

Gérard wirkte leicht verstimmt. Er wünschte offenbar, sein Nachbar wäre nicht zu uns hereingeplatzt. Der große Mann war wirklich beeindruckend. Bald bestritt er das Gespräch. Er erzählte hauptsächlich von sich: Er habe in Oslo studiert und sich plötzlich in den Kopf gesetzt, Maler zu werden. »Es war wie mit Paulus auf der Straße nach Damaskus«, erklärte er. Er habe plötzlich das Licht erblickt. Darauf habe er seine Sachen gepackt und sei nach Paris gekommen, in das Mekka der Künstler. Die Menschen seien so freundlich und ihm so ähnlich. »Da hocken wir in unseren Dachstuben, arm aber glücklich. Alle Künstler sollten glücklich sein.«

Gérard war freilich nicht gerade arm. Und ich hatte nicht den Eindruck, daß er glücklich wäre, was mit dem Tod seiner jungen Frau zusammenhängen mochte.

»Man sagt, in einer Dachstube zu darben, trage wesentlich zum Zustandekommen großer Kunst bei«, fuhr Lars Petersen fort.

»So leben wir denn alle von einem Tag zum andern mit dem Wissen, daß wir uns auf der Straße zu Ruhm und Reichtum befinden. Die Entbehrungen der Gegenwart sind der Preis für die glorreiche Zukunft. Eines Tages werden die Namen Lars Petersen und Gérard du Carron in einem Atemzug mit Leonardo da Vinci genannt werden. Ohne jeden Zweifel. Daran glauben wir. Ein schöner, tröstlicher Glaube.«

Er schilderte, wie er nach Paris gekommen war und sich ein paar Jahre durchgekämpft hatte, während er von einem möblierten Zimmer zum andern zog. Und dann hatte er ein paar Bilder verkauft. Eines davon war ein Erfolg. Es war bald in aller Munde.

Ich gewahrte einen flüchtigen Ausdruck in Gérards Gesicht und wußte, daß er an Lars Petersens Porträt von Marianne dachte, das so viel Beachtung gefunden hatte.

»Wenn man einmal Erfolg hat, werden die Leute aufmerksam«, fuhr Lars Petersen fort. »Ich konnte einige Bilder verkaufen. Es war ein Schritt nach oben. Und jetzt habe ich ein schönes Atelier, das genaue Pendant zu diesem. Wo kann man etwas finden, das besser auf unsere Bedürfnisse zugeschnitten ist?«

Er redete weiter, und ich mußte zugeben, er war spaßig. Obwohl er fließend Französisch sprach, suchte er oft nach Worten, wobei er den Kopf zurückwarf und mit den Fingern schnippte, als fordere er uns auf, das betreffende Wort beizusteuern. Und fast immer tat es jemand, vornehmlich Marie-Christine. Sie amüsierte sich sehr über ihn, und ich merkte ihr an, daß sie den Besuch mehr genoß, seit Lars Petersen aufgetaucht war. Er erzählte von seiner Heimat, beschrieb die herrlichen Fjorde. »Eine malerische Landschaft. Aber–«, er hob die Schultern und schüttelte den Kopf, »– die Leute mögen den Louvre oder Notre-Dame lieber als die wilde Landschaft von Norwegen. Ja, wenn man erfolgreich sein will, muß man in Paris in die Lehre gehen. Paris ist das Zauberwort. Ohne Paris kann man nichts werden.«

»Das behauptet Gérard auch immer«, sagte Robert. Er warf Angèle einen Blick zu. »Ich glaube, meine Liebe, es wird Zeit für uns, aufzubrechen.«

»Es war so lustig«, rief Marie-Christine aus.

»Sie wohnen nicht allzuweit draußen auf dem Lande, nur wenige Kilometer von Paris, nicht wahr?« meinte Lars Petersen.

»Sehr richtig«, erwiderte Gérard. »Ihr solltet öfter nach Paris kommen.«

»O ja, das machen wir«, rief Marie-Christine.

»Es war schön, dich zu sehen, Gérard«, sagte Angèle. »Komm bald nach Hause.«

»Ja.«

Gérard nahm meine Hand. »Es hat mich sehr gefreut, Sie kennenzulernen. Schön, daß Sie in Frankreich sind. Ich würde Sie gern porträtieren.«

Ich lachte. »Nach all Ihren Warnungen?«

»Zuweilen sieht man einen Menschen und möchte ihn malen. So ergeht es mir mit Ihnen.«

»Ich bin geschmeichelt, aber ich sollte auf der Hut sein, nicht wahr?«

»Ich verspreche Ihnen, es wird eine schmerzlose Prozedur.«

»Wir fahren übermorgen aufs Land zurück.«

»Aber, wie gesagt, es ist nicht weit. Sind Sie einverstanden? Es würde mir Freude machen.«

»Darf ich darüber nachdenken?«

»Aber bitte.«

»Würden Sie nach La Maison Grise kommen?«

»Hier wäre es mir lieber. Das Licht ist so gut. Und ich habe hier alles, was ich brauche.«

»Das würde heißen, daß ich in Paris wohnen müßte.«

»Für etwa eine Woche, ja. Warum nicht? In Onkel Roberts Haus sind Sie gut untergebracht. Von dort ist es nicht weit zum Atelier.«

Ich war ganz aufgeregt. Es war ein überaus anregender Nachmittag gewesen.

Später kam Angèle zu mir ins Zimmer. »Wie fanden Sie den Besuch bei Gérard?« wollte sie wissen.

»Vergnüglich. Und sehr interessant.«

»Gérard macht mir Sorgen. Ich wünschte, er würde nach Hause kommen. Malen könnte er auch dort.«

»Er hat mich gebeten, mich malen zu dürfen.«

»Ich weiß. Ich habe es gehört. Das wäre doch nett.«

»Ich sagte ihm, daß ich nach all den Enthüllungen auf der Hut sein werde.«

»Ach, das war nur leeres Gerede. Außerdem haben Sie keine dunklen Geheimnisse.«

»Trotzdem...«

»Er könnte ein gutes Porträt von Ihnen malen. Einige seiner Bilder sind wirklich wunderschön.«

»Ich nehme an, er hat seine Frau oft gemalt.«

»O ja. Sie war sein Hauptmodell. Einige der Bilder sind hinreißend. Es war bedauerlich, daß so viel Aufhebens um das eine gemacht wurde, das Lars Petersen gemalt hat. Ich finde einige von Gérards Bildern genauso gelungen. Es kommt nur darauf an, was den Kritikern gefällt.«

»Er hat uns keines der Bilder gezeigt, die er von ihr gemalt hat.«

»Nein. Ich glaube, er will nicht daran zurückdenken. Aber Sie müssen ihm gestatten, Sie zu malen.«

»Es könnte recht amüsant werden.«

»Dann ist es abgemacht. Wir fahren dazu noch einmal nach Paris. Ich kann den Haushalt jetzt nicht länger allein lassen, wir müssen zurück. Aber in ein paar Wochen können wir wiederkommen. Ich würde Sie begleiten, und Sie könnten täglich ins Atelier gehen. Ich denke, Robert wird vormittags arbeiten wollen. Dann ist das Licht am besten. O ja, das läßt sich einrichten. Sagen wir, in drei Wochen.«

Die Aussicht machte mich ganz aufgeregt. Das Bohèmeleben reizte mich sehr. Bestimmt hatte Gérard viele Freunde, die so amüsant waren wie Lars Petersen.

Als wir nach La Maison Grise zurückkehrten, wartete ein Brief von Lisa Fennell auf mich.

Ich hatte ein unbehagliches Gefühl, als ich ihre Handschrift erkannte. Der Besuch in Paris hatte mir geholfen, mich ein paar Schritte von der Vergangenheit zu entfernen, vor allem die Begegnung mit Gérard und der kleine Einblick in seine Lebensweise.

Ich verspürte Zuneigung zu ihm. Er hatte seine junge Frau verloren und ich den Ehemann, den ich nie gehabt hatte, und ich fühlte, daß uns dies auf gewisse Weise verband.

Und nun wurde ich mit einem Schlag in jene Welt zurückversetzt, der ich eben erst entronnen war.

Ich ging mit dem Brief in mein Zimmer, um ihn ungestört lesen zu können.

Meine liebe Noelle!

Ich habe mich oft gefragt, wie es Ihnen ergehen mag. Seit Sie fort sind, habe ich immerzu an Sie gedacht. Hoffentlich fühlen Sie sich besser. Robert ist der gütigste Mensch, den ich kenne, und Sie haben gut daran getan, mit ihm wegzufahren.

Das Stück ist abgesetzt, und es wird noch etliche Wochen dauern, bis das neue Premiere hat. Dolly hat mir eine Rolle darin versprochen. Aber nur in der Tanztruppe. Lottie Langdon wird wohl die Hauptrolle spielen. Ich hoffe die zweite Besetzung zu werden. Aber im Augenblick mache ich Pause.

Denken Sie nur, ich bin in Leverson gewesen. Das wollte ich Ihnen mitteilen.

Es stand so viel in der Zeitung über die Entdeckung des Neptuntempels. Es ist offenbar ein wichtiger Fund, und die Zeitungen waren voll von Nachrichten darüber, was der Erdrutsch alles ans Licht gebracht hat. Ich war ganz gefesselt davon, und da habe ich Roderick geschrieben, wie gern ich es sehen möchte.

Er kam nach London in die Vorstellung, denn zu der Zeit habe ich noch gearbeitet. Danach sind wir soupieren gegangen. Er schien sehr traurig zu sein und wollte nicht über Sie sprechen. Wir haben uns über den Tempel unterhalten, und

Roderick hat mich zum Wochenende nach Leverson eingeladen, um die Ausgrabungen zu besichtigen. Ich war sehr beeindruckt. Ich habe die liebenswerte Fiona Vance kennengelernt; sie hat mir einiges von ihrer Arbeit gezeigt. Es war ein überaus interessantes Wochenende. Lady Constance war sehr kühl zu mir. Es paßte ihr sichtlich nicht, daß ich dort war. Jetzt verstehe ich, wie Ihnen zumute gewesen sein muß.

Davon abgesehen, hat es mir sehr gut gefallen. Ich fand es sehr reizvoll, was Fiona macht. Sie hat mir gezeigt, wie man Erde und dergleichen von den Trinkgefäßen bürstet. Ich habe es sehr bedauert, als ich fort mußte.

Fiona meinte, es sei schade, daß ich nicht in der Nähe wohne. Charlie war auch dort. Auch er ist sehr unglücklich. Ich bin überzeugt, daß sie viel an Sie denken.

Charlie und Roderick haben beide gesagt, ich müsse wiederkommen. Von Lady Constance ist eine solche Einladung freilich nicht ergangen!

Vielleicht fahre ich wieder hin. Die römischen Ruinen sind faszinierend.

Ich wohne immer noch in Roberts Haus. Bitte bestellen Sie ihm, ich schämte mich, daß ich noch bliebe, aber ich fühlte mich so wohl, und die Crimps wollten nicht, daß ich ausziehe. Es interessiert sie immer, was im Theater los ist. Na, so bleibe ich eben.

Bitte versuchen Sie herauszufinden, ob Robert wirklich meint, ich solle ausziehen. Eigentlich scheint es unnötig, und mir bedeutet es viel, hierbleiben zu können.

Ich hoffe, daß ich bald wieder arbeiten werde. In diesem Fall werde ich am Wochenende nicht mehr nach Leverson fahren.

Ob wir uns bald einmal wiedersehen? Was haben Sie für Pläne?

Liebe Noelle, ich wünsche Ihnen alles Gute...

Der Brief fiel mir aus der Hand. Lisa war dort gewesen. Sie hatte Roderick und Charlie und Lady Constance gesehen. Sie seien traurig gewesen, schrieb sie.

Lieber Roderick. Woran dachte er jetzt? Würde er mich mit der Zeit vergessen? Ich wußte, daß ich ihn nie vergessen würde.

Bei den Sitzungen im Atelier fand ich Ruhe und Frieden. Ich blickte über die Stadt, während Gérard du Carron an meinem Porträt arbeitete.

Die Vergangenheit schien in die Ferne gerückt. Mir war, als tue sich abermals ein Fluchtweg vor mir auf.

Ich saß auf einem Stuhl, das Licht fiel mir voll ins Gesicht. Gérard stand vor seiner Staffelei. Manchmal sprach er bei der Arbeit, dann wieder verfiel er in Schweigen.

Er erzählte mir von seiner Kindheit in La Maison Grise. Der Nordturm habe ihn schon immer angezogen. Er habe schon früh zu skizzieren begonnen und sich sehr für Malerei interessiert.

»Ich habe die Bilder in der Gemäldegalerie betrachtet. Ich konnte mich stundenlang da oben aufhalten. Im Haus wußten sie immer, wo ich zu finden war. Sie hielten mich für ein eigenartiges Kind. Und plötzlich wußte ich, daß ich malen wollte.

Das Leben verlief ruhig und behaglich. Mein Vater war ein stiller, feiner Mensch. Ich frage mich, was geschehen wäre, wenn er länger gelebt hätte. Wenn... das sagt man immer. Sagen Sie es auch, Noelle?«

»Ständig.«

»Warum sind Sie so traurig?«

»Woher wissen Sie, daß ich traurig bin?«

»Sie versuchen es zu verbergen, aber es ist da.«

»Wissen Sie von meiner Mutter?«

»Ja, ich habe von ihrem plötzlichen Tod gehört. Ich weiß, daß Onkel Robert sie sehr gern hatte und daß Sie deswegen hier sind. Er hat auch Sie sehr gern. Schmerzt es, von ihr zu sprechen?«

»Ich weiß nicht recht.«

»Dann versuchen Sie's.«

Und da sprach ich von ihr. Ich erzählte ihm von unserem Leben, den Theaterstücken, den dramatischen Vorfällen und von Dolly. Mir fielen immer neue Begebenheiten ein, und über einige konnte ich lachen wie einst.

Gérard lachte mit mir. Und dann sagte er: »Es war eine Tragödie.«

Wenn Madame Garnier kam, herrschte großes Getöse in der Küche. Sie glaubte wohl, sie müsse soviel Lärm machen, um zu beweisen, wie schwer sie schuftete. Anfangs war sie etwas mürrisch zu mir, nach ein paar Tagen aber wurde sie liebenswürdiger. Sie war von Gérard gemalt worden, ich wurde von ihm gemalt, und das knüpfte ein Band zwischen uns.

Sie erzählte mir, daß ihr Bild in einer Ausstellung gezeigt werde. Die Leute würden es sehen und vielleicht kaufen. »Wer will mich schon in seinem Salon hängen haben wollen, Mademoiselle?«

»Oder mich?«

Sie hatte die Angewohnheit, mich anzustupsen und in Lachen auszubrechen. Sie versorgte das Atelier mit Brot, Milch und anderen Lebensmitteln und ließ sie sich, wie ich bald entdeckte, über Gebühr bezahlen. Ich hatte sie aufgrund der Habgier, die auf dem Porträt aus ihren Augen sprach, verdächtigt. Darauf hatte ich es überprüft und bestätigt gefunden. Ich war von Gérards Scharfblick beeindruckt.

Eines Tages fragte ich ihn: »Wissen Sie, daß Madame Garnier Sie mit den Lebensmitteln betrügt?«

»Aber natürlich.«

»Und Sie sagen es ihr nicht?«

»Nein. Es ist eine Bagatelle. Ich brauche sie, um mir die Lebensmittel zu bringen. Gönnen wir ihr ihre kleinen Triumphe. Das verschafft ihr Zufriedenheit. Sie hält sich für ungemein schlau. Wenn sie wüßte, daß ich Bescheid weiß, würde es ihr diese Zufriedenheit nehmen. Wie heißt doch das Sprichwort? Schlafende Hunde soll man nicht wecken?«

Da mußte ich lachen.

Nach der morgendlichen Sitzung ging ich in die Küche und bereitete uns eine Mahlzeit. Manchmal schaute Angèle herein, und dann machten wir uns gemeinsam auf den Rückweg. Ich wußte, daß Marie-Christine es uns verübelte, daß wir ohne sie nach Paris gefahren waren. Sie hätte uns gern begleitet, aber Mademoiselle Dupont hatte gemeint, der Unterricht sei lange genug unterbrochen worden.

Manchmal blieb ich den Nachmittag über im Atelier. Wenn wir zusammen zu Mittag aßen, schauten oft Leute herein. Ich lernte einige von Gérards Freunden kennen. Gaston du Pré war ein junger Mann aus der Dordogne. Er war sehr arm und wurde meist von den andern durchgefüttert. Er erschien oft zu den Mahlzeiten und leistete uns beim Essen Gesellschaft. Richard Hart war der Sohn eines Landedelmannes aus Staffordshire, der sein Leben lang von dem Ehrgeiz zu malen getrieben wurde. Und es gab noch andere, allen voran Lars Petersen, der erfolgreichste unter ihnen, da er durch sein Porträt von Marianne zu Ruhm gekommen war.

Er beherrschte die Clique bei jeder Gelegenheit, teils, weil er erfolgreicher war als die andern, teils aufgrund seiner überschäumenden Persönlichkeit.

Es war ein unbeschwertes Dasein, und nach wenigen Tagen nahm es mich ganz gefangen. Jeden Morgen erwachte ich mit einem Gefühl der Vorfreude. Nie hätte ich gedacht, jemals wieder etwas so genießen zu können wie dieses Erlebnis. Ich freute mich auf meine kleinen Geplänkel mit Madame Garnier. Daß sie für ihre Einkäufe zuviel berechnete, ließ ich ihr nicht länger durchgehen. Als ich sie auf die Unstimmigkeiten bei den Abrechnungen hinwies, hatte sie mich mit zusammengekniffenen Augen angesehen. Aber sie respektierte mich. Ihre Theorie schien zu lauten, wer dumm genug war, sich betrügen zu lassen, habe es nicht anders verdient. Daher hegte sie keinen Groll gegen mich.

Ich liebte es, die Mahlzeiten zuzubereiten, und oft brachte ich die Zutaten mit. Madame Garnier hatte nichts dagegen, da für sie kein Profit mehr zu machen war und sie zudem weniger Arbeit hatte und früher nach Hause gehen konnte. Obwohl ich ihr also ihr einträgliches Geschäft verdorben hatte, bescherte ich ihr andererseits ein leichteres Leben. Gérard war sehr amüsiert, als ich es ihm erzählte.

Und ich hatte viel zu lachen.

Am meisten genöß ich die Sitzungen, wenn wir uns dabei unterhielten. Unsere Freundschaft machte unter diesen Umständen rasche Fortschritte, und ich dachte daran, wie fade das Leben sein würde, wenn das Porträt vollendet wäre.

Eines Tages sagte Gérard bei der Arbeit: »Da ist noch etwas anderes, das Sie unglücklich macht.«

Ich schwieg. Er sah mich an, den Pinsel in der Hand. »Ist es ... die Liebe?« fragte er.

Ich zögerte noch. Ich konnte es nicht ertragen, von Roderick zu sprechen. Gérard erspürte meine Stimmung sogleich. »Verzeihen Sie«, sagte er. »Ich hätte nicht fragen sollen. Vergessen Sie es.« Er wandte sich wieder der Leinwand zu, aber kurz darauf sagte er: »Es hat heute keinen Zweck. Ich kann nicht mehr arbeiten. Lassen Sie uns ausgehen. Ich zeige Ihnen das Quartier Latin. Sie kennen es noch gar nicht richtig.«

Ich verstand. Meine Stimmung war umgeschlagen. Roderick schien mir so nahe. Meine Heiterkeit war dahin.

Als wir auf die Straße traten, umfing mich die Atmosphäre und heiterte mein Gemüt ein wenig auf. Der Geruch nach frischgebackenem Brot hing in der Luft, und aus einem Haus kamen die Klänge einer Ziehharmonika.

Wir gingen in die Kirche St. Sulpice und spazierten durch die schmalen Straßen mit den Geschäften, wo Rosenkränze und Heiligenbilder feilgeboten wurden. »Wir nennen diese Gegend Saint-Sulpicerie«, erklärte mir Gérard. Er zeigte mir das Haus, wo Racine gestorben war. Dann gingen wir zur Place Furstenberg, wo Delacroix sein Atelier hatte. »Er ist noch gar nicht lange tot, aber sein Atelier ist bereits eine Wallfahrtsstätte geworden. Glauben Sie, daß die Leute eines Tages in mein Atelier kommen und sagen werden: ›Hier hat Gérard du Carron gewohnt und gearbeitet‹?«

»Es wird eine Wallfahrtsstätte, wenn Sie entschlossen sind, es dazu zu machen.«

»Sie glauben also, daß wir die Macht haben, aus unserem Leben zu machen, was wir wollen?«

»Wir müssen uns mit den Umständen abfinden. Wer von uns weiß, was das Leben morgen bringt? Aber ich glaube, daß wir die Kraft in uns haben, über Unglück hinwegzukommen.«

»Ich bin froh, daß Sie so empfinden. Es ist ein wunderbarer Glaube… aber nicht immer leicht zu bewahren.«

Wir kamen an ein Café mit fröhlich-bunten Markisen, unter denen Tische aufgestellt waren.

»Möchten Sie eine Erfrischung?« fragte Gérard. »Man sitzt hier so nett. Ich finde es beruhigend, die Welt vorbeiflanieren zu sehen.«

Wir setzten uns, tranken Kaffee und beobachteten die Leute. Gérard amüsierte sich – und mich –, indem er Mutmaßungen über ihr Leben anstellte.

Ein alter Mann ging mühsam mit Hilfe eines Stockes. »Der hat ein lustiges Leben geführt«, sagte Gérard. »Und nun, da es zu Ende geht, fragt er sich, wofür er überhaupt gelebt hat. Ah! Die ältere Frau mit der vollen Einkaufstasche gratuliert sich, weil sie die Preise beim Schlachter, beim Bäcker und beim Kerzengießer heruntergehandelt hat, ohne zu wissen, daß man sie in Kenntnis ihrer Methoden vorher heraufgesetzt hat.«

Zwei junge Mädchen kamen kichernd Arm in Arm vorüber. »Sie träumen von ihren zukünftigen Liebhabern«, sagte Gérard. »Und da das Liebespaar. Es gibt keine Straße in Paris ohne Liebende. Sie haben nur Augen füreinander. Und dort, das junge Mädchen mit seiner Gouvernante, es träumt von der Freiheit, wenn es keine Gouvernante mehr braucht. Die Gouvernante weiß, daß diese Zeit nicht mehr fern ist, und das Herz ist ihr schwer. Wo wird sie ihre nächste Stellung finden?«

»Ich sehe, was Sie meinen, wenn Sie sagen, Sie müßten Ihre Modelle kennen. Möchten Sie diese Menschen malen?«

»Die meisten. Aber einige zeigen zu deutlich, was sie sind. Ich halte nach solchen Ausschau, die eine geheimnisvolle Aura umgibt.«

Wir kauften etwas Pastete und nahmen sie mit ins Atelier. Wir aßen sie auf der Couch sitzend und tranken eine Flasche Weißwein dazu.

»Ich glaube«, sagte Gérard, »Sie finden allmählich Geschmack an *la vie bohème*.«

»Vielleicht bin ich dafür geboren.«

»Schon möglich. Meine Mutter ist ein bißchen entsetzt über meine Lebensweise. Sie versteht nicht, warum ich nicht nach La Maison Grise zurückkehre und das Leben eines Landjunkers führe.«

»Das würde überhaupt nicht zu Ihnen passen.«

Nach kurzem Schweigen sagte er: »Sie sind jetzt nicht mehr so traurig.«

»Sie haben mich aufgeheitert.«

»Dann war unser kleiner Ausflug wohl genau, was Sie brauchten?«

»Ja. Und ich weiß nicht, warum ich Ihnen die Wahrheit vorenthalten soll.«

»Ich möchte sie natürlich gern erfahren.«

Ich fing ganz von vorn an, bei meiner Mutter, die stets von Charlie, Robert und Dolly umgeben war, und ich endete mit Charlies Eröffnung, daß Roderick und ich Geschwister waren.

Gérard sah mich bestürzt an. »Und das war das Ende…«

Ich nickte. »Deshalb bin ich so traurig.«

Er rückte näher zu mir und legte den Arm um mich. »Meine arme, arme Noelle, wie haben Sie gelitten«, sagte er.

»Wie ich schon sagte, wir müssen die Schläge hinnehmen, die das Leben uns erteilt, aber uns ist die Kraft gegeben, darüber hinwegzukommen.«

»Sie haben recht. Wir können darüber hinwegkommen.«

»Ich wollte mit niemandem darüber sprechen.«

»Es war richtig, daß Sie es mir gesagt haben. Ich verstehe Sie. Ich habe meine Frau verloren.« Er stand unvermittelt auf und trat ans Fenster. Dann drehte er sich um und sagte: »Das Licht ist noch gut. Ich könnte eine Weile arbeiten und den Müßiggang von heute morgen wieder wettmachen.«

Dann kam der Tag, an dem das Porträt fertig wurde. Es stimmte mich traurig, daß die Zeit vorüber war. Keine Sitzungen mehr, keine vertraulichen Gespräche, kein Anlaß mehr für mich, jeden Tag ins Atelier zu gehen. Es war ein höchst anregendes Erlebnis gewesen.

Gérard beobachtete mich gespannt, während ich das Porträt betrachtete. Es war ein gutes Bild. Ich war keine Schönheit wie Marianne, dennoch hatte es etwas Betörendes. Es war das Antlitz einer jungen Frau, in gewisser Weise unschuldig und noch nicht vom Leben gezeichnet, aber in den Augen lag ein Ausdruck, der von einem geheimen Kummer kündete.

»Es ist hervorragend«, sagte ich.

»Aber gefällt es Ihnen?«

»Ich finde, es verrät etwas.«

»Etwas, das Sie lieber nicht offenbart haben würden?«

»Vielleicht.«

»Das sind Sie«, sagte er. »Immer, wenn ich es sehe, werde ich das Gefühl haben, daß Sie hier sind.«

Lars Petersen kam herein. »Ich kann's nicht mehr erwarten. Wo ist das Meisterwerk?« sagte er und stellte sich breitbeinig vor die Staffelei. Er schien den Raum vollkommen auszufüllen. »Es ist gut«, verkündete er. »Diesmal hast du's geschafft, Gérard.«

»Meinst du?«

»Wir werden's ja sehen. Es hat Tiefe. Und es ist das Bildnis eines schönen Mädchens. Nichts gefällt so wie ein schönes Mädchen.«

»Es ist nicht eigentlich schön«, wandte ich ein. »Aber auf jeden Fall ansprechend.«

»Meine liebe Mademoiselle Tremaston, ich wage zu behaupten, daß ein Künstler es am besten erkennt. Es ist das Bildnis eines schönen Mädchens. Nun, wo ist der Champagner? Wir müssen

auf den Erfolg unseres Genies trinken. Entschuldigt mich einen Augenblick.« Er verschwand durch die Tür und übers Dach.
»Es gefällt ihm«, sagte Gérard. »Er findet es wirklich gut.«
Lars Petersen kehrte mit einer Flasche Champagner zurück. »Gläser!« gebot er. Ich holte sie, Lars öffnete die Flasche und schenkte ein. »Es ist gut, gut!« rief er. »Fast so gut wie mein Werk. Gérard, auf den Erfolg! Noelle wird dir den Durchbruch bringen, wie Marianne ihn mir gebracht hat. Nicht ganz so großartig, aber fast.« Er lachte. Ich fragte mich, wie die Erwähnung Mariannes Gérard berühren mochte; er aber trank nur, und seine Augen leuchteten.
Lars hatte ihn überzeugt, daß das Porträt gut war.

Angèle und Robert schlossen sich diesem Urteil an, und es war von einer Ausstellung die Rede. Gérard hatte unterdessen genug Bilder beisammen, die er für zeigenswert erachtete, und man unterhielt sich ausführlich über die Auswahl.
Wir blieben noch in Paris, und ich war oft im Atelier. Ich half Gérard bei der Entscheidung, welche Bilder er ausstellen sollte. Lars Petersen war oftmals zugegen, um sein Urteil abzugeben. Auch andere kamen hinzu, doch Lars als unmittelbarer Nachbar ging ständig ein und aus.
Madame Garnier gewann an Bedeutung, da ihr Bildnis zu den Ausstellungsstücken gehörte. Wir wählten einige Szenen vom Lande aus, aber überwiegend von Paris. Porträts waren jedoch Gérards eigentliche Stärke, und deshalb bildeten sie die Mehrzahl der Exponate.
Auch für Angèle und Robert waren die Vorbereitungen der Ausstellung aufregend. »Zur Ausstellung werden wir natürlich alle wieder nach Paris kommen«, sagte Angèle. Da wußte ich, daß wir die Stadt bald verlassen würden. Aber ich würde wiederkehren, und darauf freute ich mich.
Die Ausstellung sollte im September eröffnet werden. Ich war nun schon fast sechs Monate in Frankreich.
Ich kehrte mit Angèle nach La Maison Grise zurück und wurde

von Marie-Christine mit Vorwürfen empfangen. »Du bist ja ewig fortgewesen! Dauert es so lange, ein Porträt zu malen? Mein Englisch wird ganz gräßlich. Man muß ständig in Übung bleiben. Dein Französisch ist bestimmt auch gräßlich, wetten?«

»Ich hatte jede Menge Übung.«

»Es war gemein von dir, so lange wegzubleiben. Hat es dir gefallen, Modell zu sitzen?«

»Es war interessant.«

»Eines Tages werde ich bestimmt auch gemalt. Das ist nun mal so, wenn man einen Künstler in der Familie hat. Gehst du in die Ausstellung?«

»Ja.«

»Du wirst berühmt.«

»Ich? Was habe ich denn getan?«

»Als das Porträt meiner Mutter gemalt war, hat alle Welt über sie gesprochen. Jedermann weiß, wer Marianne war.«

»Über mich wird man nicht sprechen.«

»Warum nicht?«

»Deine Mutter war sehr schön.«

Sie musterte mich kritisch. »Ja«, sagte sie langsam, »das ist wahr. Dann war es wohl deshalb.«

Sie schien besänftigt. *Ich* würde nicht berühmt werden, so würde ich vielleicht in Zukunft ruhig in La Maison Grise bleiben und sie weiterhin in Englisch unterrichten.

Ich erhielt abermals einen Brief von Lisa.

Liebe Noelle!

Dollys *Kirschreife* hatte sich wunderbar angelassen. Alle sagen, Lottie war großartig. Das Stück war genau richtig für sie, weniger Gesang und Tanz als sonst. Du weißt ja, ihre hohen Töne waren immer zittrig.

In einigen Szenen wird eine Falltür benutzt. Im ersten Akt kommt der Held durch sie heraufgeklettert. Er gibt sich als Arbeiter aus, aber er ist natürlich ein verkleideter Millionär.

Dolly hatte mich die zweite Besetzung einstudieren lassen. Ich habe so auf die Chance gewartet, zu zeigen, was ich kann. Ich bin genauso gut wie Lottie.

Und dann bekam ich meine Chance. Chance, von wegen! Es gab einen Unfall. Die Falltür gab nach, und ich bin gestürzt. Es ging ziemlich weit hinunter, und ich habe mich am Rücken verletzt. Tanzen kommt vorläufig nicht in Frage. Ich muß mich schonen. Ich bin bei zwei Ärzten gewesen, und sie können nicht genau feststellen, was mir fehlt. Dolly ist fuchsteufelswild. So was Dummes. Ich weiß genau, *Kirschreife* hätte eine echte Chance für mich werden können.

Ich werde mich wohl ein paar Wochen schonen müssen. Das gibt mir wenigstens Gelegenheit zum Briefeschreiben.

Noelle, ich denke viel an Sie und frage mich, wie es Ihnen ergeht. Sie sind nun schon ziemlich lange fort.

Übrigens, ich bin noch einmal in Leverson gewesen. An dem Neptuntempel herrscht reger Betrieb.

Schreiben Sie, was es bei Ihnen Neues gibt.

Herzlich

Lisa

Die Zeit verflog. Wegen der Ausstellung gab es viel zu tun. Ich fuhr wieder mit Angèle nach Paris und war häufig im Atelier. Es machte mir Freude, eine Mahlzeit zuzubereiten; wir aßen zusammen, und oft gesellte sich einer von Gérards Freunden hinzu. Dann wurde hauptsächlich über Kunst geredet.

Lars Petersen arbeitete damals mit einem Modell namens Clothilde. Ich vermutete, sie seien ein Liebespaar. Als ich Gérard danach fragte, lachte er und sagte, Lars schwelge oft in romantischen Abenteuern. Es sei seine Lebensart.

So wohl ich mich auch in diesen Künstlerkreisen fühlte, meiner Sehnsucht nach Roderick konnte ich nicht entkommen. Ich spielte sogar mit dem Gedanken, ihm zu schreiben. Doch ich wußte, das wäre töricht. Die Situation war nicht zu ändern. Es war sicherer, wenn wir einander fernblieben. Ein Wiedersehen mit ihm hätte den Schmerz verschärft. Ich mußte ihn aus meinem Leben streichen. Eine Bruder-Schwester-Beziehung konnte es zwischen uns nicht geben. Wenn wir nicht als Liebende zusammen sein konnten, mußten wir getrennt bleiben.

Es war ein eigenartiges Erlebnis, mein Gesicht in einen prachtvollen vergoldeten Rahmen gefaßt von der Wand auf mich herabblicken zu sehen. Es war wirklich ein fesselndes Bildnis. Das lag an der zarten Andeutung von Tragik, die Gérard einem ansonsten jungen, unschuldigen Antlitz verliehen hatte. Hatte ich wirklich so ausgesehen, als er mich malte?

Ich schritt die Reihe der Bilder ab. Manche Ansichten von Paris waren sehr reizvoll, doch die meiste Aufmerksamkeit erregten die Porträts. Madame Garnier sah auf mich herab, mitsamt ihren Fehlern und Tugenden. Gérard war wirklich ein hervorragender Maler.

Es waren aufregende Tage. Ich ging oft in die Ausstellung. Gérard war über meine Begeisterung entzückt.

Man sprach von meinem Bildnis, und in den Berichten über die Ausstellung wurde ich ausgiebig erwähnt.

»Noelle ist der Höhepunkt.« – »Noelle überragt alles andere.« – »Studie eines jungen Mädchens, das ein Geheimnis zu verbergen hat. Von ihrem Liebsten verlassen?« – »Was versucht Noelle uns zu sagen? Ein fesselndes Porträt.«

Madame Garniers Bildnis wurde ebenfalls kommentiert. »Eine gelungene Studie.« – »Sehr charaktervoll.« – »Gérard du Carron hat es in den letzten Jahren weit gebracht und wird es noch weiter bringen.«

Es freute mich, als jemand mein Porträt erwerben wollte und Gérard sich weigerte, es zu verkaufen. »Es gehört mir«, sagte er. »Ich werde es immer behalten.«

Als die Ausstellung zu Ende war, kehrten wir nach La Maison Grise zurück. Ich hatte Lisa von meinem Aufenthalt in Paris geschrieben. Da ich geraume Zeit nichts von ihr hörte, vermutete ich, daß sie wieder arbeitete und sehr beschäftigt wäre.

Marie-Christine wirkte bei meiner Rückkehr zunächst etwas abweisend. Sie verübelte mir wieder einmal, daß ich so lange fort gewesen war. Als wir eines Tages zusammen ausritten und unsere Pferde im Schritt nebeneinander durch einen Hohlweg lenkten, sagte sie: »Ich glaube, in Paris hat es dir besser gefallen als hier.«

»Ich war gern in Paris«, erwiderte ich, »aber hier bin ich auch gern.«

»Aber du willst nicht für immer hierbleiben, nicht?«

»Ich bin hier nur zu Gast. Dies ist nicht mein Zuhause.«

»Für mein Gefühl schon.«

»Wie meinst du das?«

»Für mich gehörst du zu meinem Zuhause... mehr als sonst jemand.«

»Oh... Marie-Christine!«

»Jemanden wie dich hatte ich noch nie. Du bist wie meine Schwester. Ich habe mir immer eine Schwester gewünscht.«

Ich war zutiefst gerührt. »Das hast du lieb gesagt.«

»Es ist wahr. *Grandmère* ist nett, aber sie ist alt. Sie konnte meine Mutter nie richtig leiden, und wenn sie mich ansieht, denkt sie an sie. Meine Mutter hat sich manchmal um mich gekümmert, dann wieder schien sie mich zu vergessen. Mein Vater hat mich auch nicht viel beachtet. Meine Mutter wollte ständig in Paris sein. Mein Vater war auch immer dort. Onkel Robert ist nett, aber er ist auch alt. Für ihn bin ich bloß ›das Kind‹. Sie müssen sich um mich kümmern. Es ist ihre Pflicht. Ich will eine Familie, ich will Menschen, mit denen ich lachen und streiten kann. Denen ich alles sagen kann. Und die immer da sind, auch wenn man eklig zu ihnen ist. Eine richtige Familie eben.«

»Ich habe nicht gewußt, daß du so fühlst, Marie-Christine.«

»Und du wirst weggehen, das weiß ich. Du bist ja auch nach Paris gegangen. Es war so spaßig, wie wir Englisch und Französisch gelernt haben. Dein Französisch war sehr ulkig.«

»Dein Englisch auch.«

»Dein Französisch war viel ulkiger als mein Englisch.«

»Unmöglich.«

Sie lachte. »Siehst du? Das habe ich gemeint. Wir können grob
zueinander sein und uns trotzdem mögen. So will ich es haben,
und dann gehst du auf und davon nach Paris. Du fährst bestimmt bald wieder hin.«

»Und wenn, warum kommst du nicht mit? Im Haus ist genug
Platz.«

»Und Mademoiselle Dupont?«

»Sie kann auch mitkommen. Sie kann dich dort unterrichten
und dir etwas über die Geschichte der Stadt beibringen, direkt
vor Ort, sozusagen.«

»Mein Vater will mich aber nicht sehen.«

»Natürlich will er das.«

Sie schüttelte den Kopf. »Ich erinnere ihn an meine Mutter, und
er mag nicht an sie erinnert werden.«

Wir ritten kurze Zeit schweigend weiter. Am Ende des Hohl-
wegs verfiel sie in Galopp. Ich folgte ihr. Unser Gespräch, mit
dem sie mir die Stärke ihrer Gefühle für mich verriet, hatte mich
sehr bewegt.

Sie rief über die Schulter: »Ich will dir etwas zeigen.« Sie hielt unvermittelt an. Wir waren an ein überdachtes Friedhofstor gekommen. Sie sprang aus dem Sattel und band ihr Pferd an einen
Pfosten neben dem Tor. Ich saß ab und band mein Pferd an einen
Pfosten auf der anderen Seite des Tores.

Marie-Christine öffnete das Tor, und wir betraten den Friedhof.
Sie ging mir auf einem Pfad voran. Ringsum waren Gräber mit
schönen Statuen und einer Fülle von Blumen. Sie blieb an einem
Grab stehen, das eine erlesen gemeißelte Darstellung der Jung-
frau Maria mit dem Jesuskind zierte.

Ich las die Inschrift auf dem Grabstein:

MARIANNE DU CARRON

27 JAHRE ALT

AUS DEM LEBEN GESCHIEDEN AM 3. JANUAR 1866

»Dies ist das Grab meiner Mutter«, sagte Marie-Christine.

»Es ist gut gepflegt. Wer kümmert sich darum?«

»Meistens Nounou. Vielleicht Tante Candice. Aber Nounou kommt jede Woche her. Immer am Sonntag. Ich habe sie oft gesehen. Sie kniet sich hin und betet zu Gott, daß er sich ihres Kindes annehmen soll. Sie nennt meine Mutter ihr Kind. Ich bin nahe an sie herangeschlichen und habe sie belauscht. Aber natürlich so, daß sie mich nicht sehen konnte.«

Eine tiefe Zärtlichkeit für sie ergriff mich. Ich wollte sie beschützen, wollte ihr helfen, glücklich zu werden. Ich drückte ihre Hand, und wir standen ein paar Sekunden schweigend. Dann sagte sie: »Komm, laß uns gehen. Ich wollte es dir bloß mal zeigen.«

Nicht lange nach meiner Rückkehr kam Gérard nach La Maison Grise. Er habe viel zu tun gehabt, erklärte er. Nach der Ausstellung habe er diverse Aufträge bekommen. »Das ist Ihrem Porträt zuzuschreiben«, sagte er. »Es hat soviel Aufmerksamkeit erregt. Darum habe ich Ihnen zu danken.«

»Sie haben die Arbeit geleistet. Ich habe nur Modell gesessen.«

»Ich werde hier viel zu tun haben«, erklärte er sodann. »Ich habe mir Arbeit mitgebracht.«

Er hielt sich sehr viel im Nordturm auf. Angèle war hoch erfreut, ihn zu Hause zu haben. Sie vertraute mir an, daß sie sich wegen seines unregelmäßigen Lebens Sorgen mache. Sie sei sicher, daß er nicht genug zu essen bekomme. »Aber nun ist er ja für eine Weile daheim«, fuhr sie fort. »Ich bin so froh.«

Auch ich war froh.

Manchmal ritt er nachmittags mit Marie-Christine und mir aus. Mir fiel auf, daß er stets den Weg mied, der nach Carrefour führte.

Auch Robert freute sich, daß er zu Hause war. Beim Essen führten sie angeregte Gespräche über Politik, und ich gewann einen gewissen Einblick in Angelegenheiten, von denen ich bis dahin nichts gewußt hatte. Ich entdeckte, daß Robert Kaiser Napoleon III. verehrte, den Neffen des großen Napoleon, der mit der bezaubernden Kaiserin Eugénie vermählt war. Gérard war nicht ganz so enthusiastisch.

»Er weiß, was das Volk braucht«, behauptete Robert.

»Er ist davon besessen, Frankreich groß zu machen«, versetzte Gérard. »Er will Macht. Er ist aus demselben Holz geschnitzt wie sein Onkel.«

»Sein Onkel hat Frankreich zur Großmacht gemacht«, erklärte Robert.

»Und er endete schließlich auf Elba und St. Helena.«

»Das war Pech.«

»Es ist immer Pech«, sagte Gérard.

»Du mußt zugeben, der Kaiser hat viel für die Öffentlichkeit getan. Und er hat den Brotpreis gesenkt.«

»O ja, er liebt Frankreich. Das bestreite ich nicht.« Er wandte sich an mich. »Langweilen wir Sie mit unserer Politik?«

»Keineswegs«, versicherte ich ihm. »Ich merke, wie unwissend ich bin, und freue mich, etwas zu lernen.«

»Einige bei uns im Lande haben ein ungutes Gefühl. Es gefällt mir nicht, wie sich die Beziehungen zu Preußen entwickeln. Ich glaube, der Kaiser unterschätzt die Stärke jenes Landes.«

»Unsinn«, sagte Robert. »Ein deutscher Kleinstaat! Als ob der gegen Frankreich bestehen könnte!«

»Der Kaiser ist sich der Demütigungen wohl bewußt, mit denen der Wiener Kongreß uns überhäuft hat.« Gérard wandte sich mir zu. »Das war unmittelbar nach der Niederlage Napoleons I. Damals waren wir auf dem Tiefpunkt.«

»Sehr richtig«, sagte Robert. »Und der Kaiser will Frankreich wieder groß machen. Er möchte das Gleichgewicht der Kräfte in Europa verändern.«

»Er war froh über das Bündnis mit Ihrem Land nach dem Krimkrieg«, sagte Gérard zu mir. »Und danach folgte der Krieg mit Österreich, der dazu dienen sollte, die Österreicher aus Italien zu vertreiben.«

»Er hat sich bei Solferino als großer Feldherr erwiesen«, hielt Robert Gérard entgegen.

»Ich fürchte, er wird zu weit gehen.«

»Er hat unserem Land zu Prestige verholfen«, beharrte Robert.

»Vergiß nicht, daß Louis-Philippe gestürzt ist, weil er es zuließ, daß Frankreich zu einer zweitrangigen Macht in Europa wurde.«

»Der gegenwärtige Napoleon ist entschlossen, es nicht so weit kommen zu lassen, doch ich fürchte, seine Haltung gegenüber Preußen kann uns in Schwierigkeiten bringen.«

»Preußen!« sagte Robert verächtlich.

»Mit denen muß man rechnen. Versuchen sie nicht, einen Hohenzollern auf den spanischen Thron zu bringen?«

»Das wird der Kaiser auf gar keinen Fall zulassen.«

»Falls er es verhindern kann«, sagte Gérard. »Hoffen wir, daß sich alles einrenkt. Wir wollen keinen Ärger mit Preußen. Der Wein ist gut, Onkel Robert.«

»Es freut mich, daß er dir schmeckt. Was macht die Arbeit?«

»Es geht einigermaßen voran. Ich werde bald nach Paris zurückmüssen. Übrigens, Noelle, Petersen erwägt ernsthaft, Ihr Porträt zu malen. Er kann es nicht ertragen, daß mein Porträt von Ihnen mir Anerkennung eingebracht hat. Er will zeigen, daß er es besser kann.«

»Geben Sie ihm die Möglichkeit, zu beweisen, daß er sich irrt«, sagte Angèle.

»Gern«, sagte ich. »Könnte Marie-Christine wohl mit mir nach Paris kommen? Mademoiselle Dupont könnten wir auch mitnehmen, damit Marie-Christines Unterricht nicht ausfällt. Sie war letztes Mal sehr verstimmt, weil sie hierbleiben mußte.«

»Sie hat Sie sehr ins Herz geschlossen«, sagte Angèle. »Ich bin froh darüber. Ich wüßte nicht, warum sie nicht mitkommen sollte. Wann möchtest du abreisen, Gérard?«

»Anfang nächster Woche. Wäre Ihnen das recht, Noelle?«

Ja, sagte ich, das passe mir sehr gut.

Als ich Marie-Christine erzählte, daß ich in der kommenden Woche nach Paris fahren würde, machte sie ein langes Gesicht. Rasch fügte ich hinzu: »Möchtest du mitkommen? Mademoiselle würde uns natürlich begleiten. Du könntest bestimmt eine Menge lernen.«

Sie schlang die Arme um mich. »Es war mein Vorschlag«, sagte ich, »und alle fanden, es sei eine gute Idee.«

Lars Petersen war entzückt, daß ich einverstanden war, ihm Modell zu sitzen. »Von dem Augenblick an, als ich Sie das erstemal sah, wollte ich Sie malen«, sagte er.

»Dann sollte ich wohl geschmeichelt sein?«

»Sie wissen, daß Sie ein interessantes Gesicht haben.«

»Das wußte ich nicht, doch mich dünkt, daß Sie es nach Gérards Erfolg entdeckt haben.«

Er sah mich verschmitzt an. »Ich kann doch nicht zulassen, daß er mir den Rang abläuft, oder? Er hat ein gutes Bild gemalt. Ich muß ein besseres malen.«

»Ich sehe, die Konkurrenz ist groß.«

»Selbstverständlich. In der Kunst gibt es mehr Konkurrenz als auf jedem anderen Gebiet. Wir beobachten die anderen. Jeder von uns möchte der große, unsterbliche Künstler sein, dessen Name Millionen ein Begriff ist. Das ist die Leistung, die zählt. Deshalb behalten wir unsere Konkurrenten natürlich im Auge.«

Er plauderte geistreich und amüsant. Ich lernte Lars Petersen ziemlich gut kennen. Er war überaus attraktiv und führte ein fröhliches Leben. Er nahm nichts ernst außer seiner Kunst; er war ungeheuer ehrgeizig, entschlossen, sich einen Namen zu machen und sich auf dem Weg zum Erfolg zu vergnügen. Man mußte ihn einfach gern haben.

Ich sah das Porträt Fortschritte machen. Es war gut, aber es fehlte ihm an der Hintergründigkeit, die Gérard seinem Bild verliehen hatte. Das mochte daran liegen, daß ich mich Lars nicht anvertraut hatte wie zuvor Gérard.

Am Ende der Vormittagssitzungen kam Gérard immer herüber, und wir drei aßen zusammen. Danach kehrte ich nach Hause zurück und verbrachte den Rest des Tages mit Marie-Christine.

Wir besuchten mit Mademoiselle Dupont die Sehenswürdigkeiten. Ich lernte sehr viel über die französische Geschichte, denn Mademoiselle Dupont pflegte jeden Ausflug zum Anlaß für einen geschichtlichen Vortrag zu nehmen. Marie-Christine und ich wechselten heimlich Blicke, und zuweilen fiel es uns schwer, nicht in Lachen auszubrechen.

Wir gingen oft in Gérards Atelier, was uns meist ohne Mademoiselle Dupont gelang. Gérard kam aber auch zu uns, so daß wir uns recht häufig sahen.

Es gab einen beunruhigenden Vorfall, der mich verstörte. Es war in Lars Petersens Atelier. Er benötigte eine bestimmte Farbe, die ihm ausgegangen war. Er wollte sie sich von Gérard borgen. Ich blieb in seinem Atelier allein.

Während ich untätig dort saß und auf seine Rückkehr wartete, bemerkte ich ein Stück Stoff, das in einer Schranktür eingeklemmt war und ein wenig herausschaute. Es war vermutlich ein Staubtuch. Ich hatte mir angewöhnt, sowohl in Lars' als auch in Gérards Atelier die Dinge an ihren Platz zu rücken, weil beide Männer zur Unordnung neigten. Ich stand auf und öffnete den Schrank, um das Staubtuch richtig hineinzulegen. Da fiel ein Stapel Leinwände heraus. Als ich sie zurückräumte, sah ich dazwischen ein Skizzenbuch. Zu meinem Erstaunen zeigte eine der Leinwände eine nackte Frau in einer Pose, die man nur als provozierend bezeichnen konnte. Es war unverkennbar Marianne.

Ich spürte, wie ich errötete. Was sich in diesem Schrank befand, war gewiß nicht für meine Augen bestimmt. Hastig tat ich die Leinwand zu den andern. Das Skizzenbuch lag auf dem Boden. Ich hob es auf und blätterte es durch. Es war angefüllt mit Bildern von Marianne in mehr oder weniger entblößtem Zustand.

Ich warf das Skizzenbuch in den Schrank, schloß die Tür und ging auf meinen Platz zurück.

Das Gemälde und die Skizzen waren Arbeiten von Lars Petersen. Marianne mußte auf diese Weise für ihn posiert haben. Ich war tief erschüttert, denn ich spürte, daß etwas dahintersteckte.

Lars kam zurück. »Alles in Ordnung. Ich habe genau die Farbe bekommen, die ich brauche.« Er setzte seine Arbeit fort, aber die Bilder gingen mir nicht aus dem Sinn. Marianne *mußte* ihm in diesen Posen Modell gestanden haben.

Sie war Malermodell gewesen. Hatte sie immer so posiert? Ich konnte mich des Gedankens nicht erwehren, daß zwischen Marianne und Lars Petersen eine besondere Beziehung bestanden haben müsse.

Marianne

Eine Woche nach meiner Rückkehr aus Paris erhielt ich einen
Brief von Lisa, der mich dermaßen erschütterte, daß ich ihn
mehrmals lesen mußte, ehe ich es glauben konnte.
Sie schrieb von Leverson Manor.

Meine liebe Noelle!
Es gibt soviel zu berichten, und ich möchte, daß Sie es von mir
hören. Ich könnte es nicht ertragen, wenn Sie es aus einer anderen Quelle erfahren würden.
Ich hatte Ihnen von meinem Unfall geschrieben. Anfangs
dachte ich, es sei weiter nichts, aber das war ein Irrtum! Nachdem ich mich drei Wochen geschont hatte, versetzte mir der
Arzt einen furchtbaren Schock. Mein Rücken ist für immer
geschädigt, und statt besser wurde es schlimmer. Sie können
sich denken, wie mir zumute war! Ich war an jenem Abend
auf die Bühne gegangen, bereit, allen zu zeigen, daß ich
ebenso gut war wie Lottie Langdon. Und ich hätte es geschafft. Es war meine echte Chance. Und dann dies!
Dolly war sehr lieb, aber in Wirklichkeit denkt er nur an die
Aufführung. Es gab keine Hoffnung mehr für mich, noch einmal in irgendeinem Stück mitzuwirken. Ich war erledigt.
Mir war so elend, daß ich nur noch sterben wollte. Mein Leben, mein ganzes Streben waren zunichte.
Dann kam Roderick in die Stadt und besuchte mich. Er war
entsetzt, wie ich mich verändert hatte. Oh, er war so gut zu
mir, Noelle. Sie wissen ja, wie er ist. Er war stets gütig und liebenswürdig zu Menschen in Not. Er verstand wie kein anderer, was in mir vorging. Ich war völlig außer mir und wußte
mir keinen Rat, was aus mir werden sollte. Arbeiten konnte
ich ja nicht mehr.

Roderick brachte mich nach Leverson Manor. Lady Constance war nicht eben erbaut, aber Fiona war sehr lieb zu mir. Sie weckte mein Interesse für ihre Arbeit, so daß ich ihr zur Hand gehen konnte. Sie wird demnächst einen jungen Mann heiraten, den sie durch ihre Arbeit kennengelernt hat. Er war nach Leverson gekommen, weil es an diesem Neptuntempel soviel zu tun gab. Sie werden in Fionas Haus wohnen, nachdem ihre Großmutter nun im Spital ist.

Warum ich das alles schreibe? Vermutlich, weil ich mich erst aufraffen muß, um zum Wesentlichen zu kommen. Ich weiß nicht, wie Sie es aufnehmen werden, nach allem, was zwischen Ihnen beiden gewesen ist. Ich war so verzweifelt, daß ich sogar daran dachte, mir das Leben zu nehmen. Wenn Roderick nicht gewesen wäre, hätte ich es womöglich getan. Er wußte, wie mir zumute war. Ich hatte meine Arbeit verloren, die mir so viel bedeutete, und mit ihr meinen Lebensunterhalt. Sie können sich denken, was in mir vorging.

Wir mußten beide etwas aus unserem Leben machen. Und da sagte er plötzlich, er wolle für mich sorgen. Er wolle mich heiraten.

Und so ist es geschehen, Noelle.

Jetzt fühle ich mich ganz anders. Charlie ist sehr lieb zu mir. Er und Roderick, sie sind beide so liebevolle, gütige Menschen.

Lady Constance ist sehr aufgebracht. Sie wissen ja, wie ruhig und kühl sie sein kann, während sie einen gleichzeitig spüren läßt, wie sehr sie einen verachtet.

Es hat mir nichts ausgemacht. Ich hatte einen Grund, weiterzuleben.

Noelle, vergeben Sie mir. Ich weiß genau, was Sie jetzt empfinden. Aber es sollte nicht sein, nicht wahr?

Ich hoffe, daß sich auch für Sie alles zum Guten wenden wird. Manchmal können wir im Leben nicht haben, was wir uns wünschen. Wir müssen nehmen, was es uns bietet.

Meine Gedanken sind bei Ihnen. Möge Gott Sie segnen und

Ihnen ein wenig Hoffnung auf Glück bescheren, wie Roderick und ich es gefunden haben.

In Liebe

Lisa

Ich war wie vor den Kopf geschlagen. Roderick und Lisa verheiratet! Ständig kamen mir Szenen aus früheren Zeiten in den Sinn. Die erste Begegnung im Park, der Abend, an dem sie die Rolle meiner Mutter übernommen hatte: Roderick war dort gewesen; sie hatte ihn gebeten, sich die Vorstellung anzusehen. Natürlich war sie von Anfang an in ihn verliebt gewesen.

Insgeheim hatte ich gehofft, daß ein Wunder geschehen und alles gut werden würde. Wie dumm von mir! Wie hätte es jemals gut werden können? Und dies war nun das Ende. Roderick hatte Lisa geheiratet.

Ich mußte ihn vergessen, mußte aufhören, an ihn zu denken.

Ich legte den Brief in eine Schublade, aber ich konnte ihn nicht vergessen. Wieder und wieder holte ich ihn hervor und las ihn.

Ich erzählte es Robert. Er war tief bewegt. »Robert«, fuhr ich fort, »mir ist, als würde ich treiben, ziellos, ohne Bestimmung. Ich lasse mich einfach forttragen, wo die Flut mich packt. Roderick hat mich geliebt, das weiß ich, aber er hatte Verständnis für Lisas mißliche Lage. Sie war hilflos, sie wollte ihrem Leben gar ein Ende setzen, und er sah eine Möglichkeit ihr zu helfen, den Kampf wiederaufzunehmen, indem er ihr ein Heim und Geborgenheit gab.«

»Es ist eine furchtbare Tragödie, Noelle. Ich wünschte, ich könnte dir weiterhelfen. Mir scheint, du bist hier glücklicher, als du es anderswo sein könntest.«

»Ich kann nicht ewig hierbleiben, Robert.«

»Warum nicht? Betrachte es als dein Heim.«

»Aber es ist nicht mein Heim. Ich mache nichts aus meinem Leben.«

»Du tust sehr viel. Marie-Christine ist wie verwandelt, seit du hier bist. Und wir haben dich sehr gern, Angèle, ich und auch Gérard. Bitte denke nicht daran, uns zu verlassen.«

»Ich möchte ja gar nicht fort. Mir fällt nichts ein, was ich anfangen könnte.«

»Dann bleib. Du solltest öfter nach Paris fahren.«

Und ich blieb.

Die Wochen vergingen. Es war fast zwei Monate her, seit ich Lisas Brief erhalten hatte. Ich hatte ihr kurz gedankt und ihr und Roderick eine glückliche Zukunft gewünscht. Seitdem hatte ich nichts mehr von ihr gehört. Es war besser so.

Lars Petersen hatte eine Ausstellung, die mich ganz gefangennahm. Er zeigte mein Porträt und verkaufte es an eine staatliche Sammlung. Er war hoch erfreut. Gérard hatte mein Bild in seinem Atelier hängen.

»Ich sehe es mir gern an«, sagte er. »Es inspiriert mich jeden Tag.«

Marie-Christine und ich mitsamt der allgegenwärtigen Mademoiselle Dupont waren öfter in Paris als auf dem Land. Während die beiden ihre Schulstunden abhielten, ging ich ins Atelier. Ich hatte es mir zur Gewohnheit gemacht, auf dem Markt einzukaufen, was jedesmal ein aufregendes Erlebnis war, und etwas Delikates zum *déjeuner* mitzunehmen. Dann saßen Gérard und ich beisammen, und oft leistete uns Lars Petersen oder ein mittelloser Künstler Gesellschaft, der auf eine kostenlose Mahlzeit aus war.

Robert hatte recht: Das Bohèmeleben tat mir gut.

Gérard fiel auf, daß ich verändert war, und als wir eines Tages allein waren, fragte er, was geschehen sei. Ich konnte nicht anders, ich mußte es ihm erzählen. »Es sollte mir nichts ausmachen, daß Roderick verheiratet ist, aber es läßt mich nicht gleichgültig. Sicher ist es das beste für ihn. Er hatte Lisa immer gern. Ich habe gelegentlich einen eifersüchtigen Stich verspürt. Und jetzt wird sie ihr Leben an seiner Seite verbringen, wie ich es mir für mich gewünscht hatte.«

»Meine arme Noelle. Das Leben ist grausam. ›Wenn die Leiden

kommen, so kommen sie wie einzle Späher nicht, nein in Geschwadern.‹ Hat das nicht Ihr Shakespeare gesagt?«

»Ich glaube, ja, und es trifft in meinem Fall zu.«

»Aber es muß eine Wende geben. Und dann wird alles gut. Das ist ein Naturgesetz.«

»Ich werde Roderick nie vergessen.«

»Ich weiß.«

»Er wird immer gegenwärtig sein, und mir wird stets bewußt sein, was ich verloren habe.«

»Ich verstehe.«

»Wegen Marianne...«

»Ich werde Marianne nie vergessen können.«

Ein Schatten fiel über die Schwelle. Lars Petersen spähte herein.

»Hier riecht's gut«, sagte er. »Habt ihr etwas übrig für einen armen Hungrigen?«

Mir war, als würde ich von Marianne verfolgt. Ich wußte genau, wie sie ausgesehen hatte. Die Skizzen, auf die ich in Lars Petersens Schrank gestoßen war, gingen mir nicht aus dem Sinn.

Ich erkundigte mich nach ihr. Ich stellte Marie-Christine Fragen, versuchte, mit Angèle zu sprechen. Sie sagten kaum mehr als: »Sie war sehr schön.« »Die schönste Frau der Welt«, sagte Marie-Christine. »Ihr Äußeres war so beschaffen, daß man es unmöglich übersehen konnte«, sagte Angèle. »Sie fand das Landleben langweilig. Sie kann kaum älter als fünfzehn gewesen sein, als ein Künstler, der Gérard besuchen kam, sie sah. Er wollte sie malen, und das war der Beginn ihrer Laufbahn als Modell. Sie ging nach Paris, kam aber häufig zurück, um ihre Schwester und ihre Kinderfrau zu besuchen.«

Ich entdeckte kaum etwas, das ich nicht schon wußte. Doch ich dachte beständig an Marianne, weil sie Gérard ebenso behext hatte wie alle andern.

Ich schlug Marie-Christine vor, noch einmal ihre Tante zu besuchen. Sie war einverstanden, und wir wurden herzlich empfangen. Man stellte mir höfliche Fragen über meine Eindrücke.

»Sie sind mittlerweile fast eine von uns«, sagte Candice.

»Ich bin ja auch schon eine ganze Weile hier.«

»Und Sie haben nicht den Wunsch, uns zu verlassen?«

»Es ist so schön hier, und ich habe noch keine weiteren Pläne.«

»Wir lassen sie nicht fort«, erklärte Marie-Christine. »Jedesmal, wenn sie davon anfängt, sagen wir ihr, sie darf nicht gehen.«

»Das kann ich verstehen«, sagte Candice lächelnd.

Sie wollte uns den Garten zeigen, und während wir alle zusammen einen Rundgang machten, hatte ich Gelegenheit, mit Nounou ein wenig beiseite zu gehen.

»Ich möchte mit Ihnen über Marianne sprechen«, sagte ich.

Ihr Gesicht leuchtete auf.

»Ich möchte mehr über sie erfahren«, fuhr ich fort, »und ich denke mir, Sie haben sie besser gekannt als alle anderen.«

»Ja, und Candice spricht nicht gern von ihr, vor allem nicht, wenn Marie-Christine dabei ist.«

»Sie haben doch sicher eine Menge Bilder von ihr.«

»Ich schaute sie mir immer wieder an. Ich würde sie Ihnen gern zeigen, aber…«

»Schade. Ich würde sie zu gern sehen.«

»Können Sie nicht mal alleine kommen? Am besten vormittags. Dann ist Candice in Villemère beim Einkaufen. Sie besucht dort auch Freundinnen. Ja, kommen Sie am Vormittag. Dann zeige ich Ihnen meine Bilder von ihr. Und wir können uns in aller Ruhe unterhalten.«

Candice sagte soeben: »Ich habe Marie-Christine darauf aufmerksam gemacht, wie viele Beeren sich an diesem Stechpalmenstrauch bilden. Das soll einen strengen Winter bedeuten.«

Das war der Beginn meiner Besuche bei Nounou. Es war einfach, vormittags vorbeizuschauen, wenn Marie-Christine Unterricht hatte und Candice außer Haus war. Die Besuche hatten etwas Verschwörerisches, das gut zu unser beider Stimmung paßte. Sie lenkten mich von dem zwanghaften Grübeln ab, was wohl in Leverson Manor geschehen mochte. Ich stellte mir vor, wie Roderick und Lisa zum Ausgrabungsgelände ritten, die Entdeckungen bewunderten, mit Fiona und vielleicht ihrem jungen Ehemann Kaffee tranken – eine gemütliche Runde zu viert. Ich quälte mich mit diesen Phantasien, und es war eine kleine Erleichterung, nach Moulin Carrefour zu reiten und mit Nounou zu plaudern. Ich überlegte mir, was ich sagen könnte, wenn Candice unvermutet zurückkehrte oder gar zu Hause wäre, wenn ich käme. »Oh, ich bin zufällig vorbeigekommen und dachte, ich schaue mal kurz herein.« Ob sie mir das abnehmen würde? Ich bezweifelte es.

Nounou genoß meine Besuche. Sie tat nichts lieber, als von ihrer geliebten Marianne zu erzählen, und zeigte mir Bilder von ihr. Marianne als Kind, das schon Anzeichen jener großen Schönheit zeigte, und als junge Frau, die bewies, daß die frühe Verheißung gerechtfertigt gewesen war.

»Sie war eine Zauberin«, sagte Nounou. »Alle Männer haben sie begehrt. Es hielt sie nicht hier zu Hause, es war ihr zu still. Candice war ein ernstes Mädchen. Sie hat versucht, sie zurückzuhalten. Ihr wäre es am liebsten gewesen, wenn sie sich gut verheiratet und häuslich niedergelassen hätte.«

»Candice hat nicht geheiratet.«

»Sie lebte im Schatten ihrer Zwillingsschwester. Immer war es Marianne, die beachtet wurde. Ohne ihre Schwester war Candice eigentlich ein hübsches Mädchen. Sie hätte einen netten jungen Mann heiraten sollen. Aber Marianne kam immer zuerst. Und als dann dieser Künstler zu Monsieur Gérard kam und sie malen wollte, war's um sie geschehen. Wenn Marianne sich etwas in den Kopf setzte, gab es kein Halten für sie. Sie ging nach Paris. Erst wollte einer sie malen, dann der nächste. Sie wurde berühmt. Alle Welt sprach von Marianne. Dann hat sie Monsieur Gérard geheiratet.«

»Hat Sie das gefreut?«

»Es war natürlich eine gute Partie. Die Bouchères waren immer einflußreiche Leute in dieser Gegend. Was hätte man von unserer Schönheit anderes erwartet? Er hat sie fortwährend gemalt.«

»Dann war es eine glückliche Ehe?«

»Monsieur Gérard war so stolz, wie einer nur sein kann. Er hatte den Preis errungen, nicht wahr?«

»Und sie lebten hauptsächlich in Paris?«

»Sie waren ab und zu hier auf dem Land. Dann kam sie immer zu uns. Sie konnte ihre alte Nounou nicht im Stich lassen. Sie ist immer mein Mädchen geblieben, und sie hat mir viel erzählt.«

»Dann wußten Sie über alles Bescheid?«

Nounou nickte weise. »Ich sah, was vorging, auch wenn sie mir nur die Hälfte erzählte. Oh, sie war eine Wilde! Und dann mußte ihr so etwas zustoßen. Da lag sie, tot zu meinen Füßen! Mir war sterbenselend zumute. Ach, wäre ich doch tot gewesen, bevor ich das sehen mußte. Ich kann es nicht ertragen, daran zu denken.«

Wir schwiegen eine Weile. Die tickende Uhr auf dem Kaminsims erinnerte mich daran, daß die Zeit verging. Ich mußte gehen, bevor Candice zurückkam und Marie-Christine mit dem Unterricht fertig war.

»Kommen Sie wieder, wann immer Sie Lust haben, meine Liebe«, sagte Nounou. »Es tut gut, sich mit Ihnen zu unterhalten. Es bringt sie mir zurück, und sie ist mir so nahe wie einst.«

Ich versprach ihr, sie bald wieder zu besuchen.

Wir waren wieder in Paris. Ich lebte jedesmal auf, wenn ich in die Stadt kam. Auf dem Land vermißte ich das freie, unbeschwerte Leben, das Gérard und seine Freunde führten. Das Atelier war ein Teil meines Lebens geworden; ich hatte das Gefühl, dort meine Gedanken an Roderick leichter verscheuchen zu können.

Ich freute mich immer auf unser gemeinsames Mittagessen. Am schönsten war es, wenn wir ungestört blieben. Gérard gehörte mittlerweile zu meinen besten Freunden. Ich hatte Roderick verloren, er Marianne. Das führte zu einem tiefen gegenseitigen Verständnis, das niemand anders für uns aufbringen konnte.

Ich sprach mit ihm über Roderick und erzählte ihm von den römischen Ruinen und dem grauenvollen Abenteuer, als Lady Constance und ich beinahe lebendig begraben worden waren, weil Mrs. Carling das Warnschild entfernt hatte.

Er hörte gebannt zu. »Sie haben viel durchgemacht«, sagte er. »Meine arme Noelle, wie haben Sie gelitten!«

»Und Sie auch.«

»Aber anders. Glauben Sie, daß Sie Roderick je vergessen können?«

»Ich werde wohl immer an ihn denken.«

»Immer mit Bedauern? Selbst wenn... wenn es einen anderen gäbe?«

»Ich glaube, Roderick würde immer gegenwärtig sein.« Er schwieg, und ich fuhr fort: »Und Sie... und Ihre Ehe?«

»Ich werde Marianne nie vergessen.«

»Ich verstehe. Sie war so schön. Sie war einzigartig. Keine könnte sie je ersetzen. Sie haben sie geliebt... bedingungslos. Ich verstehe, Gérard.«

»Noelle«, sagte er langsam, »ich war schon einige Male drauf und dran, es Ihnen zu sagen. Ich muß mit jemandem darüber sprechen. Es ist wie eine schwere Last in meinem Kopf. Ich habe Marianne gehaßt. Ich habe sie getötet.«

Es verschlug mir den Atem. Ich glaubte, nicht richtig gehört zu haben.

»Sie... haben Sie getötet?«

»Ja.«

»Aber ihr Pferd hat sie doch abgeworfen!«

»Indirekt habe ich sie getötet. Das wird mich mein ganzes Leben verfolgen. Im Grunde meines Herzens weiß ich, daß ich schuld bin an ihrem Tod. Ich habe sie getötet.«

»Wie das? Ihre Kinderfrau hat mir erzählt, sie habe sie im Feld nahe Carrefour gefunden. Sie war vom Pferd gestürzt und hatte sich das Genick gebrochen.«

»Das ist wahr. Lassen Sie es mich erklären. Ich habe rasch begriffen, was für ein Dummkopf ich gewesen war. Sie hat sich nie etwas aus mir gemacht. Sie wollte nichts als Schmeicheleien, Bewunderung und Geld. Die ersten beiden hatte sie in Fülle.«

267

»Wie können Sie sagen, daß Sie sie getötet haben?«

»Wir waren in La Maison Grise. Es gab Streit. Das war nichts Außergewöhnliches. Sie verhöhnte mich und wiederholte immer aufs neue, daß sie sich nichts aus mir mache und mich nur geheiratet habe, weil ich eine gute Partie für ein Künstlermodell gewesen sei. Sie hasse mich, sagte sie, und hatte nur Hohn und Spott für mich übrig. Da sagte ich zu ihr: ›Verschwinde aus diesem Haus! Verschwinde aus meinem Leben! Ich will dich nie wiedersehen!‹ Sie war betroffen, denn sie hielt sich für so begehrenswert, daß sie glaubte, tun zu können, was ihr beliebte, und dennoch unwiderstehlich zu sein. Ihr Benehmen änderte sich auf der Stelle. Sie habe es nicht so gemeint, sagte sie, und sie wolle mich nicht verlassen. Wir seien verheiratet und müßten zusammenbleiben. Wir müßten aus allem das Beste machen. Ich sagte zu ihr: ›Geh! Geh! Verschwinde aus meinem Leben! Ich will dich nie wiedersehen!‹ Sie begann zu weinen. ›Das meinst du nicht ernst‹, sagte sie. Und sie fuhr fort: ›Verzeih mir. Ich will mich ändern.‹ Sie kniete nieder und klammerte sich an mich. Ich glaubte ihren Tränen nicht. Sie wollte bei mir bleiben, weil das Leben unbeschwert und behaglich war, aber zugleich wollte sie ihre eigenen Wege gehen. Ich hatte genug. Mehr konnte ich nicht ertragen. Ihre Schönheit sah ich als ein Übel. Ich wußte, daß ich nur dann eine Chance für ein friedliches Leben hatte, wenn ich mich von ihr befreite. Ich wollte vergessen, daß ich sie geheiratet hatte.« Sein Gesicht war von Kummer und Schmerz verzerrt. Er fuhr fort: »Ich sagte: ›Verschwinde von hier. Geh – geh irgendwohin, aber geh mir aus den Augen.‹ Sie sagte: ›Wo kann ich denn hin?‹ ›Das ist mir egal‹, erwiderte ich. ›Mach nur, daß du fortkommst, bevor ich dir etwas antue.‹ Sie weinte, flehte mich an, ihr zu verzeihen. Dann lief sie plötzlich hinaus. Sie rannte zum Stall, nahm ihr Pferd und verschwand. Wenig später hörte ich, daß sie tot war.«

»Sie hatte einen Unfall.«

»Sie hatte einen Unfall, weil sie so verzweifelt war. Sie galoppierte wie verrückt und kam plötzlich an den Kreuzweg. Weil sie so zornig war, achtete sie nicht darauf, wohin sie ritt. *Ich* hatte sie erzürnt, sie hinausgeworfen... und dann ist sie gestürzt. Ich habe sie getötet. Es wird mich mein Leben lang verfolgen.«

»Dann... haben Sie Marianne also nicht geliebt.«

»Ich habe sie gehaßt. Und ich bin schuld an ihrem Tod.«

»Das ist nicht wahr, Gérard. Sie hatten nicht die Absicht, sie zu töten.«

»Ich habe ihr gesagt, sie soll aus meinem Leben verschwinden, und sie war so verzweifelt, daß sie darüber das ihre verlor.«

»Sie dürfen sich deswegen keine Vorwürfe machen.«

»Aber ich mache mir Vorwürfe, Noelle. Ich hätte nicht so grob zu ihr sein dürfen. Vielleicht hätte ich ihr sagen sollen, wir würden es noch einmal versuchen. Aber ich habe sie hinausgeworfen, weil ich genug von ihr hatte. Und weil sie so durcheinander war, mußte sie sterben. Nichts wird mich davon überzeugen, daß ich keine Schuld an ihrem Tod habe.«

»Gérard«, sagte ich, »Sie müssen es vergessen. Hören Sie auf, sich Vorwürfe zu machen.«

»Vielleicht hätte ich es Ihnen nicht erzählen sollen.«

»Ich bin froh, daß Sie es mir erzählt haben. Es war nicht Ihre Schuld. Als Außenstehende muß ich Ihnen sagen, ich finde es lächerlich, daß Sie sich Vorwürfe machen.«

»Nein, Noelle. Ich habe ihr betroffenes Gesicht gesehen. Sicher, sie war überheblich, herzlos, aber ihre gesellschaftliche Stellung bedeutete ihr alles. Sie liebte die Sicherheit. Und als sie Gefahr lief, die zu verlieren, ist sie wie der Teufel drauflosgeritten. Sie konnte launisch sein, unvernünftig, zornig. Was ich ihr angetan hatte, hat sie getötet. Und das ist Mord, so gewiß, als würde man jemanden mit einem Gewehr erschießen.«

»Nein, das ist nicht dasselbe. Es war kein Vorsatz.«

»Sie werden mich nie überzeugen können, Noelle.«

»Gérard«, sagte ich, »es ist meine Absicht, genau dies zu tun.«

Er lächelte mich an. »Ich bin froh, daß Sie es mir erzählt haben«, sagte ich

Gérards Enthüllung hatte mich verblüfft. Nicht seine Sehnsucht nach Marianne war die Ursache für das melancholische Grübeln, das ich zuweilen beobachtet hatte, sondern sein Schuldbewußtsein.

Zwei Tage nach seinem Bekenntnis sagte er zu mir: »Ich empfinde anders, seit ich es Ihnen erzählt habe. Mir ist, als hätte ich einen Teil der Last abgeworfen. Sie sind der einzige Mensch, dem ich mich anvertraut habe. Ich konnte mich nicht überwinden, mit jemand anderm darüber zu sprechen. Bei Ihnen dagegen kam es mir ganz natürlich vor.«

»Es war richtig, es mir zu erzählen, Gérard. Ich glaube, ich werde Sie davon überzeugen können, daß Sie keine Schuld trifft. Es ist vorbei, Gérard, sie ist tot. Sie müssen sie vergessen.«

»So, wie Sie Roderick vergessen sollten.«

Ich schwieg.

»Da sehen Sie, wie leicht es ist, anderen zu sagen, was sie tun sollen«, sagte er.

»Ich weiß. Für die Probleme anderer Leute scheint es immer eine Lösung zu geben. Nur nicht für die eigenen.«

»Ich muß Marianne vergessen. Sie müssen Roderick vergessen. Noelle, vielleicht können wir es gemeinsam schaffen?«

Ich sah ihn überrascht an. »Gemeinsam?« murmelte ich.

»Ja. Ich habe Sie sehr gern, Noelle. Die Tage mit Ihnen waren wunderbar für mich. Wollen wir nicht zusammenbleiben?«

»Sie meinen...?«

»Ich meine, wollen Sie mich heiraten? Ich empfinde alles anders, seit Sie da sind. Sie werden weiterhin an Roderick denken, das weiß ich. Aber er ist aus Ihrem Leben verschwunden. Er kann nie zurückkommen. Sie können nicht ewig um ihn trauern. Zusammen haben wir eine Chance, von vorn anzufangen.«

Er sah mich flehend an. Es stimmte, wir waren gute Freunde geworden, wir verstanden uns. Wenn ich mit ihm zusammen war, fand ich ein wenig Befreiung von meinen Erinnerungen.

Aber es hatte nur einen gegeben, den ich heiraten wollte. Und daß das nicht möglich war, hieß noch lange nicht, daß ich einfach einen andern nehmen konnte.

Und doch hatte ich Gérard gern. Mit ihm hatte ich die schönsten Zeiten verbracht, seit ich Roderick verloren hatte.

Er spürte meine Verwirrung. Er küßte meine Hand. »Sie sind unschlüssig«, sagte er. »Aber wenigstens sagen Sie kein entschiedenes Nein. Der Gedanke ist demnach nicht vollkommen abstoßend für Sie.«

»Aber nein. Ich mag Sie sehr, Gérard. Ich bin so gern in Ihrem Atelier, lieber als sonst irgendwo. Aber ich bin unsicher. Es wäre Ihnen gegenüber nicht anständig. Ich habe Roderick geliebt und liebe ihn noch immer.«

»Aber er hat eingesehen, daß er sein Leben leben muß. Er hat geheiratet.«

»Ich glaube, er hat es aus Mitleid mit Lisa getan.«

»Aus welchem Grund auch immer, er hat geheiratet. Denken Sie über meine Worte nach. Vielleicht kommen Sie zu der Einsicht, daß es für uns beide das Beste wäre. Überlegen Sie es sich, ja?«

»Ja, Gérard, ich werde es mir überlegen.«

Ich dachte gründlich darüber nach. Ich hatte Gérard sehr gern und wollte die Vorstellung, daß er an Mariannes Tod schuld war, für immer aus seinen Gedanken verbannen.

Ich liebte ihn in gewisser Weise. Hätte ich Roderick nie gekannt, dann hätte es vielleicht genügt. Aber die Erinnerung an Roderick würde niemals vergehen. Ich würde den Rest meines Lebens von ihm träumen.

Dennoch hatte ich Gérard gern. Ich ging wie gewöhnlich ins Atelier. Dort herrschte stets ein lebhaftes Kommen und Gehen mit den üblichen Gesprächen; aber neuerdings hatte sich noch etwas anderes eingeschlichen. Ich spürte ein allgemeines Unbehagen; es gab Meinungsverschiedenheiten, und die jungen Männer debattierten mit Inbrunst.

»Wohin führt der Kaiser uns?« wollte Roger Lamont eines Tages wissen. »Er hält sich für seinen Onkel. Er wird in St. Helena enden, wenn er sich nicht vorsieht.«

Roger Lamont war ein glühender Antiroyalist. Er war jung, hartnäckig und ein grimmiger Verfechter seiner Ansichten.

»Wir hätten im Nu eine neue Revolution, wenn es nach dir ginge«, sagte Gérard.

»Ich würde Frankreich von diesem Bonaparte befreien«, versetzte Roger.

»Und einen neuen Danton, einen neuen Robespierre einsetzen?«

»Ich würde das Volk regieren lassen.«

»Das hatten wir schon einmal. Und bedenke, was dabei herausgekommen ist.«

»Der Kaiser ist ein kranker Mann mit hochfahrenden Ideen.«

»Ach, es wird schon werden«, sagte Lars Petersen. »Ihr Franzosen regt euch immer viel zu sehr auf. Laßt sie doch ihre Sachen machen, und wir machen unsere.«

»Leider«, erinnerte ihn Gérard, »geht es uns alle an, und ihre Sache ist die unsere. Wir leben in diesem Land, und sein Vermögen ist unseres. Wir sind in finanziellen Schwierigkeiten. Die Presse ist nicht frei. Und ich bin der Meinung, der Kaiser sollte sich in seinen Streitigkeiten mit Preußen zurückhalten.«

Sie konnten stundenlang debattieren. Lars Petersen war sichtlich nicht besonders interessiert. Er unterbrach sie, um von einer gewissen Madame de Vermont zu erzählen, die ihn beauftragt hatte, ihr Porträt zu malen.

»Sie verkehrt in Hofkreisen. Ich wette, über kurz oder lang wird die Kaiserin mir Modell sitzen.«

Roger Lamont lachte spöttisch. Lars wandte sich an mich: »Madame de Vermont hat Ihr Porträt gesehen und sich nach dem Namen des Künstlers erkundigt. Sie hat mich sogleich beauftragt, sie zu malen. Sie sehen, meine liebe Noelle, Ihnen habe ich meinen Erfolg zu verdanken.«

Ich versicherte ihm, ich sei entzückt, ihm von Nutzen gewesen zu sein. Und ich dachte, wie angenehm, hier zu sitzen und ihren Gesprächen zu lauschen. Ich fühlte mich als eine von ihnen.

Es war ein erquickliches Leben. Würde ich wirklich auf immer daran teilhaben können? Mal meinte ich, es sei möglich, dann aber kehrten die Erinnerungen zurück. In meinen Träumen bedrängte mich Roderick, keinen andern zu heiraten, und wenn ich aufwachte, schienen die Träume wirklich gewesen zu sein.

Aber er hatte Lisa Fennell geheiratet. Damit war die Sache endgültig besiegelt. Er hatte unser Schicksal als unwiderruflich hingenommen. Mußte ich es dann nicht auch tun?

Es war unmöglich. Ich kann es nicht tun, sagte ich mir. Dann aber kaufte ich auf dem Markt etwas Delikates ein, brachte es ins Atelier und bereitete es zu. Und ich sagte mir: Das könnte mein Leben sein. Doch später kamen die Zweifel.

Lieber Gérard! Wie gern wollte ich ihn glücklich machen. Ich dachte viel über Marianne nach. Sie schien mir nicht zu der Sorte Frauen zu gehören, die leichtsinnig ritt, weil sie sich aufgeregt hatte. Nach meinem Dafürhalten war sie viel zu oberflächlich gewesen, um tief bekümmert zu sein.

Ich wünschte mir, daß ich Gérard von seinen entsetzlichen Schuldgefühlen befreien könnte. Vielleicht konnte ich von Nounou etwas erfahren. Ich war von Marianne besessen, und als unser Aufenthalt in Paris zu Ende ging, konnte ich es kaum erwarten, nach La Maison Grise zurückzukehren und Nounou aufzusuchen.

Als ich mich von Gérard verabschiedete, bat er mich, bald wiederzukommen, und ich versprach es. »Ich weiß, es ist nicht das, was Sie sich erhofft hatten«, sagte er. »Aber manchmal muß man im Leben Kompromisse schließen... und es kann etwas Gutes dabei herauskommen. Noelle, ich werde Sie verstehen. Ich werde Ihnen keine Vorwürfe machen, weil Sie sich an ihn erinnern. Ich bin bereit, zu nehmen, was Sie geben können. Die Vergangenheit lastet auf mir wie auf Ihnen. Keiner kann vom andern erwarten, daß er ihr ganz entkommt. Aber wir könnten uns gegenseitig helfen. Lassen Sie uns nehmen, was das Leben zu bieten hat.«

»Ich glaube, Sie könnten recht haben, Gérard, aber ich bin mir noch nicht sicher.«

»Sobald Sie es sind, kommen Sie zu mir... kommen Sie sofort und zögern Sie nicht.«

Ich versprach es ihm.

Nach meiner Rückkehr nach La Maison Grise verlor ich keine
Zeit, sondern begab mich sogleich zu Nounou. Sie freute sich
sehr. »Ich habe Sie vermißt«, sagte sie. »Ich sehe schon, Sie sind
von Paris ebenso begeistert, wie Marianne es war. Es ist eben
eine faszinierende Stadt, nicht wahr?«
Ich bestätigte es.
Ich wußte nicht recht, wie ich es anstellen sollte, sie nach dem zu
fragen, was ich wissen wollte. In Paris war es mir nicht so
schwierig vorgekommen.
Wir sprachen wie immer über Marianne. Nounou fand noch
mehr Bilder. Sie erzählte von Mariannes Schwarm von Vereh-
rern. »Sie hätte in die höchsten Kreise des Landes heiraten können.«
»Vielleicht ist ihr das klargeworden, nachdem sie Monsieur Gérard geheiratet hatte, und dann hat sie es bereut?«
»Oh, diese Familie stand stets in hohem Ansehen. Marianne
hatte es sehr gut getroffen. Das kann niemand bestreiten.«
»Abgesehen von dem Prestige, das die Heirat ihr einbrachte, war
sie auch glücklich in ihrer Ehe?«
»Glücklich war sie durchaus. Gierig war sie, mein Mädchen. Als
Kind hat sie immer die Händchen ausgestreckt und gesagt: ›Haben, haben‹, wenn sie etwas sah, das sie begehrte. Dann habe ich
sie ausgelacht. ›Mademoiselle Haben‹ nannte ich sie deshalb. Ich
möchte zu ihrem Grab, ein paar Blumen hinbringen. Haben Sie
Lust, mit mir zum Friedhof zu kommen?«
Ich überlegte mir die ganze Zeit Fragen, die ich ihr stellen
könnte: Angenommen, sie hätte sich mit ihrem Mann gestritten,
und er hätte sie fortgeschickt, wie hätte sie reagiert? Nounou
würde mich fragen, wie ich denn nur auf eine solche Idee kommen könne. Ich durfte nicht preisgeben, was Gérard mir anvertraut hatte.
Sie pflegte das Grab, dann kniete sie nieder und betete ein paar
Minuten. Und während ich auf den Grabstein mit Mariannes

Namen und dem Datum ihres Todes starrte, sah ich im Geist ihr junges Gesicht, das mich verspottete.

Ich bin tot. Ich bin begraben. Ich werde ihn für den Rest seines Lebens verfolgen.

Nein, dachte ich, das wirst du nicht. Ich werde einen Weg finden, ihn von dir zu befreien.

Das klang, als hätte ich mich entschieden, ihn zu heiraten. Doch später wußte ich, daß ich vorerst niemanden würde heiraten können. Roderick war aus meinem Leben gegangen und hatte meine ganze Hoffnung auf eine glückliche Ehe mitgenommen.

Robert war nach Paris gefahren. Bevor er aufbrach, hatte er gemeint, die Situation spitze sich zu. Der Kaiser verliere die Geduld mit Bismarck. In ihm sehe er den Feind all seiner Pläne für Frankreichs Größe. »Zum Glück ist Preußen nur ein Kleinstaat«, hatte Robert gesagt. »Bismarck wird sich nicht mit Frankreich anlegen wollen, obwohl er arrogant ist und für Preußen denselben Ehrgeiz hegt wie der Kaiser für Frankreich.«

Er werde wohl eine Weile in Paris bleiben, meinte er. »Wenn du Lust auf die Stadt hast, bist du in meinem Haus willkommen. Gérard würde sich auch freuen.«

Ich gelobte mir, hinzufahren. Doch zuvor wollte ich mich noch eingehender mit Nounou unterhalten.

Ehe ich dazu kam, gab es verheerende Nachrichten. Es war an einem heißen Julitag. Marie-Christine und ich waren im Garten, als Robert unvermutet aus Paris zurückkehrte. Wir sahen ihn ins Haus gehen und eilten ihm nach. Angèle war in der Halle.

»Frankreich hat Preußen den Krieg erklärt«, verkündete Robert.

Wir waren fassungslos. Ich hatte die Debatten im Atelier gehört, sie aber nicht ganz ernst genommen. Und dabei hatte man die ganze Zeit einen Krieg befürchtet.

»Was hat das zu bedeuten?« fragte Angèle.

»Nur gut, daß es nicht lange dauern kann«, sagte Robert. »Ein Kleinstaat wie Preußen gegen das mächtige Frankreich. Der Kaiser hätte sich nie darauf eingelassen, wenn er sich nicht eines raschen Sieges sicher wäre.«

Beim Abendessen erklärte Robert, er müsse umgehend nach Paris zurück. Er habe Vorkehrungen zu treffen für den Fall, daß der Krieg doch nicht in wenigen Wochen vorüber sein würde. Er nehme an, daß er eine Weile in Paris bleiben müsse.

»Ihr bleibt am besten hier, bis wir sehen, was geschieht«, fuhr er fort. »In Paris herrscht Aufruhr. Wie ihr wißt, ist des Kaisers Beliebtheit beim Volk seit geraumer Zeit im Schwinden begriffen.«

Am nächsten Tag kehrte Robert nach Paris zurück. Angèle begleitete ihn. Sie wollte sich vergewissern, daß Gérard gut auf sich achtgab.

Ich hätte gern gewußt, was sich im Atelier abspielte. Wir waren begierig nach Neuigkeiten.

Mehrere Wochen vergingen. Anfang August erfuhren wir, daß die Preußen aus Saarbrücken vertrieben worden waren, und es herrschte großer Jubel. Alle sagten, dies werde den Deutschen eine Lehre sein. Doch schon wenige Tage später gab es weniger gute Nachrichten. Nur ein kleines Kommando war aus Saarbrücken vertrieben worden, und die Franzosen hatten es versäumt, ihren bescheidenen Erfolg zu nutzen. Infolgedessen waren sie in Bedrängnis gebracht worden und hatten in heillosem Durcheinander den Rückzug in die Vogesen angetreten.

Überall gab es grimmige Gesichter; man murrte gegen den Kaiser. Er hatte Frankreich unter einem äußerst fadenscheinigen Vorwand in den Krieg gestürzt, nur weil er der Welt zeigen wollte, daß er ein ebensolcher Feldherr war wie sein Onkel. Aber das französische Volk wollte keine Eroberungen und großspurigen militärischen Erfolge. Es wollte Frieden. Und dies war nicht einmal ein Erfolg, sondern eine klägliche Niederlage.

In diesen heißen Augusttagen warteten wir auf Nachrichten vom Krieg. Es sickerte nicht viel zu uns durch, und das hielt ich für ein schlechtes Zeichen.

Robert kam zu einem kurzen Besuch zurück. Er riet uns, auf dem

Land zu bleiben, er aber müsse wieder in die Stadt. Die Lage in Paris werde immer schwieriger. Das Volk sei aufsässig. Auf den Straßen versammelten sich Studenten. In den Cafés und Restaurants drängten sich Leute, die andere zum Handeln anstacheln wollten.

Die Tage der Revolution lagen noch nicht weit genug zurück, um ohne weiteres vergessen zu werden.

Ab und zu besuchte ich Nounou. Sie zeigte wenig Interesse für den Verlauf des Krieges. Bislang hatte ich noch keine Gelegenheit gefunden, jenes Thema zur Sprache zu bringen, das mir nicht aus dem Kopf ging. Ich dachte viel über Gérard nach. Er war ein ernster Mensch, und ich wußte, daß er über den Krieg tief beunruhigt sein würde.

Die Gelegenheit ergab sich unversehens. Eines Tages war ich bei Nounou. Sie hatte ein vergessenes Bild von Marianne gefunden, das sie jahrelang nicht gesehen hatte. »Es war ganz hinten in einem Album unter einem anderen Bild. Sie hat es versteckt. Es hatte ihr nicht gefallen.«

»Darf ich es sehen?« fragte ich.

»Kommen Sie mit.« Nounou führte mich in ein Zimmer, das vermutlich das von Marianne gewesen war. An der Wand hingen Bilder von ihr, auf dem Tisch lagen die Alben, in denen für Nounou das Leben ihres Lieblings aufgezeichnet war. Sie zeigte mir das Bild. »Sie sieht ein bißchen frech drein, nicht? Auf Streiche versessen. So war sie eben, aber auf diesem Bild kommt es besonders stark zum Ausdruck. Deshalb hat sie es versteckt. Sie sagte, es sei zu aufschlußreich. Wenn die Leute es sähen, würden sie auf der Hut sein.«

Ich betrachtete das Bild. Ja, es drückte etwas aus... fast etwas Boshaftes.

»Ich bin froh, daß ich ihre Bilder habe«, sagte Nounou. »In meiner Jugendzeit gab es so etwas noch nicht. Das haben wir Monsieur Daguerre zu verdanken. Ich weiß nicht, was ich ohne meine Bilder anfangen würde.«

»Wenn ihr das Bild nicht gefiel, warum hat sie es dann nicht zerrissen?«

»Oh, sie hat nie ein Bild von sich zerrissen. Sie hat sie sich so oft angesehen wie ich.«

»Das klingt, als sei sie in sich selbst verliebt gewesen.«

»Und warum nicht? Alle andern waren ja auch in sie verliebt.«

»Sie war glücklich verheiratet, nicht wahr?«

Es entstand eine winzige Pause. »Er hat sie wahnsinnig geliebt.«

»Tatsächlich?«

»O ja. Wie alle andern. Er war eifersüchtig.« Sie lachte. »Das war nur zu verständlich. Alle Männer waren hinter ihr her.«

»Hat sie mit ihrem Mann gestritten?«

Nounou wurde nachdenklich. Dann lächelte sie. »Sie war ein kluges Mädchen. Sie hatte es gern, wenn alles nach ihren Wünschen ging. Sie fand, es müsse so sein, weil sie so schön war. Wenn etwas nicht so lief, wie sie es wollte, dann hat sie nachgeholfen.«

»Das muß aufreibend für ihn gewesen sein.«

»Sie war schon ein rechter Quälgeist. Es gab Zeiten, da hat sie mich zur Verzweiflung getrieben. Aber das hat meine Liebe zu ihr nicht die Spur geschmälert. Sie war mein Kind, und es gab nicht ihresgleichen. Sie hat mir alles erzählt – jedenfalls das meiste. Ich war immer da, die alte Nounou, um ihr beizustehen, wenn sie Ärger hatte.«

»Hat sie es Ihnen erzählt, wenn sie Streit mit ihrem Mann hatte?«

»Sie hat mir kaum etwas verschwiegen.«

Ich faßte mir ein Herz und sagte: »Ich bin nicht sicher, daß er so betört von ihr war, wie Sie denken.«

»Warum sagen Sie das?«

Ich hatte das Gefühl, kurz vor einer Entdeckung zu stehen, und um Gérards willen wollte ich alles tun, um herauszufinden, was ich wissen wollte, auch wenn dies bedeutete, die Wahrheit ein wenig zu verdrehen.

»An dem Tag, als sie starb…«, begann ich.

»Ja?«

»Jemand vom Personal hat sie gehört. Sie hatten Streit. Er hat sie hinausgeworfen, weil er genug von ihr hatte. Das hört sich nicht an, als ob er sie wahnsinnig geliebt hätte.«

Langsam breitete sich ein Lächeln über Nounous Gesicht aus. »Das stimmt«, sagte sie. »Aber sie wollte es so. Hier.« Sie stand auf und ging zu einem Schrank. »Schauen Sie sich das an.« Sie öffnete die Schranktür und zeigte auf eine Reisetasche. »Das ist ihre Tasche. Können Sie erraten, was drin ist? Ihr Schmuck. Ein paar Kleidungsstücke. Ich sage Ihnen, sie war schlau. Er hat sie hinausgeworfen. Aber sie wollte, daß er es täte. Sie hat ihn dazu verleitet.«

»Warum war sie dann so außer sich?«

»Außer sich? Sie war nicht außer sich. Es war alles genau geplant. Ich war in das Geheimnis eingeweiht. Sie hat ihr Spiel mit ihm getrieben. Sie hat ihn provoziert, sie hinauszuwerfen. Alles lief genau, wie sie es eingefädelt hatte. Meinen Sie, ich hätte das nicht gewußt? Sie hat mir alles erzählt. Ich wußte, was sie vorhatte.«

»Warum wollte sie, daß er sie hinauswarf?«

»Weil *sie* gehen wollte. Sie wollte frei sein, aber es sollte von ihm kommen. Sie hat mir immer wieder Gegenstände gebracht, die ich für sie aufbewahrte. Er sollte sie hinauswerfen. Sie wollte nicht, daß es hieß, sie hätte ihn wegen eines anderen Mannes verlassen. Das aber hatte sie vor. Ich sehe sie noch vor mir, ihre Augen glitzerten verschmitzt. ›Nounou, ich mache, daß er mich hinauswirft‹, hat sie gesagt. ›Das kann ich. Dann gehe ich zu Lars. Lars will es so. Es soll nicht so aussehen, als sei er zwischen uns getreten. Er will, daß ich zu ihm komme, nachdem Gérard mich hinausgeworfen hat. Lars will keinen Ärger.‹ Ich habe diesen Lars gesehen. Ein netter, aufrechter junger Mann. Er paßte besser zu ihr als Monsieur Gérard. Freilich, Monsieur Gérard war aus angesehener Familie, aber er war zu ernst für ein Mädchen wie sie. Mit Lars hätte sie es besser getroffen. Sie hatten es so verabredet. Lars konnte sagen: ›Du hast sie gehen lassen, also kannst du's mir nicht verübeln.‹ Sie waren ja Freunde. Oh, es

wäre ein guter Ausweg gewesen... und dann mußte das geschehen.«

»Dann hatte sie den Streit provoziert«, sagte ich nachdenklich.

»Allerdings. Sie hat es mir so erzählt. Schätze, er hat sich hinterher dafür verflucht. Aber sie war eine Sirene. Sie konnte jeden
dazu bringen, das zu sagen, was sie wollte.«

»Und sie wollte zu ihrem Geliebten?«

»Alles, was sie unbedingt behalten wollte, hat hier auf sie gewartet. In ein paar Tagen wollte er sie abholen kommen.«

»Aber... dann ist sie gestorben. Vor lauter Wut darüber, daß sie
hinausgeworfen wurde, ist sie leichtsinnig geworden.«

»O nein, sie war nicht wütend. Sie war überglücklich. Ich konnte
sie mir vorstellen, wie sie vor sich hin lachte und sang, und dann
ist sie drauflosgaloppiert. Wenigstens ist sie fröhlich gestorben.«

»Dann war es der aufregende Gedanke an die Zukunft, der sie
unachtsam machte? Sie dachte an das Zusammensein mit ihrem
Liebsten, an ihr glückliches Entkommen von ihrem Ehemann...«

»Ohne Zweifel! Ich habe sie gekannt. Sie hat sich so gefreut, weil
alles lief, wie sie es wollte. Sie konnte manchmal sehr leichtsinnig
sein. Wer wüßte das besser als ich? Sie fand das Leben wunderbar. Alles war nach Plan gegangen, und nun stand sie sozusagen
an der Schwelle des Lebens, das sie sich wünschte. Sie hatte
schon immer eine Schwäche für diesen Lars gehabt. Und als sie
bereit war, das Leben zu beginnen, das sie sich seit langem
wünschte, da kam der Tod.« Nounou hatte Tränen auf den
Wangen. »Ich werde sie nie vergessen, mein kluges, schönes
Mädchen.«

Ich war in Hochstimmung. Morgen gehe ich zu Gérard, dachte
ich, und sage ihm, daß er sich geirrt hat. Lars und Marianne waren seit geraumer Zeit ein Liebespaar gewesen. Ich wollte Gérard von den Skizzen und dem Bild erzählen, die ich in Lars' Atelier gefunden hatte. Jetzt konnte ich ihn von seinen Schuldgefühlen befreien.

Ich kam nicht nach Paris, denn am nächsten Tag erreichte uns die Nachricht, daß der Kaiser sich mit seiner Armee bei Sedan dem Feind ergeben hatte und ein Gefangener der Preußen war.

Von nun an waren die Tage wie ein nebelhafter Traum, denn wir hatten nur eine undeutliche Ahnung von den Vorgängen. Hin und wieder erreichten uns Bruchstücke von Nachrichten, aber im großen und ganzen tappten wir im dunkeln.

Vor Ende des Monats hatte sich Straßburg, eine der letzten Hoffnungen der Franzosen, ergeben. Wir hörten, daß Paris von deutschen Truppen umzingelt sei, und wußten, daß früher oder später ein Angriff auf die Stadt erfolgen würde. Wir machten uns große Sorgen um Gérard, Robert und Angèle.

Die Deutschen befanden sich auf dem Vormarsch durch Frankreich und kämpften unterwegs die Widerstandsnester nieder. Sie waren im ganzen Norden des Landes, und sie belagerten Paris. Jeden Tag rechneten wir damit, daß die vorrückenden Streitkräfte uns erreichten.

Mademoiselle Dupont sorgte sich um ihre Mutter in Champigny und begab sich zu ihr. Zitternd warteten wir, was jeder neue Tag bringen würde.

Marie-Christine und ich kamen uns in dieser Zeit noch näher. Sie war jetzt vierzehn Jahre alt und reif für ihr Alter. Ich bemühte mich, das Leben so normal zu gestalten, wie ich konnte, und gab ihr täglich ein paar Stunden Unterricht. Das lenkte unsere Gedanken von den Vorgängen in Paris ab und von der Frage, wann wir stärker in den Krieg hineingezogen werden würden. Zuweilen hörten wir in der Ferne Geschützfeuer. Wir trennten uns nur selten.

In diesen Monaten wurde mir klar, wieviel mir mein hiesiges Leben bedeutete. Hundertmal am Tag beteuerte ich mir, daß ich Gérard heiraten würde, wenn wir dies alles lebend überstünden. Ich würde ihm helfen, einzusehen, daß ihn nicht die geringste Schuld an Mariannes Tod traf. Nach meinem Gespräch mit Nounou gab es daran keinen Zweifel mehr. Ich wollte versu

chen, Roderick zu vergessen und ein neues Leben zu beginnen.
Marie-Christine würde sich freuen, wenn ich ihren Vater heiratete, und sie war mir sehr ans Herz gewachsen.

Die furchtbare Katastrophe, die über Frankreich hereingebrochen war, hatte mir gezeigt, welchen Weg ich gehen mußte.

Tag um Tag fragte ich mich, wie lange diese Situation anhalten könne. Wir hörten, daß Paris beschossen worden war, und ich mußte unentwegt an das Atelier denken. Was ging dort vor? Versammelten sich die Freunde noch? Gewiß sprachen sie nicht über Kunst, sondern über den Krieg. Und sie würden ans Essen denken; denn wir hörten, daß der Hunger durch die Straßen der Hauptstadt schlich.

Wir hatten das Glück, von den Kampftruppen verschont zu bleiben. Wir waren von preußischen Einheiten umringt. Zwar bekamen wir sie nicht zu sehen, aber wir wußten, daß sie da waren. Wir konnten uns nicht weit vom Haus entfernen und waren zu jeder Stunde des Tages auf den Tod gefaßt; aber wir überlebten.

Dann hörten wir, daß die Preußen in Versailles waren. Es war Ende Januar, als sich das von einer Hungersnot bedrohte Paris ergab.

An einem bitterkalten Tag fuhren Marie-Christine und ich nach Paris. Einer der Kutscher brachte uns hin. Seine Tochter lebte dort, und er wollte sie unbedingt sehen.

Es wurde ein bitterer, trauriger Tag. Zuerst fuhren wir zu Roberts Haus. Es stand nicht mehr. An seiner Stelle waren nur eine Lücke, ein Haufen zerbrochener Ziegelsteine und Schutt. Nur wenige Menschen waren auf der Straße. Niemand konnte uns sagen, was aus den Bewohnern des Hauses geworden war. Viele Häuser waren in einem ähnlichen Zustand.

»Laß uns zum Atelier fahren«, sagte ich.

Zu meiner Erleichterung stand das Gebäude noch. Ich hatte schreckliche Angst gehabt, daß es ebenfalls zerstört sei. Ich stieg die Treppe hinauf und klopfte an die Tür. Es kam keine Antwort. Ich ging zu der Tür gegenüber und war ungeheuer erleichtert, als Lars Petersen auf mein Klopfen öffnete. »Noelle!« rief er. »Marie-Christine!«

»Wir sind gekommen, sobald wir konnten«, sagte ich. »Was ist passiert? Das Haus steht nicht mehr. Wo ist Gérard?«

Ich hatte Lars noch nie ernst gesehen. Er schien ein anderer Mensch. »Kommen Sie herein«, sagte er. Er führte uns in das vertraute Atelier mit den Staffeleien, den Farbtuben, dem Schrank, in dem sich das Porträt und die Skizzen von Marianne befanden.

»Ist Gérard nicht da?« fragte ich.

Er antwortete nicht.

»Lars, sagen Sie es mir, bitte.«

»Wenn er hiergeblieben wäre, wäre er heil und gesund.«

Ich sah ihn verständnislos an.

»Aber nirgendwo in Paris war es sicher. Es war einfach Pech.«

»Was?« stammelte ich. »Wo?«

»Er war im Haus seines Onkels, weil er sich um seine Mutter und seinen Onkel sorgte. Er wollte, daß sie aufs Land zurückführen. Aber das war nicht möglich. Nirgendwo in Frankreich war es sicher. Krieg ist schrecklich. Er zerstört alles. Das Leben war schön... und dann streitet sich der Kaiser mit Bismarck. Was hat das mit Menschen wie uns zu tun?« schloß er zornig.

»Erzählen Sie mir von Gérard.«

»Er war dort. Er kam nicht zurück. Das Haus wurde zerstört, und alle sind umgekommen.«

»Tot?« flüsterte ich.

Lars sah mich nicht an. »Als er nach zwei Tagen nicht zurück war, bin ich hingegangen. Da habe ich es erfahren. Alle Bewohner sind tot. Es waren neun Menschen, hieß es.«

»Gérard, Robert, Angèle, alle Dienstboten. Es kann nicht sein.«

»So ist es ringsum geschehen. Ganze Familien... das ist der Krieg.«

Ich wandte mich Marie-Christine zu. Sie sah mich verständnislos an. Ich dachte: Das Kind hat seine Familie verloren. Ich nahm sie in die Arme, und wir klammerten uns aneinander.

»Sie sollten zurückkehren«, sagte Lars. »Bleiben Sie nicht hier. Es ist zwar jetzt ruhig, aber Paris ist kein guter Aufenthaltsort.«

An die Rückfahrt nach La Maison Grise kann ich mich kaum erinnern. Der Kutscher war überglücklich gewesen, als er uns abholen kam. Er hatte seine Tochter und ihre Familie angetroffen. Sie alle hatten die Beschießung von Paris lebend überstanden. Als er aber hörte, was geschehen war, löste Entsetzen seine frohe Erleichterung ab.

Ich konnte nur denken, daß ich Gérard nie wiedersehen würde; und meine lieben Freunde Robert und Angèle... sie waren für immer von uns gegangen.

Ich empfand eine ungeheure Bitterkeit gegen das Schicksal, das mir einen Schlag nach dem andern versetzt hatte. Meine Kindheit war von Freude und Gelächter bestimmt gewesen, doch bald schon war ich mit Tragik konfrontiert worden – nicht einmal, sondern dreimal. Die Menschen, die ich liebte, waren mir genommen worden.

Ich kam mir entsetzlich verlassen vor, dann aber schalt ich mich, als ich an Marie-Christine dachte. Sie war ihrer Familie beraubt, sie stand allein in einer Welt, von der sie aufgrund ihres zarten Alters kaum eine Ahnung haben konnte.

Sie wurde in gewisser Weise meine Rettung – und ich wohl auch die ihre. Wir brauchten einander.

Sie sagte zu mir: »Du gehst nie fort von mir, nein? Wir bleiben immer zusammen.«

Ich erwiderte: »Wir bleiben zusammen, solange du willst.«

»Ich will, daß es für immer ist.«

Und die Wochen vergingen.

Es war Mai, als in Bordeaux der Friedensvertrag ratifiziert wurde. Die Bedingungen waren hart. Frankreich war unendlich gedemütigt, und es herrschten Unbehagen und Mißmut. Das

Elsaß ohne Belfort und Lothringen mit Metz mußten an das Deutsche Reich abgetreten werden, Frankreich mußte eine Wiedergutmachung in Höhe von fünf Milliarden Franc zahlen, und die östlichen Departements würden so lange von den Deutschen besetzt bleiben, bis die Schuld beglichen war. Der mittlerweile gestürzte Kaiser war freigelassen worden, und da er in Frankreich nicht mehr willkommen war, hatte er sich zur Kaiserin ins Exil nach England begeben.

Frankreich befand sich im Aufruhr. Ende März gab es einen kommunistischen Aufstand in Paris, und es entstand großer Schaden in der Stadt, bis der Aufstand im Mai niedergeschlagen wurde.

Langsam beruhigte sich die Lage.

Wir erfuhren, daß ein Cousin von Robert das Haus und das Gut geerbt hatte. Es fiel nicht an Marie-Christine, weil bei den adligen Familien des Landes das alte salische Gesetz zur Anwendung gelangte, wonach weibliche Familienangehörige nicht erben durften. Marie-Christine würde jedoch finanziell gut versorgt sein. Robert hatte mir etwas Geld und das Haus in London vermacht, das er von vornherein auf mich hatte rückübertragen wollen.

Lars Petersen kam mich besuchen. Er war sehr verändert; er hatte etwas von seinem Überschwang verloren und war ernster geworden.

Er wolle nach Hause, eröffnete er uns. Paris habe seinen Reiz für ihn verloren. Es sei nicht mehr die leichtlebige Stadt, die Zuflucht der Künstler. Er habe genug von Paris, und es berge zu viele Erinnerungen für ihn.

Ich erzählte ihm, daß Marie-Christine und ich fortgehen wollten.

»Wer hätte gedacht, daß es einmal so kommen würde?« sagte Lars. »Gérard... der gute alte Gérard. Ich hatte ihn gern.« Er schüttelte traurig den Kopf. Ich stellte mir vor, daß er vielleicht ein wenig Schuld und Reue verspüren würde, wenn er sich erinnerte, daß er einst beabsichtigt hatte, Gérard seine Frau zu nehmen, um mit ihr zusammenzuleben.

Traurig sahen Marie-Christine und ich ihm nach, als er davonfuhr.

Wenige Tage später kam der Cousin nach La Maison Grise. Er war sehr liebenswürdig, und er war begeistert von dem Haus, von dem er nie gedacht hatte, daß er es einmal erben würde. Ich erklärte ihm, daß wir vorhätten, nach London zu ziehen und recht bald abzureisen gedächten, worauf er freundlich erwiderte, wir sollten uns nicht zur Eile gedrängt fühlen.

Er blieb über Nacht, und als er fort war, sagte ich zu Marie-Christine: »Damit steht unser Entschluß fest. Ich bin gespannt, wie du London finden wirst.«

»Es wird mir gefallen, wenn wir zusammen sind«, sagte Marie-Christine. »Und es wird anders sein, nicht?«

»Anders, ja.«

Ich dachte an die Menschen daheim, an das Haus der Erinnerungen. Das Zimmer meiner Mutter. Ich sah sie deutlich vor mir in ihrem Bett, das schöne Haar über das Kissen gebreitet, wie sie gegen Dolly wetterte. Am klarsten aber war das Bild, wie sie tot auf dem Fußboden lag.

Die französische Episode war zu Ende. Ich konnte mich fragen: Wenn Gérard am Leben geblieben wäre, hätte ich ihn geheiratet? Wäre es mir möglich gewesen, ein neues Leben zu beginnen, ein Leben, in dem die Erinnerungen vielleicht aufgehört hätten, mich mit Bedauern zu erfüllen?

Ich würde es niemals wissen.

CORNWALL

Die tanzenden Jungfern

Wir richteten uns zu Hause ein. Mrs. Crimp hatte uns ein herzliches Willkommen bereitet. Sie war hoch erfreut, nicht nur, weil wir da waren, sondern weil das Haus nun mir gehörte.

Ein paar Tage nach unserer Ankunft sagte Mrs. Crimp zu mir, genau so solle es sein. Dieser Missjöh Räuber möge ja ein ganz netter Herr gewesen sein, aber es sei schon eine eigenartige Situation gewesen, wenn man sie frage. Und jetzt sei alles wieder, wie es sich gehöre. »Mit Ihnen, Miß Noelle«, fügte sie befriedigt hinzu. Eifrig erklärte sie alles. Es gebe nur zwei Hausmädchen, Jane und Carrie. Das habe genügt, da sie ja sozusagen nur das Haus gehütet hätten, das nicht als ständiger Wohnsitz genutzt wurde. »Sie werden das vielleicht ändern wollen, Miß Noelle.«

Ich sagte, man werde sehen.

»Und diese Miß du Carron. Ich nehme an, das ist eine Mademoiselle. Bleibt sie hier wohnen?«

»Ja. Das Haus wird ebenso ihr Heim sein wie meins. Sie hat ihre ganze Familie verloren. Sie ist Monsieur Roberts Großnichte. Er, ihr Vater und ihre Großmutter sind allesamt umgekommen, als die Deutschen Paris beschossen. Ein Geschoß hat das Haus und alle, die sich darin aufhielten, vernichtet.«

»Gemeine Kerle... und das arme Dingelchen.«

»Wir müssen ihr helfen, Mrs. Crimp. Sie hat einen furchtbaren Verlust erlitten.«

Mrs. Crimp nickte, und ich wußte, daß sie besonders nett zu Marie-Christine sein würde.

Marie-Christine schien sich allmählich von der Erschütterung zu erholen, die der Verlust ausgelöst hatte. Die neue Umgebung tat ihr gut. Sie war von London begeistert. Ich führte sie herum. Wir gingen in den Parks spazieren, besichtigten den Tower, die historischen Bauten und die Theater, wo meine Mutter aufgetreten war. Marie-Christine war von allem fasziniert.

Wir waren noch nicht lange in der Stadt, als Dolly vorbeischaute. »Ich habe gehört, daß du wieder in London bist«, sagte er. »Schön, dich zu sehen.« Er sah mich forschend an. »Wie geht es dir, meine Liebe?«

»Ganz gut, Dolly, danke.«

»Ich habe gehört, was Robert zugestoßen ist. Eine Tragödie, dieser dumme Krieg. Und du hast seine Nichte mitgebracht.«

»Seine Großnichte. Sie hat ihre Familie verloren, ihren Vater, ihre Großmutter und Robert. Es ist furchtbar, Dolly.«

»Das kann man wohl sagen.«

»Hören Sie noch von Lisa Fennell?« fragte ich.

»Ach, dieses Mädchen. Sie hatte einen Unfall. Erwies sich als schlimmer, als wir dachten. Sie ist verheiratet. Hat doch tatsächlich Charlies Sohn geheiratet.«

»Ja, das hat sie mir geschrieben.«

»Charlie kommt kaum noch nach London. Ich habe ihn eine Ewigkeit nicht gesehen.«

Marie-Christine kam herein. Ich stellte sie vor.

»Ich habe Ihren Onkel gut gekannt«, sagte Dolly. »Ihr müßt euch unbedingt eine meiner Vorstellungen ansehen.«

Marie-Christines Miene leuchtete auf.

»*Lucy im Glück*«, fuhr er fort. »Es läuft vor vollen Häusern... bislang. Lottie Langdon ist gut.«

»Sie ist natürlich Lucy?« fragte ich.

»Selbstverständlich. Ihr müßt kommen. Ich besorge euch die besten Plätze. Ich bin froh, daß du wieder in London bist, Noelle.«

Es war richtig gewesen, hierherzukommen. Marie-Christine konnte sich hier, fern vom Schauplatz der Katastrophe, besser von ihrem Verlust erholen. Sie war jung und robust, und ihre Familie hatte ihr nicht besonders nahegestanden. Ich glaube, ich hatte ihr schon vor dem tragischen Ereignis mehr bedeutet als alle ihre Angehörigen.

Sie reifte rasch heran. Solche dramatischen Ereignisse beschleunigten wohl zwangsläufig diesen Prozeß.

Es freute mich zu sehen, wie sehr ihr *Lucy im Glück* gefiel. Dolly gesellte sich in der Pause zu uns, und nach der Vorstellung nahm er uns mit hinter die Bühne. Marie-Christine wurde Lottie Langdon in ihrer ganzen prachtvollen Ausstaffierung vorgestellt. Mit geröteten Wangen und triumphierender Miene angesichts des Beifalls eines begeisterten Publikums, war Lottie sehr huldvoll zu Marie-Christine und herzlich mit mir.

Marie-Christine war guter Dinge, mich aber hatte der Abend zu sehr an die Vergangenheit erinnert. Ich fand in dieser Nacht keinen Schlaf. Plötzlich verspürte ich den dringenden Wunsch, im Zimmer meiner Mutter zu sein, wie einst an den Vormittagen, wenn sie lange geschlafen hatte und ich zu ihr ins Bett gekrochen war, um mit ihr zu plaudern.

Ich ging in ihr Zimmer, legte mich aufs Bett und dachte an sie. In dieser Nacht war Vollmond, und er überzog alles mit einem silbrigen Schimmer. Ich spürte, daß meine Mutter mir ganz nah war.

Plötzlich erschrak ich, denn langsam öffnete sich die Tür. Marie-Christine trat ins Zimmer. »Noelle, was machst du hier?«

»Ich konnte nicht schlafen.«

»Das kommt von dem Theaterbesuch. Er hat dich an früher erinnert.«

»Ja, vermutlich.«

»Es muß ein wunderbares Leben gewesen sein.«

»O ja.«

»Und war sie so schön wie Lottie?«

»Noch viel schöner. Aber wieso bist du um diese Zeit noch auf, Marie-Christine?«

»Ich habe gehört, wie du aus deinem Zimmer gegangen bist. Da habe ich hinausgespäht und dich gesehen. Ich wollte dir nicht folgen, aber als du so lange fortbliebst, dachte ich, ich gehe lieber mal nachsehen.« Sie legte sich zu mir. »Ich hatte gedacht, du würdest meinen Vater heiraten«, sagte sie. »Das hätte mich gefreut. Dann wärst du meine Stiefmutter geworden.«

»Ich könnte dir nicht näherstehen als jetzt, wenn du wirklich meine Stieftochter wärst.«

»Ich glaube, es hätte dir gutgetan. Du hattest ihn sehr gern, nicht?«

»Ja.«

»Und wenn er nicht gestorben wäre...«

»Ich weiß nicht recht.«

»Aber wenn er dich gefragt hätte...«

»Er hat mich gefragt. Ich habe ihm gesagt, daß ich Bedenkzeit brauche.«

»Warum?«

»Das ist eine lange Geschichte.«

»Hast du einen andern geliebt?«

»Ja.«

»Und er hat dich nicht geliebt?«

»Doch. Aber wir haben entdeckt, daß wir Bruder und Schwester sind.«

»Wie das?«

»Das ist zu verzwickt, um es in wenigen Worten zu erzählen. Wir lernten uns kennen und lieben, und dann erfuhren wir, daß wir Geschwister sind.«

»Das verstehe ich nicht... wieso habt ihr es nicht gewußt?«

»Ich kannte seinen Vater seit langem. Ich dachte, er wäre ein Freund meiner Mutter. Sie hatte viele Freunde. Sie waren aber ein Liebespaar, und dann kam ich auf die Welt. Er lebte mit seiner Frau und seinem Sohn auf dem Land. So etwas kommt vor.«

»Bei Leuten wie deiner Mutter schon, schätze ich.«

»Sie lebte nicht nach den Regeln der Gesellschaft.«

»Wie furchtbar für dich!«

»Wenn meine Mutter nicht gestorben wäre, dann wäre es anders gekommen. Sie hätte gesehen, was sich anbahnte, und es rechtzeitig verhindert.«

»Kein Wunder, daß du manchmal so traurig aussiehst.«

»Ich bin sehr unglücklich gewesen. Es ist schwer, zu vergessen, Marie-Christine.«

»Wenn du meinen Vater geheiratet hättest, das wäre gut für uns alle gewesen.«

»Vielleicht.«

»Was ist aus deinem... Bruder geworden?«

»Er hat inzwischen geheiratet.«

»Er hat also Trost gefunden.«

»Ich will es hoffen.«

»Noelle, *du* solltest Trost finden. Mit meinem Vater hätte es dir gelingen können. Ihm war so elend wegen meiner Mutter. Als du kamst, war er glücklicher. Ihr hättet euch gegenseitig helfen können.«

»Es hat nicht sein sollen, Marie-Christine.«

»Dann müssen wir eben von jetzt an beginnen. Wir sind in dieses Haus gezogen. Es ist unseres – und es ist das Haus, wo *sie* gelebt hat. Alles erinnert dich an sie. Dieses Zimmer ist genau wie es war, als sie hier wohnte. Das sollte nicht sein, Noelle. Es ist jetzt unser Haus, deins und meins. Wir werden hier leben. Es wird anders sein als früher. Wir müssen die ewigen Erinnerungen verscheuchen. Wir werden mit diesem Zimmer beginnen. Deiner Mutter wäre es bestimmt recht.«

»Was meinst du damit? Willst du es verändern?«

»Ich werde alle Kleider aus dem Schrank nehmen. Wir werden neue Vorhänge haben, einen neuen Teppich. Die Wände werden weiß gestrichen, statt hellgrün. Wir räumen die Möbel aus, schaffen sie auf den Speicher oder verkaufen sogar ein paar. Alles wird neu sein, und wenn es fertig ist, wird es *mein* Zimmer sein, nicht ihrs. Dann wirst du aufhören, dich ständig zu erinnern und traurig zu sein. Was hältst du von meiner Idee?«

»Ich... ich werde darüber nachdenken.«

»Nein, nicht nachdenken. Sag ja, das ist eine gute Idee. Ich habe hier in diesem Zimmer das Gefühl, das sie mir sagt, was ich tun soll. ›Kümmere dich um Noelle‹, sagt sie. ›Sie soll aufhören, an die Vergangenheit zu denken. Es wäre mir lieber, sie würde mich vergessen, als daß es sie traurig macht, an mich zu denken.‹ Das sagt sie zu mir.«

»Ach, Marie-Christine!« Wir nahmen uns in die Arme und hielten uns umschlungen.

»Es wird aufregend«, sagte sie. »Ich denke, wir nehmen gelbe Gardinen, denn Gelb ist die Farbe des Sonnenlichts. Wir jagen die Schatten hinaus und holen die Sonne herein. Der Teppich wird blau. Blau und gelb. Blauer Himmel und gelber Sonnenschein. Oh, laß es uns machen, Noelle!«

»Vielleicht hast du recht.«

»Ich *weiß*, daß ich recht habe. Morgen fangen wir an.«

Marie-Christine war diejenige, die die Briefe fand. Sie hatte sich rückhaltlos auf die Umgestaltung des Zimmers meiner Mutter geworfen. Sie hatte den Stoff für die Gardinen ausgesucht, die nun angefertigt wurden, sie hatte den Teppich bestimmt, und zur Zeit war sie mit der Möblierung beschäftigt. Diese Aufgabe machte ihr sichtlich Spaß, und ich war gerührt von ihrem Wunsch, zu tun, was für mich das Beste wäre.

Mit leuchtenden Augen platzte sie in mein Zimmer und schwenkte Papiere in der Hand. »Kennst du den Sekretär?« fragte sie. »Ich dachte, er könnte auf den Speicher kommen. Vorher habe ich ihn durchgesehen. Hinter einer Schublade war noch ein kleineres Fach. Man hätte es leicht übersehen können. Ich habe ganz hinten in die Schublade gefaßt, um zu sehen, ob etwas drinsteckte, und da bin ich auf das Fach gestoßen. Es enthielt Briefe. Ich glaube, sie könnten wichtig sein.«

»Was für Briefe? Von meiner Mutter?«

»Sie sind an sie geschrieben, nehme ich an. Hieß sie nicht Daisy? Sie sind alle an ›Meine liebste Daisy‹ gerichtet.«

»Du hast sie gelesen?«

»Natürlich habe ich sie gelesen. Ich glaube, sie sind eine wichtige Entdeckung.«

»Ihre privaten Briefe!«

Marie-Christine machte ein unwilliges Gesicht. »Ich habe dir doch gesagt, sie könnten wichtig sein. Hier. Lies sie. Sie waren so geordnet, wie sie jetzt sind. Sie sind ohne Datum, aber so habe ich sie gefunden.« Sie übergab sie mir.
Ich las den ersten.

Meningarth
bei Bodmin

Meine liebste Daisy!
Die Neuigkeit hat mich aufs höchste überrascht. Ich bin sehr stolz. Ich nehme nicht an, daß es möglich ist, aber möchtest Du nicht gern zurückkommen, nachdem dies nun eingetreten ist? Natürlich verstehe ich, wie Dir zumute ist, mein Liebling. Dieser Ort ist Dir verhaßt. Ich weiß, was Du hier durchgemacht hast. Du hast gesagt, Du wolltest ihn nie wiedersehen. Aber ich hege eine schwache Hoffnung, daß dies Ereignis vielleicht etwas ändern könnte. Wirst Du es dort nicht schwer haben?
Du weißt, ich will alles tun, um Dich glücklich zu machen. Und dann wäre da das Kind.
In ewiger Liebe

Ennis

Marie-Christine beobachtete mich eindringlich. »Lies die andern«, sagte sie.

Meningarth
bei Bodmin

Meine liebste Daisy!
Ich wußte, wie Deine Antwort lauten würde. Ich kenne Deine Träume von Ruhm und Reichtum. Du kannst sie nicht aufgeben, zumal sich Dir jetzt eine solche Chance bietet. Wenn Du hierher zurückkämst, wäre es damit zu Ende.
Du hast also dort gute Freunde. Sie werden alles für Dich tun, weit mehr, als ich vermag. Sie sind reich, Leute von der Art,

wie Du sie gern um Dich hast. Ich wäre nur ein Hindernis, und Du schreibst mit Recht, es würde alles beenden, wovon Du geträumt hast... und das Kind muß jede Chance bekommen. Du könntest mit der Kleinen nicht hierher zurückkehren. Als Du flohst, war es für immer.

Ich hatte gedacht, Du könntest es dort vielleicht schwer haben. Doch offensichtlich überwindest Du alle Schwierigkeiten. Ich dachte, Du würdest um des Kindes willen vielleicht zu mir zurückkommen, doch Du schreibst, daß Du um des Kindes willen dort bleiben mußt. Ich will versuchen, es zu verstehen.

Wie immer in Liebe

Ennis

Es gab noch einen dritten Brief.

Meningarth
bei Bodmin

Meine liebste Daisy!

Es freut mich sehr, von Deinem Erfolg zu hören. Du bist jetzt berühmt, mein Liebling. Ich habe immer gewußt, daß Du bekommen würdest, was Du Dir wünschtest. Und der Kleinen geht es gut. Sie hat alles, was sie will, mehr, als sie hier hätte haben können, und Du bist entschlossen, daß sie nie erleben soll, was Du durchgemacht hast.

Du wirst noch mehr Erfolg haben. Du hast am Ende stets bekommen, was Du Dir gewünscht hast.

Wie immer, in Liebe für Dich und das Kind

Ennis

Als ich zu Ende gelesen hatte, fragte Marie-Christine: »Was meinst du? Du bist das Kind, von dem er schreibt.«

»Ja, das nehme ich an.«

»Warum schreibt er so etwas? Warum nimmt er solchen Anteil an dir?«

»Er bittet sie, zurückzukommen und ihn zu heiraten.«

»Noelle, das Kind, von dem er schreibt, ist von ihm.«

»Davon ist nicht die Rede.«

»Nicht ausdrücklich... aber es ist zumindest eine Möglichkeit. Wir müssen es herausfinden, Noelle. Wir fahren nach –« Sie riß mir die Briefe aus der Hand. »Meningarth bei Bodmin. Wir müssen Ennis finden. Angenommen...«

»Daß er mein Vater ist?«

»Und wenn er es ist...«

»Es ist zu spät, Marie-Christine.«

»Wir müssen es herausbekommen. Willst du nicht wissen, wer dein Vater ist?«

»Wir haben keinen Anhaltspunkt außer diesen Briefen.«

»Das genügt für den Anfang. Meningarth kann nicht sehr groß sein, sonst hätte er nicht ›bei Bodmin‹ hinzufügen müssen. Und Ennis ist kein Name wie John oder Henry. Es kann nicht viele Ennis geben.« Sie war ganz aufgeregt. »Wir müssen ihn finden. Wir werden die Wahrheit entdecken!«

»Das würde heißen, in der Vergangenheit meiner Mutter herumzustochern, Dinge herauszufinden, von denen sie nicht wollte, daß sie ans Licht kämen.«

»Es ist dein Leben. Du mußt die Wahrheit wissen. Wenn sie gewußt hätte, was geschehen würde, hätte sie dafür gesorgt, daß du die Wahrheit erfährst. Es wäre ihr Wunsch, daß du Bescheid weißt. Du bist jetzt natürlich erst einmal erschüttert, nachdem du die Briefe gelesen hast. Noelle, wir fahren nach Meningarth. Wir werden Ennis aufsuchen und die Wahrheit herausfinden.«

Seit wir beschlossen hatten, nach Cornwall zu fahren, befand sich Marie-Christine in einem Zustand großer Erregung, und sie steckte mich allmählich damit an. Es war für uns beide das beste, etwas zu unternehmen.

Wenige Tage nach der Entdeckung der Briefe waren wir auf dem Weg nach Bodmin. Bis Taunton war der Zug ziemlich voll. Danach stiegen immer mehr Leute aus, und unser Abteil war eine

Zeitlang leer, bis in Exeter zwei Damen im mittleren Alter zustiegen.

Marie-Christine saß am Fenster. Unaufhörlich rief sie mir zu, ich möge mir dies oder jenes ansehen, während wir vorübersausten. Der Anblick der See entzückte sie, und sie ließ sich über den roten, fruchtbaren Boden von Devon aus.

Die beiden Damen hörten sichtlich amüsiert zu. Dann meinte die eine: »Dies ist wohl Ihr erster Besuch im Südwesten?«

»Ja«, erwiderte ich.

»Für Sie und für die junge Dame aus Frankreich?«

»Es ist für uns beide das erste Mal.«

»Ist es eine Ferienreise?« fragte die andere.

Marie-Christine sagte: »Gewissermaßen. Wir gehen auf Erkundung.«

»Cornwall hat nicht seinesgleichen, nicht wahr, Maria?« sagte die eine Dame zur andern.

»Das ist wohl wahr«, erwiderte Maria. »Cornwall hat etwas, das es sonst nirgends gibt. Das habe ich immer gesagt, nicht wahr, Caroline?«

»Ja. Wir haben unser Leben lang hier gelebt. Wir fahren nicht oft fort, außer um unsere verheiratete Schwester zu besuchen. Sie wohnt in Exeter.«

»Wohnen Sie in der Nähe von Bodmin?« fragte ich.

»Ja.«

»Kennen Sie einen Ort namens Meningarth?« erkundigte sich Marie-Christine eifrig.

»Meningarth«, sagte Caroline nachdenklich. »Ich wüßte nicht, daß ich je davon gehört hätte, du, Maria?«

»Meningarth, sagten Sie? Nein, das kenne ich nicht.«

»Wo werden Sie wohnen?« fragte Caroline.

»Das wissen wir noch nicht. Wir dachten, wir nehmen uns für eine Nacht ein Hotel, und wenn es uns gefällt, bleiben wir. Wenn nicht, sehen wir uns nach etwas anderem um.«

»Die Damen sollten bei den ›Tanzenden Jungfern‹ absteigen, nicht wahr, Maria?«

»Bei den ›Tanzenden Jungfern‹, o ja. Etwas Besseres ist nicht zu finden. Das heißt, wenn es einem nichts ausmacht, daß es etwas außerhalb der Stadt liegt.«

»Das macht uns überhaupt nichts aus«, sagte ich.

»Am Bahnhof gibt es eine Droschke. Die könnte Sie hinfahren. Es sind nur etwa zwei Kilometer von Bodmin. Sie könnten das Stück auch zu Fuß gehen. Das Haus hat nur wenige Zimmer, aber wir haben von dort nur Gutes gehört. Sie werden ausgezeichnet untergebracht sein. Hin und wieder haben Freunde von uns dort gewohnt. Berufen Sie sich auf die Misses Tregorran, und man wird Sie verwöhnen.«

»Die tanzenden Jungfern hört sich lustig an«, meinte Marie-Christine.

»Es ist nach den Steinen benannt. Sie gleichen angeblich tanzenden jungen Mädchen. Man kann sie vom Gasthaus aus sehen. Sie sind dort seit Hunderten von Jahren.«

»Wir werden uns zu den ›Tanzenden Jungfern‹ begeben, sobald wir in Bodmin sind«, sagte ich. »Es ist sehr liebenswürdig von Ihnen, daß Sie uns so behilflich sind.«

»Übrigens, wir sind Maria und Caroline Tregorran.«

»Ich bin Noelle Tremaston, und dies ist Marie-Christine du Carron.«

»Tremaston! Das ist ein guter alter kornischer Name. Sie müssen mit *den* Tremastons verwandt sein.«

»Wer sind *die* Tremastons?«

»Wer die Tremastons sind?« Caroline sah Maria an, und sie lachten. »Die Familie im Herrschaftshaus. Sir Nigel und Lady Tremaston. Es liegt knapp einen Kilometer außerhalb der Stadt. Die Tremastons leben hier seit Jahrhunderten.«

Marie-Christine warf mir einen Blick zu, der zu sagen schien: Habe ich dir nicht gesagt, daß wir hierherkommen müßten? Es wird von Minute zu Minute spannender. Ich sah ihr an, daß sie überzeugt war, es handele sich hier um meine bislang unbekannte Verwandtschaft.

Die Tregorrans erzählten ausführlich von den Tremastons. Das

Gartenfest der Gemeinde finde auf deren Rasen statt. Es werde zugunsten der Kirche veranstaltet. Bei nassem Wetter gingen alle ins Haus. Das sei aufregend. Die Leute hofften beinahe, daß es am Festtag regnen werde. Das Haus sei wie ein Palast, ja, nahezu wie ein Schloß.

So plauderten sie, bis wir nach Bodmin kamen. Gespannt stiegen wir aus. Die Damen Tregorran entließen uns noch nicht aus ihrer Obhut. Sie begleiteten uns bis an den Standplatz der Droschke. »Ah, da bist du ja, Jemmy«, sagte Miß Caroline Tregorran.

»War's ein netter Besuch, Miß? Und wie geht's Miß Sarah und den Kindern?«

»Gut, Jemmy, danke. Und jetzt bringst du diese beiden Damen zu den ›Tanzenden Jungfern‹.«

»Sehr wohl, Miß«, sagte Jemmy.

»Sie sind den ganzen Weg von London gekommen.« Ihr leicht hintergründiges Lächeln deutete an, daß wir deswegen besondere Fürsorge bedürften. »Wenn bei den ›Tanzenden Jungfern‹ kein Zimmer frei ist, mußt du sie wieder nach Bodmin bringen und es im ›Ochsenkopf‹ versuchen, und wenn man ihnen dort nicht dienen kann, dann beim ›Fröhlichen Regenten‹. Sie reisen ganz allein und sind noch nie in Cornwall gewesen.«

»Wird gemacht, Miß«, sagte Jemmy.

Während wir in die Droschke stiegen, wandte sie sich an uns: »Berufen Sie sich bei den ›Tanzenden Jungfern‹ darauf, daß die Misses Tregorran Sie geschickt haben. Dann wird man Sie gut versorgen.«

»Sie waren so liebenswürdig zu uns«, sagte ich. »Es war ein großes Glück, daß wir Sie im Zug getroffen haben.«

Vor Zufriedenheit strahlend gingen sie ihrer Wege, und wir fuhren vom Bahnhof zu den ›Tanzenden Jungfern‹.

Der Wirt des Gasthauses ›Zu den tanzenden Jungfern‹ hatte selbstverständlich ein Zimmer für die Freundinnen der Misses Tregorran. Er erzählte uns, er habe schon viele Bekannte dieser Damen beherbergt, und zwar zur beiderseitigen Zufriedenheit.

Das Gasthaus war aus grauem kornischem Stein erbaut. Über der Tür hing ein Schild, auf dem drei Steinfiguren abgebildet waren, die man mit einiger Phantasie als Tanzende hätte bezeichnen können.

Ich schätzte, daß das Haus im siebzehnten Jahrhundert errichtet worden war. Die Zimmer waren recht geräumig, aber niedrig, die Fenster klein. Alles wirkte uralt, was Marie-Christine und ich sehr reizvoll fanden.

Der Wirt führte uns zu unserem Zimmer. Es enthielt zwei Einzelbetten, einen Kleiderschrank, einen Tisch mit Waschschüssel und Wasserkrug sowie ein weiteres Tischchen und zwei Stühle.

Wir waren erfreut, dank den Damen Tregorran so rasch ein angenehmes Quartier gefunden zu haben.

Der Wirt sagte uns, wenn wir in einer halben Stunde fertig sein könnten, würde uns im Speiseraum eine Mahlzeit serviert. Ich erwiderte, das sei uns sehr recht.

Während wir plauderten, wurde heißes Wasser gebracht, und als der Wirt uns allein ließ, lachten wir.

»Alles ist so aufregend«, sagte Marie-Christine. »Bin ich froh, daß wir hierhergekommen sind!« Sie ging ans Fenster. »Es ist unheimlich«, sagte sie. »Genau der rechte Ort, wo seltsame Dinge geschehen können.«

Ich trat zu ihr. Wir blickten auf Heideland. Ein leichter Wind zauste das Gras, und hie und da ragten Felsbrocken aus der Erde. Etwas weiter entfernt waren die Steine, deren Ähnlichkeit mit dem Schild über der Gasthaustür uns verriet, daß es sich bei ihnen um die Tanzenden Jungfern handelte. Ich wies Marie-Christine darauf hin, und sie bestaunte sie ehrfürchtig.

»Was sollen sie darstellen? Wurden sie in Stein verwandelt? Vielleicht, weil sie getanzt haben, als es verboten war?«

»Was für eine entsetzliche Strafe für eine so kleine Verfehlung.«

»In der Antike war so etwas gang und gäbe. Denk an die Griechen. Ständig haben sie Menschen verwandelt... in Blumen, Schwäne und dergleichen.«

Wir lachten. Es war ein Lachen der Erwartung. Welche bedeutenden Tatsachen wir auch immer entdecken würden, diese Nachforschungen würden spannend werden.

»Komm«, sagte ich. »Wir müssen uns sputen. In einer halben Stunde wird das Essen aufgetragen.«

Es gab heiße Suppe, kaltes Roastbeef mit Pellkartoffeln, danach süße Cremetörtchen.

»Verhungern werden wir hier bestimmt nicht«, bemerkte ich.

Wir wurden von einem drallen Mädchen bedient, das Sally hieß. Sie war sehr gesprächig, was uns durchaus gelegen kam. Sie betrachtete mich beinahe ehrfürchtig. Ich entdeckte bald, warum.

»Sie sind Miß Tremaston«, sagte sie. »Dann müssen Sie vom Herrschaftshaus sein.«

»Ich habe bis heute nie von diesem Herrschaftshaus gehört«, entgegnete ich. »Daher kann ich diese Ehre nicht beanspruchen.«

»Aber in dieser Gegend kennt jedermann die Tremastons, und ich habe nie von welchen reden hören, die nicht mit der Familie verwandt wären.«

»Ich habe immer in London gelebt, abgesehen von einem Aufenthalt in Frankreich.«

»Kennen Sie einen Ort namens Meningarth«, fragte Marie-Christine.

»Meningarth?« wiederholte Sally zweifelnd. »Wo soll denn das sein?«

»In der Nähe von Bodmin«, sagte ich.

»Wir sind hier nicht weit von Bodmin, und ich könnte nicht sagen, daß ich schon mal von so einem Ort gehört hätte.«

»Wissen Sie das ganz genau?« fragte Marie-Christine flehend.

»Ich kann mich nicht besinnen, Miß.«

Als sie gegangen war, sagte Marie-Christine: »Komisch, die Damen Tregorran kennen es nicht, und nun Sally...

Wir waren ein wenig entmutigt. Ich fragte mich, wohin wir uns von hier aus begeben sollten. Der Zweck unseres Besuches war es, Ennis zu finden, dessen Familiennamen wir nicht kannten, und nun schien niemand das Dorf zu kennen, in dem er wohnte.

»Wir müssen uns überlegen, was wir jetzt tun«, sagte Marie-Christine. »Wir müssen alle Leute fragen. Irgendwer hat bestimmt von dem Ort gehört.«

Nach dem Essen machten wir einen kleinen Spaziergang. Wir gingen über die Heide und kamen zu den Tanzenden Jungfern. Marie-Christine hatte recht. Etwas seltsam Unheimliches lag über der Heide. Wir standen neben den Jungfern. Sie waren lebensgroß, und wenn man näher trat, konnte man sich einbilden, daß sie plötzlich zum Leben erwachten.

Marie-Christine meinte: »Die könnten uns ganz bestimmt sagen, wo Meningarth ist.« Wir lachten. Wir verabschiedeten uns von den steinernen Jungfern und machten uns auf den Rückweg zum Gasthaus. »Na ja«, sagte Marie-Christine, »wir können nicht erwarten, daß wir gleich alles auf einmal entdecken.«

Als wir am nächsten Morgen die Frau des Wirtes kennenlernten, hatten wir mehr Glück. Sie begrüßte uns herzlich, als wir herunterkamen. Ein köstlicher Duft nach brutzelndem Speck und Kaffee erfüllte das Gasthaus. »Einen schönen guten Morgen«, sagte sie. »Sie sind wohl Miß Tremaston. Und Freundinnen der Misses Tregorran. Es freut uns sehr, daß Sie zu den ›Tanzenden Jungfern‹ gekommen sind.«

»Wir haben die Misses Tregorran im Zug kennengelernt«, erklärte ich ihr. »Sie waren sehr liebenswürdig.«

»Ja, das sind nette Damen. Ich mache das Frühstück selbst. Was möchten Sie essen?«

Wir entschieden uns für Rühreier mit knusprigem Speck, der so gut schmeckte, wie er duftete.

Die Frau war sehr gesprächig, und binnen kurzem erzählte sie uns, daß sie in dem Gasthaus aufgewachsen war, das ihrem Vater gehört hatte. »Jim – mein Mann – hat es übernommen, und so ist es mein Heim geblieben. Ich habe mein ganzes Leben in den ›Tanzenden Jungfern‹ verbracht.«

»Dann kennen Sie sich in dieser Gegend bestimmt hervorragend aus«, sagte Marie-Christine. »Vielleicht können Sie uns sagen, wo Meningarth ist?«

Wir beobachteten sie genau, und als wir die Ratlosigkeit in ihrem Gesicht sahen, sank uns der Mut. Dann sagte sie: »Oh, Sie meinen bestimmt das Haus von Mr. Masterman. Es heißt Garth. Früher hat es einmal Meningarth geheißen, aber so wird es schon seit über zehn Jahren nicht mehr genannt.«

Marie-Christine strahlte sie an. »Und jetzt heißt es einfach nur Garth?«

»So ist es. Jetzt fällt es mir wieder ein. Es war während der Oktoberstürme – im Oktober haben wir hier immer furchtbare Stürme. Sie sollten den Wind über die Heide fegen hören. Man sagt, er pfeift wie der Teufel, der die Sünder aus ihren Gräbern ruft. Es muß vor gut zehn Jahren gewesen sein. In jenem Jahr waren die Stürme fürchterlich. Unser Gasthaus wurde beschädigt. Meningarth war noch schlimmer mitgenommen, weil es dem Sturm stärker ausgesetzt war. Er hat das Dach abgedeckt, das Tor ausgerissen und es vierhundert Meter weit geschleudert. Die Reparaturen haben Monate gedauert. Das Tor war hinüber. Sie mußten ein neues anfertigen, und als es aufgerichtet war, stand nicht mehr Meningarth daran wie an dem alten. Sie hatten einen Fehler gemacht, und da stand bloß Garth. Es wurde nie geändert, und allmählich sagten die Leute nicht mehr Meningarth. Es hieß schlicht und einfach Garth.«

»Wir hatten Freunde, die die Bewohner dort gekannt haben«, sagte Marie-Christine leichthin.

»Ach, der. Der lebt ganz zurückgezogen. Mit seinem Hund. Liebt Musik. Spielt Geige oder so was.«

»Das ist bestimmt Ennis –«, begann Marie-Christine.

»Ennis Masterman, ja.«

»Wir möchten ihn besuchen«, sagte ich. »Wie kommen wir hin?«

»Das ist ein ganzes Stück von hier weg. Können die Damen reiten?«

»Ja«, sagten wir eifrig.

»Viele Leute, die hier absteigen, fragen nach Pferden. Deswegen halten wir ein paar. Wir vermieten sie meist für einen Tag. Ich denke, wir können Ihnen dienen. Wir haben ein paar nette kleine Stuten, nicht zu lebhaft. Die Tiere kennen sich in der Heide aus. Die kann nämlich stellenweise recht vertrackt sein.«

»Sie können uns bestimmt den Weg nach Garth sagen«, meinte ich.

»Und ob ich das kann. Wer hätte das gedacht. Ennis Masterman bekommt Besuch von zwei jungen Damen aus London!«

Wir beendeten unser Frühstück und begaben uns sogleich in den Stall, um die Stuten zu besehen, von denen die Wirtsfrau gesprochen hatte. Wir fanden sie sehr geeignet, und mit den Anweisungen der Wirtin versehen, waren wir alsbald auf dem Weg.

»So ein Glück!« triumphierte Marie-Christine. »Als sie uns von dem zerstörten Tor erzählte, hätte ich sie umarmen können. Deshalb hat niemand den Ort gekannt. Noelle, es geht voran.«

Ich war nicht ganz so begeistert. Marie-Christine empfand natürlich nicht wie ich. Angenommen, unsere Vermutung erwiese sich als richtig, und ich würde meinem Vater begegnen, den ich nie gekannt hatte? Oder aber angenommen, wir hätten uns geirrt und würden in das Privatleben eines Fremden einfallen? Meine Gefühle waren in Aufruhr.

Die Anweisungen der Wirtsfrau waren unfehlbar. Wir kamen an dem Weiler vorüber, den sie beschrieben hatte. Er bestand aus nur einer Häuserzeile, einem Dorfladen und einer Kirche. Wir mußten der Wegbeschreibung unbedingt ganz genau folgen. Ich sah, wie leicht man sich in der Heide verirren konnte.

»Wenn wir auf dem richtigen Weg sind«, sagte ich, »müßte Garth hinter dem kleinen Hügel da drüben liegen.«

Wir umrundeten den Hügel, und da war es – ein langgestrecktes, graues Steinhaus, abgelegen, schmucklos. Wir ritten zum Tor. »Garth«, sagten wir beide laut. »Das ist es.«

Wir saßen ab, banden die Pferde an einen Pfosten neben dem Tor und betraten das Stück Land vor dem Haus. Es war kaum als

303

Garten zu bezeichnen. Blumen waren keine vorhanden, nur ein paar wuchernde Sträucher.

»Ist es nicht aufregend?« meinte Marie-Christine mit leichtem Schaudern.

An der Tür war ein Klopfer. Ich hob ihn an und ließ ihn fallen. Er klang sehr laut in der Stille. Wir warteten atemlos. Nichts. Nach einer Weile versuchte ich es noch einmal.

»Es ist niemand da«, sagte ich.

»Er ist ausgegangen. Daß er hier wohnt, ist sicher. Früher oder später wird er kommen.«

»Laß uns eine Weile warten«, sagte ich.

Wir gingen durch das Tor hinaus und setzten uns auf einen Steinblock. »Vielleicht bleibt er tagelang fort... wochenlang«, mutmaßte ich.

»O nein«, rief Marie-Christine, »das könnte ich nicht ertragen. Er ist in das Dörfchen gegangen, durch das wir gekommen sind. Er muß ja mal Vorräte einkaufen, oder? Wir werden ihn finden. Es ist jetzt bloß ein bißchen schwieriger geworden, weiter nichts.«

Wir hatten eine Stunde gewartet, und ich meinte gerade, wir müßten gehen, als er kam. Er lenkte einen zweirädrigen Einspänner. Marie-Christine mußte recht gehabt haben mit ihrer Vermutung, er sei im Dorf gewesen, um Vorräte einzukaufen.

Er hielt verwundert an, als er uns auf dem Steinblock sitzen sah, dann sprang er aus dem Wagen. Er war groß und schlank. Sein Gesicht war eher sympathisch als hübsch zu nennen. Schon in diesen ersten Sekunden fiel mir sein sanftes Wesen auf.

Wir traten zu ihm, und ich sagte: »Ich hoffe, wir kommen nicht ungelegen. Mein Name ist Noelle Tremaston.«

Die Wirkung auf ihn war unverkennbar. Er richtete den Blick fest auf mich und hatte Mühe, seiner Bewegung Herr zu werden. Dann überzog Röte sein Gesicht. Langsam sagte er: »Sie sind Daisys Tochter. Ich freue mich, daß Sie gekommen sind.«

»Ja«, sagte ich, »ich bin Daisys Tochter. Und dies ist Mademoiselle du Carron. Sie wohnt bei mir, seit sie bei der Belagerung von Paris ihre Familie verloren hat.«

Er wandte sich an Marie-Christine: Es freue ihn, sie kennenzulernen.

»Wir haben Ihre Anschrift im Sekretär meiner Mutter gefunden«, erklärte ich.

»Bloß, daß es Meningarth hieß«, warf Marie-Christine ein.

»Wir wollten uns gern mit Ihnen unterhalten«, sagte ich, »seit
wir wissen, daß Sie ein Freund meiner Mutter waren.«

»Natürlich. Wo habe ich nur meine Gedanken? Kommen Sie
herein. Ich muß nur erst abschirren.«

»Können wir behilflich sein?« fragte ich.

»Das ist sehr freundlich. Zuvor muß ich ausladen.«

Er schloß die Tür auf. Ich fand es eigenartig, daß meine Bekanntschaft mit dem Mann, der sich womöglich als mein Vater erweisen könnte, damit begann, daß ich einen Sack Mehl in seine Küche schleppte.

Mit einem Blick sah ich, wie einfach das Haus ausgestattet war.
Hinten in dem überwucherten Garten hatte ich einen Brunnen
entdeckt. In der gekachelten Küche gab es nur einen Holztisch,
einen Schrank, ein paar Stühle und einen Herd, auf dem Ennis
vermutlich kochte.

Als die Vorräte hereingetragen waren, führte er uns in einen sehr
schlicht möblierten Wohnraum. Es gab keinerlei Zierat. Alles
war auf Nützlichkeit ausgerichtet.

Er forderte uns auf, Platz zu nehmen. Ich merkte, wie schwer es
ihm fiel, den Blick von mir zu wenden.

»Ich weiß nicht, wo ich anfangen soll«, sagte ich. »Ich möchte
mit Ihnen über meine Mutter sprechen. Sie haben sie gekannt…«

»Ja, ich habe sie gekannt.«

»Das muß lange her sein.«

Er nickte.

»Hat sie hier gelebt?«

»In der Nähe. Im Dorf. Sie müssen daran vorbeigekommen sein.
Carrenforth. Es ist knapp einen Kilometer von hier.«

»Ich nehme an, sie war damals sehr jung.«

305

»Sie war ungefähr vierzehn, als ich sie zum erstenmal sah. Ich war von der Universität hierhergekommen und wußte nicht recht, was ich anfangen sollte. Deshalb beschloß ich, eine Wanderung durch die Heide zu unternehmen. Mein Heimatort war ein gutes Stück entfernt, am anderen Ende des Herzogtums. Meine Neigungen richteten sich auf das einfache Leben. Ich liebe Musik, hielt mich aber nicht für begabt genug, um sie zu meinem Beruf zu machen. Auch wäre ich gern Bildhauer geworden. Ich hatte einige Skulpturen gefertigt, aber ich war sehr unschlüssig.«

Ich merkte Marie-Christine an, daß sie ungeduldig wurde.

»Wir haben Briefe in einem Sekretär gefunden«, sagte sie.

Er sah sie fragend an.

»Sie waren von Ihnen.«

»Sie hat sie aufbewahrt«, sagte er lächelnd.

»Es waren drei Stück«, sagte ich. »Ich bitte um Vergebung. Wir haben sie gelesen.«

»Wir waren beim Ausräumen«, sagte Marie-Christine. »Sie waren in einem Geheimfach des Sekretärs.«

»Sie hat meine Briefe aufbewahrt«, wiederholte er.

»Es müssen sehr wichtige Briefe gewesen sein«, sagte ich. »Ein Kind wurde darin erwähnt. Ich denke, daß ich dieses Kind sein könnte. Ich möchte Gewißheit haben.«

»Es ist *sehr* wichtig«, sagte Marie-Christine.

Nach kurzem, nachdenklichem Schweigen sagte er: »Es ist vielleicht besser, wenn ich von Anfang an beginne. Ich meine, ich sollte die ganze Geschichte erzählen.«

»Ja, wir wären Ihnen sehr verbunden.«

»Sie hatte mir so viel von ihrer Tochter Noelle erzählt. Ich fürchte, ich bin etwas durcheinander. Es ist so plötzlich gekommen, so unerwartet, diese Begegnung mit Ihnen. Ich habe es mir immer gewünscht... aber Sie werden es besser verstehen, wenn ich alles von Anfang an erzähle, so, wie ich es in Erinnerung habe.«

»Bitte tun Sie das.«

»Ich bin in Cornwall geboren, ein gutes Stück von hier, genauer gesagt, gleich jenseits der Grenze, auf der kornischen Seite des Tamars. Mein Vater war Pfarrer. Wir waren sechs Geschwister, zwei Jungen und vier Mädchen. Das Geld war knapp, aber unser Vater wollte unbedingt die beste Ausbildung für seine Kinder, und irgendwie schaffte er es, mich studieren zu lassen. Ich war ein leidlich guter Schüler, doch als ich älter wurde, war ich eine Enttäuschung. Ich wußte nicht, was ich wollte. Was mich begeisterte, war nicht von der Art, womit ich Geld verdienen und meiner Familie die Opfer, die sie für mich gebracht hatte, entgelten konnte. Ich spielte recht gut Geige, doch ich sah nicht, wie ich mit meiner Liebe zur Musik oder zur Bildhauerei Geld verdienen könnte. So war ich hin und her gerissen zwischen Pflicht und Neigung. Dann unternahm ich diese Wanderung, um Ruhe zu haben, um allein zu sein. Im Gasthof ›Zu den tanzenden Jungfern‹ stieg ich ab. Ich gedachte dort ein, zwei Nächte zu bleiben. Am Nachmittag brach ich auf, um mir die steinernen Jungfern anzusehen. Es war ein merkwürdiger, schwüler Tag. Kein Windhauch war zu spüren, die Wolken hingen tief. Als ich mich den Steinen näherte, sah ich ein junges Mädchen. Ich kannte die kornischen Volkssagen; schließlich war ich in dieser Gegend aufgewachsen. Vielleicht war ich von den Sagen beeinflußt, womöglich auch ein wenig abergläubisch; jedenfalls glaubte ich, eine der steinernen Jungfern sei zum Leben erwacht und tanze. Sie war so schön, so anmutig, sie schien auf der Luft zu schweben. Etwas so Zauberhaftes hatte ich noch nie gesehen. Ich beobachtete sie gebannt. Plötzlich bemerkte sie mich. Sie wandte sich mir zu und lachte. So sah ich Daisy zum erstenmal. Niemand lacht wie Daisy.«

»Nein«, sagte ich, »niemand hat je so gelacht.«

»Sie rief mir zu: ›Sie dachten, ich wäre eine von den Jungfern, die lebendig geworden ist, nicht wahr? Geben Sie es zu.‹

›Für einen Augenblick, ja‹, erwiderte ich.

›Sind Sie neu hier?‹ fragte sie.

›Ja. Auf einer Wanderung‹, erklärte ich.

Sie fragte mich, ob ich oft hierherkäme, und ich sagte ihr, es sei das erste Mal für mich, ich sei erst am Morgen angekommen und versuche, in einer bestimmten Sache zu einer Entscheidung zu gelangen.

›Worum geht es?‹ fragte sie.

›Um mein weiteres Leben. Was ich tun soll.‹

›Ich weiß, was ich tun werde‹, sagte sie. ›Ich werde tanzen. Und ich werde berühmt. Ich werde nie arm und unbekannt sein. Ich gehe zum Theater.‹

Ich erinnere mich gut an dieses Gespräch. Um sie wiederzusehen, blieb ich in dem Gasthof wohnen. Ich war fasziniert von ihr. Sie konnte in einem Augenblick ein Kind und im nächsten eine Frau sein. Nie habe ich einen Menschen gekannt, bei dem Unschuld und Weltklugheit sich so vereinten wie bei Daisy. Sie war vierzehn, ich war gut zehn Jahre älter. Sie war eine strahlende Schönheit, wie ich sie noch nie gesehen hatte. Alles war vorhanden... knospend, sozusagen, mit der Verheißung, sich alsbald zu voller Pracht zu entfalten.

Wir haben uns jeden Tag bei den Steinen getroffen. Es war nicht direkt verabredet, aber jeder von uns wußte, daß der andere dasein würde. Sie unterhielt sich gern mit mir. Wohl deshalb, weil ich ihr gern zuhörte. Es ging stets um dasselbe Thema: Flucht. Sie wollte durch Gesang und Tanz zu Ruhm kommen. Damals ging mir auf, daß sie alles hatte, was mir fehlte. Ich wollte dem Leben entfliehen. Sie wollte ins Leben entfliehen. Ich erfuhr bald, von wo sie fliehen wollte und was für ein jämmerliches Dasein sie dort fristete. Sie wollte fort und nie zurückkehren. Sie haßte ihre Großeltern, bei denen sie lebte. ›Sie haben meine Mutter umgebracht‹, sagte sie. ›Sie würden mich auch umbringen, wenn sie könnten.‹ Nach und nach erfuhr ich die Geschichte. Sie war gar nicht so ungewöhnlich. Ich konnte mir den puritanischen Großvater vorstellen, streng und unversöhnlich. Dreimal täglich Gebete, kein Lachen, keine Liebe, keine Zärtlichkeit. Daisy und ihre Mutter waren Sünderinnen. Ihre Mutter, weil sie gegen Gottes Gebote verstoßen hatte, und Daisy, weil dem

Großvater zufolge sich die Sünden der Eltern an den Kindern rächten und ein in Sünde geborenes Kind ebenfalls sündig sein müsse. Ich verstand Daisys Ungestüm, ihre Entschlossenheit. Sie haßte ihre Großeltern aus tiefster Seele. Sie lehnte alles ab, was ihr Großvater verkörperte – die Auffassung, daß ein guter Mensch sei, wer sich elend fühle, und daß Lachen und Lebensfreude Sünde seien. Sie sagte mir, daß sie warte und sich die ganze Zeit bereithalte. Sie wußte damals, daß sie noch zu jung war, aber nicht mehr lange. Sie dürfe nichts überstürzen und keine Dummheiten machen, sondern müsse sehr sorgfältig vorgehen, die Gelegenheit abwarten und bereit sein, wenn sie komme.

Es war eine übliche Geschichte. Ihre Mutter war verführt und von ihrem Liebhaber verlassen worden. Daisy war das Ergebnis dieser Liebe. Es gab kein Mitgefühl für die Sünderin. ›Sie hätten sie hinausgeworfen‹, sagte Daisy, ›aber mein Großvater merkte, daß es befriedigender für ihn war, sie zu quälen, während er ein großes Getue daraus machte, der Sünderin zu vergeben – der alte Scheinheilige. Sie haben meine Mutter in den Tod getrieben. Ich hasse sie. Ich werde ihnen nie verzeihen.‹

Daisy war fünf Jahre alt, als ihre Mutter starb. Sie hat mir davon erzählt. ›Sie hielt es nicht mehr aus. Sie war oft krank. Ihr Husten hat mich geängstigt. Eines Nachts, als es schneite und ein Sturm blies, ging sie, nur dünn bekleidet mit Rock und Bluse, in die Heide und blieb fast die ganze Nacht draußen. Als sie zurückkam, war sie schwer krank. Sie starb nach wenigen Tagen. Sie hatte mehr gelitten, als sie ertragen konnte.‹ Daisy war außer sich. ›Ich hasse die Großeltern‹, sagte sie. ›Ich werde nie arm sein. Ich werde reich und berühmt sein und immer etwas zu lachen haben im Leben. Ich werde fortgehen und sie nie, nie wiedersehen.‹ «

»Mit mir hat sie kaum über ihre Kindheit gesprochen«, sagte ich. »Ich spürte, daß sie es nicht wollte. Jetzt verstehe ich, warum. Sie muß sehr unglücklich gewesen sein.«

»Bei einem Mädchen in ihrer Situation hätte man das annehmen können. Nicht so Daisy. Sie strahlte Lebensfreude aus. Sie war durch nichts zu dämpfen. Ich war fasziniert von ihr. Sie hatte meine Entscheidung beflügelt. Ich wußte nun, was ich zu tun hatte. Meningarth stand zum Verkauf. Es war sehr billig zu haben. Ich konnte es mir gerade leisten. Dort wollte ich mich niederlassen. So war ich in ihrer Nähe. Sie kam oft zu mir. Wenn ich ins Haus trat, hatte sie schon Feuer gemacht und sich davor hingekuschelt. Damals war ich wichtig für sie. Sie kam zu mir, wenn sie reden wollte. Ich kannte ihre Pläne und Träume; sie änderten sich nie. Ich wollte mich nicht mit der Tatsache abfinden, daß sie fort wollte. Ich dachte, daß es mit uns immer so bleiben und sie eines Tages zu mir nach Meningarth ziehen würde. Sie sei nur eine Träumerin, glaubte ich – so wie ich ein Träumer war. Aber Daisy lebte in einer Welt, wo Träume wahr werden können. Sie wollte sich Daisy Ray nennen. Sie hieß Daisy Raynor. Das war der verhaßte Name ihrer Großeltern. Sie sagte, Daisy Ray höre sich für eine Schauspielerin genau richtig an.

Sie stellte Mutmaßungen über ihren Vater an. Sie war überzeugt, daß er ein Herr war, wohlhabend wie die Tremastons. ›Er war jung‹, sagte sie, ›und fürchtete seine Familie.‹ Sie machte sich ein Bild von ihm. Er habe ihre Mutter heiraten wollen, sagte sie. Er habe nicht gewußt, daß sie ein Kind erwartete. Die Familie habe ihn ins Ausland geschickt, und als er zurückkam, sei es zu spät gewesen.‹

»Sie muß ein sehr unglückliches Leben gehabt haben«, sagte ich.

»Ah, wie ich schon sagte, Daisy konnte nicht unglücklich sein. Das lag ihr nicht. Sie war immer zuversichtlich. Nie zuvor hatte ich einen so fröhlichen Menschen gesehen. Ständig hat sie getanzt. Ich nannte sie die tanzende Jungfer. Manchmal sagte ich ihr, ich sehe in ihr einen der Steine, der zum Leben erwacht sei. Sie fand das lustig und pflegte dann zu sagen: ›Hier ist deine tanzende Jungfer.‹ Wir sprachen darüber, was ich werden würde. Ein großer Musiker... ein Bildhauer. Ich machte eine Skulptur von ihr. *Die tanzende Jungfer*. Sie ist sehr schön. Ich werde sie

Ihnen zeigen. Die beste Arbeit, die ich je gemacht habe. Darin ist etwas von ihr und von dem Geheimnis der Steine eingefangen. Man hat mir viel Geld dafür geboten. Aber ich konnte mich nicht davon trennen. Sie hat mir soviel bedeutet – zumal mir damals klar wurde, daß Daisy fortgehen würde. Ich hatte das Gefühl, solange ich die Skulptur besäße, würde ich etwas von Daisy besitzen. Es war gewissermaßen ein Symbol. Es hätte der Anfang einer erfolgreichen Laufbahn sein können. Daisy meinte, ich sei ein Dummkopf. Aber ich konnte nichts dafür. So war ich eben. Ich konnte mich nicht von der *Tanzenden Jungfer* trennen.«

»Ich verstehe«, sagte ich. »Jetzt verstehe ich so vieles.«

»Durch sie habe ich mich selbst erkannt. Je mehr ich mit ihr zusammen war, desto deutlicher sah ich, was mir fehlte. Ich wollte nicht in die Welt hinausgehen und den Kampf aufnehmen. Ich wünschte das einfache Leben, das ich mir hier eingerichtet hatte. Daisy wußte das. Sie war fünfzehn Jahre alt, als sie mir sagte, sie sei nun bald bereit. Die Zeit sei gekommen. Sie dürfe nicht länger zögern. Sie können sich meine Bestürzung vorstellen. Trotz ihrer Beharrlichkeit hatte ich ihre Sehnsüchte insgeheim als Träume abgetan. Ich hatte Daisy an mir gemessen, das war ein großer Fehler. Wir waren innige Freunde geworden. Sie hatte mir mehr vertraut als jedem anderen Menschen. Unsere Zusammenkünfte waren für uns beide wichtig gewesen. Ich konnte den Gedanken nicht ertragen, sie zu verlieren. Ich bat sie, mich zu heiraten. ›Wie könnte ich das?‹ erwiderte sie. ›Ich würde bis ans Ende meiner Tage hier sein. Wir wären arm, würden hier leben – und *sie* wären in der Nähe! Ich werde tanzen. Ich gehe zum Theater.‹ Einmal sagte ich, ich wolle mit ihr gehen. Sie schüttelte den Kopf. Meine Freundschaft bedeute ihr viel, sagte sie, aber wir seien ganz verschieden, nicht wahr? Ich hätte nicht dasselbe Vertrauen in die Dinge wie sie. Wir gehörten nicht richtig zusammen. Sie hatte recht. Dennoch stritt ich mit ihr. Ob sie meine, sie sei das einzige Mädchen vom Lande, das von einer erfolgreichen Bühnenlaufbahn träumte? Natürlich nicht, sagte sie. Ob sie bedacht habe, daß Tausende in elenden Umständen endeten, die schlimmer seien als jene, denen sie entflohen waren? ›Aber ich werde bekommen, was ich will!‹ sagte sie. Sie glaubte daran, und wenn ich sie ansah, glaubte ich es auch.

Der Tag, an dem sie fortging, war der unglücklichste Tag meines Lebens. Ich sagte ihr Lebewohl. ›Versprich mir‹, bat ich, ›daß du zu mir zurückkommst, wenn es nicht gelingt.‹ Aber für sie war es unvorstellbar, daß es nicht gelingen würde. Sie sagte, es sei wunderbar gewesen mit mir, und sie liebe mich, aber wir seien zu verschieden. Sie würde mir nicht von Nutzen sein, wenn sie hier lebte, sich um die Hühner kümmern und mit dem Einspänner zum Einkaufen ins Dorf führe. Und ich würde ihr bei ihrer beruflichen Laufbahn nicht von Nutzen sein. ›Wir müssen der Wahrheit ins Gesicht sehen. Wir passen nicht zusammen. Aber wir werden stets gute Freunde bleiben.‹

Sie nannte sich Daisy Tremaston – nach der reichen Familie, die hier ansässig ist – und machte Daisy Ray zu ihrem Künstlernamen. Dann riet ihr jemand, ihn in Désirée zu ändern. Désirée«, wiederholte er. »Sie tat, was sie sich vorgenommen hatte. Sie besaß die Leidenschaft, die Entschlossenheit und das Talent. Und sie hatte Erfolg.«

Er hielt inne und faßte sich an die Stirn. Er hatte eine ganze Weile geredet, und ich wußte, daß er alles noch einmal durchlebt hatte. Ich, die sie so gut gekannt hatte, konnte mir alles deutlich vorstellen. Ich konnte den Widerstand verstehen, den die puritanischen Großeltern in ihr geweckt hatten, die Verachtung für Konventionen, die Entschlossenheit, ihren eigenen Weg zu gehen.

Marie-Christine hatte gebannt zugehört, aber ich sah ihr an, daß sie es nicht erwarten konnte, zum Kern der Sache zu kommen. War dieser Mann mein Vater?

Unvermittelt sagte er: »Gewöhnlich trinke ich um diese Zeit Kaffee. Darf ich Ihnen einen anbieten?«

Ich erbot mich, mit in die Küche zu kommen und ihm bei der Zubereitung des Kaffees zur Hand zu gehen. Marie-Christine war im Begriff, aufzustehen, aber ich gab ihr durch Zeichen zu verstehen, sie möge bleiben, wo sie war.

In der Küche sagte er zu mir: »Ich habe mir oft vorgestellt, daß Sie hierherkommen würden.«

»Mit ihr?«

Er nickte.

»Sie hat mit mir nie über Sie gesprochen«, sagte ich.

»Nein, sicher nicht. Sie hatte andere Pläne.«

»Es gibt etwas, das ich gern wissen möchte.«

»Ja«, sagte er. Nach einer kurzen Pause fuhr er fort: »Sie hat mir ab und zu geschrieben. Ich wußte von ihren Erfolgen. Es war wundervoll. Und ich weiß, weshalb Sie hergekommen sind. Sie haben die Briefe gefunden und sind dadurch auf eine Möglichkeit gestoßen. Habe ich recht?«

»Ja.«

»Ich habe ihre Briefe aufbewahrt. Sie hat nicht oft geschrieben. Es waren Freudentage, wenn ich Post von ihr bekam. Durch ihre Briefe erlebte ich ihre Erfolge mit, auch wenn ich keinen Anteil daran hatte. Ich wußte, es bestand keine Hoffnung, daß sie zurückkommen würde. Erst recht nicht nach Ihrer Geburt. Ich werde Ihnen die Briefe geben, die sie mir damals geschrieben hat. Nehmen Sie sie mit ins Gasthaus und lesen Sie sie. Sie sind allein für Ihre Augen bestimmt. Wenn Sie sie gelesen haben, bringen Sie sie mir zurück. Sie sind mir sehr wichtig. Ich könnte es nicht ertragen, sie zu verlieren. Ich lese sie immer wieder.«

»Ich werde sie lesen und sie Ihnen morgen zurückbringen«, sagte ich.

»Daraus werden Sie ersehen, was Sie wissen wollen.«

Wir nahmen den Kaffee mit in den Wohnraum, wo Marie-Christine mit sichtlicher Ungeduld wartete. Ennis erzählte ein wenig von seinem Leben. Er komme einigermaßen über die Runden. Eine Galerie in Bodmin nehme ihm einige seiner Plastiken ab. Er selbst verkaufe hin und wieder eine, vornehmlich von den tanzenden Jungfern. Besucher hätten gern eine Erinnerung an die Orte, die sie besichtigt hatten. Er versorge sich zum Teil selbst. Er habe eine Kuh und ein paar Hühner. Dies sei die Lebensweise, die er freiwillig gewählt habe.

313

Er holte die Briefe und übergab sie mir. Ich versprach ihm noch einmal, sie am nächsten Tag zurückzubringen.

»Wenn Sie sie gelesen haben«, sagte er, »werden wir uns ungezwungener unterhalten können... wenn Sie es wünschen. Vielleicht werden wir dann das Gefühl haben, uns besser zu kennen. Heute war ein wunderbarer Tag für mich. Wie oft habe ich mir gesagt, es könne nie geschehen. Als sie starb, dachte ich, nun sei alles zu Ende. Also, dann bis morgen.«

Ich konnte nicht schnell genug fortkommen, denn es drängte mich fieberhaft, die Briefe zu lesen.

Während wir zum Gasthaus zurückritten, sagte Marie-Christine: »Nicht zu fassen, wie er lebt! So ein seltsamer Vogel! Hoch interessant, was er von Désirée erzählt hat. Daisy Ray. Raffiniert, nicht? Was ist mit den Briefen? Ich kann es nicht erwarten, sie zu lesen.«

»Er möchte nicht, daß sie außer mir jemand zu sehen bekommt, Marie-Christine. Es sind vertrauliche Briefe meiner Mutter.«

Sie machte ein langes Gesicht.

»Du mußt das verstehen, Marie-Christine«, bat ich. »Sie sind ihm heilig. Und ich habe es versprochen.«

»Aber du sagst mir, was drinsteht?«

»Natürlich.«

Sobald wir im Gasthaus ankamen, eilte ich in unser Zimmer. Marie-Christine sagte mit bewundernswürdigem Taktgefühl, sie wolle eine Stunde spazierengehen. Das rechnete ich ihr hoch an, denn ich wußte, wie sehr sie von Neugierde verzehrt wurde.

Die Briefe waren undatiert, aber ich stellte fest, daß sie in chronologischer Folge geordnet waren. Ich las den ersten:

Mein lieber, lieber Ennis!

Wie wundervoll! Endlich wirst Du aus Deinem Versteck gelockt. Endlich wirst Du als das Genie erkannt, das Du bist. Soso, nachdem er Deine *Tanzende Jungfer* gesehen hat, interessiert sich ein Londoner Kunsthändler für Deine Werke. Das ist ein Anfang. Bist Du nicht aufgeregt? Aber natürlich bist Du das. Ich bin es auch. Doch Du sagst bestimmt: »Nichts ist gewiß. Wir müssen abwarten.« Ich kenne Dich, Ennis. Mein Lieber, Du hast einen zu großen Teil Deines Lebens mit Abwarten verbracht. Aber jetzt – es ist wunderbar! Ich habe Deine Nachbildungen der Steine immer *sehr* gut gefunden. Und die Figur, die Du von Deiner ganz persönlichen tanzenden Jungfer geschaffen hast, ein geniales Werk!

Aber das Wichtigste ist, daß Du nach London kommst. Ich werde zusehen, daß Du im richtigen Hotel wohnst... und zwar in meiner Nähe. Dann können wir beisammen sein, wenn Du nicht bei Deinem wichtigen Kunsthändler bist. Ich stecke noch nicht in den Proben. Seine Lordschaft Donald Dollington – für uns Dolly – ist kurz davor, ein neues Stück einzustudieren. Im Augenblick ist er übernervös. Er fleht Gott den Allmächtigen an, ihn nicht vollkommen verrückt werden zu lassen und die Fortdauer der Qualen nicht zu gestatten, die ihm von denjenigen zugefügt werden, die entschlossen sind, ihm in die Quere zu kommen. Dieses Spiel spielt er in einer Zeit wie dieser jedesmal. Wenn Du also nächste Woche kommst, werden die Proben noch nicht begonnen haben. Wir können reden und reden. Es wird wie in alten Zeiten sein. Ich erwarte Deine Ankunft mit unendlicher Freude.

Deine ganz persönliche tanzende Jungfer

Daisy

Ich nahm mir den nächsten Brief vor.

Mein lieber Ennis!

War das eine herrliche Woche! Gesegnet sei dieser Kunsthändler, auch wenn er sich als ein miserabler Bursche erwies und nicht weiter interessiert war, als Du ihm die *Tanzende Jungfer* nicht überlassen wolltest. Es war süß von Dir, daß Du darauf bestandest, sie zu behalten... aber Du hättest es nicht tun sollen. Trenne dich von ihr, Ennis! Sie hätte Dir Aufträge einbringen können. Du bist ein alter Dummkopf! Es war wunderbar, mit Dir zusammen zu sein... zu reden wie früher. Hat es die alten Zeiten zurückgebracht? Ich kann mit niemandem so reden wie mit Dir. Es war, als wären wir wieder in Meningarth, nur daß wir nicht über den Beginn der Reise sprachen, sondern ich schon halbwegs am Ziel bin. Ennis, versuche diesen Trieb, ganz nach oben zu gelangen, zu verstehen. Der Abschied war so traurig. Aber Du wirst wiederkommen. Ich weiß, was Du sagen wirst... aber daraus würde nichts. Das Leben hier wäre Dir verhaßt. Du hast keine Ahnung, wie es kurz vor der Premiere ist – und es nichts, nichts gibt als das Stück. Es muß so sein, und es wäre Dir zuwider, ganz bestimmt.

Ich habe hier viele gute Freunde. Sie verstehen mich. Dieses Leben gefällt mir. Ich könnte es niemals aufgeben.

So muß denn alles bleiben, wie es ist. Aber laß uns diese herrliche Woche in Erinnerung behalten.

In immerwährender Liebe.

Daisy – Deine tanzende Jungfer

Der nächste Brief war aufschlußreicher.

Ennis, mein Lieber!

Ich habe Dir etwas mitzuteilen. Es geschah während unserer herrlichen Woche. Anfangs wußte ich nicht, wie ich darüber denken sollte. Jetzt lebe ich in einem Freudentaumel. Ich weiß nun, daß ich mir ebendies immer gewünscht habe. Bis heute hatte ich es nicht gewußt. Es wird immer sein, als sei ein Teil von Dir bei mir.

Du ahnst gewiß, was ich Dir mitteilen will. Ich glaube, ich bekomme ein Kind. Ich hoffe es. Sobald ich sicher bin, schreibe ich wieder.

In Liebe

Daisy – T. J.

Der vierte Brief lautete:

Mein liebster Ennis!
Nein. Das kommt überhaupt nicht in Frage. Es würde einfach nicht gutgehen, wie ich Dir schon so oft gesagt habe. Es würde bedeuten, alles aufzugeben, wonach ich gestrebt habe. Das könnte ich nicht. Bitte verlange nichts Unmögliches. Ich könnte die Zerstörung unserer Beziehung nicht ertragen, und darauf würde es hinauslaufen. Jetzt bin ich so glücklich. Ennis, laß uns mit dem zufrieden sein, was wir haben. Glaube mir, es ist das Beste für uns beide.
Wie immer in Liebe

Daisy – T. J.

Ich griff nach dem nächsten Brief.

Ennis, Lieber!
Ich juble vor Freude.
Es ist wahr, ich erwarte ein Kind. Ich bin so glücklich. Dolly ist fuchsteufelswild. Er denkt nur an sein neues Stück. Was es für einen Sinn habe, mir die Hauptrolle zu geben? Nicht lange, und ich würde einhertänzeln wie ein Elefant. Ich sagte ihm, daß Elefanten nicht tänzeln, sondern stampfen. Er schrie mich an: »Was soll aus Deiner Laufbahn werden? Ich schätze, es ist von Charlie Claverham. Oder ist es von Robert Bouchére? Wie kannst du mir das antun, gerade wo ich mit der Einstudierung beginnen will!« Dann folgte die übliche Anrufung Gottes. Man muß über Dolly lachen, ob man will oder nicht.
Aber nichts, einfach nichts, kann mir meine Wonne nehmen.
Wie immer in Liebe

D. – T. J.

Ich nahm den nächsten Brief zur Hand.

Liebster Ennis!

Alles geht gut. Ja, ich werde Dich verständigen.

Ich will nur das Beste für ihn/sie – es ist mir gleich, was es wird. Ich will nur *es*. Charlie Claverham ist spaßig. Er glaubt, es sei von ihm. Verzeih mir, Ennis, er war mir immer ein so lieber Freund. Er könnte einem Kind von sich alles geben, einfach alles. Charlie ist ein sehr guter Mensch, wirklich. Er ist rechtschaffen und aufrecht – und sehr reich. Robert Bouchère ist auch reich, aber er ist Ausländer, und Charlie wäre mir lieber. Ach, was fasele ich da. Ich dachte nur gerade, wenn ich plötzlich sterben sollte. Man weiß ja nie. Es war mir bisher nicht in den Sinn gekommen, aber wenn man an ein Kind zu denken hat, ist alles anders.

Ich kann an nichts anderes denken als an mein Baby.

Sei unbesorgt, Du brauchst wirklich nichts zu schicken. Ich komme sehr gut zurecht. Es geht mir gut, und Charlie sorgt selbstverständlich dafür, daß ich jeden Luxus habe.

Ich bin stark und gesund. Und ich bin nicht alt. Der Arzt meint, daß ich in ein paar Monaten wieder werde tanzen können.

O Ennis, ich kann's einfach nicht erwarten. Alles wird wunderbar, das weiß ich.

In Liebe

T. J.

Der nächste Brief war offenbar eine ganze Weile später geschrieben.

Lieber Ennis!

Sie ist da. Sie kam am Weihnachtstag, deshalb nenne ich sie Noelle. Sie ist allerliebst. Alles an ihr ist vollkommen, und ich liebe sie mehr als alles auf der Welt. Ich werde sie nie allein lassen. Dolly macht einen Mordswirbel und sagt, ihm seien die Hände gebunden. Er wolle mich für sein nächstes Stück, und ob ich mir einbilde, er könne ewig warten, während ich Mutter spiele? Ich sagte ihm, Mutter sei die schönste Rolle, die ich je hatte, und ich würde sie weiterspielen, worauf er erwiderte, ich sei ein sentimentaler Dummkopf, und ob ich warten wolle, bis ich mehr Erfahrung im Umgang mit einem schreienden Balg hätte? Da bin ich wütend geworden. »Wag es nicht, mein kleines Mädchen ein Balg zu nennen!« sagte ich. Darauf er sarkastisch: »Oh, sie wird selbstverständlich anders sein als alle anderen Bälger. Sie wird die *Traviata* singen, bevor sie ein Jahr alt ist.« Der gute Dolly. Er ist gar nicht so übel. Und ich glaube, er hat sie gern. Ich wüßte nicht, wer sie nicht lieben könnte. Mich erkennt sie natürlich schon. Martha tut, als wäre sie ihr lästig, aber ich habe sie an der Wiege gesehen, als sie dachte, daß ich nicht hinschaute. Neulich hörte ich sie sagen: »Tüttelchen will seine Mami, ja?« Tüttelchen! Martha! Stell Dir das vor! Aber Du kennst Martha ja nicht. Von ihr würde man am allerwenigsten denken, daß sie ein Baby auch nur ansieht. Wozu sind Babys im Theater nutze? Aber meine Noelle kann sogar sie becircen. Und die Dienstboten sind außer sich vor Freude und wetteifern miteinander, sich um sie zu kümmern.

Das Leben ist eine Wonne.

In Liebe

T. J.

Und der letzte Brief:

Liebster Ennis!

Alles ist gut. Sie wird mit jedem Tag entzückender. Das schönste Weihnachtsgeschenk, das ich je bekommen habe. Ich habe es schon tausendmal gesagt und werde es noch vieltausendmal sagen.

Ennis, Du mußt mir verzeihen. Ich lasse Charlie in dem Glauben, daß sie sein Kind ist. Sei nicht allzu gekränkt. Es ist zu ihrem Besten. Wir müssen an *sie* denken. Sie muß alles bekommen. Ich kann nicht glücklich sein bei dem Gedanken, daß ich einmal sterben werde und sie im Stich lasse. Ich will nicht, daß mein Kind Armut kennenlernt, wie ich sie gekannt habe. Sie soll nicht, wie einst ich, in lieblose Hände gegeben werden. Du würdest sie lieben, das weiß ich, aber Du könntest ihr nicht geben, was sie braucht. Charlie aber könnte und würde es ihr geben. Er hat es sogar geschworen. Er liebt sie, zumal er denkt, daß sie sein Kind ist. Glaube mir, Ennis, es ist das Beste. Er würde sich auch so um sie kümmern, wenn ich ihn darum bäte, aber je enger die Bindung, desto besser. Vielleicht habe ich unrecht, aber Recht und Unrecht sind für mich immer ein bißchen verschwommen gewesen. Ich will das Beste für mein Kind, egal, ob man das für unrecht halten könnte. Für mich ist es recht – und für sie. Nur darauf kommt es mir an. Du könntest nicht so für sie sorgen, Ennis, wie ich es mir für sie wünsche. Charlie aber kann es, falls es einmal nötig sein sollte. Sie würde Dienstboten haben, Kindermädchen, alles.

Vielleicht ist es falsch von mir, aber ich meine, das Wichtigste ist, die Menschen zu lieben, und für keinen wünsche ich so sehr das Beste wie für mein Baby. Ich finde, Liebe ist wichtiger als alle Gesetze der Moral. Ich werde nicht versuchen, eine Gipsheilige aus ihr zu machen. Sie soll viel zu lachen haben im Leben und es genießen. Vor allem soll sie wissen, daß sie geliebt wird. Die Prediger würden sagen, das sei unrecht. Um ein guter Mensch zu sein, müsse man sich elend fühlen, aber etwas in meinem Innern sagt mir, liebevoll und gütig zu sein wird für Gott genügen, wenn der Tag des Jüngsten Gerichts kommt, und über alles andere wird er hinwegsehen.

Mein Kind kommt für mich an erster Stelle. Ich werde vor allem andern dafür sorgen, daß sie glücklich ist, und es ist mir einerlei, was ich dafür tun muß.

Es war, als hörte ich ihre Stimme. Sie wurde mir so deutlich zurückgebracht. Wie hatte sie mich geliebt! Es war eine ironische Verdrehung des Schicksals, daß sie aus Liebe zu mir mein Leben ruiniert hatte.

Meine Wangen waren naß von Tränen. Die Briefe hatten meine Mutter so lebendig erstehen lassen, daß der Verlust so frisch schien wie am ersten Tag. Und noch etwas hatten sie bewirkt: Sie hatten mir ohne jeden Zweifel offenbart, was ich hatte herausfinden wollen. Der Zweck meiner Reise hierher war erfüllt.

Marie-Christine war von ihrem Spaziergang zurück. Sie traf mich mit den Briefen in der Hand an. Sie setzte sich stumm zu mir und sah mich eindringlich an.

»Noelle«, sagte sie schließlich, »du bist ja ganz durcheinander.«

»Die Briefe...«, erwiderte ich. »Es war, als hätte ich meine Mutter sprechen hören. Hier steht alles drin. Es gibt keinen Zweifel. Ennis Masterman ist mein Vater.«

»Dann ist Roderick nicht dein Bruder.«

Ich schüttelte den Kopf.

Sie legte die Arme um mich. »Wunderbar. Genau das hatten wir hören wollen.«

Ich sah sie verständnislos an. »Marie-Christine«, sagte ich langsam. »Es spielt keine Rolle mehr. Es ist zu spät.«

Tags darauf besuchte ich Ennis Masterman. »Ich werde allein gehen«, hatte ich zu Marie-Christine gesagt. »Er ist mein Vater. Du wirst es verstehen.«

»Ja«, sagte sie, »ich verstehe es.«

Er erwartete mich. Wir standen da und sahen uns beinahe verlegen an. Dann sagte er: »Du kannst dir denken, was das für mich bedeutet.«

»Ja. Und für mich auch.«

»Seit du geboren warst, habe ich gehofft, dich zu sehen.«

»Es ist eigenartig, plötzlich einen Vater zu haben.«

»Ich habe wenigstens gewußt, daß es dich gibt.«

»Und wenn ich bedenke, daß ich dich vielleicht nie kennengelernt hätte. Nur durch Zufall...«

»Komm herein«, sagte er. »Ich möchte von ihr sprechen. Ich möchte von eurem gemeinsamen Leben hören.«

So unterhielten wir uns, und dabei verspürte ich erstaunlicherweise, daß die Wunden, die beim Lesen der Briefe wiederaufgebrochen waren, weniger schmerzten. Ich erzählte ihm von meiner Mutter, wie sie Lisa Fennell geholfen hatte, von ihrem plötzlichen Tod und meinem Kummer. Ich erzählte ihm von ihren Theaterstücken, ihrem Enthusiasmus, ihren Erfolgen.

»Sie hat es richtig gemacht«, sagte er. »Sie mußte tun, was sie getan hat... und es wäre nicht gutgegangen mit uns beiden. Sie war erpicht auf Erfolg und hat ihr Ziel erreicht.«

Schließlich erzählte ich von mir, von meinem Besuch in Leverson Manor, und meiner Liebe zu Roderick und was daraus geworden war.

Er war zutiefst erschüttert. »Mein liebes Kind, welch eine Tragödie!« sagte er. »Und es hätte nicht sein müssen. Du könntest glücklich verheiratet sein. Und alles wegen dem, was sie getan hat. Es würde ihr das Herz brechen. Mehr als alles wünschte sie, daß du glücklich sein und alles bekommen solltest, was sie entbehrt hatte.«

»Jetzt ist es zu spät. Er hat eine andere geheiratet – diese Lisa Fennell, von der ich dir erzählt habe.«

»Das Leben steckt voller Ironie. Warum bin ich ihr nicht nach London gefolgt? Warum habe ich nicht wenigstens versucht, etwas aus mir zu machen? Ich hätte bei ihr in London sein können. Vielleicht wäre ich dort glücklich geworden. Aber ich konnte nicht. Irgendwie konnte ich nicht fort von hier. Ich habe nicht an mich geglaubt, hatte immer Zweifel. Ich war schwach, und sie war stark, ich war unsicher, und sie war so sicher. Wir haben uns geliebt, aber wie sie sagte, wir paßten nicht zusammen. Ich ließ mich von Schwierigkeiten entmutigen, während sie zuversichtlich darüber hinwegtanzte.«

Ich erzählte ihm von meinem Aufenthalt in Frankreich, von Robert, von seiner Schwester – und von Gérard, den ich vielleicht geheiratet hätte. »Es gab Zeiten«, sagte ich, »da dachte ich, in Frankreich könnte ich etwas aus meinem Leben machen, doch dann kehrte die Erinnerung an Roderick zurück. Nun, die Entscheidung wurde mir abgenommen.«

Ennis wurde nachdenklich. »Noelle, ich überlasse dir die Briefe«, sagte er. »Du wirst sie als Beweis brauchen. Vielleicht kommst du mich ab und zu besuchen.«

»Bestimmt«, versprach ich, »ganz bestimmt.«

»Ich wünschte inständig, du wärst früher gekommen, so daß ich dich gekannt hätte, bevor es zu spät war.«

»Oh, das wünschte ich auch. Aber es hat nicht sein sollen.«

»Es hätte ihr das Herz gebrochen, wenn sie gewußt hätte, was sie angerichtet hat.«

Es war schon später Nachmittag, als ich zum Gasthaus zurückritt. Ich war noch ganz durcheinander. Indem ich meinen Vater fand, hatten sich meine Mutmaßungen bestätigt: Ich hätte den Mann, den ich liebte, nicht verlieren müssen.

KENT

Rückkehr nach Leverson Manor

Wir kehrten nach London zurück. Ich war über den Erfolg unseres Unternehmens eher betrübt als begeistert. Marie-Christine war mir ein großer Trost. Sie wirkte viel älter, als sie an Jahren war, und da sie meine Gefühle verstand, suchte sie mich zu trösten. Das gelang ihr einigermaßen, und ich sagte mir immer wieder, welch ein Glück es für mich sei, ihre Zuneigung gewonnen zu haben.

Die Zukunft sah öde aus. Ich fragte mich, was sie bereithalten mochte. Während dieser Zeit dachte ich oft, daß ich mir in Pariser Bohèmekreisen ein passables Leben hätte einrichten können. Es wäre ein Ersatz gewesen; denn die Bekanntschaft mit Gérard hatte mir trotz einer gewissen Zuneigung für ihn deutlich gemacht, daß es für mich nie einen anderen geben würde als Roderick.

Ach, warum hatten wir die Briefe nicht gleich nach dem Tod meiner Mutter gefunden? Warum hatte ich ihr nichts von meiner Freundschaft mit Roderick erzählt? Wie anders wäre mein Leben dann verlaufen!

Marie-Christine stürzte sich wieder in ihr Vorhaben, das Zimmer meiner Mutter umzugestalten, das durch unsere Reise nach Cornwall vernachlässigt worden war. Aber nichts konnte die Erinnerung an sie auslöschen. Die Begegnung mit meinem Vater hatte alles wieder lebendig erstehen lassen. Ständig wiederholte ich mir, was sie geschrieben hatte. Ihre Liebe zu mir trat in den Briefen so deutlich zutage! Sie hatte den Konventionen nicht so sehr getrotzt als sie vielmehr ignoriert. Wie oft hatte Dolly wütend ausgerufen: »Du bist verrückt, verrückt, verrückt!« Sie aber hatte unbekümmert einen Weg verfolgt, der manchen Leuten ausgesprochen widersinnig erschienen sein mochte, der für sie jedoch vollkommen logisch war.

Alles hatte sich entwickelt, wie sie es geplant hatte. Charlie hatte mich als seine Tochter betrachtet. Wie hätte sie voraussehen können, welche Folgen sich daraus ergaben?

Mehrere Wochen verliefen ereignislos, und dann kam Charlie zu Besuch. Ich freute mich, ihn zu sehen. Ich hatte darüber nachgegrübelt, ob ich ihm berichten sollte, was ich entdeckt hatte, und war zu der Ansicht gelangt, daß er als Betroffener ein Recht darauf hätte, es zu erfahren. Ferner hatte ich mich gefragt, ob er von Roberts Tod wisse. Auch das würde ich ihm mitteilen müssen, aber ich hatte mich gescheut, es ihm zu schreiben. Und nun war er hier.

Er kam in den Salon und nahm meine Hände. »Ich habe soeben erfahren, was geschehen ist«, sagte er. »Jemand in der Stadt hat es mir erzählt. Ein furchtbarer Gedanke... Robert tot. Seit einer ganzen Weile habe ich mich gefragt, wie es dir ergehen mag. Ich wußte nicht, daß du in London bist, und bin gekommen, um zu hören, ob es etwas Neues gibt. Ich wollte nach Paris, um dich zu sehen, aber das Reisen ist beschwerlich, da in Frankreich noch Aufruhr herrscht. Wie froh bin ich, daß du heil und gesund zu Hause bist.«

»Robert, seine Schwester und ihr Sohn sind in ihrem Pariser Haus umgekommen. Ich war zu der Zeit mit Roberts Großnichte auf dem Land.«

»Gott sei Dank! Armer Robert! Feiner Kerl. Aber du, Noelle...«

»Roberts Großnichte ist bei mir. Marie-Christine. Sie hat ihre ganze Familie verloren.«

»Das arme Kind.«

»Charlie, ich habe dir etwas sehr Wichtiges zu sagen. Ich habe überlegt, ob ich es dir schreiben soll, aber ich war unschlüssig. Es ist eben erst geschehen. Ich habe meinen Vater gefunden. Meinen richtigen Vater. Du bist es nicht, Charlie.«

»Mein liebes Kind, was sagst du da? Was hast du erfahren?«
Ich erzählte ihm von der Entdeckung der Briefe und meinem Besuch in Cornwall. »Ich habe Beweise. Ennis Masterman hat mir die Briefe gegeben, die sie ihm geschrieben hat, und daraus geht eindeutig hervor, daß er mein Vater ist.«
»Aber warum...«
»Sie hat es für mich getan, aus Furcht, sie könne sterben, und ich würde nicht alles bekommen, was sie sich für mich wünschte. Ennis Masterman ist arm. Er lebt nahezu wie ein Einsiedler in einem Häuschen in der Heide, nicht weit von dem Dorf, wo sie gewohnt und eine elende Kindheit verbracht hat. Sie wollte nicht, daß ich arm wäre, wie sie es gewesen war. Sie war ganz besessen davon. Du weißt, wie besessen sie sein konnte, Charlie. Ihre Entschlossenheit, Erfolg zu haben... ihre Pläne für mich. Sie hatte dich sehr gern. Dir hat sie mehr vertraut als irgendeinem andern Menschen. Ich finde, ich muß dir ihre Briefe zeigen. Sie sind an einen anderen Mann geschrieben, und es wird sicher qualvoll für dich sein, sie zu lesen. Aber du mußt die Wahrheit erfahren. Sie hatte so viel Liebe zu geben – dir, Robert, meinem Vater, und die allergrößte Liebe schenkte sie mir. Für mich war sie bereit, zu lügen, zu betrügen, wenn es nötig sein sollte... aber es war alles zu meinem Besten.« Meine Stimme versagte.
»Meine liebe Noelle, das habe ich immer gewußt. Sie hat nie ein Hehl daraus gemacht. Wir, die sie liebten, haben es gewußt. Wir waren dankbar für das, was sie uns geben konnte. Sie war einmalig.«
»Kannst du es ertragen, die Briefe zu lesen? Sie werden es dir ohne jeden Zweifel beweisen.«
Er sagte, er wolle sie lesen, und ich brachte sie ihm. Er las sie mit sichtlicher Bewegung.
Als er fertig war, faßte er sich. »Jetzt ist alles klar. Wenn wir es nur gewußt hätten...«
»Wie geht es Roderick?«
»Er hat sich verändert. Er lebt hinter einer Maske. Wir bekommen ihn nicht oft zu sehen. Er ist viel draußen auf dem Gut und stürzt sich in die Arbeit.«

»Und Lisa?«

Er runzelte die Stirn. »Die Ärmste. Es geht ihr immer schlechter. Sie hat eine bleibende Rückgratverletzung, die nie heilen wird. Sie hält sich die meiste Zeit in ihrem Zimmer auf. Manchmal trägt man sie hinunter, dann liegt sie auf dem Sofa. Sie hat arge Schmerzen. Die Ärzte geben ihr etwas zur Linderung, aber es wirkt nicht immer.«

»Wie furchtbar für sie.«

»Anfangs dachte man, es sei nur eine leichte Verletzung, aber das war nicht der Fall. Daß dies ihrer Bühnenlaufbahn ein Ende setzte, war eine große Tragödie für sie. Sie war so verzagt, so verzweifelt. Die Zukunft muß ihr hoffnungslos erschienen sein. Aber er hätte sie nicht heiraten sollen, Noelle. Sie hätte auch so gut versorgt werden können. Er hat es aus Mitleid getan, weißt du. Er war schon immer so, von Kind an. Das Elend anderer Menschen hat ihn stets gerührt, und er war bereit, alles mögliche zu tun, um ihnen zu helfen. Diesmal ist er sehr, sehr weit gegangen. Er war erschüttert, als er dich verlor. Ich glaube, er hat spontan gehandelt. Da war dieses Mädchen, dessen Träume von Ruhm und Reichtum auf immer dahin waren, und das sich Leid und Not gegenübersah. Er hatte dich verloren... Ich nehme an, er wollte sich um sie kümmern, sie retten. Es war ein großer Fehler. Wir hätten ihr die beste Pflege angedeihen lassen können. Aber heiraten...«

Ich konnte mir alles so deutlich vorstellen – die stille Schwermut im Haus.

»Und Lady Constance?«

»Sie ist bitter enttäuscht und kann ihre Gefühle nicht verbergen. Sie geht Lisa aus dem Weg, aber gelegentlich läßt sich eine Begegnung nicht vermeiden. Sie hat sich so sehr die Richtige für Roderick gewünscht. Sie hängt an ihm. Und auch an mir, obwohl ich eine solche Anhänglichkeit nicht verdiene. Sie kann Rodericks Ehe nicht gutheißen, zum einen, weil er ein Mädchen geheiratet hat, dessen Herkunft sie höchst unpassend findet, und zum andern, was noch wichtiger ist, weil sie sich Enkelkinder wünscht. Es ist seltsam, Noelle, aber ich glaube, sie hatte gewollt, daß du Roderick heiratest. Als du zu uns kamst, war sie dir alles andere als gewogen, aber dann hat sie dich ins Herz geschlossen. Es hat ihr einen Stoß versetzt, als du fort mußtest. Sie bewunderte dich. Als sie erfahren mußte, daß du meine Tochter seist, war sie furchtbar erschüttert, und das nicht nur aus dem scheinbar naheliegendem Grund. Sie hatte seit langem von meiner Verbindung mit deiner Mutter gewußt.«

Ich dachte an das Album in ihrem Zimmer. Wie mußte ihre Eifersucht sie all die Jahre gequält haben! Und es schien mir mehr denn je ein Wunder, daß zwischen uns diese Freundschaft hatte entstehen können.

»Ja«, meinte Charlie nachdenklich, »sie wäre sehr glücklich gewesen, wenn du Roderick geheiratet hättest.«

Was spielte das jetzt noch für eine Rolle? Alle unsere Gefühle liefen ins Leere, alle unsere Entdeckungen kamen zu spät.

»Du hast nicht ans Heiraten gedacht?« fragte Charlie.

Ich erzählte ihm von Gérard du Carron.

»Und wenn er nicht umgekommen wäre?«

»Ich weiß es nicht. Ich konnte Roderick nicht vergessen.«

»So wenig wie er dich vergessen kann. Was für eine Tragödie!«

»Das ist es auch für andere. Arme Lisa! Sie tut mir leid. Sie war so ehrgeizig, und ich wußte, daß sie Roderick liebte.«

»Wir sind eine unglückliche Familie. Man spürt es, sobald man das Haus betritt. Roderick denkt daran, eine Weile fortzugehen.«

»Wohin?«

»Auf einen Familienbesitz in Schottland. Er würde nicht fortwährend dort sein, aber zeitweise. Für mich steht fest, daß es für ihn eine Flucht ist, ein Vorwand, um gelegentlich aus dem Haus zu kommen.«

»Und Lisa?«

»Sie kann Leverson nicht verlassen. Es geht ihr nicht gut genug, um eine Reise zu unternehmen. Ich muß ihnen mitteilen, was ich von dir erfahren habe. Roderick muß es wissen, und ich muß es meiner Frau sagen.«

»Glaubst du, daß es etwas hilft?«

Er hob die Schultern. »Und du und ich, Noelle... dies ändert nichts an meinen Gefühlen für dich. Ich habe dich immer sehr liebgehabt. Wir müssen in Verbindung bleiben. Wenn du irgend etwas brauchst, bin ich immer für dich da. Denke daran. Meine Gefühle für dich sind unverändert.«

»Meine Gefühle für dich auch.«

»Wenn du Geld brauchst...«

»Geld brauche ich nicht. Robert hat mir das Haus vermacht und auch Geld. Ich glaube, Marie-Christine wird auf die Dauer bei mir wohnen bleiben. Als sie ihre Familie verlor, war ich der einzige Mensch, an den sie sich wenden konnte. Auch sie ist wohlversorgt. Es war ein Glück, daß wir schon vorher gute Freundinnen waren.«

»Es freut mich, daß sie bei dir ist. Wie gesagt, wenn du irgend etwas brauchst... jederzeit...«

»Diese Art von Hilfe brauchen wir nicht, Charlie. Aber hab vielen Dank. Du warst wunderbar... wie immer.«

»Es tut so wohl, dich wiederzusehen, Noelle. Und hier, in diesem Haus...«

»So voller Erinnerungen...«

»Ist es gut für dich, hier zu sein?«

»Ich weiß nicht, was gut für mich ist. Ich hoffe herauszufinden, was ich tun soll.«

»Ich wünschte, wie sehr wünschte ich...«

»Ich auch, Charlie.«

Marie-Christine kam herein, und ich machte sie miteinander bekannt. Sie wußte, wer er war, und sie stellte bestimmt Mutmaßungen darüber an, was das Ergebnis dieses Besuches sein würde.

Sie besaß den jugendlich-unbekümmerten Glauben, daß Wunder geschehen könnten, und wie stets war ich gerührt von ihrer Entschlossenheit, sich nicht mit dem gegenwärtigen Stand der Dinge abzufinden. Sie glaubte, daß sich etwas Wunderbares ereignen würde, und für eine Weile ließ ich mich ein klein wenig von ihr mitreißen.

Es war drei Tage später. Ich war in meinem Zimmer, als Jane mir meldete, Mr. Claverham sei im Salon.

Ich war neugierig, was Charlie veranlaßt hatte, so bald wiederzukommen, und eilte hinunter. Aber es war Roderick.

»Noelle!« rief er.

Ich lief zu ihm. Er nahm mich in die Arme und drückte mich an sich. »Ich mußte kommen«, sagte er. »Mein Vater hat mir alles erzählt.«

»Ja.«

»Es war grausam. Warum, um alles in der Welt...?«

»Du darfst es ihr nicht zum Vorwurf machen, Roderick. Sie hat es aus Liebe zu mir und aus Sorge um mich getan. Wir haben es zufällig entdeckt. Manchmal denke ich, es wäre besser, wenn wir es nicht wüßten. Alles scheint jetzt nur noch schlimmer.«

»Du hast mir gefehlt«, sagte er.

Ich konnte die Traurigkeit in seinen Augen nicht ertragen und wandte mich ab.

»Was sollen wir tun? Du bist verheiratet...«

»Es ist keine richtige Ehe. Warum habe ich es getan? Sie war so entsetzlich unglücklich. Ihre Laufbahn beendet, ihr Leben zerbrochen. Ich hatte Angst um sie, und ganz spontan... kaum hatte ich es ausgesprochen, da wußte ich, daß ich einen furchtbaren Fehler begangen hatte. Ich hätte ihr auch anders helfen, hätte für sie sorgen können, aber...«

»Ich verstehe, Roderick. Wir hatten Abschied genommen. Es mußte sein. Und die ganze Zeit waren die Briefe in dem Sekretär. Ich ertrage es nicht, daran zu denken, was hätte sein können.«

»Es muß einen Weg geben.«

»Wir sollten uns nicht sehen«, sagte ich.

»Ich will bei dir sein. Ich will mit dir reden. Sie ist nicht mehr da, die unüberwindliche Barriere. Das gibt mir ein Gefühl von Freiheit. Und Hoffnung.«

»Aber Lisa ist da«, sagte ich.

»Wir könnten zu einer Einigung kommen.«

»Sie ist sehr elend.«

Er schwieg ein paar Sekunden, dann sagte er: »Noelle, wir müssen miteinander reden.«

»Laß uns ausgehen. Wir wollen uns in den Park setzen wie damals. Ich möchte aus dem Haus, Roderick. Wir können jeden Augenblick gestört werden. Marie-Christine, die hier bei mir wohnt, kann hereinkommen. Sie wird dich kennenlernen wollen. Ich möchte irgendwohin, wo wir allein sind.«

»Ich möchte nur reden, egal wo.«

»Warte. Ich hole meinen Mantel.«

Ich fand es im Freien unverfänglicher. Im Salon war die Versuchung, uns nahezukommen, zu groß. Ich mußte mir die ganze Zeit in Erinnerung rufen, daß er Lisas Ehemann war.

Wir spazierten zu dem Park, wo wir oft zusammen gewesen waren. Ich dachte an die Male, als Lisa zu uns gestoßen war. Wir setzten uns auf dieselbe Bank, auf der wir in glücklichen Tagen gesessen hatten.

»Erzähl mir, was du erlebt hast, Noelle«, bat Roderick. »Was ich erlebt habe, weißt du. Ich habe geheiratet. Hätte ich nur gewartet! Warum habe ich das getan?«

»Ich bin mit Robert Bouchère nach Frankreich gefahren«, berichtete ich. »Dort lernte ich seinen Neffen kennen, Marie-Christines Vater.«

»Mein Vater hat mir von der Tragödie erzählt. Wir wußten, daß du in Frankreich warst, und haben uns schreckliche Sorgen um dich gemacht.«

»Ich hätte auch in dem Haus in Paris sein können. Marie-Christine und ich waren auf dem Land.«

Er drückte meine Hand. »Ich kann den Gedanken nicht ertragen, daß du in so großer Gefahr warst.«

»Ich habe die ganze Zeit an dich gedacht.«

»Du mußt die Sache mit Lisa verstehen.«

»Ja. Du hattest Mitleid mit ihr.«

»Ich hatte dich verloren. Ich dachte, für sie wäre es das Beste, und ich würde jemanden haben, den ich umsorgen könnte.«

»Wir haben beide versucht, uns ein neues Leben einzurichten.

Marie-Christines Vater hat mich gefragt, ob ich ihn heiraten wolle.«

»Und du hättest es getan, wenn er nicht umgekommen wäre?«

»Ich weiß es nicht. Ich habe immer gezögert, konnte mich nicht entscheiden. Er war Künstler. Und zwar ein guter. Ich glaube, wenn ich dich hätte vergessen können, wäre ich mit Gérard einigermaßen glücklich geworden.«

»Aber du konntest mich nicht vergessen?«

»Nein, Roderick, ich konnte es nicht... und werde es niemals können.«

»Wir müssen etwas unternehmen.«

»Aber was?«

»Ich werde Lisa bitten, mich freizugeben.«

»Du hast sie aus Mitleid geheiratet. Kannst du sie jetzt im Stich lassen?«

»Sie muß es verstehen.«

»Roderick, ich finde, du kannst sie nicht darum bitten.«

»Sie wird für den Rest ihres Lebens wohlversorgt sein.«

»Sie wird es nicht tun. Sie will dich bei sich haben.«

»Aber ich bin schon jetzt kaum noch bei ihr. Ich halte mich von ihr fern, sooft ich kann. Bevor ich hierherkam, beschloß ich, nach Schottland zu gehen. Dann wäre ich wenigstens für eine Weile fort.«

»Wie lange willst du dort bleiben?«

Er zuckte die Achseln. »Ich muß einfach hin und wieder fort von Leverson. Ein Vetter kümmert sich um das Gut in Schottland. Er hat Schwierigkeiten. Ich dachte, ich helfe ihm, die Dinge ins Lot zu bringen. Es war ein Vorwand. Ich mußte fort. Du kannst dir nicht vorstellen, wie mein Leben ist.«

»Doch, das kann ich mir sehr gut vorstellen.«

»Meine Mutter kann Lisa nicht leiden und macht kein Geheimnis daraus. Ich glaube, sie hassen sich. Mutter ist überzeugt, daß Lisa aus reinem Zweckdenken geplant hat, mich zu heiraten. Sie weiß, daß deine Mutter ihr geholfen hat und daß Lisa ihre zweite Besetzung war. Sie meint, sie bringe Unglück, und es sei etwas

333

Böses an ihr. Manchmal verspüre ich den Drang, fortzugehen, und das wollte ich nun auch tun. Doch nachdem diese Sache ans Licht gekommen ist, habe ich das Gefühl, daß wir etwas unternehmen können.«

»Sie wird dich nicht gehen lassen, Roderick.«

»Ich muß mit ihr sprechen... und mit meinen Eltern. Ich werde ihr sagen, daß es einen Ausweg gibt, wenn sie mich nur gehen läßt. Wir können uns scheiden lassen. Lisa wird einsehen, daß das für alle das Beste ist. Ich weiß, daß sie nicht glücklich ist.«

Ich war unsicher.

Wir unterhielten uns eine lange Zeit. Es ergab sich zwangsläufig, daß wir uns eine gemeinsame Zukunft vorstellten. Es würde Schwierigkeiten geben, aber die würden wir überwinden.

So saßen wir beisammen und machten Pläne. Unsicherheiten schoben wir beiseite. Wir brauchten Trost, und den gab uns unser Gespräch. Wir malten uns eine Zukunft aus, von der wir geglaubt hatten, daß sie für immer verloren wäre.

Es war unmöglich, Rodericks Besuch vor Marie-Christine geheimzuhalten. Sie hatte gehört, daß der *junge* Mr. Claverham gekommen sei, und wartete auf mich, als ich zurückkam.

Sie überfiel mich geradezu. »Du siehst ja ganz verändert aus!« rief sie. »Es muß etwas geschehen sein. Was? Was? Roderick! Wo ist er?«

»Fort.«

»Fort? Aber warum? Was hat er gesagt? Er weiß jetzt, daß er nicht dein Bruder ist. Ist das nicht großartig? Wenn ich die Briefe nicht gefunden hätte... Und was wird nun werden?«

»Er ist verheiratet, Marie-Christine.«

»Na und, was werdet ihr jetzt tun?«

»Ich weiß es nicht.«

»Doch, du weißt es. Ich sehe es dir an. Sag's mir. Ich bin schließlich beteiligt, oder? *Ich* habe die Briefe gefunden.«

»Ja, und du bist mir eine gute Freundin. Aber du weißt, daß wir nicht heiraten können. Er ist mit Lisa verheiratet.«

»Sie ist euch im Weg. Was wird er tun?«

»Er will sie bitten, ihm seine Freiheit zu geben.«

»Du meinst, er will sich scheiden lassen? O Noelle, wie aufregend!«

»Ich glaube, es wird recht bedrückend.«

»Wie jammerschade, daß er nicht gewartet hat, bis wir die Briefe gefunden hatten. Hat er gesagt, daß er dich liebt und ewig lieben wird? Sie sagt bestimmt ja, und dann wird alles gut.«

»Ich weiß nicht, Marie-Christine. Ich glaube nicht, daß es so einfach sein wird.«

Die ganzen folgenden Tage konnte ich kaum an etwas anderes denken. Dann kam Roderick zurück. Ich konnte nicht ahnen, was er zu berichten hatte, dennoch war ich voller Ungeduld, es zu erfahren.

»Sie war erschüttert, als ich ihr alles erklärte«, sagte er. »Sie lag wie so oft im Bett und fühlte sich nicht wohl. Es tue mir schrecklich leid, habe ich ihr gesagt und ihr geschildert, wie es mit uns gewesen ist und immer sein wird. Ich habe ihr von der Entdekkung erzählt, wer dein Vater ist, und daß du Beweise dafür hast. Sie sagte: ›Jetzt könntest du Noelle heiraten, wenn du nicht schon mit mir verheiratet wärst.‹ Ich sagte ihr, wenn sie mich freigäbe, brauche sie sich nie wieder Sorgen um ihre Zukunft zu machen. Sie werde wohlversorgt sein und die bestmögliche Pflege bekommen. Sie werde nichts entbehren. Darauf hat sie traurig gelächelt und gesagt: ›Bis auf dich.‹ Wir könnten Freunde bleiben, meinte ich. Alles lasse sich leicht regeln. Die Formalitäten würden in die Wege geleitet, und sie habe nichts zu befürchten. Sie hörte zu, und sie schloß die Augen, als habe sie Schmerzen. Nach einer Weile sagte sie: ›Das kam so überraschend für mich. Ich muß nachdenken. Bitte laß mir Zeit. Du wolltest nach Schottland. Geh nur – und wenn du zurückkommst, gebe ich dir meine Antwort. Bis dahin werde ich wissen, ob ich imstande bin, das zu tun, was du dir erhoffst.‹«

»Sie hat sich also nicht geweigert.«

»Nein. Es war ein schwerer Schlag für sie. Da ist es wohl nur natürlich, daß sie sich nicht sofort entscheiden kann. Wir können nur abwarten. Wir brauchen Lisas Einwilligung. Sobald wir sie haben, läßt sich alles ohne große Schwierigkeiten regeln. Sie wird bestimmt einsehen, daß es für uns alle die beste Lösung ist.«

»Du wirkst so sicher, Roderick.«

»Das bin ich auch. Lisa hat dich gern. Sie spricht stets voll Zuneigung von dir. Immer wieder sagt sie, sie werde nie vergessen, was deine Mutter für sie getan hat. Sie weiß, daß sie nie wieder richtig wird gehen können, daß es vielmehr noch schlimmer wird. Wir haben nie eine richtige Ehe geführt. Sie wird einsehen, daß ihr nur eines zu tun bleibt. Sie wird uns nicht im Weg stehen wollen. So schlecht, wie meine Mutter sie darstellt, ist sie nicht.«

»Und wissen deine Eltern davon?«

»Ich habe es ihnen gesagt. Mein Vater meint, es sei eine Lösung. Wir brauchen nur noch Lisas Einverständnis.«

»Und deine Mutter?«

»Ihr wäre es nur zu recht. Als du und ich damals heiraten wollten, war sie froh. Sie hätte dich gern in unsere Familie aufgenommen.«

»Du scheinst voller Hoffnung.«

»Das muß ich sein. Alles andere wäre unerträglich... nachdem wir nun wissen, daß es nie hätte geschehen müssen.«

»Dann bleibt uns nichts, als abzuwarten.«

Er küßte meine Hand. »Alles wird gut, Noelle. Ich weiß es. Es muß gut werden.«

Ich konnte an nichts anderes denken, als was in Leverson Manor vorging. Roderick war wohl inzwischen nach Schottland abgereist. Lisa würde mit sich zu Rate gehen, ob sie tun könne, worum Roderick sie gebeten hatte. Lady Constance würde hoffen, die Frau ihres Sohnes loszuwerden, die sie aus mehreren Gründen haßte. Vielleicht dachte sie an mich und die Zeit, als wir zusammen im Neptuntempel gewesen waren. Wenn Lisa

Roderick gewährte, worum er sie bat, wenn die Scheidung diskret ausgesprochen werden könnte, würden wir uns ein neues Leben einrichten können.

Zu meiner Überraschung erhielt ich einen Brief von Lisa.

Meine liebe Noelle!

Ich möchte Sie sehen und mit Ihnen reden. Roderick hat mir alles erzählt. Ich war erschüttert, als ich erfuhr, daß Sie nicht Charlies Tochter sind und Beweise dafür haben und daß es für eine Heirat mit Roderick keinen Hinderungsgrund gegeben hätte.

Ich bin bei schlechter Gesundheit und fühle mich ständig unwohl. Ich kann nicht lange in einer Lage verharren. Roderick hat alles getan, damit ich es hier behaglich habe, aber es ist nicht leicht. Das Anwesen ist wunderbar, um hier zu leben. Ich bin ganz fasziniert von den römischen Ruinen, und Fiona und ihr Mann sind mir liebe Freunde geworden. Sie kommen mich oft besuchen, mal sie, mal er. Das alles müßte ich aufgeben, wenn ich fortginge.

Ich habe Ihnen so vieles zu sagen, und ich möchte, daß Sie mich verstehen. Könnten Sie für eine Weile herkommen, nicht nur für ein kurzes Wochenende? Ich möchte reden und reden. Ich erinnere mich oft an die alten Zeiten und an alles, was zu dieser Situation geführt hat.

Ich bin in Schwierigkeiten, Noelle. Bitte, kommen Sie.

Ich las den Brief tief bewegt. Was mochte sie mir zu sagen haben? Sie mußte ihre Entscheidung treffen. Ich konnte verstehen, daß sie Zuneigung zu Leverson Manor gefaßt hatte. Fortzugehen, an einen unbekannten Ort, fort von Roderick, den sie meines Wissens immer geliebt hatte, das war sehr viel von ihr verlangt.

Und ich sollte nach Leverson Manor kommen! Der Gedanke erregte und erschreckte mich zugleich.

Ich schrieb ihr zurück:

Liebe Lisa!
Danke für Ihren Brief. Mit Bedauern erfahre ich, wie sehr Sie leiden. Ich weiß, worum Roderick Sie bittet, und verstehe, daß es Ihnen schwerfällt, rasch zu einem Entschluß zu kommen.
Ich möchte gern mit Ihnen reden, doch ich zögere, ohne eine Einladung von Lady Constance nach Leverson Manor zu kommen. Überdies wohnt bei mir ein junges Mädchen, Marie-Christine du Carron, Roberts Großnichte, die bei der Belagerung von Paris ihre Familie verloren hat. Ich könnte sie nicht allein lassen.
In Liebe und Anteilnahme

Noelle

Darauf erhielt ich wieder einen Brief, diesmal von Lady Constance.

Meine liebe Noelle!
Wir haben viel an Sie gedacht, seit Sie uns verließen. Es hat mich sehr traurig gemacht, Sie unter solchen Umständen gehen zu sehen.
Lisa hat mir gesagt, daß sie mit Ihnen reden möchte und daß es wichtig für sie sei. Ich denke, es könnte nützlich sein. Sie sagt, Sie brauchten eine Einladung von mir.
Meine Liebe, ich würde mich freuen, Sie zu sehen. Es könnte gut sein, daß Sie Lisa zu dem überreden können, was sie zu unser aller Wohl tun sollte.
Bitte bringen Sie Marie-Christine mit. Sie sind beide willkommen.
Herzlichst

Constance Claverham

Die Kutsche erwartete uns am Bahnhof. Ich hatte nicht gedacht, daß ich Leverson je wiedersehen würde. Es war eigenartig, über die Wege von Kent zu fahren. Wir bogen in die Zufahrt ein und fuhren unter dem Pförtnerhaus hindurch in den Innenhof.

Marie-Christine machte vor Staunen runde Augen. »So ein prachtvolles Haus!« rief sie. »Wie ein Schloß!«

Es freute mich, daß es ihr gefiel. Ich hatte das Gefühl, ein Teil davon zu sein. So groß war Roberts Zuversicht gewesen, daß ich mich davon zu überzeugen vermochte, es könne durchaus eines Tages mein Heim sein.

Als wir durch die Halle mit den Pistolen und Flinten kamen, erinnerte ich mich an die ängstliche Vorahnung, die mich beschlichen hatte, als Charlie mich einst hierherbrachte.

»Lady Constance hat angeordnet, Sie gleich nach Ihrer Ankunft in den Salon zu führen«, wurde mir ausgerichtet.

Wir folgten dem Mädchen, obwohl ich den Weg kannte.

Lady Constance wartete im Salon. Charlie war bei ihr.

»Meine liebe Noelle«, murmelte er. Er nahm meine Hand und küßte mich auf die Wange.

Lady Constance trat zu uns. Auch sie gab mir einen Kuß. »Meine Liebe«, sagte sie. »Ich freue mich, Sie zu sehen. Und das ist Marie-Christine?«

Marie-Christine war ein wenig eingeschüchtert, was bei ihr selten vorkam. Aber Lady Constances Persönlichkeit hatte nun einmal diese Wirkung.

»Sie bekommen Ihr altes Zimmer«, sagte Lady Constance zu mir. »Und Marie-Christine ist gleich nebenan. Ich dachte, Sie wären sicher gern nahe beisammen.« Sie wandte sich Marie-Christine zu. »Es ist ein ziemlich großes Haus, und es geschieht oft, daß die Leute sich anfangs verlaufen.«

»Es ist schön!« rief Marie-Christine aus. »Und sehr prachtvoll.«

Lady Constance lächelte wohlwollend. »Ich bin gespannt auf alle Ihre Neuigkeiten«, sagte sie zu mir. »Aber jetzt sind Sie bestimmt müde nach der Reise. Es ist bedauerlich, daß der Zug so spät ankommt. Aber Sie können sich vor dem Abendessen noch umziehen. Möchten Sie jetzt gern in Ihre Zimmer gehen?«

Ich erwiderte, das sei wohl das beste.

Sie läutete eine Glocke, und ein Mädchen erschien. »Führe unsere Gäste auf ihre Zimmer und sieh zu, daß sie alles haben, was sie brauchen«, sagte Lady Constance. »Und Noelle, meine Liebe... sagen wir, in einer halben Stunde? Dann haben wir ein wenig Zeit für uns, bevor serviert wird.«

»Haben Sie vielen Dank.«

Alles lief sehr konventionell und normal ab. Niemand hätte vermuten können, welches Drama der Anlaß für meinen Besuch war. Das war bezeichnend für Lady Constance. Meine Stimmung hob sich. Der Empfang war überaus herzlich gewesen. Ich mußte an die Aufnahme denken, die mir damals zuteil geworden war, als ich zum erstenmal in dieses Haus kam.

Marie-Christine war in heller Aufregung. Sie liebte Abenteuer, und was sie hier erlebte, war so aufregend wie unser Ausflug nach Cornwall.

Mein Zimmer sah genauso aus wie damals. Ich ging mit Marie-Christine in ihres. Sie war entzückt und sehr gespannt, was als nächstes geschehen würde.

Ich wusch mich, zog mich um und begab mich mit Marie-Christine nach unten. Lady Constance erwartete uns. Marie-Christines Gegenwart verhinderte ein vertrauliches Gespräch, und erst nach dem Essen, als Charlie Marie-Christine mitnahm, um ihr das Haus zu zeigen, war ich mit Lady Constance allein.

Sie sagte: »Ich bin sehr froh, Sie hierzuhaben. Es hat mich traurig gemacht, als Sie fortgingen. Es ist höchst bedauerlich, daß Roderick geheiratet hat. Ich war sehr dagegen.«

»Und Lisa?« fragte ich. »Ist ihre Verletzung unheilbar? Gibt es keine Hoffnung für sie?«

»Nein. Sie hat eine bleibende Rückgratverletzung. Roderick hat die führenden Ärzte des Landes hinzugezogen. Die Diagnose lautet immer gleich. Lisa wird behindert bleiben, und es ist sehr wahrscheinlich, daß sich ihr Zustand noch verschlechtert.«

»Welch schreckliche Aussichten für sie!«

»Und für Roderick. Aber wir wollen hoffen, daß es einen Ausweg gibt.«

»Es ist so tragisch für sie«, sagte ich. »Sie war so ehrgeizig, und sie kam beruflich gut voran.«

»Davon weiß ich nichts, aber sie ist hier... als Rodericks Frau. Ich hatte gehofft... Sie und ich wären sehr gut miteinander ausgekommen, Noelle.«

»Davon bin ich überzeugt.«

»Ich hoffe sagen zu dürfen, daß es so kommen wird. Wir müssen sie zur Einsicht bringen, Noelle.«

»Aber was für uns einsichtig ist, ist es vielleicht nicht für sie. Es ist sehr viel von ihr verlangt.«

»Sie *muß* zustimmen. Wir werden alle Anstrengungen unternehmen, um sie zu überzeugen.«

»Wann kann ich sie sehen?«

»Morgen. Sie hatte heute einen schlechten Tag. An solchen Tagen hat sie große Schmerzen. Der Arzt hat ihr Tabletten verschrieben. Sie sind sehr wirksam. Wir haben sie immer zur Hand, aber sie darf natürlich nicht zu viele auf einmal nehmen. Ich glaube, allerhöchstens sechs an einem Tag. Sie muß achtgeben, daß sie sie nur nimmt, wenn es wirklich nötig ist. Wenn die Schmerzen sehr schlimm sind, nimmt sie zwei auf einmal. Gestern hat sie vier genommen, wie man mir sagte.«

»Das hört sich furchtbar an.«

»Sie kann einem leid tun.«

Charlie kam mit Marie-Christine zurück. Ihre Augen waren vor Verwunderung geweitet. »Ist das ein aufregendes Haus!« rief sie. »Es ist uralt, nicht wahr, Mr. Claverham?«

»Es gibt ältere in England«, erwiderte Charlie.

»Ich glaube, keins ist so aufregend wie dieses.«

Lady Constances Lippen zuckten belustigt. Sie freute sich immer, wenn das Haus gelobt wurde. Ich war froh, daß Marie-Christine einen guten Eindruck machte.

Als es an der Zeit war, uns zurückzuziehen, ging ich in Marie-Christines Zimmer, um zu sehen, ob es ihr an nichts fehle.

»Gut, daß du gleich nebenan bist«, sagte sie. »In diesen alten Gemäuern gibt es bestimmt Gespenster.«

»Wenn dich eins besucht, brauchst du nur an die Wand zu klopfen, dann komme ich und leiste euch Gesellschaft.«

Sie kicherte vergnügt. Ich war so froh, sie glücklich und zufrieden zu sehen.

Ich ging in mein Zimmer, und kurz darauf klopfte es leise an meine Tür. Auf mein »Herein« trat zu meiner Freude Gertie ein, das Stubenmädchen, das mich damals bedient hatte.

»Ich wollte bloß nachsehen, ob Sie alles haben, was Sie brauchen, Miß«, sagte sie.

»Gertie! Wie schön, dich zu sehen. Wie geht es dir?«

»Ganz gut, Miß. Und Ihnen? Und Sie haben diese junge Dame mitgebracht.«

»Ja.« Ich erklärte ihr, warum Marie-Christine jetzt bei mir lebte.

Sie wirkte erschüttert. »Ich war so traurig, als Sie weggegangen sind, Miß. Alle hier haben Sie vermißt.«

»Ja, es war sehr traurig. Siehst du Mrs. Claverham oft?«

»O ja, Miß. Ich pflege sie gewissermaßen. Sie – hm – ich finde, sie paßt nicht hierher, eine Schauspielerin, von der niemand je gehört hat – nicht wie Désirée –, und ein Krüppel obendrein. Sie kann manchmal ein bißchen unleidlich sein. Hier ist nichts mehr wie früher.«

»Und Lady Constance, stehst du dich jetzt besser mit ihr?«

»Sie beachtet mich nicht sehr. Aber sie hackt nicht mehr auf mir herum. Wir haben jetzt ein neues Hausmädchen hier. Mabel. Wird gerade angelernt. Sie muß alle Arbeiten machen, um die sich keiner reißt. Ich würde sagen, sie ist ein bißchen dusselig, wenn Sie mich fragen.«

»Du meinst, sie ist etwas einfältig?«

»Ja, und nicht zu knapp. Ich bin diejenige, die ein Auge auf sie haben muß. Bleiben Sie lange hier, Miß?«

»Ich glaube nicht. Nur für einen kurzen Besuch. Ich bin nur gekommen, um Mrs. Claverham zu sehen.«

»Sie ist die meiste Zeit krank. Man weiß nie, wie ihr Zustand sein wird, verkrüppelt, wie sie ist. Vielleicht können Sie sie aufheitern.«

»Das hoffe ich.«

»Wenn Sie irgendwas brauchen, läuten Sie. Jetzt wünsche ich Ihnen eine gute Nacht. Schlafen Sie gut.«
Ich bezweifelte, daß ich Schlaf finden würde. Meine Gedanken waren zu sehr in Aufruhr.

Am nächsten Tag ging ich zu Lisa. Sie lag auf Kissen gestützt im Bett. Ich war bestürzt über ihr verändertes Aussehen.
»O Noelle«, sagte sie. »Ich bin froh, daß Sie gekommen sind. Es ist so viel geschehen, seit wir uns das letzte Mal gesehen haben. Sie haben sich kaum verändert. Aber ich, das weiß ich.«
»Arme Lisa! Ich war entsetzt, als ich von Ihrem Unfall hörte.«
»Alle meine Hoffnungen, alle meine Träume von Ruhm und Größe... zerronnen, wegen einer schadhaften Falltür. Ich bin zwei Meter tief auf einen Betonboden gestürzt. Ich hätte mir das Genick brechen können. Dann wäre es ganz aus mit mir gewesen, nicht nur mit meiner Laufbahn.« Ihre Stimme versagte. »Vielleicht wäre es besser so gewesen.«
Ich hatte mich an ihr Bett gesetzt und nahm ihre Hand. »Sie wollten mich sprechen.«
»O ja. Das wollte ich schon lange... und nun dies. Mir scheint, seit wir uns zum erstenmal begegneten, ist unser Leben miteinander verknüpft. Das ist Schicksal. Roderick sagt, er habe Sie immer geliebt. Es war furchtbar, wie es enden mußte... dabei war es gar nicht wahr. Warum hat sie Ihnen das angetan?«
»Das geht deutlich aus ihren Briefen hervor. Charlie war reich. Mein richtiger Vater war ein armer Mann. Sie meinte, er könne mir nicht geben, was sie sich für mich wünschte.«
»Das kann ich verstehen. Sie war einmalig. Sie ließ sich nicht vom Leben lenken. Sie lenkte es dorthin, wo sie es haben wollte. Aber diesmal ging es schief.«
»Weil sie so plötzlich starb. Hätte sie gewußt, daß Roderick und ich uns trafen, hätte sie gesehen, was sich daraus anbahnte, sie hätte alles erklärt. Aber sie ist so plötzlich gestorben...«
»Für mich war sie der wunderbarste Mensch, dem ich je begegnet bin. Und als sie so unerwartet starb...« Ihr Gesicht verzerrte

sich, ihre Stimme zitterte vor Bewegung. »Als ich hörte, was geschehen war, das war der entsetzlichste Augenblick meines Lebens. Sie hatte alles für mich getan. Kein Mensch war je so gut zu mir gewesen.«

Wir schwiegen eine kleine Weile.

»Und jetzt«, fuhr sie fort, »verlangt man von mir, meinen Mann und mein Heim aufzugeben. Ach, Noelle, ich bin hier glücklicher gewesen, als ich irgendwo anders sein könnte. Roderick war so lieb zu mir. Zum erstenmal in meinem Leben fühlte ich mich geborgen.«

»Er wollte Ihnen helfen.«

»Als es passierte, war ich völlig verzweifelt, ohne jede Hoffnung. Ich wußte nicht mehr ein noch aus. Das bißchen Geld, das ich gespart hatte, hätte nicht lange gereicht. In meiner Verzweiflung dachte ich, ich könnte nur noch sterben, und ich wollte mir das Leben nehmen. Er hat es gespürt; denn er ist sehr einfühlsam und gütig. Die Menschen liegen ihm am Herzen. Er hat versucht, mich aufzuheitern… und plötzlich machte er mir einen Heiratsantrag. Ich konnte es zuerst nicht glauben. Aber er meinte es ernst. Es war das größte Glück. Dieser plötzliche Wechsel von Verzweiflung zu Seligkeit. Ich glaube, es ist mir ein wenig zu Kopf gestiegen. Ich wußte, daß er Sie noch liebte, aber ich dachte: *Sie können nicht heiraten. Noelle wird zu gegebener Zeit einen andern heiraten. Sie müssen einander vergessen. Ich werde machen, daß er mich liebt.* Ich habe mir ständig gesagt: *Bruder und Schwester können nicht heiraten. Es verstößt gegen das Gesetz. Es verstößt gegen die Natur. Es gibt keinen Grund, weshalb ich ihn nicht heiraten dürfte.* Um nichts in der Welt hätte ich Ihnen weh tun wollen, Noelle. Ich werde nie vergessen, was Sie und Ihre Mutter für mich getan haben. Aber das änderte nichts. Sie konnten ihn nicht heiraten, nicht wahr? Jedenfalls damals nicht.«

»Machen Sie sich bitte keine Vorwürfe.«

Sie legte sich zurück und schloß die Augen.

»Sie quälen sich, Lisa«, sagte ich. »Das dürfen Sie nicht.«

»Ich bin manchmal so schrecklich müde. So erschöpft vor Schmerzen, daß ich nicht weiß, was ich tun soll. Sie reisen noch nicht ab, nein?«

»Nein. Ich bleibe noch ein Weilchen.«

»Kommen Sie wieder zu mir, wenn es mir etwas besser geht. Dann können wir weiterreden. Ich hatte gestern einen schlechten Tag. Es braucht seine Zeit, bis ich mich davon erhole. Ich bin so müde.«

»Ruhen Sie sich aus«, sagte ich. »Ich komme bald wieder zu Ihnen. Und wenn Sie sich besser fühlen, reden wir weiter.«

Marie-Christine wollte unbedingt die Ausgrabungsstätte besichtigen, und am Nachmittag ging ich mit ihr hin. Dort herrschte rege Geschäftigkeit. Es wurde immer noch weiter gegraben, und es waren auch einige Besucher da.

Fiona begrüßte uns herzlich. Sie stellte uns dem jungen Mann vor, mit dem sie arbeitete und der nun ihr Ehemann war, Jack Blackstock. Er war sehr sympathisch, und ich erkannte auf den ersten Blick, daß er die Arbeit genauso ernst nahm wie sie.

»Hier hat sich in letzter Zeit einiges verändert«, sagte Fiona. »Die Entdeckung des Tempels hat viel Aufsehen erregt.«

Marie-Christine stellte etliche Fragen, und nichts freute Fiona mehr als das Interesse anderer Leute für ihre Arbeit. Diese Eigenart hatte sie mit ihrem Mann gemeinsam. Begeistert zeigten sie Marie-Christine einige Gebrauchsgegenstände und erklärten ihr, wie sie diese instand zu setzen gedachten. Und schließlich meinte Fiona, wir müßten uns den Tempel ansehen.

Erinnerungen wurden in mir lebendig, als es einen kleinen Hang hinabging. Man hatte ein paar Stufen in die Erde gegraben, um den Abstieg zu erleichtern. Dann standen wir auf dem Steinfußboden, auf dem Lady Constance und ich einst gesessen und uns gefragt hatten, ob wohl unser letztes Stündlein geschlagen habe.

Der Boden war stellenweise mit Mosaik belegt. Einige Farben waren sehr schön. Fiona erklärte, man sei soeben bei der Reinigung, und sie erwarte ein phantastisches Resultat. Wir sahen eine große Statue, die genügend erhalten war, um erkennen zu lassen, daß es sich um Neptun handelte. Der charakteristische Dreizack war fast vollständig, das bärtige Gesicht nur wenig beschädigt. Ein Bein war abgebrochen, doch Fiona sagte, sie könne sich ganz genau vorstellen, wie es einmal ausgesehen habe.

Marie-Christine wollte die Thermen sehen. Fiona schlug vor, Jack solle sie sogleich dorthinführen, während sie und ich in der Hütte von alten Zeiten plauderten, während wir auf sie warteten. »Wenn ihr zurückkommt, gibt es Kaffee«, versprach Fiona ihnen.

Auf dem Weg zur Hütte erklärte ich Fiona, weshalb Marie-Christine bei mir war, und ich berichtete ihr ein wenig von meinem Aufenthalt in Frankreich. Sie hörte sehr aufmerksam zu und drückte ihr tiefes Bedauern aus.

»Und Sie, Fiona, wie ist es Ihnen ergangen, nachdem ich abgereist war? Sie haben geheiratet. Sind Sie glücklich?«

»Überglücklich. Jack und ich haben so viele gemeinsame Interessen.«

»Ist Ihre Großmutter noch im Pflegeheim?«

»Ja. Und sie fühlt sich dort wohl. Sie lebt in einer Traumwelt. Bei den anderen Patienten ist sie sehr beliebt, sie sagt ihnen wahr und stellt ihnen Prognosen für die Zukunft. Das macht ihnen das Leben bestimmt ein bißchen abwechslungsreicher. Und sie umgibt sich gern mit Menschen, die sie mittels ihrer sogenannten ›Kräfte‹ gewissermaßen beherrschen kann. An das, was früher war, erinnert sie sich kaum. Zuweilen scheint sie sogar zu vergessen, wer ich bin. Sie ist gern mit den andern zusammen, und mir ist eine große Last genommen.«

»Fiona, wie ist die Stimmung in Leverson Manor? Sie kommen doch ab und zu hin, nicht wahr?«

»Ja, gelegentlich gehe ich die arme Lisa besuchen. Welch eine Tragödie. Die Atmosphäre im Haus ist gedrückt. Lisa ist ein paarmal hiergewesen, als sie noch einigermaßen gehen konnte. Sie hat sich sehr für dies alles interessiert. Jetzt bringe ich ihr ab und zu ein paar Fundstücke, um sie ihr zu zeigen. Ich glaube, sie freut sich über diese Besuche.«

»Sie wissen ja, Fiona, weshalb ich damals fortging. Und jetzt hat sich herausgestellt, daß ich nicht Charlies Tochter bin.«

»Und deshalb sind Sie zurückgekommen.«

»Ich bin gekommen, weil Lisa mich darum bat. Ich weiß nicht, was nun werden soll.«

Vor der Hütte waren Schritte zu hören. Jack und Marie-Christine kamen zurück.

Die römischen Ruinen hatten Marie-Christine ungemein gefesselt und diese unbezähmbare Begeisterung hervorgerufen, die so bezeichnend für sie war. Gleichzeitig war sie um meine Zukunft besorgt. Sie wollte die Dinge vorantreiben. Nach unserem Erfolg in Cornwall war sie nicht mehr zu halten.

»Wird Lisa in die Scheidung einwilligen?« wollte sie wissen.

»Hoffentlich. Dann werden wir hierherziehen. Dieses Haus gefällt mir. Es ist so aufregend. Manchmal ein bißchen unheimlich, wenn man an die vielen Gespenster denkt. Aber das macht es nur um so interessanter. Und dann die römischen Ausgrabungen, und Fiona und Jack. Hier möchte ich gern leben.«

Es war bezeichnend für sie, alle Hindernisse beiseite zu schieben. Im Geist sah sie Lisa sich still zurückziehen und uns an diesem faszinierenden Ort leben, der ihre Phantasie so anregte.

»Gemach, gemach, Marie-Christine«, sagte ich. »Wir wissen nicht, was geschehen wird.«

»Aber du hast doch mit ihr gesprochen. Du hast ihr gesagt, daß wir die Briefe gefunden haben und daß du Roderick jetzt heiraten kannst.«

»So einfach ist das nicht. Wir müssen —«

»Ich weiß«, unterbrach sie spitzbübisch. »Abwarten und Tee trinken.«

»Sehr richtig.«

»Aber es wird alles gut. Es ist so wunderschön hier. Ich mag Roderick. Und ich mag Fiona. Und Jack.«

»Das freut mich. Aber es ändert nichts an dem Problem.«

»Also heißt es wieder mal bloß abwarten. Jack hat mir versprochen, mir einen alten Löffel zu zeigen, den sie ausgegraben haben. An einem Ende ist es ein Löffel, am anderen ein Zinken. Die Römer benutzten ihn, um Fische zu entgräten, was beweist, daß ihnen die Fische geschmeckt haben, die sie an den Gestaden des alten Britannien fingen.«

»Du bist ja gut unterrichtet.«

»Es ist alles so spannend. Ich gehe jetzt hinüber. Sie haben gesagt, ich könne jederzeit kommen. Kommst du mit?«

»Ich komme später nach.«

Marie-Christine war gerade gegangen, als ein Mädchen in mein Zimmer kam, um zu melden, daß Lady Constance mich zu sprechen wünsche.

Ich begab mich unverzüglich in ihr Zimmer.

»Kommen Sie herein, Noelle«, sagte sie. »Ich möchte mich ungestört mit Ihnen unterhalten. Ich sehe, daß das Mädchen ausgegangen ist. Sie ist ein kluges Ding, aber ziemlich neugierig.«

»Ja, das stimmt.«

»Es sieht Ihnen ähnlich, sich um sie zu kümmern.«

»Das würde sie nicht gern hören. Sie glaubt, daß sie sich um mich kümmert.«

»Noelle, diese Zustände... so kann es nicht weitergehen. Sie wissen, daß ich Sie gern hier sehen möchte... für immer.«

»Lady Constance –«

»Ich weiß, ich weiß. Sie können unter den gegenwärtigen Umständen nicht bleiben. Es wäre zuviel für Sie. Das verstehe ich. Aber Sie dürfen jetzt noch nicht gehen.«

»Wie Sie schon sagten, ich kann nicht bleiben...«

»Erinnern Sie sich noch, wie wir Freundinnen geworden sind? Damals habe ich Barrieren niedergerissen, die ich im Lauf der Jahre aufgebaut hatte. Das hat meiner Seele gutgetan. Es hat mich meine dummen Fehler erkennen lassen.«

»Dumme Fehler machen wir alle.«

»Ich habe so viele gemacht. Ich glaube, deshalb habe ich meinen Mann verloren. Er hat sich anderen zugewendet.«

»Sie meinen meine Mutter. Sie war eine außergewöhnliche Frau und wurde von vielen geliebt.«

»Sie hätte Ihr Leben ruinieren können.«

»Unwissentlich. Sie wäre untröstlich, wenn sie wüßte, was sie angerichtet hat. Sie wollte immer nur mein Bestes.«

»Sie war eine starke Persönlichkeit. Charlie so zu täuschen! Allerdings ließ seine Beziehung zu ihr eine solche Täuschung zu. Sie wissen, wie mich das all die Jahre gequält hat.«

»Ja, ich weiß, und es tut mir leid.«

»Es war dumm von mir. Im Grunde seines Herzens ist er ein guter Mensch. Er wollte ein guter Ehemann sein, und in anderer Hinsicht ist er es auch gewesen. Durch unser Gespräch dort unten ist mir klargeworden, daß das, was uns zustößt, oft durch unsere eigene Schuld geschieht.«

»Da mögen Sie recht haben. Ich hoffe, daß Sie jetzt glücklicher sind.«

»Ich könnte es sein, wenn ich wüßte, daß Roderick glücklich wäre. Aber zur Zeit ist er alles andere als das. Wenn sie nicht mehr da wäre, wenn Sie wieder hier leben könnten... Sie und ich, Noelle, zusammen könnten wir eine nie gekannte Zufriedenheit in dieses Haus bringen.«

»Wenn...«, sagte ich. »Zuvor müßte eine Menge geschehen.«

»Sie lieben ihn, nicht wahr? Sie lieben Roderick?«

»Ja.«

»Ich wußte es... damals schon. Ich habe andere Dinge über die Liebe gestellt, aber heute weiß ich, wie dumm ich war. So, wie Ihre Mutter Ihr Bestes wollte, will ich das Beste für meinen Sohn. Ich wünsche, daß er eine glückliche Ehe führt, und weil Sie ihn lieben und er Sie liebt, können nur Sie ihm dieses Glück geben.«

»Ja, aber...«

»Sie muß gehen, Noelle. Sie *muß*. Sie kann nicht hierbleiben und das Leben so vieler Menschen zerstören.« Hier sprach wieder die unerbittliche Lady Constance. »Es ist etwas Böses an ihr«, fuhr sie fort. »Sie steuert die Ereignisse zu ihren Gunsten. Wie hat sie Gelegenheit bekommen, auf der Bühne aufzutreten? Charlie hat es mir erzählt. Indem sie vor die Kutsche Ihrer Mutter stürzte. Wie ist sie in dieses Haus gekommen? Indem sie an Rodericks Mitleid appellierte. Das hat sie alles arrangiert. Ich habe beschlossen, daß sie gehen muß. Als sie sagte, sie wolle mit Ihnen reden, hielt ich das für ein gutes Zeichen. Noelle, sie muß Roderick aufgeben. Sie wird wohlversorgt sein. Sie wird regelmäßig Geld bekommen, so daß sie nichts zu befürchten hat... wenn sie nur dieses Haus verläßt.«

»Und wenn sie sich weigert?«

»Das darf sie nicht. Sprechen Sie mit ihr, Noelle. Sie haben einst mit mir geredet, nicht? Und sehen Sie, was es bewirkt hat!«

»Roderick hat mit ihr gesprochen, und sie sagte, sie werde sich bald entscheiden. Man kann in dieser Angelegenheit keine schnelle Entscheidung von ihr erwarten.«

»Sprechen Sie mit ihr. Sie können sie zur Einsicht bringen. Sie muß einwilligen.«

»Ich werde mit ihr sprechen. Schließlich hat sie mich ja hergebeten, um mit *mir* zu reden.«

»Ich verlasse mich ganz auf Sie, Noelle. Oh, wie froh werde ich sein, wenn alles geregelt ist. Ich kann Ihnen gar nicht sagen, wie ich mich auf die Zukunft freue. Ich möchte Sie hierhaben und meinen Sohn glücklich sehen. Sie sollen die Mutter meiner Enkelkinder sein, die ich mir so sehr wünsche. Ich möchte im Alter glücklich und in Frieden leben. Noelle, meine Liebe, ich werde Ihnen ewig dankbar sein, weil Sie mir meine Torheiten aufgezeigt haben.«

»Sie statten mich mit Tugenden aus, die ich nicht besitze.«

»Meine Liebe, ich habe Sie sehr gern. Ich werde nicht eher zufrieden sein, als bis ich Sie hier sehe... wohin Sie gehören.«

Ich war gerührt. Sie gab mir einen Kuß, und ich sah Tränen in ihren Augen.

Drei Tage waren vergangen. Marie-Christine ging oft zur Hütte. Ich fragte Fiona, ob sie störe.

»Ganz und gar nicht«, erwiderte Fiona. »Jack findet sie äußerst amüsant. Wir lassen sie kleine Arbeiten verrichten, und es scheint ihr Freude zu machen.«

Lady Constance und ich waren häufig zusammen. Wir gingen im Garten spazieren. Sie zeigte mir mit Vergnügen, was sie angelegt hatte und für die Zukunft plante – als sei ich bereits hier zu Hause. Doch bei alledem ging uns das Thema Lisa nicht aus dem Sinn. Lady Constance war überzeugt, daß Lisa »Vernunft annehmen« würde.

Ich war unsicher. Ich besuchte Lisa jeden Tag. Sie war nervös. Warum war sie so sehr darauf erpicht gewesen, mich zu sehen, wenn sie mir nichts Besonderes zu sagen hatte? fragte ich mich. Doch ganz so war es nicht, denn zuweilen schien sie sich aufzuraffen, und sie begann ernsthaft zu reden, brach jedoch plötzlich ab. Ich versuchte sie zu bewegen, fortzufahren, doch es war zwecklos. Immerhin bestätigte dies mir, daß sie mich aus einem bestimmten Grund hatte sehen wollen, den ich mit der Zeit schon erfahren würde.

Sie kam mehrmals darauf zu sprechen, wohin sie gehen sollte, wenn sie Roderick seine Freiheit gäbe.

Ich war eines Nachmittags bei ihr, als Lady Constance sich hingelegt hatte und Marie-Christine zur Hütte gegangen war. Um diese Tageszeit war es still im Haus.

Plötzlich sagte Lisa: »Ich liebe dieses Haus. Für Häuser wie dieses habe ich immer geschwärmt. Als Kind habe ich davon geträumt, in so einem Haus zu leben. Das Herrschaftshaus! Wie oft habe ich vor dem Herrschaftshaus in unserem Dorf gestanden und hinaufgestarrt. Ich konnte nur die Mauern und den Glockenturm sehen. Die Glockenschläge waren im ganzen Dorf zu hören. ›Wenn ich groß bin, wohne ich in so einem Haus‹, habe ich immer gesagt. Und hier bin ich nun, in einem noch prächtigeren Haus. Wer hätte das gedacht? Und jetzt wollen alle, daß ich fortgehe. Roderick wünscht es, Lady Constance hat es immer gewollt. Sie hat mich vom ersten Augenblick an gehaßt.« Sie lachte hysterisch. »Ihr Sohn ... verheiratet mit einer stellungslosen Schauspielerin!«

»Sie dürfen sich nicht quälen, Lisa.«

»Ich sage die Wahrheit. Warum soll ich von hier fortgehen, damit Sie an meine Stelle treten können? Sie haben alles gehabt. Eine wunderbare Kindheit, Désirée zur Mutter. Das Leben ist ungerecht! Warum haben manche Leute alles Glück der Welt? Warum müssen manche von uns beiseite stehen und sich schnappen, was sie bekommen können? Die Krümel auflesen, die vom Tisch des reichen Mannes fallen!«

»Ich weiß es nicht, Lisa.«

»Ach, ich soll wohl irgendwo leben, wo sie mich hinschicken, an einem Ort, wo viele Leute wie ich sind, mehr oder weniger behindert.«

»So etwas dürfen Sie nicht sagen, Lisa. Ich weiß, daß Sie leiden. Aber zeitweise geht es Ihnen doch besser.«

»Was wissen denn Sie davon? Wie würde es Ihnen gefallen, unerwünscht zu sein? Eine Chance zu bekommen, und wenn man gerade auf dem Weg nach oben ist, passiert so etwas? Ich weiß, daß ich eine zweite Désirée hätte werden können. Und dann dies.«

»Ich verstehe Sie ja, Lisa. Es war grausam.«

»Ich bin gestürzt und war erledigt, gerade, als ich eine Chance hatte.« Sie starrte vor sich hin, und Tränen liefen ihr über die Wangen. Ich verspürte den Drang, sie zu trösten.

»Und Ihre Mutter«, fuhr sie fort. »Ihr waren Ruhm und Reichtum zuteil geworden, und dann... wurde ihr Leben ausgelöscht. Ohne jede Vorwarnung.« Sie legte sich zurück und schloß die Augen. »Noelle«, flüsterte sie. »Meine Tabletten.« Auf dem Schränkchen neben ihrem Bett standen ein Glas und ein Krug mit Wasser. »Die Tabletten sind im Schrank«, sagte sie leise. »Zwei. In Wasser auflösen.«

Schnell goß ich ein Glas Wasser ein und nahm das Fläschchen mit den Tabletten aus dem Schränkchen. Ich ließ zwei in das Wasserglas fallen.

Sie sah mir zu. »Sie brauchen nicht lange«, sagte sie.

In wenigen Sekunden hatten sich die Tabletten aufgelöst. Ich reichte ihr das Glas, und sie trank gierig. Dann nahm ich ihr das Glas ab und stellte es neben den Krug.

Lisa lächelte matt. »Sie wirken sehr schnell«, sagte sie. »Es wird gleich besser.« Ich drückte ihre Hand. »Ich hätte das vorhin nicht sagen sollen«, fuhr sie fort. »Sie haben verdient, was Ihnen beschieden war. Désirée war so wunderbar. Welch eine Tragödie! Ich bin nie darüber hinweggekommen.«

»Nicht sprechen«, sagte ich. »Ruhen Sie sich aus.«

»Kommen Sie bald wieder. Ich muß mit Ihnen reden.«

»Sind die Schmerzen schon besser?«

»Es wird besser, ja. Die Tabletten sind sehr stark.« Ihre Züge entspannten sich ein wenig. Sie umklammerte immer noch meine Hand. »Verzeihen Sie, Noelle.«

»Ich verstehe Sie, wirklich.«

Sie lächelte.

Ich blieb bei ihr, bis sie eingeschlafen war. Dann schlich ich leise aus dem Zimmer.

Ende der Woche kehrten Roderick und Charlie zurück. Ich werde diesen Freitag nie vergessen. Er leitete ein alptraumhaftes Wochenende ein. Die beiden Männer wurden erst am Abend zurückerwartet. Am Nachmittag ging ich zu Lisa.

Ich sah sogleich, daß mit ihr eine Veränderung vorgegangen war. Sie hatte Farbflecken auf den Wangen, ihre Augen hatten einen unnatürlichen Glanz. Ich fragte mich, ob sie Fieber hätte.

Sie sagte: »Ich bin froh, daß Sie da sind, Noelle. Ich möchte Ihnen etwas sagen, was ich Ihnen schon seit einer ganzen Weile zu sagen versuche. Sogar jetzt schwanke ich noch. Ich weiß nicht, ob es richtig ist, es Ihnen zu erzählen. Manchmal denke ich, ich muß es tun, dann wieder denke ich, es wäre dumm von mir, es Ihnen zu sagen.«

»Was ist es, Lisa? Was möchten Sie mir erzählen? Ich weiß, daß Sie viele Male kurz davor waren.«

»Es geht um Ihre Mutter. Ich möchte Ihnen etwas erklären. Denken Sie an den Tag zurück, als wir uns zum erstenmal begegnet sind.«

»Ich erinnere mich gut daran.«

»Ich habe es ausgeheckt. Ich habe es arrangiert, daß Ihre Kutsche mich anfuhr, so daß es wie ein Unfall aussah. Als Tänzerin war ich beweglich, und ich wußte, wie man fällt. Es war alles sorgsam von mir geplant. Ich wollte die Aufmerksamkeit Ihrer Mutter auf mich lenken. Es scheint Sie nicht besonders zu überraschen.«

»Ich muß zugeben, daß ich mich zuweilen gewundert habe. Ich war nicht sicher. Es hätte ein Unfall sein können... oder auch nicht.«

»Sie wissen nicht, wie das ist, nie eine Chance zu bekommen, andere vor Ihrer Nase emporschnellen zu sehen, nicht weil sie begabter sind, sondern weil sie die richtigen Freunde haben. Ich mußte eine Chance bekommen. Ich wußte, daß Ihre Mutter großzügig und verständnisvoll war. Sie stand in dem Ruf, Unglücklichen zu helfen. Sie war wunderbar. Durch sie haben sich alle meine Hoffnungen erfüllt, und noch mehr.«

»Und es hat geklappt«, sagte ich. »Sie bekamen Ihre Chance.«

»Ich wußte, daß ich es konnte, wenn ich nur die Gelegenheit bekäme.«

Ich sah sie fest an und sagte: »Schafswolfsmilch?«

»Ich... ich verstand etwas von Kräutern. Das lernt man auf dem Land, sofern man sich für derlei interessiert. Goldregen, Christrosen, Nieswurz – und was es sonst noch alles gibt. Schafswolfsmilch ist nicht besonders schädlich. Die Pflanze enthält einen milchigen Saft – in der Frucht und in allen anderen Teilen. Er reizt die Haut, wenn man damit in Berührung kommt, und ist ein stark wirkendes Abführmittel. Der Mensch erholt sich rasch davon.«

Sie muß das Entsetzen in meinem Gesicht gesehen haben, denn sie wandte sich ab und sagte rasch: »Eines Tages saß ich im Garten auf der Korbbank, und ich dachte daran, daß ich nie die Chance bekommen würde, aus der Tanztruppe aufzusteigen. Da sah ich die Pflanze neben mir. Ich kannte sie. Und ich dachte: Ich will meine Chance jetzt... solange ich jung bin und sie nutzen kann. Ich will sie jetzt oder nie.«

»Sie haben dafür gesorgt, daß sie krank wurde, um ihre Rolle übernehmen zu können! Sie hatte Ihnen eine Chance verschafft... und Sie haben sie so benutzt!«

»Ja. Ich bin untröstlich. Hätte ich nur gewußt, was geschehen würde. Es war *die* Gelegenheit. Ich wollte sie ergreifen und dachte, es würde keinen Schaden anrichten. Für sie würde es nichts ändern, wenn sie an ein, zwei Abenden nicht auftreten könnte. Ich wollte ihr nichts zuleide tun. Hätte ich gewußt, was geschehen würde, hätte ich die Pflanze nicht angerührt. Es war so einfach. Ich wußte mit dem Saft umzugehen. Wenn wir nach der Vorstellung nach Hause kamen, machte Martha oder ich ihr etwas zu trinken. An diesem Abend war ich es. Ich machte ihr heiße Milch. Sie war nach der Vorstellung immer aufgekratzt und redete ununterbrochen. Sie merkte gar nicht, was sie trank. Sie war in Gedanken noch auf der Bühne. Sie und Martha redeten ohne Unterlaß über die Vorstellung. Noelle, es sollte sie nur unpäßlich machen, nur für einen Abend. Damit ich für sie einspringen konnte.«

»Es hat sie getötet.«

»Ich habe sie nicht getötet. Um nichts in der Welt wollte ich, daß ihr ein Leid geschähe. Ich habe sie geliebt. Nie zuvor war jemand so gut zu mir gewesen. Es war nur, damit ich eine Chance bekam...«

»Sie ist daran gestorben!«

»Wie sollte ich wissen, daß sie aufstehen und schwindlig werden würde?«

»Aber ihr wurde schwindlig, weil Sie sie mit dem Zeug geschwächt hatten!«

»Sie ist an dem Sturz gestorben, nicht an dem, was ich ihr gegeben hatte.«

»Aber sie ist gestürzt, weil Sie es ihr gegeben hatten.«

»Ich hatte gedacht, Sie würden mich trösten. Ich habe furchtbar gelitten. Ich träume von ihr. Nie wollte ich ihr etwas zuleide tun. Es sollte nur eine leichte Unpäßlichkeit sein, damit ich ihre Rolle übernehmen konnte... nur, um zu zeigen, was ich konnte.«

»Ich wünschte von ganzem Herzen, Sie wären nie zu uns gekommen«, sagte ich.

»Sie geben mir die Schuld an ihrem Tod.«

»Natürlich gebe ich Ihnen die Schuld! Hätte sie Sie nicht ins Haus geholt, hätte sie Sie nicht in der Tanztruppe untergebracht, hätte sie Sie nicht die zweite Besetzung einstudieren lassen, dann wäre sie noch am Leben.«

»Ich bedaure, daß ich es Ihnen erzählt habe. Ich konnte es nicht länger für mich behalten. Es ist eine schwere Belastung für mich. Ich hatte gehofft, Sie würden mich verstehen und mir helfen.«

»Ich verstehe Sie und Ihren vermaledeiten Ehrgeiz.«

»Sie war auch ehrgeizig. Sie hat Charlie belogen.«

Ich wollte fort von ihr und stand auf.

Sie sagte: »Warten Sie. Ich habe so viel durchgemacht. Sie wissen ja nicht, was ich mir für Vorwürfe mache. Sie war so gut zu mir. So gut war noch nie ein Mensch zu mir gewesen, keiner hat für mich getan, was sie für mich tat. Sie ist gestürzt, weil sie schwach war. Wie sollte ich ahnen, daß sie stürzen würde? Ich hätte es nie getan, wenn ich gewußt hätte, was geschehen würde. Ich wollte ja nur, daß sie ein einziges Mal nicht auftreten könnte... oder zweimal. Für mich wäre es eine Chance gewesen, und ihr wäre kein Leid geschehen. Ich habe sie nicht getötet. Aber es lastet auf meinem Gewissen. Ich träume davon. Es ist schrecklich. Ich hatte gedacht, Sie würden mir helfen, ich dachte, Sie würden mich verstehen.«

Ich konnte nicht sprechen, konnte nur an Désirée denken, und mein Verlangen, bei ihr zu sein, war so heftig, daß ich diese Frau haßte, deren Tat, wenn auch indirekt, mir meine Mutter genommen hatte.

Vielleicht hätte ich versuchen sollen, sie zu verstehen. Ich wußte ja, wie verzweifelt sie sich den Erfolg wünschte. Und sie dachte, indem sie meiner Mutter nur ein kleines Unbehagen verursachte, könnte es ihr gelingen. Meine Mutter würde ebenso gehandelt haben, mochte sie sich denken. *Sie* hätte es verstanden und es vielleicht sogar komisch gefunden. Ich sah Lisa an, welche Qua-

356

len sie litt, und wußte, daß sie die Wahrheit gesagt hatte, als sie schilderte, wie sehr sie unter der tragischen Wende der Ereignisse gelitten hatte.

Ihre Miene verhärtete sich. Sie suchte ihre Gefühle zu unterdrükken. Sie sagte: »Ich habe so viel durchgemacht, und ich will nicht mehr. Für das, was ich Ihrer Mutter antat, habe ich gebüßt. Ich bekam meine Chance und war nicht imstande, sie zu nutzen. Es ist gefährlich, sich in das Schicksal einzumischen, das Leben in die Bahnen lenken zu wollen, in die man es haben will. Ich habe mich eingemischt. Es sah so aus, als hätte ich meine Chance bekommen... und sehen Sie mich jetzt an. Ihre Mutter hat sich auch eingemischt, und deshalb haben Sie Roderick verloren. Das Leben lacht uns aus. Sie können es verstehen, Noelle. Ich habe so viel gelitten, und ich will nicht mehr leiden. Ich werde dieses Haus nicht verlassen. Hier bin ich, und hier bleibe ich. Solange ich lebe, werde ich nicht für Sie beiseite treten. Roderick hat mich aus freien Stücken geheiratet. Er war nicht dazu gezwungen. Ich werde ihn nicht aufgeben. Ich werde nicht in einem Pflegeheim leben wie die arme Mrs. Carling, bloß weil ich im Weg bin. Dies ist mein Heim, und hier bleibe ich.«

Ich konnte es nicht mehr ertragen. Ich verließ sie und ging in mein Zimmer.

Lisas Enthüllung hatte mich tief erschüttert, und ich schlief kaum in dieser Nacht.

Am nächsten Morgen stattete Dr. Doughty Lisa seinen üblichen Besuch ab. Lady Constance bat mich, mit ihm hinaufzugehen, da er gern jemanden dabeihabe.

Lisa saß auf Kissen gestützt im Bett. Sie wendete die Augen von mir ab, als ich eintrat.

»Dr. Doughty ist da«, sagte ich.

»Nur die übliche Untersuchung, Mrs. Claverham«, sagte der Arzt. »Wie fühlen Sie sich heute morgen?«

»Nicht besonders.«

»Dieselben Schmerzen an derselben Stelle?«

Lisa nickte. Er nahm sich viel Zeit für eine gründliche Untersuchung ihres Rückens.

»Ich habe eine gute Nachricht für Sie«, sagte er, als sie sich wieder in die Kissen zurückgelegt hatte. »Ich bin sehr, sehr zuversichtlich. Es hat in bezug auf Rückgratprobleme einen Durchbruch gegeben. Es handelt sich um eine Operation mit anschließender Spezialbehandlung. Ich glaube, daß sie in wenigen Monaten ausgereift sein wird. Und dann, meine liebe Mrs. Claverham, dürfen wir wohl einer Änderung Ihres Zustandes entgegensehen.«

»Was würde das bedeuten?« fragte Lisa begierig.

»Nun ja, ich kann Ihnen nicht versprechen, daß Sie wieder die Beine werden hochwerfen können, aber Sie werden mühelos gehen können, und die verfluchten Schmerzen würden gelindert.«

»Das klingt wunderbar.«

»Es wäre möglich. Wir werden durchhalten, nicht wahr? Und vielleicht, in sechs Monaten...«

»Ich kann es nicht fassen! Ich hatte geglaubt, dieser Zustand sei von Dauer.«

»*Nil desperandum*, meine Liebe. Ich glaube, Ihre Chancen stehen sehr gut.«

Lisa sah mich mit leuchtenden Augen an. »Sind das nicht wunderbare Neuigkeiten, Noelle?«

»O ja.«

In diesem Augenblick erinnerte sie mich an das Mädchen, das ich unmittelbar nach dem Kutschunfall im Bett gesehen hatte.

»Ich sollte vielleicht mit Lady Constance sprechen«, meinte Dr. Doughty. Er nahm Lisas Hand. »Seien Sie versichert, daß ich genauere Erkundigungen über die Behandlung einziehen werde, und wenn ich Näheres weiß, komme ich vorbei. Diese Nachricht tut Ihnen gewiß so wohl wie ein Stärkungsmittel. Übrigens, haben Sie noch genug Schmerztabletten?«

Sie blickte zum Schränkchen, und er ging hin, öffnete die Tür, nahm das Fläschchen heraus und zählte nach. »Das reicht noch für ein paar Tage. Und denken Sie daran, nie mehr als zwei auf einmal. Nächste Woche schicke ich Ihnen welche vorbei. Bis dahin sind Sie versorgt. Die Tabletten sind sehr wirksam, nicht wahr? Und nun lassen Sie uns hoffen, daß Sie sie über kurz oder lang nicht mehr benötigen werden.«

Er verabschiedete sich, ich führte ihn zu Lady Constance und ließ ihn mit ihr allein. Als er fort war, ging ich zu Lady Constance.

»Der Doktor meint«, sagte sie, »sie könne vielleicht geheilt werden, wenn auch nur teilweise. Ich frage mich, was das bedeuten kann.«

»Ich glaube, sie wird nur um so entschlossener sein, nicht nachzugeben. Sie hat mir gestern gesagt, daß sie niemals weichen wird.«

»Wir müssen sie überreden.«

»Ich glaube, das kann keiner.«

»Ein einziger Mensch darf doch nicht das Leben so vieler zerstören.«

»Sie hängt an Roderick. Und an diesem Haus. Sie kann sich kein anderes Leben vorstellen.«

»Es steht so viel auf dem Spiel.«

»Für sie genauso wie für uns.«

»Meine liebe Noelle, bedenken Sie doch, was das bedeutet.«

»Ich denke an fast nichts anderes.«

»Sie *muß* es verstehen.«

»Sie hat sehr gelitten«, sagte ich. Und in diesem Augenblick begann mein Haß auf sie, die meiner Mutter das angetan hatte, zu schwinden. Eine Woge des Mitleids für dieses ungeliebte, ratlose Mädchen schwemmte ihn hinweg.

Am Abend, nachdem die beiden Männer zurück waren, ging Roderick sogleich zu Lisa. Als er aus ihrem Zimmer kam, war ihm anzusehen, daß er in Melancholie versunken war. Ich ahnte, warum. Sie hatte ihm ihre Entscheidung mitgeteilt.

Ich war mit Lady Constance und Charlie zusammen, als er zu

uns kam. »Sie behauptet, daß ihr Zustand sich bessern wird«, sagte er. »Der Doktor muß ihr Hoffnung gemacht haben.«

»Das stimmt«, erklärte Lady Constance. »Er sagte uns, es werde in Bälde möglich sein. Vielleicht keine vollständige Heilung, aber ihr Zustand könnte sich beträchtlich bessern.«

»Das ist eine gute Nachricht für Lisa«, sagte Roderick. »Ich hoffe nur, daß es wahr ist. Die Aussicht hat sie natürlich belebt. Doch zugleich ist sie fest entschlossen, mich nicht freizugeben, und ich kenne sie gut genug, um zu wissen, daß sie es ernst meint. Ich weiß nicht, ob diese Neuigkeit ihre Entscheidung beeinflußt hat.«

»Bevor der Doktor kam, hatte sie mir schon gesagt, daß sie zu einem Entschluß gekommen sei«, erklärte ich.

»Wir müssen sie überreden, ihre Meinung zu ändern«, sagte Lady Constance.

»Ich bin nicht sicher, daß das möglich ist«, sagte Roderick.

»Ich denke, ich kehre nach London zurück«, warf ich ein.

»O nein!« rief Roderick.

»Ich muß. Ich kann nicht hierbleiben. Ich hätte nicht herkommen sollen.«

Aber ich war gekommen, weil sie mich darum gebeten hatte. Sie hatte den Drang verspürt zu beichten. Arme Lisa! Sie war ebenso unglücklich wie wir übrigen. Und nun war sie entschlossen, sich an das zu klammern, was sie hatte. Sie würde nicht beiseite treten, das hatte sie deutlich erklärt. Im Grunde meines Herzens wußte ich, daß nichts, was ich sagte, sie umstimmen konnte.

»Was für ein Unglück haben wir aus allem gemacht«, murmelte Charlie. »Gibt es denn keinen Ausweg?«

»Wir müssen es von Lisas Standpunkt aus betrachten«, sagte ich. Ich war selbst überrascht, wenn ich an die Wogen von Haß dachte, die über mich hereingebrochen waren, als sie bekannte, daß sie den Tod meiner Mutter verursacht hatte. Ich verstand so gut, daß sie von ihrer Bühnenlaufbahn besessen war. Hatte ich nicht in meiner Mutter ein Beispiel gehabt? Lisa hatte gedacht, sie könne etwas aus dem Scherbenhaufen aufklauben und glücklich sein. Und dann dies. Ich war davon überzeugt, daß sie niemals hergeben würde, was sie ergattert hatte.

»Ich muß fort«, sagte ich. »Es wird für alle das Beste sein.«

»Wo willst du hin, Noelle?« fragte Charlie.

»Zurück nach London... für eine Weile. Ich werde sehen, was ich anfangen kann. Ich habe Marie-Christine. Wir werden versuchen, gemeinsam etwas zu tun.«

»Ich kann die Hoffnung nicht aufgeben«, sagte Roderick.

»Ich auch nicht«, fügte Lady Constance hinzu.

Am selben Abend kam Marie-Christine in mein Zimmer.

»Warum sind alle so bedrückt?« fragte sie.

»Wir fahren zurück nach London.«

»Wann?«

»Montag. Morgen geht es nicht, weil die Züge sonntags nicht fahren, sonst...«

»Zurück nach London! So überstürzt! Das geht nicht. Jack will mir zeigen, wie man Keramikscherben säubert.«

»Wir müssen fort, Marie-Christine.«

»Warum?«

»Frag nicht, warum. Wir müssen fahren.«

»Wann kommen wir wieder her?«

»Ich glaube nicht, daß wir wiederkommen.«

»Was soll das heißen?«

»Du weißt, was hier vorgeht.«

»Du meinst, zwischen dir, Roderick und Lisa?«

»Lisa wird hier wohnen bleiben.«

»Und sie bleibt mit Roderick verheiratet?«

»Du bist zu jung, um solche Dinge zu verstehen.«

»Du weißt, nichts macht mich wütender, als wenn man mir so etwas sagt. Vor allem, wenn ich es vollkommen verstehe.«

»Aber es ist wahr, Marie-Christine. Lisa ist Rodericks Frau, und die Ehe ist unauflöslich.«

»Nicht immer. Manche Leute trennen sich.«

»Aber in diesem Fall bleibt Lisa hier, und Roderick bleibt bei ihr. Das bedeutet, daß wir fortmüssen. Für uns ist hier kein Platz.«

»Das kann nicht sein! Du wirst Roderick heiraten. Wir werden hier leben. Das wünschen wir uns.«

»Man bekommt nicht immer, was man sich wünscht, Marie-Christine.«

»Ich ertrage es nicht, fortzugehen. Ich bin so gern hier. Ich habe Jack und Fiona lieb... und es ist so aufregend. Die römischen Ausgrabungen... ich will mehr darüber wissen. Es ist wunderbar hier. Ich will nicht fort, Noelle.«

»Es tut mir leid, Marie-Christine. Aber es geht nicht. Es kann sein, daß Lisa geheilt wird. Sie und Roderick sind Mann und Frau.«

Marie-Christines Gesicht war von Jammer verzerrt. »Es darf nicht sein«, sagte sie heftig. »Es kann nicht sein. Es muß einen Weg geben, damit alles gut wird.«

»Wir können im Leben nicht immer alles so steuern, wie wir es haben möchten. Das lernt man, wenn man älter wird.«

»Ich kann es nicht glauben. Wir müssen etwas *tun*.«

Arme Marie-Christine! Sie mußte noch viel lernen.

Es war gleich nach dem Mittagessen, das eine bedrückende Mahlzeit gewesen war. Ich wollte am nächsten Tag abreisen. Marie-Christine und ich machten uns bereit, Fiona und Jack zu besuchen und sie von unserer bevorstehenden Abreise zu unterrichten.

Ich war in meinem Zimmer und zog mein Reitkostüm an, als Lady Constance hereinkam. Sie wirkte verstört und beunruhigt.

»Es ist etwas Furchtbares geschehen«, sagte sie. »Lisa ist tot.«

Das Urteil

Die folgenden Tage waren von einer gewissen Unwirklichkeit geprägt. Es herrschte ein ständiges Kommen und Gehen, überall waren flüsternde Stimmen. Für Dr. Doughty bestand kein Zweifel, daß Lisa an einer Überdosis der Tabletten gestorben war, die er ihr verordnet hatte. Er hatte Lisa häufig auf die starke Wirkung dieser Tabletten hingewiesen. Sie brauchte das Mittel, weil sie zuweilen unter äußerst heftigen Schmerzen litt, aber er hatte ihr eingeschärft, nie mehr als zwei auf einmal zu nehmen. Wenn es besonders schlimm war, konnte sie bis zu sechs Stück am Tag nehmen – aber er riet ihr, das nicht oft zu tun –, und in diesem Fall mußten sie über einen Zeitraum von vierundzwanzig Stunden verteilt werden.

Die Autopsie gab Dr. Doughty recht. Nach der Menge des in ihrem Körper nachgewiesenen Medikaments mußte sie mindestens sechs Tabletten auf einmal genommen haben – eine tödliche Dosis.

Es war sehr still im Haus. Die Dienstboten schlichen umher, als sei eine Verschwörung im Gange. Wieviel mochten sie wissen? fragte ich mich. Es war ihnen bekannt, daß ich einst mit Roderick verlobt gewesen, daß ich dann plötzlich abgereist und die Verlobung gelöst worden war. Wußten sie, daß Roderick Lisa um seine Freiheit gebeten hatte, um mich heiraten zu können? Wußten sie, daß Lisa sie ihm verweigert hatte?

Hatte jemand die Frage gestellt, ob Lisa ermordet worden war? Wenn bei einem plötzlichen Tod Verdacht auf Mord bestand, pflegten die Leute nach einem Motiv zu suchen.

Das Motiv war zweifellos vorhanden. Roderick wollte sich von seiner Ehefrau befreien. Das war eines der gängigsten Mordmotive. Er war zum Zeitpunkt von Lisas Tod im Haus gewesen. Ich ebenso. Und ich steckte ebenso tief in der Sache wie er.

Es waren alptraumhafte Tage voll endloser Spekulationen. Ich konnte nur versuchen, die entsetzlichen Gedanken auszusperren, die mir durch den Kopf rasten.

Jetzt konnte ich das Haus nicht verlassen. Ich war zum Zeitpunkt von Lisas Tod dortgewesen und mußte bei der gerichtlichen Untersuchung zugegen sein.

Ich weiß nicht, wie ich die Wartezeit überstand. Ich fürchtete die unvermeidliche Untersuchung, während ich gleichzeitig wünschte, sie hinter mir zu haben, damit ich das Schlimmste wüßte. Ich erinnerte mich, wie es nach dem Tod meiner Mutter gewesen war. Es würde keinen Frieden geben, bevor die Untersuchung abgeschlossen war. Und wie würde der Urteilsspruch lauten?

Marie-Christine war sehr in sich gekehrt. Ich wußte nicht, was sie dachte. Lady Constance schloß sich in ihrem Zimmer ein und wollte mit niemandem sprechen. Charlie wirkte verstört. Ich glaube, Roderick empfand wie ich. Wir wollten miteinander allein sein, um über das zu sprechen, was uns am meisten bewegte. Aber wir mußten uns zurückhalten. Ich spürte, daß wir genau beobachtet wurden.

Eines Tages ritt ich kurzentschlossen aus. Ich hatte das Gefühl, fern vom Haus die Dinge besser überblicken zu können. Roderick muß mich fortreiten gesehen haben und folgte mir. Es drängte ihn gewiß ebenso aus dem Haus wie mich. Nach ungefähr anderthalb Kilometern holte er mich ein.

»Wir müssen miteinander reden, Noelle. Wir müssen aussprechen, was uns im Kopf herumgeht. Wie ist es geschehen?«

»Sie muß das Mittel selbst genommen haben.«

»Aber sie glaubte, daß ihr Zustand sich bald bessern würde.«

»Ich weiß, aber sie war nicht glücklich.«

»Du glaubst doch nicht, daß ich...?«

»Roderick! O nein, nein!«

»Ich hatte sie gebeten, mich freizugeben, und sie hat sich geweigert.«

»Wir haben es uns gewünscht, Roderick. Aber nicht auf diese Weise.«

»Wenn es bekannt würde, sähe es so aus, als...«

»Es stimmt, daß wir uns gewünscht haben, sie möge dir deine Freiheit geben, damit wir heiraten und zusammensein können, aber doch nicht so.«

»Das Wichtigste für mich ist, daß du auch nicht für einen Augenblick annimmst, daß ich...«

»Das würde ich niemals glauben. Bedenke, ich habe es ebenso gewünscht wie du. Ich hätte in ihrem Zimmer sein können. Du würdest doch nicht denken, daß ich...?«

»Niemals.«

»Wir kennen uns zu gut und wissen, daß wir niemals glücklich sein könnten, wenn dies zwischen uns stünde.«

»Das denke ich auch. Aber der Zweifel...«

»Es gibt keinen Zweifel.«

»Das hatte ich wissen wollen.«

»Nun denn, was immer geschieht, das kann nicht zwischen uns stehen.«

Ich saß im Gerichtssaal mit Roderick und Charlie. Links und rechts von mir saßen Lady Constance und Marie-Christine.

Die ersten Zeugen waren die Sachverständigen. Man stellte ihnen eine Menge Fragen. Der Analytiker erklärte, es bestehe kein Zweifel, daß Mrs. Claverham an einer Überdosis der von ihrem Arzt verordneten Tabletten gestorben war.

Dr. Doughty machte eine detaillierte Aussage. Er erklärte, daß Mrs. Claverham sich eine Rückgratverletzung zugezogen hatte, bevor sie in seine Behandlung kam. Er beschrieb die Verletzung im einzelnen mit medizinischen Fachausdrücken und fügte hinzu, daß sie mit heftigen Schmerzen verbunden war. Aus diesem Grunde habe er ein starkes Schmerzmittel verordnet, und er habe immer wieder betont, daß bei der Anwendung große Vorsicht geboten sei.

An dem betreffenden Nachmittag sei er ins Haus gekommen und habe Mrs. Claverham tot vorgefunden. Er habe vermutet, daß der Tod durch eine Überdosis der von ihm verordneten Tabletten verursacht worden sei.

Ob Mrs. Claverham an Depressionen gelitten habe, wurde er gefragt. Er erwiderte, es habe Zeiten gegeben, da er sie deprimiert fand. Das sei der Fall gewesen, wenn sie große Schmerzen litt. Er habe es unter diesen Umständen als natürlich angesehen.

»Wie war ihr Befinden, als Sie sie zuletzt sahen?«

»Sie war guter Dinge. Ich hatte ihr mitteilen können, daß über die Art ihres Leidens neue Erkenntnisse gewonnen worden seien und Hoffnung auf eine teilweise Heilung bestünde.«

Im Gerichtssaal herrschte tiefe Stille.

»Und Mrs. Claverham war natürlich erfreut, das zu hören.«

»Sie war begeistert.«

»Und sie machte auf Sie den Eindruck, daß sie der Behandlung mit Freuden entgegensähe.«

»Allerdings.«

Nach Dr. Doughtys Aussage galt es als unwahrscheinlich, daß Lisa sich das Leben genommen hatte. Die Frage lautete nun: Wie war sie gestorben?

Mehrere Dienstboten wurden als Zeugen aufgerufen, unter ihnen Gertie, weil sie es gewesen war, die Lisa in ihrem Zimmer tot aufgefunden hatte.

Sie habe immer um diese Zeit zu ihr hineingeschaut, sagte sie, um zu sehen, ob Mrs. Claverham etwas brauche.

»Hat Ihre Herrin jemals mit Ihnen über sich gesprochen?« wurde sie gefragt.

»O ja, Sir. Sie redete immer davon, was für eine große Schauspielerin sie geworden wäre, wenn der Unfall nicht gewesen wäre.«

»Fanden Sie, daß sie unglücklich war?«

»O ja, Sir.«

»Warum sagen Sie das?«

»Sie sprach immer davon, daß sie keine große Schauspielerin geworden war, aber wenn sie sich den Rücken nicht verletzt hätte, dann wäre sie so berühmt geworden wie Désirée. Sogar noch besser, wenn sie eine Chance gehabt hätte, Sir.«

»Danke. Sie können abtreten.«

Roderick wurde in den Zeugenstand gerufen.

Ob seine Frau jemals mit Selbstmord gedroht habe?

»Nie.«

Ob er in der letzten Woche eine Veränderung an ihr bemerkt habe?

Roderick erklärte, er sei in den letzten Wochen nicht zu Hause gewesen und erst einen Tag vor dem Tod seiner Frau zurückgekehrt.

Wie ihr Befinden bei seiner Rückkehr gewesen sei?

Sie sei frohgemut gewesen, weil sie von einer Behandlungsmöglichkeit gehört habe.

»Können Sie uns erklären, wie es möglich war, daß sechs Tabletten in einem Glas Wasser aufgelöst und von Ihrer Frau getrunken wurden?«

»Nein.«

»Es sei denn, jemand hat sie hineingetan.«

»Jemand muß sie hineingetan haben.«

»Und wenn Ihre Frau sie hineingetan und die Lösung getrunken hat, muß die Schlußfolgerung lauten, daß sie beabsichtigte, sich das Leben zu nehmen?«

»Sie könnte vergessen haben, daß sie schon eine Dosis genommen hatte, und dann noch eine genommen haben.«

»Sie meinen, sie hat zwei Tabletten ins Wasser getan, sie eingenommen und kurz darauf wieder zwei und danach noch zwei weitere?«

»Wenn sie eine Dosis nahm, wurde sie rasch benommen. Sie kann vergessen haben, daß sie schon eine genommen hatte.«

Damit endete Rodericks Aussage.

Der Butler und die Haushälterin wurden aufgerufen. Sie hatten sehr wenig hinzuzufügen. Und dann wurde zu meiner Verwunderung Mabel befragt.

Ich hatte sie im Haus gesehen und kurz mit ihr gesprochen. Sie war ein furchtsames Mädchen von höchstens fünfzehn Jahren. Mir schien sie stets halbtot vor Angst zu sein. Ich fragte mich, wie sie die Arbeit verrichten konnte, die von ihr verlangt wurde, und ich erinnerte mich, daß Gertie sie als einfältig bezeichnet hatte. Was konnte sie zu sagen haben?

Ich sollte es bald erfahren.

»Hab keine Angst«, sagte man ihr. »Du mußt nur die Fragen beantworten, weiter nichts.«

»Ja, Sir.«

»Du weißt, daß Mrs. Claverham gestorben ist?«

»Ja, Sir.«

»Du hast deiner Freundin im Haus erzählt, daß du weißt, warum
sie starb. Würdest du es uns auch erzählen?«

»Er hat sie ermordet!«

Tiefe Stille senkte sich über den Gerichtssaal.

»Würdest du uns bitte sagen, wer sie ermordet hat?«

»Mr. Roderick.«

»Woher weißt du das?«

»Ich weiß es«, sagte sie.

»Hast du gesehen, wie er sie ermordet hat?«

Sie blickte verstört drein.

»Du mußt die Frage beantworten.«

Sie schüttelte den Kopf.

»Heißt deine Antwort nein, du hast ihn nicht gesehen?«

»Ja, Sir.«

»Woher weißt du es dann?«

»Er wollte sie loswerden.«

»Woher wußtest du das?«

»Ich hab's gehört... oder etwa nicht?«

»Was hast du gehört?«

»Sie hat geschrien. ›Ich geh' nicht fort. Dies ist mein Heim, und
ich bleibe hier. Du kannst mich nicht loswerden.‹«

»Wann hast du das gehört?«

»Als er zurückkam.«

»An dem Tag, bevor sie starb?«

»Ja.«

»Hast du es jemandem erzählt?«

Sie nickte.

»Wem hast du es erzählt?«

»Gertie, und noch welchen.«

»Das ist alles.«

Mir war übel vor Angst. Wie durch ein Wunder hatte bislang niemand erwähnt, daß Roderick mit mir verlobt gewesen und ich jetzt nach Leverson zurückgekehrt war. Ich hätte nicht kommen sollen, sagte ich mir. Aber daran war nichts mehr zu ändern. Man würde erfahren, was geschehen war, und sagen, daß Roderick sie getötet habe.

Gertie wurde abermals aufgerufen.

»Die letzte Zeugin hat ausgesagt, sie habe mit Ihnen über den Tod von Mrs. Claverham gesprochen. Ist das richtig?«

»Sie hat irgendwas von Mr. Claverham gesagt. Ich habe nicht besonders darauf geachtet, was Mabel erzählte.«

»Auch nicht, als sie ein Familienmitglied des Mordes bezichtigte?«

»Nein, Sir.«

»Schien Ihnen das nicht eine ernste Beschuldigung?«

»Bei jedem anderen, aber nicht bei Mabel. Mabel konnte man nie ernst nehmen, Sir.«

»Würden Sie das bitte erklären?«

»Na ja, sie ist ein bißchen dusselig.«

»Was meinen Sie damit?«

Gertie machte angesichts solch eingestandener Unwissenheit ein leicht überlegenes Gesicht. »Sie ist nicht ganz bei Trost«, erklärte sie geduldig. »Sie bildet sich allerhand ein.«

»Sie meinen, ihren Worten war nicht zu trauen?«

»Man konnte ihr nicht glauben, oder? Sie hat die verrücktesten Sachen erzählt. Niemand hat auf das geachtet, was sie sagte.«

»Als sie Ihnen sagte, Ihr Herr habe Ihre Herrin ermordet, was haben Sie darauf erwidert?«

»Ich glaube, ich sagte ›ach ja?‹«

»Und dabei ließen Sie es bewenden?«

»Nun, ich kannte Mabel, oder? Man achtete eben nicht darauf, was sie sagte. Sie hat uns erzählt, sie sei eine Lady, ihr Vater sei irgendein Lord. Tags darauf war er ein König, den man vom Thron gestoßen hatte. Es war lauter Unsinn.«

369

»Ich verstehe. Und Sie haben ihr nicht geglaubt, daß sie Mrs. Claverham diese Worte sagen hörte?«

»Nein, Sir. Ich wußte, daß es nicht stimmte. Ich bin doch nicht plemplem. Das kam bloß von dem vielen Gerede, daß Mrs. Claverham diese Medizin genommen hatte... und dann fing Mabel an zu spinnen.«

»Sie können gehen.«

Ich saß beklommen auf meinem Platz. Spannung lag über dem Saal. Ich sah Roderick an. Er war sehr blaß. Lady Constance rang heftig bewegt die Hände.

Mabel mußte abermals in den Zeugenstand.

»Mabel, wann hast du Mrs. Claverham sagen hören, sie werde nicht fortgehen?«

Mabel runzelte die Stirn.

»Versuche dich zu erinnern. War es an dem Tag, als sie starb? Am Tag davor? Oder irgendwann im Lauf der Woche?«

Mabel war sichtlich bedrückt.

»War es einen Tag, zwei Tage, drei Tage, fünf Tage, bevor sie starb?«

Mabel zögerte und stotterte: »Es war fünf Tage, daß sie sagte...«

»Was, fünf Tage?«

»Ja«, sagte Mabel. »Genau.«

»Sie sprach mit Mr. Claverham, ja?«

»Ja, er wollte sie loswerden, damit...«

»Aber Mr. Claverham war fünf Tage vor ihrem Tod in Schottland. Sie kann nicht mit ihm gesprochen haben, nicht wahr?«

»Hat sie aber. Ich hab's gehört.«

»Sag, wer ist dein Vater?«

Ein Lächeln ging über ihr Gesicht. »Er ist ein Prinz.«

»Und du bist eine Prinzessin?«

»O ja, Sir.«

»Dein Name ist Mabel.«

»Den haben sie mir gegeben, als sie mich mitnahmen.«

»Wer hat dich mitgenommen?«

»Räuber. Sie haben mich entführt.«

»Und du warst eine Prinzessin... vom Buckinghampalast?«

Ein leises Kichern ging durch den Gerichtssaal. Ich atmete freier. Mabel erwies sich als unzurechnungsfähig.

»Ja«, sagte sie. »Das ist richtig.«

»Bist du die Prinzessin Victoria... Louise... Beatrice?«

»Ja, das ist richtig.«

Arme Mabel! Und wenn Gertie nicht gewesen wäre, hätte man sie womöglich ernstgenommen. Doch nun konnte niemand bezweifeln, daß Mabels Aussage wertlos war.

Als nächste wurde Lady Constance aufgerufen.

Ob sie bei ihrer Schwiegertochter Selbstmordabsichten bemerkt habe?

»Wenn sie schlimme Schmerzen hatte, glaube ich, daß sie versucht war, sich umzubringen«, sagte Lady Constance. »Ich finde daran nichts Ungewöhnliches. Sie litt unter furchtbaren Schmerzen.«

»Hat Sie Ihnen je gesagt, daß sie sich das Leben nehmen wolle?«

»O nein. Über dergleichen hat sie nie mit mir gesprochen.«

»Sie fühlte sich ja ein wenig besser. Es bestand Hoffnung auf eine Behandlung.«

»Ja. Sie war zuversichtlich.«

»Es ist kaum wahrscheinlich, daß sie sich zu einem solchen Zeitpunkt das Leben nehmen wollte.«

»Kaum wahrscheinlich«, pflichtete Lady Constance bei.

»Aber Sie meinen, bevor sie von der Behandlung hörte, hätte sie vielleicht Selbstmordabsichten haben können?«

»Möglicherweise... sie sah nur Jahre voller Schmerzen vor sich. Da hätte jeder an Selbstmord denken können.«

»Aber wenn es Grund zur Hoffnung gäbe, wären die meisten Menschen bereit, die Schmerzen noch ein wenig länger zu ertragen.«

»So wird es wohl sein.«

»Sie haben unter ein und demselben Dach gelebt. Sie war Ihre Schwiegertochter. Sie müssen sie gut gekannt haben.«

»Ich kannte sie.«

»Glauben Sie, daß sie dazu veranlagt war, sich das Leben zu nehmen?«

»Nicht, wenn nicht aus…«

»Sprechen Sie weiter.«

»Wenn nicht aus Versehen. Wie schon einmal.«

»Was für ein Versehen?«

»Es geschah, als ich einmal bei ihr war. Es dürfte vor ungefähr drei Monaten gewesen sein. Sie hatte Schmerzen und nahm zwei Tabletten. Sie trank das Wasser mit den zwei aufgelösten Tabletten und stellte das Glas auf das Schränkchen. Dann legte sie sich zurück. Ich wollte bei ihr bleiben, bis die Schmerzen nachließen und sie eingeschlafen wäre, was sie nach dem Einnehmen der Tabletten fast immer tat. Die Schmerzen schienen besonders stark zu sein, und es dauerte ein paar Minuten, bis die Tabletten wirkten. Sie richtete sich auf, goß Wasser ein und hatte zwei Tabletten ins Glas fallen lassen, bevor mir klar wurde, daß sie sie zu nehmen beabsichtigte. Ich schrie: ›Du hast eben erst zwei genommen!‹ Wäre ich nicht gewesen, hätte sie die anderen ebenfalls eingenommen und sich vielleicht getötet. Ich nehme an, daß sie es an dem Tag, als sie starb, so gemacht hat.«

Lady Constances Aussage machte sichtlich einen tiefen Eindruck auf das Gericht.

»Haben Sie diesen Vorfall gegenüber irgend jemandem erwähnt?«

»Nein. Ich wollte meinen Sohn und meinen Mann nicht beunruhigen.«

»Fanden Sie es nicht riskant, die Tabletten zu belassen, wo Mrs. Claverham sie so mühelos erreichen konnte?«

»Ich habe es erwogen, doch da sie die Tabletten immer sofort benötigte und vielleicht nicht imstande war, zu läuten, um sie sich von einem Hausmädchen geben zu lassen – und vielleicht gerade niemand vom Personal in der Küche wäre, um das Läuten zu hören –, hielt ich es für besser, es so zu belassen, wie es war.«

»Sie beschlossen also, nichts zu unternehmen, und die Tabletten blieben im Schränkchen, und es standen immer ein Glas und ein Krug Wasser bereit?«

»Vielleicht war es ein Fehler von mir. Aber ich wußte, daß sie die Tabletten unbedingt sofort nehmen mußte, wenn die Schmerzen anfingen. Wenn sie nicht erreichbar gewesen wären, wäre meine Schwiegertochter in Panik geraten, was die Schmerzen natürlich hätte verstärken können.«

»Danke, Lady Constance.«

Dr. Doughty wurde erneut aufgerufen.

»Wie lange brauchen die Tabletten, bis sie sich auflösen?« wollte man wissen.

»Es ist eine Sache von wenigen Sekunden.«

»Wie lange dauert es, bis die Wirkung eintritt?«

»Je nachdem.«

»Es hängt von den Schmerzen ab?«

»Ja, und von anderen Faktoren. Dem jeweiligen körperlichen Zustand der Patienten. Der geistigen Verfassung...«

»Und die Tabletten hätten Benommenheit hervorrufen können... Vergeßlichkeit?«

»Allerdings.«

»Mrs. Claverham hätte also zwei Tabletten nehmen können, und nach, sagen wir, fünf Minuten nochmals zwei?«

»Das ist möglich.«

»Und sie hätte in ihrer Aufregung vielleicht mehr als zwei ins Wasser fallen lassen können?«

»Das ist möglich.«

»Danke, Dr. Doughty.«

Wir warteten beklommen. Marie-Christine hielt meine Hand ganz fest. Ich wußte, wir hatten dieselben Gedanken: Wie würde der Urteilsspruch lauten? Würde er eine Mordanklage gegen eine oder mehrere unbekannte Personen zur Folge haben? Gegen Roderick? Gegen mich?

Wieviel Aufmerksamkeit hatte man Mabels Aussage geschenkt? Sie war in Mißkredit geraten, aber welchen Eindruck hatten ihre Worte hinterlassen? Lady Constances Worte hatten eine starke

Wirkung gehabt, und sie hatte auf so präzise, autoritäre Weise gesprochen – ganz im Gegensatz zu Mabel. Ich hatte gespürt, wie die Stimmung des Gerichts umschlug, während sie sprach. Mir wurde übel bei der Vorstellung, was da möglicherweise auf uns zukam. Ich dachte an all die bohrenden Fragen, die Antworten, die sich verheerend auswirken konnten. Ich dachte an die Gefahr für Roderick, für uns alle.

Ich mußte unwillkürlich an den Tag denken, als Lisa Fennell vor die Kutsche meiner Mutter gestürzt war, als sie sich den Zugang zu unserem Leben erzwungen hatte. Und nun war sie tot und bedrohte uns weiterhin, aus dem Grab heraus.

Die Erleichterung war überwältigend. Lady Constances Aussage hatte großes Gewicht gehabt. Mabels Aussage war als wertlos erachtet worden.

Der Urteilsspruch des Untersuchungsgerichts lautete: Tod durch Unfall.

Geständnis

Sechs Jahre sind seit jenem Tag im Gerichtssaal vergangen, aber wenn ich daran zurückdenke, was oft geschieht, zittere ich vor Angst. In diesen letzten Jahren habe ich so viel Glück erfahren, doch es war nicht gänzlich ungetrübt.

Über Leverson und uns allen hing der Schatten des Zweifels. Zuweilen wache ich des Nachts plötzlich auf und finde mich in die Vergangenheit zurückversetzt. Dann schreie ich laut. Roderick tröstet mich. Er braucht nicht zu fragen, was mich quält. Er sagt zu mir: »Es ist vorbei, mein Liebling. Es ist vorüber. Wir müssen es vergessen.«

Wie ist es geschehen? frage ich mich dann. Wie ist sie gestorben? Wer hat die Tabletten in das Glas getan? War es Lisa selbst? Das kann ich nicht hinnehmen, so sehr ich mich auch bemühe.

Ich klammere mich an Roderick. Er ist an meiner Seite, schenkt mir Geborgenheit. Ich bin getröstet, aber ich kann meinen Gedanken nicht Einhalt gebieten.

Ich sage mir: Lisa muß es selbst getan haben... natürlich nicht willentlich. Es muß so gewesen sein, wie Lady Constance es in ihrer Aussage dargelegt hat, die die Wende herbeiführte. Sie hatte es mit so großer Überzeugung vorgebracht.

Der Urteilsspruch war ein Segen für uns alle gewesen, über denen die Wolke des Verdachts schwebte. Die Angelegenheit war damit erledigt... nein, das war sie nicht, wie wir alsbald merkten. Aber es gab keine weiteren Verhöre, keine peinlichen Fragen mehr. Es war eine Art Frieden, von unseren Gewissensbissen durchlöchert. Wir hatten uns gewünscht, daß Lisa ginge... und sie war von uns gegangen.

Berauscht vor lauter Erleichterung, verließen wir den Gerichtssaal. Doch die Zweifel sind geblieben und haben uns in diesen sechs Jahren nicht losgelassen.

Ein Jahr nach dem Urteilsspruch haben Roderick und ich geheiratet. Was geschehen war, hatte uns alle betroffen. Marie-Christine hatte gejubelt, doch hin und wieder wirkte sie nachdenklich und in sich gekehrt, und ihre Augen blickten geheimnisvoll. Sie war kein Kind mehr. Auch über ihr hing ein Schatten, wie über uns allen.

Roderick und ich haben einen Sohn und eine Tochter. Roger ist vier Jahre alt, Catherine fast drei. Es sind hübsche Kinder, und wenn ich ihnen beim Spielen im Garten oder beim Reiten auf ihren Ponys auf der Koppel zusehe, bin ich beinahe zufrieden. Dann gehe ich ins Haus und komme an Lisas ehemaligem Zimmer vorbei. Es gibt dort keine sichtbaren Spuren von ihr… doch irgendwie bleibt sie gegenwärtig.

Mein Vater besucht uns dann und wann. Er ist sehr stolz auf seine Enkelkinder, und immer wieder sagt er mir, welch ein glücklicher Tag es für ihn war, als ich ihn aufspürte. Er versteht sich sehr gut mit Charlie. Ich glaube, sie sprechen oft von meiner Mutter.

Ich war tief bewegt, als er mir die *Tanzende Jungfer* schenkte. Er wünsche, daß die Skulptur mir gehöre, sagte er. Sie war sein kostbarster Besitz. Ich weigerte mich, sie anzunehmen, aber er bestand darauf. »Ich hatte das Gefühl, daß Désirée zugegen war, wenn ich die Plastik ansah«, sagte er. »Sie ist mir ein großer Trost gewesen. Aber jetzt habe ich meine Tochter und meine Enkelkinder. Und es ist nur recht und billig, daß du die Skulptur bekommst.«

Sie steht in meinem Zimmer. Wenn ich sie betrachte, kann ich meine Mutter vor mir sehen. Er hat die Ähnlichkeit eingefangen, etwas, das auf unbestimmte Weise an sie erinnert. Ich bilde mir ein, daß sie bei mir ist, lächelnd, froh darüber, daß ich alle meine Schwierigkeiten durchgestanden und am Ende den Ehemann bekommen habe, den ich liebe… und meine Kinder.

Lady Constance und ich sind die allerbesten Freundinnen. Sie hat viel Freude an ihren Enkelkindern. Sie ist von Haus aus keine warmherzige Natur, aber gelegentlich fließt ihre tiefe Zuneigung für mich über und wird offenbar. Und an ihrer Liebe zu den Kindern besteht kein Zweifel.

Als Leverson Manor am Ende unser Heim wurde, war Marie-Christine sehr zufrieden.

Ihr Interesse für Archäologie wurde zur Leidenschaft. Gegenwärtig ist sie mit einem jungen Archäologen befreundet, den sie durch Fiona und Jack kennengelernt hat. Ich glaube, daß sie sich bald verloben werden.

Doch die Erinnerung an Lisa lebt fort, selbst bei Marie-Christine. Ich frage mich, ob es immer so sein wird. Alle im Haus spüren es. Das weiß ich von Gertie.

Vor einiger Zeit hatte ich ein aufschlußreiches Gespräch mit ihr. Sie sagte: »Ich hab' mich gefürchtet, als die dumme Mabel vor den vielen Leuten zu reden anfing.«

Ihre Worte lösten ein ängstliches Zittern in mir aus, doch ich sagte ruhig: »Sie erwies sich bald als unzuverlässig.«

»Aber fast wäre sie zu weit gegangen.«

»Deine Aussage hat gezeigt, wie unverständig sie war, und als sie wieder aufgerufen wurde, hat sie es bewiesen.«

»Sie muß die anderen Dienstboten reden gehört haben.«

»Worüber?«

»Alle haben doch gewußt, daß Sie einmal mit Mr. Roderick verlobt waren und die Verlobung gelöst haben, weil Sie dachten, er wäre Ihr Bruder. Dann hat er geheiratet, und Sie haben herausgefunden, daß er doch nicht Ihr Bruder war, und Sie hätten heiraten können.«

»Woher weißt du das alles?«

»Dienstboten wissen immer alles. Sie schnappen hier ein Häppchen auf und da ein Häppchen. Dann fügen sie alles zusammen und machen sich ein Bild. Sie können Sie gut leiden und haben sich darauf gefreut, daß Sie und Mr. Roderick heiraten würden. Von ihr haben sie nicht viel gehalten. Sie mußten die ganze Zeit mit Lady Constance auskommen, und als ich ihnen erzählte, daß Sie die Schuld auf sich genommen haben, als die Büste kaputt ging, fanden sie das sehr nett. Lady Constance ist eine richtige große Dame... aber das kriegt man manchmal über. Mrs. Claverham dagegen, die war eben nicht Dame genug. Wir wollten eine, die irgendwo dazwischen war.«

»Du meinst... sie wußten all das und haben es nicht verraten?«

»Sie haben auf die Fragen geantwortet. Sie wollten nicht mehr sagen, als verlangt wurde.«

»Ausgenommen Mabel.«

»Aber sie wußte ja nicht viel. Sie hat ein bißchen aufgeschnappt in ihrer bestußten Art, und dann hat sie alles durcheinandergebracht.«

»Gertie«, sagte ich, »deine Aussage hat so viel bewirkt.«

»Das war auch meine Absicht. Ich wollte keine Scherereien, ebensowenig wie die andern. Wir wollten nicht, daß im Haus was schiefging. Daß vielleicht neue Leute kämen... und was wäre dann aus uns geworden? Und ich habe nie vergessen, was Sie getan haben, als die Büste kaputtging. Ich wäre damals geflogen, wenn Sie nicht gewesen wären.«

»Und wie haben sie wirklich über Mrs. Claverhams Tod gedacht?«

»Daß sie es selbst getan hat. Aus Versehen, denken sie. Weil sie vergessen hat, daß sie die Tabletten schon eingenommen hatte. Das dachten doch alle, oder?«

Ich verstand. Sie wünschten, daß es so gewesen sei. Was aber hielten sie wirklich für die Wahrheit? Und dachten sie oft daran?

Der Schatten des Zweifels hing über dem gesamten Haus.

Es war an einem schönen Frühlingstag. Ich saß wie so oft mit Lady Constance im Garten. Die Kinder spielten auf dem Rasen, und ich sah, wie sie ihnen mit den Augen folgte.

»So hübsche Kinder«, sagte sie. »Ich kann dich und Roderick in ihnen sehen.«

»Tatsächlich? Ich habe vergebens nach einer Ähnlichkeit geforscht.«

»Aber sie ist vorhanden. Dank dir, meine Liebe. Ich bin so froh, daß du zu uns gekommen bist. Ich denke noch oft an unsere gemeinsame Zeit in dem finsteren Loch. Jetzt bewundern so viele Leute die alten Bauten, während sie auf dem Fußboden herumgehen, wo wir einst saßen und uns fragten, ob dies unser Ende sei. Es war ein Wendepunkt in meinem Leben.«

»Es war der Beginn unserer Freundschaft, und ich war dankbar dafür.«

»Für mich war es eine Offenbarung.«

Catherine kam zu uns getippelt, um uns ein Gänseblümchen zu zeigen, das sie gepflückt hatte.

»Ist das für mich?« fragte Lady Constance.

Catherine schüttelte den Kopf und streckte es mir hin.

»Ich hab' auch eins gefunden, Großmama.« Roger kam zu uns gelaufen. »Das ist für dich.«

Gerührt sah ich, wie sie sich freute. Und ich dachte, wie vollkommen unser Glück sein könnte. Ich blickte über die Schulter zu dem Fenster von Lisas ehemaligem Zimmer. Fast konnte ich mir einbilden, sie dort zu sehen. Das geschah oft. Es ist sechs Jahre her, sagte ich mir. Wird es denn immer so sein?

Die Kinder waren davongerannt.

»Es ist gut, daß alles so gekommen ist«, sagte Lady Constance.

»Wir sind glücklich geworden«, erwiderte ich.

»Wie wir es nie hätten werden können, wenn... Wir müssen jene Zeit vergessen, Noelle. Sie liegt immer weiter zurück. Aber ich weiß, du kannst sie nicht vergessen... nicht ganz.«

»Kannst du es denn?«

Sie schüttelte den Kopf. »Ich denke hin und wieder daran. Die Erinnerung kehrt zurück und verweilt. Ich sage, geh fort. Du hast zu deinen Lebzeiten genug Kummer bereitet. Ich bin froh... froh, daß sie tot ist, Noelle. Es war das Beste für sie und für uns alle.«

»Sie hätte vielleicht geheilt werden können.«

»Sie wäre nie ganz gesund geworden. Ich könnte es nicht ertragen, ohne Enkelkinder zu sein. Nun wird es hier auch in den kommenden Generationen Claverhams geben. Auf die Zukunft kommt es an, doch ich denke an die Vergangenheit und werde mich immer erinnern.«

Sie lehnte sich in ihrem Stuhl zurück und verstummte. Eine Weile war es still, und als ich zu ihr hinsah, hatte sie die Augen geschlossen. Ich dachte, sie schliefe, doch nach einiger Zeit wurde ich unruhig.

Ich sprach leise zu ihr. Sie antwortete nicht. Ich legte meine Hand auf ihren Arm. Sie rührte sich nicht.

Ich rief Hilfe herbei. Wir brachten sie zu Bett und riefen den Arzt.

Sie hatte einen Herzanfall erlitten, erholte sich jedoch nach wenigen Tagen. Sie war noch sehr schwach, und Dr. Doughty verordnete ihr Ruhe.

Er sprach sehr ernst mit uns. »Sie muß sich schonen«, sagte er. »Sie tut zuviel. Sorgen Sie dafür, daß sie sich ausruht. Ich weiß, es ist nicht leicht, Lady Constance zu etwas zu bewegen, das sie nicht will, aber ich halte es für dringend geboten, und Sie werden energisch sein müssen.«

»Glauben Sie, daß sie wieder gesund wird?«

»Das Herz ist ein lebenswichtiges Organ, wie Sie wissen. Beim Tod der ersten Mrs. Claverham damals hat sie einen schweren Schock erlitten. Ich weiß, sie schien dem Sturm zu trotzen, aber ich habe gemerkt, daß er seine Spuren bei ihr hinterlassen hat. Sorgen Sie dafür, daß sie sich schont, und geben Sie mir bei den geringsten Anzeichen einer Verschlechterung Bescheid.«

Sie war sichtlich geschwächt und hielt sich meist in ihrem Zimmer auf. Ich brachte die Kinder jeden Nachmittag zu ihr. Das war der Höhepunkt ihres Tages.

Es war am Abend. Die Kinder waren gekommen, um ihr eine gute Nacht zu wünschen, bevor das Kindermädchen sie zu Bett brachte.

»Bleib noch, Noelle«, sagte sie.

Sie hatte sich in die Kissen zurückgelegt. Die Kinder hatten sie angestrengt, auch wenn sie es nicht zugab. Sie sah gebrechlich aus... ein Wort, von dem ich nie gedacht hatte, daß es auf sie zutreffen könnte.

»Ich möchte mit dir reden«, sagte sie. »Und mit Roderick. Ich möchte mit euch beiden reden.«

»Er wird sicher bald zu Hause sein.«

Sie lächelte und nickte.

Ich erwartete Roderick, als er nach Hause kam. Wir umarmten uns und hielten uns eng umschlungen, wie wir es immer tun, auch nach kurzer Trennung. Wir haben nie aufgehört, dankbar zu sein dafür, daß wir zusammen sind. Die Unsicherheit der Vergangenheit lebt noch fort.

Ich sagte: »Es muß etwas geschehen sein. Deine Mutter wünscht uns unbedingt zu sprechen.«

»Geht es ihr schlechter?« fragte er erschrocken.

»Sie wirkt verändert. Ich denke, wir sollten unverzüglich zu ihr gehen.«

Ihr Gesicht leuchtete auf, als wir eintraten. Ich setzte mich auf der einen Seite neben das Bett, Roderick auf der andern.

Sie sagte: »Ich möchte mit euch beiden reden. Ich habe das Gefühl, daß mir nicht mehr viel Zeit bleibt. Und ich wünsche euch etwas mitzuteilen.«

»Ermüde dich nicht, Mutter«, sagte Roderick.

Sie lächelte ihn leicht erzürnt an. »Ich bin neuerdings immer müde, Roderick. Ihr zwei seid nun verheiratet und sehr glücklich. Ich habe immer gewußt, daß es das Richtige war. Es mußte einfach sein. Es ist schon eine ganze Weile her, seit es geschah, aber es ist nicht alles, wie es sein sollte... nicht ganz, nicht wahr? Manchmal ist es, als sei sie leibhaftig hier. Ich kann sie nicht vergessen. Ihr könnt es auch nicht. Sie wäre nie fortgegangen, denn sie war fest entschlossen zu bleiben. Sie war eine geborene Intrigantin und hätte unser aller Leben zerstört, solange sie nur hatte, was sie sich wünschte.«

Ich sagte: »Sie hat es schwer gehabt und mußte sich ihren Weg erkämpfen. Die Bühne war ihr Leben.«

» ›Die ganze Welt ist Bühne‹«, zitierte Lady Constance träume-risch, » ›und Mann wie Weib, sie alle sind nur Spieler: Sie treten auf und treten ab; und viele Rollen spielt ein Mensch in seiner Zeit.‹ Ah, wir haben alle unsere Rollen gespielt, auch ich. Ich wollte das Beste für dich, mein Sohn. Du warst für mich von größter Wichtigkeit. Es ist mir nie leichtgefallen, die Tiefe mei-ner Gefühle zu zeigen. Ich konnte es nicht über mich bringen, ob-wohl ich es zeitweise versucht habe. Ich glaube, ich habe mich ein wenig gebessert, seit Noelle und ich in dem finsteren Loch dem Tod ins Auge sahen. Als ich merkte, daß es zwischen dei-nem Vater und mir nicht zum Besten stand, wurdest du alles für mich. Ich wäre für dich gestorben. Ich wollte, daß du die Rich-tige heiratest, und ich wollte deine Kinder aufwachsen sehen. Dieser Segen ist mir zuteil geworden, und ich habe dich, Noelle, zur Tochter. Somit bliebe mir nichts mehr zu wünschen, mögt ihr vielleicht denken. Alle meine Träume sind wahr geworden. Aber diese Frau verfolgt mich. Roderick, ich sagte, ich wäre für dich gestorben. Ich hätte auch für dich getötet.«

Kurze Zeit war es ganz still. Ich sah, daß Roderick entsetzt war.

»Ja, ich habe sie getötet«, fuhr sie fort. »An jenem Tag ging ich zu ihr und sprach mit ihr. Ich flehte sie an, Roderick freizugeben. Ich redete ihr gut zu. Sie sagte, sie würde ihn nicht freigeben, nie-mals. Sie werde hierbleiben, schrie sie. Vielleicht hat das Haus-mädchen das gehört und geglaubt, sie habe dich angeschrien, Roderick. Sie wisse, daß ich sie hasse. Nun, sie hasse mich auch, sagte sie. Dann machte sie in ihrer Wut eine abrupte Bewegung. Ich sah ihr verzerrtes Gesicht und wußte, daß sie unerträgliche Schmerzen hatte. ›Meine Tabletten‹, keuchte sie. Etwas in mei-nem Inneren sagte: Dies ist der richtige Augenblick. Die Gele-genheit ist da. Du kannst alles ändern. Eine solche Chance kommt vielleicht nie wieder. Ich goß Wasser in das Glas. Ich nahm das Fläschchen mit den Tabletten heraus, schüttete sie ins Wasser... fünf... sechs... es können auch sieben gewesen sein. Es dauerte ein bißchen, bis sie sich aufgelöst hatten. Sie stöhnte. Ich gab sie ihr... und sie trank. Dann stellte ich das Glas wieder auf das Schränkchen. Ich beobachtete sie ein paar Sekunden. Sie lag da und stöhnte. Bald wurde sie ein wenig ruhiger. Ich ließ sie allein. Dann... ging Gertie hinein und fand sie tot.«

Ich sah Roderick an, daß er ebenso erschüttert war wie ich. Wir waren beide sprachlos, indes Lady Constance vor sich hinstarrte und ihr Blick sich ins Weite verlor. Ich wußte, sie durchlebte alles noch einmal.

Sie ergriff meine Hände. »Jetzt habe ich es euch gesagt. Mir ist, als sei mir eine große Last von der Seele genommen.«

»Du hast es für uns getan«, sagte Roderick.

»Und für mich selbst. Ach, wie glücklich hätten die letzten Jahre sein können, wenn ich dafür nicht hätte töten müssen.«

Sie legte sich in ihre Kissen zurück. Die Bewegung und die Anstrengung des Sprechens hatten sie erschöpft, und sie atmete mühsam.

»Jetzt ist alles vorüber«, sagte Roderick. »Es ist durch nichts zu ändern. Versuche dich auszuruhen.« Er wandte sich zu mir: »Ich denke, wir sollten Dr. Doughty rufen.«

»Nein«, sagte sie. »Ich fühle mich besser... erleichtert. Ich habe euch noch nicht alles gesagt. Ich habe an das Untersuchungsgericht geschrieben. Ob es die richtige Adresse ist, weiß ich nicht, aber es wird genügen. Das Schreiben wird zweifellos in die richtigen Hände gelangen. Es ist lange her, seit es geschah. Meint ihr, man wird sich erinnern? Wißt ihr, es ist hier im Haus. Ich mußte das Haus befreien... von Verdacht, Ungewißheit, Zweifel. Es mag Leute geben, die dich verdächtigen, Roderick... und dich, Noelle. Das hat mich sehr beunruhigt. Als wir damals den Gerichtssaal verließen, habe ich frohlockt. Ich dachte nicht über jene Zeit hinaus. Wir waren frei. Es war vorüber. Ich hatte gesiegt. Und zunächst genoß ich meinen Triumph. Aber es war nicht so einfach, wie ich gedacht hatte. Und als ich diesen Herzanfall bekam, glaubte ich, ich könnte jede Minute sterben. Ich mußte es euch sagen, sonst würde ich das Geheimnis mit ins Grab nehmen, und der Zweifel würde für den Rest eures Lebens über euch hängen. Jetzt wißt ihr die Wahrheit. Und die andern

383

müssen sie auch erfahren. Es genügt nicht, sie nur euch zu sagen. Ich bereue nicht, was ich getan habe. Sie hatte etwas Böses in sich. Sie wäre nie fortgegangen, das konnte ich in ihrem Gesicht lesen. Ihr ging es nur um ihren eigenen Vorteil. Ich mußte es tun. Manchmal sage ich mir: Ich habe einen Mord begangen, aber es ist etwas Gutes dabei herausgekommen.«

Sie starb drei Tage später. Wir waren sehr traurig. Sie war so sehr ein Teil unseres Lebens gewesen.
Roderick sagte: »Wir müssen die Vergangenheit hinter uns lassen. Wir müssen vergessen.«
»Ja«, erwiderte ich. »Vielleicht wird es uns mit der Zeit gelingen.«
Es stimmte, daß Lisa eine böse Wirkung auf unser Leben ausgeübt hatte. Sie war schuld am Tod meiner Mutter gewesen, dennoch konnte ich nicht umhin, Rechtfertigungsgründe für sie zu finden. Ich nehme an, es gibt für jeden von uns Rechtfertigungsgründe. Aber sie ist tot, und wir müssen Lady Constances Geheiß befolgen. Wir müssen das Glück ergreifen und vergessen, welch dunklen Weg wir gehen mußten, um es zu finden.